良缘锦绣

LIANGYUAN JINXIU

已儿 作品

中国文联出版社
http://www.clapnet.cn

图书在版编目（CIP）数据

良缘锦绣 / 已儿著．-- 北京：中国文联出版社，2015.9

ISBN 978-7-5190-0495-8

Ⅰ．①良… Ⅱ．①已… Ⅲ．①言情小说－中国－当代 Ⅳ．① I247.5

中国版本图书馆 CIP 数据核字（2015）第 241475 号

良缘锦绣

著　　者：已　儿

出 版 人：朱　庆
终 审 人：朱彦玲　　复 审 人：王　军
责任编辑：刘　旭　　责任校对：赵一诺
封面设计：姚　姚　　责任印制：陈　晨

出版发行：中国文联出版社
地　　址：北京市朝阳区农展馆南里 10 号，100125
电　　话：010-65389137（咨询）65067803（发行）65389150（邮购）
传　　真：010-65933115（总编室），010-65033859（发行部）
网　　址：http：//www.clapnet.cn
　　　　　E-mail：clap@clapnet.cn　　liux@clapnet.cn

印　　刷：北京东海印刷有限公司
装　　订：北京东海印刷有限公司
法律顾问：北京市天驰洪范律师事务所徐波律师
本书如有破损、缺页、装订错误，请与本社联系调换

开　　本：710 × 1000　　1/16
字　　数：320 千字　　印　　张：18
版　　次：2016 年 4 月第 1 版　　印　　次：2016 年 4 月第 1 次印刷
书　　号：ISBN 978-7-5190-0495-8
定　　价：29.80 元

良缘锦绣

目录

良缘锦绣

目录

第一章
江面托孤

江南三月，绿柳黄莺，微水江上的一艘渔船上传来了一声婴孩的啼哭，嘹亮的哭声叫醒了微水江周围的一切。

岸边柳树上栖着的黄莺儿扑打着翅膀飞了出去，叽叽喳喳的叫声似是为婴儿的诞生在高歌，翅膀发出的扑棱棱的声音，应该是为婴儿母亲的勇敢而鼓掌。

连续盘桓在微水江上好几天的乌云被风吹散了，阳光柔软地躺在微水江面，碎成了一江彩色的琉璃。

外面的风景多美好，只是那艘渔船里，还未及因为孩子的降生而高兴，就已经陷入了悲伤之中……

“哥哥……我……我怕是……怕是已经不行了……这个孩子……若……若是有幸……得……得到哥哥的照拂……妹……妹子在九泉之下……也能够……安心了……”渔船的船舱里躺着一位面色苍白的美妇人，她双目含泪，脸上布满疲累和憔悴，泪水不断从眼中流出，与汗水一同打湿了她的秀发。

在美妇人身边，是一名中年男子，他跪在美妇人身边，一只手抱着孩子，另外一只手握着妹妹柔若无骨的手，眼中含泪，脸上却挤出笑容：“月儿，可不要说这样的话！你看，你看看这个孩子，多可爱。那么漂亮的小孩，比家里的那几个不知道漂亮多少！你忍心看她没有娘吗？你还没有给她起名字，你还没有看着她长大，没看她调皮的样子，没看她穿着你给她做的嫁衣出嫁……你……”

中年男子已经泣不成声，他紧紧握着妹妹的手，手背上青筋暴显。他那么用力地攥着妹妹的手，却是没有法子将妹妹转眼即逝的生命留住。他将孩子放到妹妹的怀里，把妹妹扶起来靠在自己的胸膛上，又用另外一只手护着妹妹抱住了孩子，像当年他护着从树上摔下来的七岁小妹一样。哥哥的胸膛，永远是那么厚实可靠，可是现在却被眼泪打湿了。

“对啊……我还没有给她起名字……做一件嫁衣……一件……一件美丽的……嫁衣……”那躺着的美妇人，声音渐渐低了下来，看着怀中甜睡的婴儿，她的嘴角慢慢扬起了微笑。

“关关雎鸠，在河之洲，窈窕淑女，君子好逑。”她竭力让自己说完这句话，笑着看着孩子和哥哥，说道：“哥哥……就叫她……关小雎。”与此同时，她的瞳孔也开始涣散，透过女儿娇嫩的脸，好似看见了当初她穿着娘亲做的嫁衣，那一副高兴又羞涩的样子。那个时候的她多美啊，江南谁不知道关家的大小姐要出嫁了，最美的可人儿要从关家堡出嫁了。

可是，幸福一下子就被击碎了。

她在新婚之夜消失，整整三个月才回来，而回来之时，竟然已经身怀六甲！夫家自然是不会再要她。热热闹闹出嫁去，冷冷清清回门来。她怀着一个来历不明的孩子，关家堡的当家人，她关倪月的亲生父亲，竟然要她将腹中的孩子打掉！她怎么会同意？这个孩子，是她和那个人唯一的联系，是她唯一能够留下的关于他的记忆，更是她活下去的支柱！

关家堡容不下她这个败坏门风的女儿，当着关家堡上下的面，她拒绝了父亲命人熬好的落胎药，护着肚子一头撞到了祠堂的柱子上，磕得柱子闷响一声，痛碎了所有人的心。

父亲老泪横流，踉踉跄跄地离开了祠堂，从此交出关家堡当家的位子给儿子，自己则是闭门不出。而与她感情甚好的哥哥关倪君，抱着妹妹的尸体号啕大哭。那哭声，让关家堡上下都忍不住跟着落泪。谁不知道关家堡的男儿都是铁汉子？当初关倪君受命追杀黑风岭的三百八十八大盗，身上数十处受伤，可是他硬是一声不吭，反而笑着安慰心疼自己的妹妹。又有谁不知道关家堡的关倪君疼爱妹妹？江南中原，西北东南，只要是有武林人士在的地方，无不羡慕关家兄妹的感情甚好，甚至有些不会武功的人都知道，那个江南关家，有一个疼妹如命的哥哥……

也许是因为太爱妹妹，关倪君当时就觉得妹妹没有死，趁着夜色，他将妹妹送到了好友含烟谷主身边，经过含烟谷主的治疗，关倪月侥幸保住性命，而她腹中的孩子，竟然也坚强地活了下来！为了不给含烟谷主惹麻烦，关倪君将妹妹安置在了渔船上，待到妹妹诞下孩子后，再做打算。可他偏偏没有想到的是，上天竟然这样残忍，关倪月生产的时候竟然难产。孩子是生了下来，可是大人却保不住了！

“爹爹和娘亲……一定……一定对月儿……失望，哥哥……你要……你要替我好生……好生照料爹娘……我……我……我败坏了门风，不孝……至极！哥哥……你万万……要……要教好这个孩子，不能……不能让她像我……像我如此……”话音刚落，关倪月的手一抖，眼睛慢慢地合上。

“月儿！月儿！月儿！”关倪君连呼三声，抱着妹妹的遗体痛哭不已。而在妹妹怀中一直沉睡的婴儿，似乎也感受到了失去母亲的痛，与大舅一同大哭起来。天慢慢黑了下来，孩子已经哭得没了声息，关倪君放下妹妹，抱起孩子，走出船舱。月光温柔地倾泻下来，关倪君最后看了一眼船舱中的妹妹，忍痛别过头去，运气大喝一声，船底应声漏了，水哗啦啦地灌了进来，他能感觉到船在慢慢下沉。

“月儿，你放心，这个孩子，我一定替你好好照顾！”关倪君腾身而起，十丈水面轻松跃过，稳稳地落在了岸边。他亲眼看着船在月光下慢慢下沉，他的心也跟着下沉。怀中的孩子不知事，吮着手指睡得香甜。可怜的孩子，一出生就没了娘，而她的爹是谁，关倪君也不知道……虽然关倪君与关倪月感情甚好，关倪月却至死也没有告诉他孩子的父亲是谁。她太爱那个人，而哥哥又太疼爱她。若是知道是谁坏了她的幸福而又不肯负责，定然会将那人剥皮拆骨，碎尸万段。所以，关倪月一直绝口不提孩子的生父，致使关倪君一直不知道孩子的父亲是谁。但是，不管孩子的父亲是谁，从这一刻开始，关小雎的父亲就是关倪君，娘亲是关倪君的夫人——周安语。

三月江南，关小雎出生，从此，关家堡多了一位小小姐。

第二章
年少惹事

关家堡的威名在江南一带甚是显赫，关倪君五十大寿之时，关家广邀江南有名望的世家子弟前往欢聚，大摆十天流水席，只要是路过关家堡的武林同道均可入内休息。

那一年，关小雎十三岁。

花儿开得都很好，可惜被人踩在了地上碎了一地；树儿长得葱郁，可惜被人齐齐削去脑袋没了生机；水清鱼多，可惜转瞬鱼死水黑……那一幕，哪里是要办大寿，分明是有仇家前来寻仇了！可是关倪君却并没有生气，只是挑了挑眉头，携着他的几房妻妾走向客人，一边笑着迎了客人进门，一边命管家处理好残局。可是，寿宴才开始没多久，一个哭哭啼啼的少年便冲了进来，扑在了一旁的一个衣着华贵的男人身上，号啕大哭。

这一厅的客人大多不是江湖中人，都只在私下议论着那少年是怎么了。如果场中有江湖中人，且小有名气的话，就一定能认出那衣着华贵的男人便是江湖人称“长枪破天”的方正明。

“爹！爹！那个关小雎她欺负人！”方小年哭着，激动得浑身都哆嗦了。方正明眉头一皱，立刻厉声呵斥道：“混账！胡说八道些什么！”

关倪君的大寿，竟然有人当着他的面告他女儿一状！方正明可不相信那个可爱的女孩子会欺负人，若是别人说她坏话，自己定然教训那人一顿，可这人偏偏是他最宠爱的独子，他只能严厉地呵斥几句。

“哎！方老兄，你可别这么凶，莫要吓到贤侄。”关倪君知道关小雎的脾气，心知一定是关小雎又闯祸了。他笑着从座位上站起来，命人打了水来给方小年洗脸。

一盆又一盆的水送上来，这才把方小年乌黑的脸给洗白净了。他原来是粉雕玉琢的少年，却不知道为什么，进门时像是被人泼了一脸的墨汁一样。

洗了脸，方小年才抽抽噎噎地把事情原委说了出来。原来，跟随父亲来赴宴的方小年，见关家堡中的花开得好，又新奇，想着带一些回去给娘亲，哪里知道忽然蹿出来一个小丫头，斥他是采花贼，并且扬剑直挥而来。方小年连解释的机会都没有。若不是他闪得快些，恐怕被砍掉的就不是树，而是他的脑袋了。方小年躲过了长剑，却躲不过长剑后的暗器——一大盆不知什么东西扑面而来，方小年挨个正着，顿时什么都看不清，被人一棍打蒙……等方小年醒来的时候，发现自己在一个女子的闺房里。粉红色的丝绸布满了整个房间，红纱飘飘，香炉里香气袅袅。

“哟，你终于醒了啊，等得我都快睡着了！”忽然，一个女孩的声音响起，那声音宛如黄莺出谷般清脆悦耳。他循声望去，是一个穿着粉色衣裙、扎着几根辫子的女孩子，她手里正攥着一根红通通的鞭子，水灵灵的大眼睛颇有兴致地看着方小年。

“你这个采花小贼！终于落到我关大小姐的手里了吧！”关小雎嘴角一扬，粉嫩的红唇边满是得意的笑容。她一扬鞭子，抽在地上，把地毯抽得裂了一道缝。

方小年自然不是什么可恶的采花贼，却被关小雎误解了采花贼的意思，把他当成偷关家堡花朵的贼人，好一番折磨。

如果不是有个丫头过来，说四小姐请小小姐去换衣服，恐怕方小年到现在都逃不出来。

“儿子出来时，幸好司大哥点了孩儿的几处大穴，不然，那墨汁里的毒，恐怕就要了孩儿的命了！爹爹！”方小年一言，让在座的人俱是一惊。

关倪君更是上前一步，拉着方小年的手，严肃地问道：“小雎竟然在墨汁里下了毒？”

平日里，关小雎也爱搞一些恶作剧，但都是不会伤人的，哪知道这一次她竟然敢在墨汁里面下毒。

“是司大哥告诉我的！”方小年捋起自己的衣袖，雪白的胳膊上，一道黑色的筋脉出现在众人面前，显得格外狰狞。

关倪君的脸色瞬间就变了。

这个毒他是知道的，是四女儿跟他的好友含烟谷主一同研制出来的，哪会想到竟用在了他另外一个好友的爱子身上。关倪君冲着管家大喝一声："立刻去请了四小姐和小小姐过来！"

是夜，关小睢被罚跪在祠堂里，秋风萧瑟，祠堂只有一根蜡烛寂寞地陪着关小睢。

"你想明白你错在哪里了吗？"门忽然被打开，把正在打瞌睡的关小睢给吓醒了。"我我我……爹！"关小睢吞吞吐吐了半天，忽然拉着关倪君的衣角撒起娇来。

"哼！就算你不念在这是你爹的五十大寿的分上，你总得念着你方伯伯多年来对你的疼爱吧！"关倪君一双严厉的眼睛狠狠地瞪了关小睢一眼，说道，"把院子闹得乌烟瘴气，还伤了你方哥哥！关小睢啊关小睢，你就是仗着我平时宠你，所以才敢这么目中无人吗！"

"爹……"关小睢原是想撒撒娇，爹爹就原谅了她。平日她闯祸的时候，爹爹不都是看她撒撒娇就让她含糊过去了吗？这一次怎么那么生气，还罚她跪了一晚上的祠堂。

"是爹爹对你管教不严，才把你宠成了这样的性子！"她已经长得越发像关倪月了，每每看见关小睢可爱活泼的笑脸，关倪君就会想到自己可怜的妹妹，自然难以下了狠心去管教。但是这一次，关小睢竟然有了害人之心，他不得不严惩关小睢了。

"这一个月，你就好好地给我待在祠堂里，哪里都不许去！"关倪君的话一向一言九鼎，既然他发了话，整个关家谁也不敢求情。关小睢眼巴巴地看着疼爱自己的爹爹出去了，她气鼓鼓地想，如果不是那个方小年去告状，爹爹才不会这般惩罚她！她小脑袋瓜子滴溜溜地转，竟然想出了一个损人不利己的办法——她要嫁给方小年！

如果她嫁给了方小年，不就可以一辈子都欺负方小年了吗？方伯伯又是疼她的，可不会像爹爹一样罚她跪祠堂。年纪轻轻，关小睢只想着要欺负人，就草草地定下自己要嫁的对象。她却不知道，嫁人，是终身大事。

但是，如果不是因为此时要嫁给方小年的想法，她恐怕一辈子再不会遇见那个让她心动的、真正想要嫁与的人。

“爹爹，女儿当时是觉得方哥哥好，原本是想借机跟方哥哥亲近一下的，又怕别人说女儿不检点，所以才会出此下策，哪里想到伤到了方哥哥。爹爹，女儿错了，女儿不该这样的，请爹爹责罚！但是请爹爹责罚完女儿之后，为女儿做主！女儿是真心喜欢方哥哥的，如果不能和方哥哥在一起，女儿就此生也不嫁人了！”

关小雎泪眼婆娑地跪在关倪君的面前，煞有介事地说着。当着关家上下的面，惊呆了一屋子的人。

“小雎，你在说什么呢！”关小雎的四姐关吻雪小心地喊着，她妹妹之前是问她要了毒药，可没说是为了亲近什么方哥哥，关小雎这么说，肯定是为出祠堂。可是就此要搭上自己的一生，这未免太不值得了吧！

“小雎，你这是说的什么话！女孩子家家，怎么可以像你开口闭口就是喜欢谁的？”大夫人周安语柳眉微蹙，小雎虽然不是她的亲生女儿，但是养在身边那么久，又是丈夫最疼爱的妹妹的女儿，她早把小雎当成了亲生女儿。小雎还是一个十三岁的孩子，她怎么舍得让小雎早早地就定了亲？而且，年少时候说的喜欢，日后未必还喜欢，到时候……大夫人周安语想到了关倪月，她眼中的担忧更深了一层。

“好吧。”沉吟了很久，关倪君终于缓缓开口，严肃而郑重地说道，“既然你有了这份心，方老兄又是一直喜欢你，让你做他儿媳妇，想必他不会拒绝。爹爹这就为你去说这事，但是你要答应爹爹，日后断断不可再做出害人之事，否则，别说你嫁了方家，就是嫁入了皇帝家，爹爹也照样取了你的小命！”

“老爷！”大夫人有些着急，她皱着眉头看关倪君，摇摇头道，“小雎还只是一个孩子！”

关倪君笑笑，他知道夫人担心什么，便伸手去拍拍她的手背，说道：“也不小了，当初你姐姐不也是十三岁的时候就和我定了亲吗？”

大夫人一愣，叹了一口气，说道：“算了。只是日后……日后小雎可莫要再……”

“好嘛，娘，人家知道啦！人家以后再也不闯祸啦！”关小雎可不管大夫人还要说什么，高高兴兴地扑到大夫人的怀里，拦住了她要说的话。好不容易爹爹才答应她嫁给方小年，可不能让娘劝爹爹改变主意。

“好好好，你要是能不闯祸呀，娘什么都依着你。”大夫人无奈，用手一下下疼爱地抚摸着关小雎的头发。

一边的关家大小姐关惋眉看见了，神色一黯，接着又假装什么事也没有，站起来，冷冷道：“爹，大娘，我峨眉派还有些事，先走了。”

“哎，惋眉！”大夫人匆匆喊了一声，“你先等等。”

“大娘可还有事？”关惋眉停住脚步，却是头也不回地问。

大夫人拍拍关小雎的背，让她从自己怀里出来。“你且随我来。”大夫人走上前，轻柔地拉住了关惋眉冰凉的手，微笑着带她离开了大厅。关倪君见状，摇摇头，他始终是对不起这个大女儿的。

“好了，你们都回去休息吧！”关倪君也站了起来，对关家堡的众人说道。

关吻雪抓着关小雎的手扯着她走出大厅，气急败坏地压低声音道：“你这个死丫头，你刚才在里面乱说些什么？你知道你自己这辈子的终身大事就这么定了吗？”

“哎呀！四姐，我都知道！你快回去睡吧！我自有我的想法！”关小雎看天色不早了，晚些可就看不见路了，连忙催自己的姐姐回去。关吻雪狠狠瞪了她一眼，又看见和自己一个房间的三姐冲自己招手，就用手戳了一下关小雎的脑袋，说道：“看我明天怎么收拾你！”

关小雎见周围没了人，笑嘻嘻地从身上掏出前天问四姐要的痒痒粉，趁着夜色去了后院的西厢房。她当然知道方小年住在哪里，正是要去报告状之仇！

一路西进，她数到第四间房，悄悄推了门进去，冲着床上的人做了个鬼脸，拿出痒痒粉，小心翼翼地走过去。“阁下深更半夜不睡，前来造访，不知有何要事？”一个低沉温柔的声音响起，关小雎毫无防备，就被那个人扣住了手腕，整个人被压在了那人的怀里。

“你！你是谁？”关小雎一惊，自己竟然被人发现了！而且，这人的声音听起来根本不像是方小年的。

“是你？”那人听见是她的声音，也吃了一惊，继而松开了她的手。

“你认得我？”关小雎收回自己刚才被他制住的手腕，有些怀疑地问。

“关家最得宠的小小姐，这几天恐怕江湖都传遍了。”司泽远笑笑，坐到了床上，说道，“却不知道那方小年小兄弟是如何得罪了你？”

“哼！跟你有什么关系！”关小雎噘起嘴，说道，“这是方小年的房间，他人呢！”

“方兄弟受了惊吓，这几日恐怕都会跟在方伯伯身边。你就别再去为难他了。”司泽远轻笑着劝她，只见她噘嘴的样子十分可爱。

“那你呢？你又是什么人？”关小睢横了他一眼，自己的心思被人看穿，可不是什么光彩的事。

“方老弟，哈哈，还没睡啊？小年睡了吗？”“没有吧。他刚从我这儿离开。你进来吧。”司泽远未来得及回答，却听见走廊里传来关倪君与方正明的说话声。看来是关倪君要来跟方正明说关小睢的事情了。

关小睢跺了跺脚，横了一眼床上隆起的被子，还有坐在床边微笑的少年，他的眼睛亮亮的，像极了天上的星星。

轻咬了下嘴唇，关小睢觉得被那少年看得有些脸红，却不知道是为什么，只着急地说道：“你，你竟然骗我！方小年根本就没在方伯伯那里！”话音一落，方小年从被窝里钻出来，说道：“没在又怎么样？现在关叔叔就在隔壁，你要是敢怎么样，我就喊了！”“你，你这个胆小鬼！”关小睢一跺脚，却不敢动，要是爹爹过来，她可就不知道怎么拿着痒痒粉跟他解释了。

“你才是胆小鬼！要不要我现在就喊关叔叔过来？”方小年豁出去了，反正已经结下了梁子。

“好了，你们不要吵了？是想把伯伯们引过来吗？”司泽远拍拍方小年的肩膀，说道，“咱们男子汉是不和小女孩计较的。”

“哈哈哈哈……”隔壁传来一阵笑声，就听见方正明喊道：“小年，小年！你睡了吗？”

关小睢又看了一眼床上的两人，对上那双明亮的眸子，她羞红了脸，却被夜色掩盖，咬牙切齿地说道：“你们俩给我记着！今天晚上的事，谁也不许说出去！”她扭身一跃，立马从窗户飞身而出，消失在了茫茫的夜色中。

司泽远依旧是轻笑着，见她的身形轻巧，眼睛却是更亮了……

方小年对着大馒头咬牙切齿，恨不得那白花花、松软可口的大馒头就是对面坐着的笑靥如花的关小睢。女孩子水灵灵的大眼睛含着笑意，快活地吃着自己碗中的粥，时不时还甜甜地冲着方正明喊一声“方伯伯”，把“长枪破天”哄得笑眯眯的，跟吃了蜜一样。有这么个好儿媳妇，以后不愁自己没有大胖孙子了。

关小雎看着方小年对自己恨得牙痒痒却又不敢说的样子，心里觉得愉快极了，更是觉得自己做出要嫁给他的决定是正确的，再看方伯伯那乐开怀的样子，等她嫁进了方家，肯定只有她欺负方小年的份。哼，看你还敢不敢再到我爹爹面前告状了！趁着众人不注意，关小雎握着小拳头对方小年比划着。

“你！”方小年摔了筷子站起来，脸涨得通红，被关小雎灿烂的笑容气得说不出话来。关小雎的动作只有少数人看见，关惋眉只是皱了皱眉头，关吻雪低头抿着唇笑。

“小年——”方正明轻轻放下筷子，声音沉了下去，拉得很长。方正明的声音里带着不悦，方小年听得出来，但是却不想再对着自己的“死敌”吃早饭了。

“我跟司大哥约好了出去的，我先走了！”方小年头也不回地离开了关家堡的饭桌。方正明的脸色一变，关倪君笑着拍拍好友的肩膀，说道：“年轻人嘛！再说了，他跟他司大哥感情那么好，有司家少爷看着他，你也不用担心他惹出什么祸来。”

“对呀，小年是个好孩子，只是贪玩了些，这么早没吃东西就出去，可别饿坏了身子。”关大夫人微笑着说道，一边吩咐跟前的婢女去厨房让人送一些吃的东西给方小年。

“就这么一个儿子，就是让家里人给宠坏了。”方正明的面色缓和了些，说道，“当初盼着个儿子，不过现在想来，倒是羡慕关兄膝下有几个聪明可爱又懂事的女儿了。”关小雎被方正明格外地看了一眼，自然是笑得更加灿烂了。其实从方小年被气走的那一刻，她的心里就好像有了一只小鸟儿，叽叽喳喳的，开心得不得了……

方小年出了关家堡，一路西行，终于到了镇上，寻了司泽远入住的客栈，气呼呼地告诉司泽远他的烦恼。

“司大哥，你不知道我爹竟然跟关堡主定了亲，要我以后娶那个凶巴巴的关小雎！”司泽远刚刚洗漱完毕，正准备和方小年一起吃早点。他风度翩翩，仪表堂堂，任何一个人看见了，都不会觉得他是一个武林世家的子弟，反而像是一个皇族或是贵族的后代。但是，方小年的一句话，却让他十几年来都做得平稳的动作一下子出了乱子——他手上的勺子抖了一下，还冒着热气的白粥洒到了他的青衫上。

“司大哥，你怎么了？你是不是也觉得很吃惊？我爹也不知道怎么想的，就那么喜欢那个关小睢！关小睢有什么好的，又凶又丑，还不如她的四姐呢！”方小年以为他的司大哥也是同他一样的想法，却不知道他的司大哥这个时候的震惊却是有些不舒服的。

司泽远笑笑，放下手中的东西，说道：“你先吃着，我上去换一件衣服。”不过是几个转念，他便放下了心中的那一股子的酸涩。他不知道是为什么，只是听说那个可爱的女孩子定亲了，他就觉得不舒服。但是，一向被娘亲教导要谦和恭顺的司泽远，还是很快就平复了心中的不快。想想她的家世，关家堡的小小姐，定亲的对象又是“长枪破天”的独子，这也是一件门当户对的亲事。司泽远和关小睢，不过就是路人而已呀，路人定亲，他高兴是应该的，不高兴则是不应该的，因为那本与他无关。

毕竟年轻，那个看起来比同龄人要懂事稳重的司泽远，现在自然是很难明白为什么他会在意关小睢与别人定亲的。但是，等到那一天，等他的心里再一次亮起了那个噘嘴跺脚的女孩子的笑容的时候，他将会明白，原来，一切的不快，是因为他喜欢的女孩子跟别人定了亲。

关家堡的热闹持续了近一个月才散去，方正明领着早就搬出关家堡跟着司泽远一起住的方小年准备起程回阳城。方小年虽然舍不得他的司大哥，但是想到再也不用看见关小睢，他的心情是既难过又开心。

“司大哥，你有空到阳城来看我啊！”方小年一再地叮嘱，生怕他的好大哥不来看他。

“好，你随方伯伯回去好生练功，等你成亲的那日，司大哥一定去看你！”司泽远拍拍方小年的肩膀，对他好一番鼓励。

也许是真的很喜欢方小年这个弟弟，也许是想，如果方小年学有所成，日后那个活泼的女孩子若是惹下了祸，也不必关家堡为她出头，她的夫君就可以为她摆平一切。

司泽远如是想着，却不知道自己为什么会一直时不时地想起关小睢，想起她那天晚上那一副不甘心的样子。他并不觉得关小睢日后会乖巧些，所以也格外地担心关小睢，希望方小年日后能够好好照顾她。

司泽远不知道自己为什么那么关心关小睢，他想，也许是因为家中没有妹妹，所以就把关小睢当成一个妹妹来看待。

方正明父子要走，关小睢称病没有出来送，但是关家上下都出来送了，关家大夫人还命人准备了好多东西让方正明带回去给他的夫人。浩浩荡荡的几车东西在关家堡的门口摆着，一群人依依不舍地送别方正明父子。

“回去之后，我就立马让媒人过来，咱们呀，还是得正式一点地把这桩婚事给定下来……”一番寒暄之后，方正明和儿子翻身上马，扭身拱手对关倪君道，“关兄保重，方某就此告辞了！”方正明这厢言讫，方小年便拍马而去，方正明摇摇头，又冲关倪君一家歉意地笑笑，也赶了上去。

第三章

任性出逃

这一别，就是四年。

当江南再一次绿了的时候，沉寂了好几年的关家堡，忽然又开始变得生气勃勃了。

三年前，关家堡遭人偷袭，关家堡的四姨娘替关倪君挡了一剑，却香消玉殒。关家堡上下感恩，责令关家所有人为四姨娘戴孝三年，而原先就定下的关小雎的婚事，也拖到了今年才能办。

就在关小雎过完生日后的一个月，关家堡中的莲花开始舒展腰肢的时候，关堡主最疼爱的小女儿，即将嫁给阳城的武林名门，擅用长枪的方家大少方小年了。

那个当初言之凿凿说喜欢方哥哥的女孩子，如今已经长成了一个亭亭玉立的少女了。一身粉红色的纱裙勾勒出关小雎婀娜的少女身姿，光洁的肌肤被纱裙恰到好处地包裹着，一串晶莹的南珠项链戴在脖子上，与粉色的纱裙映衬着少女柔嫩的脸蛋：她圆润的下巴略尖了一些；鼻子却是和当年一样的直挺；纤细的眉毛让人觉得很可爱，很有生气，皱起来的时候颇有她生母那倔强的意味；她的一双水眸灵动地转着，那比世上所有玫瑰都娇嫩的红唇弯起一个浅浅的弧度，是她心情愉悦的象征。

现在是子夜时分，关家堡除了巡逻的家丁以外，众人都已经熄灯入睡，可是关小雎却选在了这个时候溜出了房门，来到了东厢的后花园。这个后花园来的人少，平日里也就是她不常在家的四姐种了许多草药，因为草药的药性大家都不是很清楚，所以进来的人不多，关小雎一不开心就喜欢溜到这里来。这一次，她就要靠着四姐的这一群可爱的草药们的掩护，偷偷从东厢的后花园里溜出关家堡了。只要过了这条花径，再走过种满迷魂草的花圃，纵身一跃，她关小睢就能从关家堡里面逃出去了。谁要嫁那方小年？不管谁要嫁，总之她关小小姐，是绝对不会嫁给方小年的！关小睢哼了一声，她对方小年的记忆并不深刻，只是记得那是一个她很讨厌的人。既然她很讨厌那个人，又怎么会愿意嫁给他呢？所以，在婚期将近，还有一个月多的时候，她发现自己无法说服爹爹关于自己退婚的事情，就只好选择一个极端的办法——逃婚。

走过花径，来到迷魂草在的花圃，关小睢熟门熟路地走到了墙根下，身形一动，轻松跃起。好了好了，她就要离开这个地方了！想到外面的世界一定很是热闹，关小睢一下子太激动，竟然没有发现墙外的大树上竟然一直守着一个人，在她跃上墙边的时候，那人忽然蹿出，一掌袭来，关小睢躲闪不及，竟然生生地往后倒去，轻功也急得施展不开，一屁股就摔到了迷魂草的花圃里去了。

关家堡的人功夫都很好，而关小睢虽然别的武功平平，但是轻功却是一流的，关家堡里面除了关倪君，就只有关大小姐关惋眉还有关家的三少爷能够与关小睢相比了。

能够那么轻松地击退关小睢的人不少，但是来人显然并非是当初偷袭关家堡的那个人，因为他出掌不重，只图逼退关小睢，却想不到关小睢生硬地往后摔倒，连轻功都施展不开，一下子就摔了下去。

“哈哈哈哈，小妹，你一向得意的轻功，这一次怎么没有帮到你啊？”从墙上跃下一个人，笑声响彻在夜色中。

关小睢一惊，又是大怒，从地上蹿起来，也顾不得自己身上的泥土，风驰电掣一般扑到三哥关长欢身前，迅速地把沾着迷魂草和泥土的手掌捂在了关长欢的嘴上，低声地吼道：“你要死啊！笑那么大声干什么！”

“呼呼呼呼……”关长欢并没有躲开自己的妹妹，被她捂着的嘴却还是漏出了笑声，他笑着小声道，“我不要死，要死的是咱们的关小姐！”关小睢横了关长欢一眼，狠狠地用手掐了一把他的脸蛋，真想扯着他耳朵大吼一顿。但是为了自己的自由，关小睢还是低声地说道：“你大半夜的不睡觉，跑到这儿来，就是为了吓我摔一跤？”“当然不是！”关长欢叹了一口气，说道，“大半夜的，你以为我喜欢蹲在这儿吓唬你？你知道那树上的虫子哦，可多了，虽然没有蚊子吧，但是那些虫子咬得人也不好受啊！你又挑了这么个好时候，我都没能好好地休息一下。”

“那你大半夜的跑这儿来捣什么乱！快回去睡觉去！”关小睢没好气地捶了他一把，摸了摸自己的身上，还好，掉下来的时候，她的银票没掉。“哎，我倒是想回去睡觉。小妹，你困吗？哥哥可困了，走，咱们回家睡觉去！”关长欢一把抓住关小睢的手，他出手很快，关小睢自然躲闪不及，三两下的反抗就被关长欢轻松地解决了。

“三哥！你要干吗？”关小睢吃惊地看着自己的三哥，他不知从哪里拿出一条绳子，竟然用关家堡独一无二的捆绑方式，将关小睢整个人都给绑了起来。

“没干什么啊，就是把我妹妹带回去睡觉而已。”关长欢笑眯眯地说，好似什么也没有发生，拉着关小睢的手就要送她回房间。

“三哥！你别闹了！”关小睢着急地扭动着自己的身子，不肯跟着关长欢走。

“闹的是你！”一个冷冷的女声忽然响起，关小睢闻声望去，是站在一旁阴影里的关惋眉。

“我！”关小睢想回嘴，却被关长欢拉了一把，借着月光，关小睢分明地看见关长欢一向不羁的脸上满是凝重的神色。

关长欢冲关小睢使了个眼色，又转身对关惋眉说道：“大姐，我这就送小妹回去睡觉，大姐也早些休息吧。小妹也困了，就不跟大姐再聊了。”

关惋眉不说话，点了点头，在那一片阴影里，关小睢分明听见有个人说道：“你跟着长欢送她回去，我不想她出嫁在即，还被我关到祠堂去。”

关小睢身形一滞，看向自己的三哥，低声地说道：“爹爹，是……你们……”

“小睢，你不能再任性了。”关长欢满脸难得的严肃，一把将小妹抱起，说道，“回去，安心做你的新娘子吧。”

关小睢气愤地捶着门，时不时狠狠地踹一脚，整个门框都被震得发抖。门外是从小服侍她的奶娘，正焦急地劝着关小睢：“小祖宗，你就消停一会儿吧！”

“奶娘！你好烦啊！你走远些！”关小睢的眉毛拧成了一个结，自从那夜被三哥抓回来之后，她几次想要逃出关家堡，但是都“恰巧”被人看见了，随即便是一声高呼，哗啦啦一群人来拥着她回房。

关小睢不傻，两三次之后，她就知道了，关家堡现在除了办她的婚事之外，就是盯着她。只要关小睢一有独处的机会，不管是在后花园还是在祠堂外面的围墙，总有那么几个武艺高强的家丁“恰巧”出现在她身边。

而在外面被盯着也已经是一个月前的事情了，现在距离大婚还有三天。从五天前开始，关小雎就被关在了自己的闺房里。关小雎的房间不久之前被关家堡的一位老人整改过，换了门窗，装饰得很美。但是，那门窗也很牢固。关小雎虽然功夫平平，但是以往她房间的门窗是她一踹就能踹飞的。这一次则不一样，那门框和窗，不知道是用什么材料做的，关小雎一直踢一直踹，但就是踹不坏，最好的结果就是那门框抖两下，等关小雎停了动作，那门框就岿然不动了。

大红的“囍”字贴在了门上和窗上，床前的旧屏风换成了用苏州双面刺绣绣成的鸳鸯戏水。床上的物品一律是喜庆的红色，被面上的金龙戏凤图是用金丝掺着天山冰蚕丝绣出来的。床前左侧放着崭新的梳妆台，上面排满了一个个大小不一的首饰盒子，右边的桌子上，放着一个古朴的、面上刻着大大的“囍”字的食盒，这食盒正是方才关惋眉亲自送进来的。从关小雎被关在房间里的那一天开始，关小雎就只能见到关惋眉一人，关家堡上下只有关惋眉一天三次给关小雎送饭，每次都是把饭菜放下就走，关惋眉不和关小雎说话，关小雎也懒得和冷冰冰的大姐交流。所以，除了时不时会来劝关小雎消停的奶娘，关小雎其实已经几天没有和别人说话了。

“老天啊！你就不能帮帮我吗！”关小雎沮丧地靠着门慢慢地蹲下，及腰的长发也缓缓地从两侧滑落到她的面前，挡住她的视线，挡住她的眼泪。为什么爹爹硬是要让她嫁给那个方小年？那个方小年是哪根葱，能配得上她关小雎？

“放我出去啊！放我出去啊！放我出去啊！”关小雎蹲在门边狠狠地捶着那一动不动的门，抽抽搭搭地喊着。

门外的奶娘早就走了，关小雎的哭喊，关家堡没有一个人能听见。就算有人听见关小雎的哭喊又如何？没有人会放她出来，没有人敢放她出来，也没有人有能力放她出来。关家堡的堡主早已经下了令，除了关惋眉和关小雎的奶娘，不许任何人接近关小雎的闺房。而关小雎房间的锁，只有关惋眉有钥匙。冷冰冰的关家大小姐，恐怕是关家堡唯一一个能对关小雎狠心的人，就连关倪君都怕自己会心软，所以就将唯一的钥匙交给了关惋眉保管。

天慢慢地黑了下来。关小雎扭着身子，很不舒服地醒过来。

“嘶——好疼！”关小雎伸手摸了摸自己的脖子，她靠在门边哭了一下午，哭得筋疲力尽便昏睡了过去，整个脖子现在被扭得很疼。

门外响起了一阵脚步声，关小雎扶着墙慢慢站起来，听见外面的人说道：“小小姐，奴婢们来为小小姐梳妆了。”声音不大不小，正好能够让关小雎听得清楚。

“你们是谁？为什么从来没有听过你们的声音？你们能进来吗？”关小雎扒着门，急切地喊着。

来人是为她梳妆的，如果她能够趁着人家进来为她梳妆的时候溜出去，那就不必嫁给那个什么方小年了。

“是大夫人派奴婢们回来为小小姐梳妆的，奴婢们现在可以进去吗？”门外的人，声音很是甜美，温温柔柔地问着。

“当然！当然！只是我没有钥匙，不能放你们进来，你们去问我大姐要钥匙吧。”关小雎喜上眉梢，只要等她们进来的那一刻，趁着所有的人不防备，她关小雎就能冲出这个关了她几天的房间了。

门外“咔嚓”一声，是开锁的声音。

这个声音关小雎听了几天了，她不是没有想过要在开锁的一瞬间冲出去，但是之前都没有试着。因为之前几天，开门的都是峨眉派的未来继承人关惋眉，凭关小雎那半吊子的功夫，在关惋眉面前，根本耍不了什么把戏。

门终于开了。

冲——

关小雎眼前一亮，纵身要跃出门去。只是这时，却见眼前一道人影晃过，一片阴影聚拢到她的面前，关小雎的脸色顿时变得比关家堡的炉灶底还黑。

站在关小雎跟前的，是关小雎的大哥关长安。而紧随关长安后面的，是二哥关长新和三哥关长欢……

“小妹，你要去哪里？”关长欢“啪”的一声打开了折扇，一下下慢慢地摇着，笑着悠哉地问自己的妹子。

若是平日只有关长欢自己在，关小雎定然一个熊抱就挂在关长欢的身上，然后撒泼打滚地要关长欢想法子送她出去。只是眼下，大哥和二哥都在，她根本就不能这样做。莫说关长欢未必肯帮她，就算关长欢答应了，大哥和二哥在场，一定也会阻止弟弟妹妹的胡闹。

关长安是少林寺的俗家弟子，深得少林掌门的真传，又是关倪君重点培养的关家下一任掌权者，一身的功夫，除了轻功稍微逊色于关小雎外，根本就是关小雎这辈子拍马都赶不上的武林高手；关长新则是使得一手绝妙的华山剑法。有大哥和二哥在，恐怕十个关长欢都救不出去一个关小雎。

关小雎环视众人，笑眯眯的哥哥们，还有笑眯眯的婢女们，顿时，她觉得天昏地暗。真的，真的就要嫁给那个什么方小年了吗？关小雎只觉得一阵委屈和愤怒涌上来，美眸慢慢合上，身体一下子栽倒在跟前大哥的怀里。她竟然被气得昏了过去！

夜已经深了，方府上下却是灯火通明，人热热闹闹地来了好几拨。距离方家迎娶关家堡的小小姐还有一天，四方的武林人士都赶来观看这一场声势浩大的婚礼。

关家和方家早就联名下了帖子，凡是武林中有头有脸的人物，都接到了方关联姻的喜帖，而就在最近这几日，观礼的人已经络绎不绝地来了。

“恭喜方大哥啦！”

“新翁之喜啊！”

“方老兄人逢喜事精神爽啊！”

虽然已经是深夜，但是方正明一点也不觉得累，依旧在客厅接待着来往恭喜的友人。

方府的客厅里面是一片欢声笑语，但是方府后面，与方府隔着两条大街的一个小院子，却是一片凄凉。

“你明日就要成亲了，今夜我叫你来，就是为了恭喜你的。”夜色迷蒙，房间里又没有点燃烛火，只听见黑暗里，一个女子心碎的声音响起。

方小年毫不犹豫地就将那女子抱在了怀里，她柔软的身体是方小年依恋的。想到明日自己就要娶一个他讨厌的女人，方小年心中一阵烦闷，接着将怀中的人抱得更紧了。

“君当作磐石，妾当作蒲苇。蒲苇韧如丝，磐石已转移。你日后……你日后，就莫要再来见我了。免得……免得叫我伤心！”女子声泪俱下，打湿了方小年紧紧环着她的腰的手。

“萍儿，你怎么可以这样说！”方小年一惊，将怀中的人转过来面对着自己。虽然没有月光，但是方小年依旧可以看得见她清秀的脸上，满是泪水。

“你明知……你明知我的心！你怎么可以叫我再不要去见你！”方小年低吼

着，“我若不见你，你叫我见谁？”

萍儿抓着方小年的胳膊，指甲狠狠地掐在他的胳膊上，忍着痛哭道：“你新婚的妻子，难道不是世界上你最该见的吗？她是关家堡的小小姐，是你爹最喜欢的儿媳妇人选，武林中谁不说你们是绝配！她美貌如花，与你门当户对，你们是天造地设的一对！她便是你日后要见的人！”方小年丝毫不觉得萍儿掐得他疼，因为他的心更疼。

“你别哭了。我这就去和爹说！我不要娶什么关小睢！我从来都不想娶什么关小睢！”方小年心中充满了愤恨！

从四年前开始，他就说过，他不喜欢什么关小睢，不想娶什么关小睢，可是爹一直在逼他。他无可奈何才离家去了天山学艺，想着，只要自己不在爹跟前，让爹忘了与关家的亲事。再过几年，他带着萍儿回家，看着他和萍儿的孩子，爹自然就不会再让他娶别人了。可是他哪里想到，家丁忽然到访天山，天山雪老接到方正明的信，竟然责令方小年即刻下山，回家成亲。

谁也不知道，早在三年前，方小年就在天山脚下，与一个孤女在一起了。两年前，他们有了自己的儿子。已为人父的方小年，深爱他的孩子和孩子的母亲，又怎么还想娶他孩子生母以外的女人做他的妻子？

“小年，忘了我吧。”萍儿笑着流泪，努力让自己平静下来，继续说道，“你爹，是不会让我和你在一起的。呵呵……我这样的身份，别说是做你的妻子，就算是做你的妾，都是不够资格的。”

萍儿低下头去，低低地说道：“你是阳城方家的独子，是天山雪老的得意弟子，娶的又是江南武林大家的女儿，关家堡怎么会让女婿纳妾？纵然是纳妾，也必定是哪家的小家碧玉，哪里是我这样的孤女？”

方小年一把搂住了萍儿，将萍儿紧紧地抱在自己的怀里，下巴抵着萍儿的额头，忍着眼中的热泪，道：“不许你这样说！这世界上，只有你配做我的妻子！只有你才是我爱的人！”

“当你掀起她的盖头，看见她宛如仙人的容颜，你自然会忘记了我，忘记我这个可怜的、低下的女子。”萍儿听他的话，心中一酸，但还是自顾自地劝他。

有哪个女人愿意把自己心爱的男人拱手让出？只是因为爱他，所以希望他过得更好。若方小年能娶一个门当户对的女子，对他的未来而言，自然是更容易成功的。方小年好，便是萍儿最大的梦想了；至于苦痛，就让她自己一个人都咽下吧！

方小年的手在黑暗的房间中细细地抚摸着萍儿的脸，眉毛、眼睛、鼻子，还有她温热的唇。虽然将萍儿抱在怀里，他无法看清楚萍儿的五官，但是每当他的手触摸到萍儿的脸上的每一个部位，萍儿的脸便浮现在他的眼前。因为萍儿早已被他方小年认在了心里。这一生，方小年谁也不要娶，就只要娶萍儿一个！

“萍儿，你相信我，我一定会给你一个交代的，我一定会给你一个交代的！”方小年呢呢喃喃，最后的一句话却似是用尽了所有的力气，重重地、一字一句地在萍儿的耳边许诺。猛地，方小年松开了萍儿，跌跌撞撞地推开房门。他不敢再停留，快步离开了这个小庭院。萍儿快步追了出去，却只能看见方小年高大的身影远去。她蹲下来，跪坐在庭院里，风一吹，庭院里的石榴花慢慢地往下落，掉在了她的发髻上。

“娘亲，娘亲，你怎么了？”在屋里熟睡的孩子因为方小年出去的动静太大被吵醒，但是孩子很乖巧，没有哭，而是步履蹒跚地走到他娘亲的身边。

萍儿抬头，满面泪痕。

“娘亲，不哭。涤儿呼呼，娘亲不哭。”涤儿奶声奶气地说着，用他胖乎乎的小手为萍儿擦去脸上的泪。

多么懂事的孩子！是她与方小年的孩子！

“涤儿！”萍儿一把抱住了儿子，顿时，庭院里响起了女子撕心裂肺的哭声。哭声里带着恨。萍儿的恨，不是恨方小年的无可奈何，不是恨方正明的铁石心肠，而是恨她自己的不中用，无父无母，没有出生在一个豪门贵族，无法匹配她心目中的郎君。

司泽远在关家堡外，看着那喜庆的红灯楼，摸了摸自己腰间佩戴的长剑，浅浅一笑。那个活泼可爱的女孩子，明日就要嫁给别人了。转身，司泽远身形远去。

这一天晚上，只有黑夜知道那些伤心人的心思。有人想要嫁与方小年却不得；有人想要娶关小雎，却连那个人自己都不知道自己的心思。但是，夜知道……

关小雎面无表情地坐在梳妆台前，既不配合，也不反抗。

在关小雎后面的关家小姐们，除了关惋眉不在，二小姐关小柔，三小姐关戴雪，四小姐关吻雪，都在陪着即将出嫁的小妹。她们看着关小雎面无血色，亦无表情的样子，甚是心疼。

尤其是关吻雪，自小和关小雎感情最好，此刻见妹妹这样，她眼眶都红了，晶莹的眼泪在眼眶中打转，张口就掉泪，道："小雎！你不要这样！"关小雎却好像没有听见四姐的话，木然地看着镜中的自己。

"四姐。"关小雎的语气平淡，似乎是已经认命，"我不这样，还能如何？"她逃也逃了，哭也哭了，闹也闹了，却不知道爹爹为什么那么狠心，不认命，又当如何？她的功夫本来就是关家子女中最弱的，如今为了让她乖乖出嫁，大姐还亲自点了她的穴道。这个家，就是那么想要她嫁给她不爱的人吗？

当年关小雎还小，只为了一时意气，就说了要嫁给方小年，可是如今她已经长大了，她知道她当年错了，那爹爹为什么还忍心要她嫁给一个她不爱的人？

二小姐关小柔和三小姐关戴雪上前将关小雎扶起，并着关大夫人派回来的婢女们伺候了关小雎沐浴梳洗，为她一件一件地穿上特地派人定做的嫁衣。华美的嫁衣，是当年在皇宫当过差事的善绣娘一针一线亲自做的。红色绸缎打底做的抹胸长裙，在胸前绣的是一只美眸微闭的凤凰，那灵秀的凤眼是海外碎琉璃做的，透出慵懒的贵气。整个凤凰的翅膀，是用金线刺绣，铺满了整片裙摆，看上去展翅欲飞。水袖极长，两条袖子正好是连理枝的刺绣图案，从袖口一直到后背，蜿蜒缠绵。打底的长裙外面罩了一件红纱，镂空的红纱却是别出心裁地在后背用更深的红丝线勾勒出了一朵盛开的牡丹花模样，穿上红纱，正好配合了裙子的连理枝的图案，一派喜庆。

可是，关小雎的脸上却毫无喜色。

大夫人周安语从门外进来，一眼就看见了关小雎木然的脸，叹了一口气，轻声地劝道："小雎，别这样，今天是你大喜的日子。"

关小雎的美貌都是遗传了她娘亲的，大夫人进来见了关小雎的面无表情，心中一痛。

大夫人与小姑子关倪月的感情也很不错。当年，关倪月出嫁的时候，她也是在场的，看见关倪月是快快乐乐的，那笑容美过世间最娇艳的花。只是后来，关倪月在婚房失踪，再回来的时候却告诉众人，她爱上了掳走她的男人，之后，关倪月的笑容再没有出现。

而如今，关小雎那与关倪月相似甚至胜于关倪月的容貌，却没有半分喜色。

这哪里是大婚，恐怕在关小雎心里，无异于是她的丧事。

“请夫人给小姐梳头。”

婢女递上玉梳，大夫人走过来，拿起玉梳，柔声道说道：“娘给你梳头。”

跟在大夫人身后的二夫人、三夫人、五夫人一同上前，二夫人站在大夫人身侧，说道：“一梳梳到尾。”

二夫人退下，三夫人上前，大夫人的梳子再一次落下：“二梳白发齐眉。”

关吻雪的眼泪更忍不住了，因为此刻关小雎的眼眶中也浮起了水雾，但是她却依旧忍着，忍着。她忍着心痛的模样，更让人觉得可怜和疼爱。

五夫人不忍，但是规矩不能废，只得上前，哑着声音说道：“三梳，子孙满堂。”

关小雎眨眨眼，滚烫的泪水就这么砸在了三小姐关戴雪为关小雎化妆的手背上。

“小妹……”关戴雪关切地看了关小雎一眼，柔声劝说道，“君子一诺千金。那是你曾央着爹爹去说的亲，爹爹纵使心疼你，却也不能再由着你拿婚姻大事做儿戏。你要宽心，不要怨恨爹爹……”是啊，是她当年不懂事，才会放言说要嫁给方小年。关小雎啊关小雎，你如今的样子，都是你当初的任性造成的！

“三姐，你放心吧。”关小雎艰难地扯出一个笑容，却比哭更加难看。

二小姐关小柔也叹了一口气，说道：“小妹，你日后，珍重自身。”

“谢谢二姐教诲。”关小雎此时再没了平日的那刁蛮任性的模样，谦顺得体，再不和姐姐们抬杠。可是这样的她，却似是苍老了几岁，看得人都心疼了。

披上红盖头，媒人与奶娘牵着关小雎的手，慢慢地走出了关小雎的闺房。随着人群往前走，来到了大厅，关倪君早已经坐在客厅上，等着女儿的到来。

“请小小姐给堡主敬茶！”

关小雎低头，看见有人端了一杯茶过来，关小雎跪下，将茶恭敬地递给关倪君，说道：“爹爹，喝茶。”

“嗯。”关倪君眼眶有些湿润。虽然她不是他的亲生女儿，但是却被他当成亲生女儿来对待。

“你娘与姨娘们，定然已经叮嘱了你好一番话。爹爹只有一句话要讲：你在关家堡，你就是关家堡的人；你嫁去了方家，也是关家堡的人，不许你不忠不孝，丢了我关家堡的人！”

当年关倪月的事情，让关家堡蒙羞，气得关家堡当时的堡主、关倪君的父亲一病不起，不久就去世了。而关倪君又有妹妹关倪月临终的嘱托，不许关小雎与她一样做出有损关家堡荣誉的事情。故而关倪君虽然疼爱关小雎，却始终不肯帮关小雎退婚。而得知关小雎逃婚，他更是大怒，将关小雎软禁起来。可是现在，真的要把关小雎嫁出去了，关倪君的心里，还是刀割一样地疼。

“吉时到——”关家堡的管家唱起这一句话，关小雎便弯下腰，重重地向爹爹与娘亲还有几位姨娘磕头，拜别。

“你去吧，你三位哥哥会护送你到阳城的。”

关小雎在盖头底下不言不语，被人搀扶着起来。众人都看见了，在关小雎起来之后，她所跪着的地板前，竟然是一片湿润。那是关小雎的泪水，十七年的泪水，都在这一日放肆横流。

关家堡很热闹，来观礼的人很多，大多是武林人士，也有一些商人或者是本地的名人，与关家堡交好的人都来了。

关小雎出门的时候，鞭炮声混着人说话声，嘈杂得让关小雎头都疼了。在人群里，她的不远处，一个穿着青纱翠绸的女子冷冷地勾起了一抹笑，看着正门横匾的三个大字“关家堡”，那女子紧紧地握住了双拳。

第四章
各有谋划

鞭炮声响起，新娘子进了花轿。

关家的三位少爷骑马并列在前，十二人抬着的大花轿在中央，浩浩荡荡的嫁妆与陪嫁丫鬟同家丁在最后。道路两旁挤满了看热闹的人。

“是关家小小姐出嫁啦！”

“夫家是阳城的‘长枪破天’方正明方大侠的独子啊！”

“哎哟！关家的姑娘都是水灵灵的呢！想当年啊，那关家的大小姐关倪月，那可是咱们江南的第一美人！”

“可不是吗！不过可惜了那月小姐……唉，不过啊，现在江南的第一美人，不也还是在关家堡吗，就是那关三小姐呀！” 路人议论纷纷，可是这些话，关小睢却是一句也听不进去。

阳城距离这里还有两天的路程，关小睢被点了穴，在花轿里头动弹不得，这个时候她才开始恨自己，恨自己当初为什么没有好好学武功，否则就不至于要被点了穴也无法冲开自己的穴道。

如果她的穴道冲开……关小睢闭眼，眼角流出了晶莹的泪珠。若是她的穴道冲开，以她的轻功，大姐不在，三哥又在前面，只要她想逃，就一定能够逃出去的！

没错！即使到了现在，关小睢还是想要逃。在关家堡，她面如死灰，那确实是她心中绝望之际。可是现在，她到了外面了，她却还忍不住地想，如果她没有被点住穴道，她现在就能够逃出这个送亲的队伍。走了一天，关小睢后悔了一天。如果她知道有今天，当初一定不偷懒，好好地跟着爹爹学武功。

“小小姐，吃些东西吧。”队伍在一个小镇上停了下来，众人去准备吃的东西，陪嫁的奶娘送了吃的东西进花轿。

“不吃。”关小睢的语气冷冷的，她心中烦得很。

“小小姐……”奶娘刚想劝，但是却被身后的声音给打断了。

“奶娘，小妹不肯吃东西吗？”来人是关家的大少爷关长安。

“小小姐估计是累了吧，不愿意吃。”奶娘善意地为关小睢圆着谎。

关长安自然是了解自家妹子的，笑笑：“奶娘，你也累了，你先去吃东西，我来和小妹说说。”

“小妹。”关长安掀起花轿的一角，看着花轿中坐着的艳妆女子，她美，却美得憔悴。

关小睢不说话，也不愿意看关长安。只是，关长安却没有在意关小睢的冷淡，他知道关小睢是在怄气，在气关家上下没有人为她求情，没有人帮她逃。于是，关长安伸手解开了关小睢的穴道。

“大哥？”关长安的动作让关小睢疑惑，大哥这样就解开了她的穴道，难道不怕她立刻就逃了吗？

关长安却笑了，如同旭日一样温暖的笑容。这个时候，花轿外面又响起了另外一个人的声音。

“小妹啊，你三哥给你送好吃的来了啊！”

关小睢噘噘嘴，眼眶有些泛红，听见三哥的声音，又让她想起那个晚上，她差一点就要逃出去了，却被三哥拦下。

关三少爷也进来了，看见自家大哥也在，一愣，又立刻恢复了他一向不羁的笑容，说道：“大哥也在啊？”

关长安点了点头，看见关长欢拿着一个食盒，想必是给关小睢送吃的东西来，就说道：“小妹，你和你三哥好好聊聊，大哥先出去了。”

关小睢哼了一声，把头偏了过去，不看那涎着脸捧着食盒坐过来的关长欢。

“好啦，你不要生气了好不好？你先吃东西，吃完东西我就给你解穴。”关长欢把食盒打开，里面都是关小睢喜欢吃的糕点。

关小睢一把夺过，一边津津有味地吃着，一边哼哼着说道：“大哥已经解了我的穴道了，要是等你来，恐怕我都废了！”

关小睢的穴道被制快有十二个时辰了，要是没有人给她解穴，恐怕在路上她就得受重伤，恐怕去到方府就直接病倒在床上了。

“大哥？”关长欢又打开了自己的折扇，慢悠悠地扇着，如墨的眉毛微皱，修长的手指轻轻捏住自己的下巴，似是在思考关小雎的话。

吃完了东西，关小雎抹抹嘴，扯着关长欢的衣角，神秘兮兮地说道：“三哥，自小哥哥里面，就是你和我最好，就是你待我最好了！”

“嗯……”关长欢斜睨着她，嘴角似笑非笑，轻声地应了她一下。

“你总不能看着你亲爱的妹子，嫁给一个她不爱的人，对不对？”关小雎扁扁嘴，用一双水汪汪的大眼可怜巴巴地看着关长欢。

“路是你自己选的。当初咱们可都是劝过你的，你四姐还让你不耐烦地打发走了。怎么，如今你晓得错了？”

关长欢扯回自己的衣角，轻轻拍拍上面被关小雎捏皱的地方，又接着说道：“现在，你已经穿着嫁衣了，这里距离阳城也就是半天的路，你还想跑不成？关小雎，你想过咱们关家堡的名声吗？”

“名声名声名声！是名声重要还是你妹妹的幸福重要！”关长欢不说还好，一说，关小雎立马就急了，她整个人跳起来，揪着关长欢的衣领嚷嚷着。

“吵什么吵什么！你怕大哥二哥不知道你要逃？”关长欢用扇骨拍开关小雎的手，疼得关小雎嘶嘶地喊疼。

“我不管，你要帮我！”关小雎一把抱住关长欢，像是小时候她闯了祸却要关长欢去替她顶罪受罚一样，不停地抱着关长欢的胳膊摇晃。

“你都十七岁的人了，已经要嫁人了，还这么没规没矩的！”关长欢用扇骨轻轻点了关小雎的脑袋一下，虽然嘴上是这样说教，却也不舍得挣脱关小雎。

关小雎努努嘴，心底在暗笑，她早就料定了关长欢疼爱她，舍不得让她嫁给一个她不爱的人。

关长欢想了想，说道：“等会儿你就装睡，我去找大哥和二哥喝酒，什么时候你听见我唱酒歌了，你就立马跑。往南跑，去越城！”

这个时候，在关小雎他们落脚的小林子外，一个轻功极高的人听见了关小雎和关长欢的对话，黑色面纱下，他露出了一个笑容。然后纵身而起，掠过树梢，只有微微的风声，在夏夜里，竟然没有引起送亲队伍中任何一个人的注意。

“宫主，属下打探到，那关家小姐似乎是想要逃婚！”在小林子外面，那个轻功极高的黑衣人半跪在地上，向背对着他的人报告着。

那个被称为“宫主”的人不语，思索片刻，冷笑了一声，说道：“关家的女子，果然都是不一般啊！”言罢，那宫主又低声吩咐，“咱们走！”

酒歌响起。关小雎脸上一喜，立马掀起花轿的帘子，风一样地蹿了出去。向南，向南！关小雎快要乐疯了，三哥真的成功了！可是，南究竟在哪里！

关小雎一生悔恨最多的时候，一定就是在十七岁这一年。悔恨当初为什么要说嫁给方小年，悔恨当初没有好好学武功，悔恨自己平时粗心，连南在哪里都不知道。当然了，现在她不仅要悔恨自己不知道南在哪里，还要悔恨为什么没有走远一些，或者是上树之后再找南在哪里。

“小……小小姐？”起来尿尿的下人揉了揉自己的眼睛，确认了眼前的红衣女子就是他们的小小姐，立刻反应过来，大喊：“快来人啊！小小姐逃出来啦！”顿时，大家都被惊醒了，一群人呼啦啦立刻赶了过来。关长欢扶额，无奈地看着自家小妹，他能说什么呢？

“好了，天色也晚了。长新和长欢，你们俩回去睡吧。”关长安沉着的脸终于有些松动，看着低头站在自己跟前的弟妹们，还是心软了。

关小雎蹑着脚，想混过去，但是却被关长安喊住：“小雎留下。”

唉……无能无力了啊！关长欢耸耸肩，他看见了关小雎的眼神，但是大哥可不是好惹的，虽然平日里大哥总是一副敦厚谦恭的形象，但是一发起怒来可是不堪设想的。

关小雎鼓着脸转过身来，细声细气地喊：“大哥……我……我知道错了……”

“唉……”关长安摇摇头，眉头皱起，抿着厚唇，说道，“小雎，从小到大，只要犯了错，你总说你知道错了，可是你下一次还不是照样犯同样的错？这一次你成亲，我虽然在外地，是近日才赶回来的，但是你的事情，大姐也跟我提过，你三哥还有咱爹也跟我说过。所以，这一次送亲，是我主动向爹提出来的。”

关小雎咬着自己的嘴唇，低下头去，看着自己的一双红色的绣花鞋子，不敢言语。她不知道大哥跟她说这些话的用意是什么。

“从小大哥和你交流比较少。大哥长年在少林，但是家里的情况爹跟娘都有跟我说，有关你的事情更是跟天上的星星一样数不清。你的性格我很了解，也知道你跟你三哥感情好，他疼你，为你什么事都敢做。可是，成亲这样的大事，能当作儿戏吗？”

关小雎缓缓地摇摇头。

“是，你当年还小。但是咱们关家堡，向来言出必行。亲事是你要定的，如今又要逃婚，你觉得这样做，对得起‘关家堡’这三个字吗？”

“大哥……”关小雎眼中氤氲了泪水，那种被关在关家堡时的绝望和窒息感，又一次沉沉地压在她的胸口。

关小雎，关小雎，她姓关，是关家堡的女儿，她要言出必行，哪怕代价是她的终身幸福！

“你跟长欢的对话，其实大哥都听到了。”关长安忽然说了这么一句，把关小雎惊得愣住了。

“大哥怎么会知道？你刚才不是已经走了吗？”关小雎吃惊地问。

“关家堡的秘技，你三哥和你都无心学习，所以你们俩自然不知道。”关长安只是淡淡地将这件事一语带过，却说道，“你问你三哥问得很对，究竟是关家堡的名誉重要，还是你的幸福重要？在大哥看来，两样都重要。”

关长安走到关小雎面前，一字一句坚决地说道：“关家堡的声誉不能毁，而关小雎的幸福，也不能毁！”

对上关长安认真的眼神，关小雎只觉得鼻头一酸，心底有股暖流流过，委屈却又安慰。

“大哥不会让你受委屈的。”关长安握住关小雎柔若无骨的手，说道，“你且听大哥对你说，明日，你……”

天一亮，送亲的队伍立刻继续前进，敲锣打鼓，热闹喧天。

阳城的夏天很热，大家走得累了，眼见阳城城门，脚下更快了。被十二人大轿抬着，因为轿夫走得快，关小雎被摇晃醒了。昨夜她想了一晚上大哥的话，终于练习好了今天要说的话和要做的事。想到一会儿的事情，关小雎心头乱跳，是紧张，是激动，更是兴奋——她要自由了！

观看关小雎与方小年这一场婚礼的人很多，阳城早就热闹起来了。方府派的人已经迎了出来，道路两旁挤满了人，热热闹闹地想看一看关家堡的女儿是怎样的姿色。

“迎——新娘子下轿——”方家的总管，穿着一件新裁的长袍，满脸笑容地高声唱着。

轿落，总管立刻笑眯眯地上前，打赏了轿夫们，媒婆也上前掀起了轿帘，要把关小雎扶下来。

马鞍，火盆。

“新娘子跨马鞍，从此平平安安！”方家总管手一挥，媒婆笑着搀扶着关小雎要上前去跨马鞍。

只是，关小雎没有动。

“新娘子，快跨啊！”媒婆小声地提醒。

关小雎头微微一歪，似是在思考着媒婆的话，忽地，她白玉般的手扯下了自己的盖头，高傲地仰着自己的脸，说道：“跨马鞍？新郎不出来接我吗？”

哗——

人群中一阵议论，一是议论关家堡果然是出美女，二是议论怎么关家小姐竟然敢自己掀了盖头？

“新郎官在里头等着小姐进去拜堂呢！哎呀，小姐，怎么可以自己掀了盖头？这样是不吉利的！快，快盖回去！”

关小雎却不听，就这么挺着腰杆站在外面，说道：“方小年不出来，我就不进去了。”

无奈，管家只得通报了里头，方正明并着儿子出来了，一眼就看见了人群中那个穿着大红嫁衣的女孩子。

“小雎啊，你快把盖头盖上啊！”方正明也着急，摆摆手，让关小雎快些把盖头盖好。

但是关小雎依旧不理，她看着方正明身边那个穿着喜服、脸上却一片黯然的男子，葱白一样的手指对他一指，说道：“我要你过来，背着我走过去！”

“你！”方小年本就不想娶她，见她这样刁难，更是生气，冷哼了一声，说道，“你自己过来，要是不想进门，你可以立刻回你的关家堡！”

好，果然和大哥说的一样。关小雎勾起了嘴角，眼角的余光已经看见了那个可爱的孩子。好戏，终于要上演了。

“爹爹，你为什么要娶别的女人？为什么你不娶娘亲？”

关小雎暗暗笑着，只见一个粉雕玉琢的孩子，流着眼泪冲着方小年喊。顿时，众人更是哗然。天啊，原来方小年已经和别的女人有了一个儿子吗？

那孩子穿着一件灰色的夹袄。也许夹袄原本并不是灰色的，只是穿得久了，所以变成了灰色的。孩子白嫩的脸上布满了泪水，淡若烟雾的眉毛紧紧地拧成一结，看得众人都心疼了。在场的人，恐怕只有关长安与关小雎并不震惊。因为这是他们昨夜就已经商量好的事情。

“你，你说什么？”方正明毕竟是武林中见过世面的人，很快稳定了心绪。

那孩子咬着嘴唇，眉宇间是坚定的意味，他胖乎乎的手指着方小年，说道：“我说，这个人是我爹爹！”

不过是看起来三四岁的孩子，可是口齿清晰，指证分明，说的就是今天的新郎官——方小年。

方正明侧目，瞪着自己的儿子，低声吼道：“这是怎么回事？”

方小年也语噎，那孩子他根本就不认识啊！虽然方小年与萍儿确实是有一个孩子，但是那个孩子乖巧聪明，不可能贸然跑到这里来喊他爹爹，萍儿也绝对不可能带着孩子到这里来。

一个不知道从哪里来的孩子，竟然当着众人的面，对着关家堡的准女婿喊了一声爹爹！呼哦！这可真是个可怕的消息！

关小雎满意地看着众人目瞪口呆的表情，她丢下手中的红盖头，两手交叉抱在胸前，一副女王睨视天下的姿态，说道：“方小年，你既然已经有了妻室，那就不该再和我成亲！按这孩子的话说，你莫不是糟蹋了人家姑娘，却不肯负责吧？”

没错，那孩子出来的时候，就大声地问了一句“为什么你不娶娘亲”。难道方小年真的是和哪个女子有过一段露水情缘，但是事后却不愿负责吗？

“你住口！”方小年猛地握紧了自己的双拳，双目瞪着关小雎，眼球里布满了血丝。整整一夜，方小年都想着第二天不要成亲，带着萍儿一走了之。可是没有想到，第二天他赶去小院的时候，萍儿已经杳无踪影。

伤心、气愤、痛苦……方小年就是带着这样的心情，任由家丁们帮他梳洗打扮好，在父亲严厉的目光下成为一个行尸走肉般的新郎。可是现在，关小雎竟然还敢提到什么妻室、孩子的话，正好刺痛了方小年的心。

如果不是因为和关小雎的婚事，他一定早就告诉了爹爹，他两年前就已经成为父亲，有一个温婉贤惠的妻子，一个乖巧聪明的儿子，一直期盼着儿孙绕膝的爹爹也早就荣升为爷爷了。

“我不管你在外面有什么人，总之，一个月后，你好好地迎娶小雎。否则，不管你在外面的是什么人，我都教她变成我的枪下魂！”谁的儿子谁知道。方小年这一次回来，言语之中的意思，方正明也猜到一些。不过，哪个英雄男儿年少的时候没有一两段感情？但是成家立业之事，绝对不可马虎儿戏。所以他不管儿子要说什么，把话都说绝了，本想绝了方小年不想娶关小睢的念头，哪里想到方小年早已经和别人私定终身，还有了孩子！

方小年自然也是了解他的父亲方正明的。所以，即使他再想把萍儿和涤儿的事情说出来，却也怕爹爹盛怒之下会对萍儿不利，而他现在还没有能力保护萍儿。可就是因为他不说，他才会在大婚之前失去了他的爱人。

“爹，你有想过娘亲的感受吗？”

在众人都议论纷纷的时候，那孩子又说话了。只是那孩子话语里的委屈和不满，还有那义无反顾的勇气，反而让在场的武林人士尽皆肃然，没有人再继续议论。

孩子小小的身子就站在中央，距离关小睢不过十几步的距离，一灰一红、一小一大，两个人的身影让在场的人都印象深刻。那孩子为了母亲而来讨公道，那份毅然决然，是众人所敬佩的。而关小睢那纤瘦的身形，穿着一件绝美的嫁衣，在这么难堪的场面下，她竟然还能笑得出来，更是让人惊奇。

“方小年，你可想过那个女子的感受？”关小睢美眸横了方小年一眼，眼底满是不屑，说道，“本小姐好歹是你要明媒正娶的妻子，却在大婚当天才知道原来你早和别的女人生了孩子。你这么做，到底有没有把我放在眼里？”

没有！你从来就没有在我眼里过！你算个什么东西，连萍儿的一丁半点都比不上！方小年想要这么回答，但是话在他的嘴里含了许久，却不敢吐出一个字。他也在反省自己。

纵然现在出现在他面前的孩子并非他和萍儿的孩子，不过是一个不知道从哪里蹿出来捣乱的孩子，但是他的字字句句，却都说到了方小年的心坎上！

如果他按照爹爹的意思娶了关小睢，他的儿子和他的爱人将要如何？涤儿，涤儿比这个孩子长得可爱水灵得多，那么好的孩子，他要怎么面对他日后的问话：爹爹，为什么你娶的人不是娘亲？

“小睢，此事尚未调查清楚，恐怕是有人从中作梗，你先别气，快进来吧，方伯伯日后一定给你一个交代！”方正明稳了稳语气，尽量让自己的语气和缓，他不能眼看着儿子和未来的儿媳妇在大庭广众之下对峙。

“方伯伯！”关小睢喊了一声，却是严肃的神情，义正词严地说道，“方伯伯！小睢知道你待我好。但是，方哥哥纵然不想娶我，也不应该在大庭广众之下让我这样难堪！既然方哥哥早就有了别的女人，还已经生下了儿子，那小睢就不应该破坏他幸福美满的家庭，这亲，小睢是不敢继续成了！”

“胡闹！”方正明却再也克制不住，呵斥身边的儿子，说道，“你说，究竟是怎么一回事！”

“爹！”方小年开口道，他表情严肃，像是做出了一个重大的决定，“其实这件事，本来早想和爹说的，但是爹一直拒绝和孩儿交流，所以，孩儿一直没有机会告诉爹。”方小年严肃的神情和语气，让众人忍不住屏息而待。

“其实孩儿早在三年前，在天山脚下，已经和一个女子相爱，定下终身，并且生育一子了！”

哗——

毕竟是当事人亲口说的，比起那个莫名其妙出现的孩子的话，更是让人震惊。

“你——”方正明更是大为震惊，双目瞪得圆滚滚的，胡子也掀了起来，一手捂着胸口，一手指着方小年，手指颤抖，却是说不出一句话来。忽地，方正明一口气提不上来，竟然当众昏倒。

“方公!”

“方大侠！”

眼见着方正明昏倒，方小年忙一把扶住，众人也拥了过去，纷纷关心地喊道。

这个时候，关小睢却在大部分人没有看见的情况下露出了一个愉快的笑容。她和大哥的计策，终于是成功了！

“姐姐，咱们走吧！”那个刚才还满脸泪痕的孩子现在却是偷偷地跑到了关小睢的身边，拉着关小睢柔软的嫁衣，一脸天真可爱的样子喊她。

这个孩子也不知道关长安是从哪里找来的，但是却是十分聪明，说话的语气和现场的表现十分到位，如果不是早就知道会有这一场闹剧，恐怕连关小睢自己都会被吓到。

只是……

关长安在人群中定定地看着焦急的方小年，心想，他倒还算是个汉子，敢当着众人的面承认他其实早和别的女人定下了终身。就是这么眨眼工夫，关小睢却从人群中莫名地消失了，等众人把方正明送回了房间，回头一看，却发现原本站在大门外的关小雎竟然不见了！而在关小雎站着的地方，只有一件漂亮的嫁衣，孤零零地躺在地上。

关小雎去了哪里？没有人知道。

关长欢走到关长安的面前，说道：“你应该知道她去了哪里的。”

“怎么说？”关长安不否认，但是也没有承认。

“前日，是你解了小雎的穴道。”关长欢这个时候却没了往日那种吊儿郎当的样子，很正经地说道，“她的轻功连我都比不上。穴道一解，她想去哪里都可以。”

“大姐用的是峨眉的点穴法，峨眉阴柔毒辣的功夫你应该知道。被制住穴道太久，你是想要小雎废掉吗？”关长安往前走了几步，说道，“再者，她的话没有错。究竟关家堡的声誉重要，还是她的幸福重要？”

关长欢定定地看着自家大哥的背影许久，忽然哈哈大笑，说道：“大家都说大哥老实厚道，却不知道大哥有这样的心思！看来在少室山的这些年，大哥的心却还没有像那群老秃驴一样的腐烂！”

关长安转过身来，眉头微皱，说道：“三弟这话是什么意思？”

“大哥解了小雎的穴道，又特地在小雎和三弟说完话之后主动邀我和三弟一同饮酒，难道不是想趁机放走小雎吗？”说这话的人，并非关长欢，反而是一直不大说话的关家二少爷关长新。

关长新不知道是什么时候来的，脸上没有半分表情，一片漠然，嘴里却不停地说着话：“大哥为了关家堡的名声，又为了小雎的幸福，所以故意让小雎逃婚，却不让小雎逃婚成功。反而在我们走了之后，和小雎商议了一个对策，在方家面前演了一场好戏。”

想到今天众人脸上丰富的表情，关长欢又忍不住笑了出来。

“没错。命一个小孩子假扮方小年的儿子，污蔑方小年早已经和别的女人生儿育女，再加上小雎的任性，当着众人面前一闹，这门婚事是成不了了；但是错的一方首先是在方家，所以关家堡如果是因为这样退了婚，反而能够让大家谅解，关家堡的人也不会成为言而无信的人。这样一来，既能够帮小雎退了婚事，又能够保住关家堡的名声，大哥不愧为大哥，用心良苦。”关长欢接了关长新要说的话，把事情分析了一遍，三个关家堡的少爷对视一眼，哈哈大笑。

“两位弟弟如此聪慧，哥哥的小聪明倒是在你们面前卖弄了。”关长安叹了一口气，说道，“只是哥哥为了关家和妹妹，却是不得不厚着脸皮卖弄一下小聪明。”

关长新走过来，拎着不知道在哪里弄来的三坛酒，把两坛分别递给关长安和关长欢，说道：“大哥一心都是为了关家好，怎么叹气呢？”

“方伯伯毕竟是爹的至交好友，我的这个计策，虽然对关家堡很好，但是却气病了方伯伯。若是爹知道了，不知要如何责怪。”

“怕什么的！”关长欢掀开酒坛子的封纸，狠狠地喝了一口酒，咂咂嘴，说道，“咱们都是为了关家和小睢好，爹要是怪罪大哥，大哥就放心好了，我一定帮大哥担着！”

关长新也喝了一口，笑着摇头道：“爹未必就会生气。你看今日那方小年说的，其实大哥是歪打正着了，那方小年其实真的和别的女人有事，若不是大哥这么个计策，恐怕那方小年一直瞒着不说，那小睢嫁给他，以后的日子也不会好过的。”

关长安却是摇摇头，拍拍酒坛子，坐到了地上，看着天上的星星，说道：“其实并不算是歪打正着。”

“哦？”两个弟弟齐声问道。

“长新，你记得大哥跟你说过的话吗？”关长安却是问向自己的二弟。

“大哥讲，从少林下来的时候，看见一个男人和一个女人抱着一个孩子，一家三口在很快乐地游玩。”关长新想了想回答。

“没错。那个男人就是方小年。”关长安喝了一口美酒，续道，“我当时很奇怪，距离成婚还有一个月，方小年怎么会出现在那里。打听之下才知道，那是前来游玩的一家三口，我也亲耳听见那孩子喊方小年‘爹爹’，所以就猜到了方小年其实早已经有了别的女人。”

“回到关家堡，听说小睢根本不想嫁给方小年，还逃婚了几次，所以我当时立马想到，也许可以利用方小年的事情做文章退掉小睢的婚事。”

关长欢靠着柱子慢慢地摇着折扇，懒懒地说道：“那方小年也本不想娶小睢，大哥用这个法子，是帮了小睢，也是帮了那方小年。不然那方小年哦，不知道何年何月才敢同方伯伯说起他的事情。”

关长新又是哈哈一笑，举着坛子，说道：“那咱们就为大哥的助人为乐干一杯！”

“干！”关长安无奈地笑着摇头。

关长欢眼中一亮，笑着举起坛子，说道：“为咱们大哥的聪明和小雎以后的幸福以及关家堡的声誉，干了！”

“小雎呢？”关长欢还不忘问起关小雎的下落，说道，“那妮子肯定是乐坏了，大哥喊她出来一起喝一杯吧，她也许久没有饮酒了。”

“听说她的酒量不错？”关长新也是常年在华山派，不经常回家，但是关小雎当初喝倒了关长欢的事情，却是听关倪君提起过。

“何止是不错？那小妮子不知道什么时候学会的喝酒，和我喝了一次，把我都给喝倒了。”关长欢想起那时候活泼的关小雎，又想到她出嫁前那憔悴的样子，恨不得立刻把关小雎叫出来，跟她好好庆祝一下她终于又得到了自由，然后大醉一场。

“她啊？她现在应该和臭臭在一起吧。”关长安说道。

“臭臭？是谁啊？”关长欢皱了皱眉头。

“臭臭是我以前下山时候遇见的孤儿，古灵精怪的，这一次的事情，幸好有他的帮忙。”

关长新拍拍额头，道：“就是那个，那个可爱的孩子？”

臭臭，这个名字听起来真是古怪。而臭臭本来也是古怪的，他不知道是从哪里来的孩子，长得很可爱，也很聪明的，但总是做一些小坏事。

关长安遇见臭臭的时候，臭臭就是在大街上拉着关长安的衣袖，可怜巴巴地喊他做爹爹，还说娘已经病了好几天了，爹爹别再去青楼，快回去看看娘。

可想而知，在大街上被一个看起来那么无辜单纯的孩子拉着说了这么一番话，心底肯定是奇怪的。然后被众人指指点点议论纷纷，就更是郁闷了。再三问了那不知道哪儿出来的孩子几句，更是被气得头上冒火。

“爹爹，你放心，以后臭臭一定只吃半个馒头，让爹爹和娘亲可以多吃一些。爹爹就快些回去看看娘亲吧！”

臭臭浑身上下看起来就像是一个小乞丐，但是当时的关长安一个翩翩公子的模样，这样的形象对比之下，大街上的人都觉得关长安是个没良心的爹，竟然把可爱的孩子丢在家里，还只让吃半个馒头。

“是爹爹错了，你带爹爹回去看娘亲吧！”关长安觉得这个孩子很奇怪，于是顺着臭臭的话说下去，硬是逼着臭臭带他离开了大街。

就是这样，关长安与臭臭认识了。因为关长安是唯一一个没有被臭臭难倒的人，所以臭臭就跟在关长安的身边了。

这一次的方府闹剧，正好有了臭臭的帮忙，才得以完美地呈现在众人面前。

关长安早嘱咐了臭臭盯着关小雎的，因为他怕关小雎会趁乱逃跑，怕关小雎不肯跟着他回关家堡去。所以一开始关长安就吩咐臭臭，事成之后，臭臭就趁乱带走关小雎，去一个只有关长安和臭臭知道的地方。

可是，关小雎眼下真的跟臭臭在那个关长安与臭臭约定好的地方吗？等到关家堡的三个少爷来到那家客栈的时候，他们三个人顿时傻眼了。臭臭在是在，但是臭臭一个人对着一大桌的好菜一动不动地坐着，即使是见了关长安来，也没有任何动作。

“臭臭？”关长安走过去，问，“小雎呢？”

臭臭的眼珠子转了几圈，却不说话。

“我问你，小雎呢？”关长安环视四周，再看看那桌上的菜，很明显，已经上了许久，但是却没有人动过。

关小雎在哪里？关长欢走过来，轻轻地一拍臭臭的肩膀，臭臭整个人就趴到了桌子上。

“她，她……她走了！”

臭臭弱弱地说着，生怕关长安会吼他。

“什么？”关家三兄弟齐声惊问。

臭臭从自己的怀里掏出一封信，愁眉苦脸地说道：“我带着她来到这里，她讲她饿了要吃东西，还点了一大桌子的菜，然后说她要上茅房，让我在这儿等着，她很快就回来，我就没有动。她走的时候说坐太久腿麻了，撑着我的肩膀起来了，她走了不多久我就发现自己动不了了。后来，小二就把这封信放到了我的怀里，说跟我一起来的姐姐走了。”

“大哥，当你看见这封信的时候，小妹已经不在你的跟前了。你放心吧，我不会有什么事的。谢谢大哥这一次帮了小妹的大忙，小妹永远会记得大哥的好！但是我不能跟着大哥回关家堡，我要出去闯一闯江湖。我要看看，江湖究竟是什么样子的。大哥你多保重，也替我向爹爹道歉。但是，等我玩够了，我就一定会回关家堡的，到时候，爹爹要再关我一个月的祠堂我也乐意了。小雎亲笔。”关小雎走了。关小雎去闯荡江湖了……江湖。什么是江湖?

关小雎虽然生长在武林世家，但是这些年，随着关倪君的隐退，关家堡的人其实和武林的事情已经不再有很大的联系。

江南的关家堡，武功卓绝，当年的“江南一剑”关倪君的事迹也还在江湖流传，但是关家堡的人却不再在江湖上有任何新的成就。因为，在三年前，关倪君就下令，关家堡的任何人，都不许参与江湖中事。即使是拜在少林门下和华山派门下的两个儿子，也是一直在门派中练功，鲜少下山。

关小雎太想知道江湖是什么样子了，但是她却从未能够见过江湖。总是在关家堡里面听着四姐关吻雪说着江湖如何如何的刺激，关小雎却一直被关在关家堡里面，不能出来闯一闯。

关吻雪曾跟着师父含烟谷主踏足江湖，但是含烟谷主却也是一个古怪的人，武功高强，却从来不喜欢多管闲事，只要他不愿意，你就算拿着千金来求他治病，他都不见得多看你一眼。反之，只要是他看着顺眼的人，不管你是谁，不管你愿不愿意，他都会给你医治。所以，关吻雪能够跟着含烟谷主在江湖上行走，看尽江湖中事却毫不参与。

关小雎太想知道那江湖生活到底有多刺激了。所以，趁着逃婚的机会，她便打算不要那么快回关家堡。是以关小雎早已经准备好了东西，在闹完方家之后，就偷偷地甩下大哥，独自去闯荡江湖了。

“江湖！你好！”关小雎骑在马背上，笑容灿烂，向着天空大声地呼喊。

江湖，我来了!

第五章
初入江湖

关家堡的书桌被拍碎了。关倪君坐在一地碎木的后面，气得脸色发青。

“好！好！好！”关倪君连说了三个好，指着眼前的三个儿子，说道，“关家堡不愧是尽出好男儿！你们的胆子这样大，帮着妹妹逃婚！”

关长安上前一步，头微微低下，说道：“爹，这件事全是孩儿的主意，也是孩儿找人一手策划的。”

“不是！大哥一向老实，又怎么会是大哥的主意？这事是我做的！”关长欢立刻站了出来，反驳了关长安说的话。

“你们俩都不要争！大哥，三弟，我知道你们是想保护我，但是，爹，这件事其实是我做的！”关长新也不甘落后，一副“一人做事一人当”的模样，挺着胸膛。

关倪君的目光在三个儿子身上扫过，怒极反笑：“都很能耐啊，生怕我会轻罚了你们是不是？”

“孩儿不敢！”关长欢虽然这样说，但是他眼里目光的意味却是“就是怕爹爹轻罚了我”。

“关小雎！关小雎！关小雎人呢？”关倪君又吼道。

当年的“江南一剑”脾气是很暴躁的，这些年来修身养性，倒是温和了许多，只是如今被几个儿女气得暴脾气又犯了。

“小妹留下了书信，说要闯荡江湖，自己走了。”关长安拿出关小雎留下的书信，递给了关倪君。

“好！好！好！不愧是我关家堡的好女儿！”关倪君连连说了三个好，将手中的书信揉成一团，摔在了地上，“你们三个给我去祠堂面前跪着！”

关家的三个儿子被罚跪了，因为关小雎的离去。

可是，关小雎却毫不知情。

外面的世界真是好，热热闹闹的大街，还有热热闹闹的茶馆。

在关家堡的时候，关小雎也曾偷溜出家过，但关家堡是建在距离镇上十几里的地方，关小雎最远也只是到了镇上罢了。而且，镇上的人不多，大多是平民百姓，所以，关小雎这回是第一次在关家堡以外的地方看见那么多的武林人士。

“哎，公子，您瞧瞧，咱们这儿的宝剑，那可是一等一的好！”打铁铺的伙计见了女扮男装的关小雎，眼神一下子就亮了，指着跟前的长剑向关小雎推销着。

关小雎皱皱鼻子，这哪里算是什么宝剑，不过是一堆破铜烂铁罢了。摇摇头，关小雎转身走进一家珠花铺子。

“哎哟！”一个瘦小的男人忽然撞了过来，关小雎正在看着珠花，不提防被他撞了一下。

“不好意思，不好意思！”那人很快就跑了。

关小雎莫名其妙地看着那人离去的背影自言自语道：“江湖上的人都是这样毛毛躁躁的吗？”

“公子！你的钱恐怕是被那人摸走了啊！”珠花铺子的小姑娘见关小雎一脸生相，说道，“公子是外地来的吧？那人可是咱们这儿最有名的小偷！”

关小雎一摸自己的身上，果然，她带着的现银真的都不见了！再看那人离去的地方，竟然已经没有了踪影！

“你怎么不早些说！”关小雎一摔手上拿着的珠花，生气地瞪着小铺子的姑娘。

小姑娘原先是好意，却不想关小雎是这样任性的脾气，非但没有感谢她，反而还摔了她的珠花。“你这个人是什么意思呀！我好心告诉你，你却这样待我？你摔坏了我的珠花，你赔！”大街上的人很多，一下子都被吸引到这里来了。

“我好心告诉他，他的银子被三三偷走了，他不但没谢我，反而把气撒在我这里，还摔坏了我的珠花！”从那小姑娘的口中，大家知道了事情的大概经过，纷纷指责关小雎。

关小雎在家中哪里受过这样的气？气得眼眶红红的，冲着人群吼道：“你们都给我滚开！”

“谁在这里闹呢？”一个沉稳的声音响起，众人忽然安静了下来，纷纷让开了一条路，让那人进来。

珠花铺子的小姑娘把事情说了一番，那人笑着问关小雎：“公子是刚到这里的？”

关小雎不言语，却胡乱地点了点头。银子被人家偷走了，她接下来要怎么办？

来人穿着一件宝蓝色的长衫，手上戴着一枚玉扳指，长发用金冠束起来，有些微黄的肌肤透着一些苍白。他招了招手，唤来了身边的人，低声吩咐了几句，打发走了下人，又对关小雎说道：“公子受惊了。”

众人奇异地看着那人，却听那人说道：“在下金元宝，是这里的一名商人。原先也像公子这样被三三偷过东西。公子放心，在下一定帮公子把钱找回来！”

关小雎抬头，惊讶地看着那个叫作金元宝的人，她不明白，为什么人家要帮她。

“我看公子也累了，不如先到府上休息片刻，如何？”

关小雎略微思索了一下，说道：“那就有劳了！”

金元宝摆了一个请的手势，前面有人带路，关小雎点点头，跟着走出了人群。

关家的小小姐啊！金元宝勾起嘴角，喃喃自语道：“想不到，关家堡的小小姐竟然到了我的地头！”

金府没有辜负了它的名字，整个屋子金碧辉煌，关小雎想，大约皇宫也就是这样了吧。可是她不知道，她到的这个地方可不是什么皇宫，反而是一个金笼子！

被关在金笼子里三天的关小雎，不小心听见了下人们的议论，这才知道，为什么金元宝会那么恰巧地出现在自己面前。原来，现在各个地方有头有脸的人都接到了关家堡发出的武林帖，许诺关家堡的十分之一的财产寻找关小雎。金元宝外号“爱财如命”，既然是爱财如命的人，又怎么会放弃领赏的机会呢？所以，在发现那个面生的公子的女儿态的时候，金元宝立刻拿出武林帖对照，认出了女扮男装的关小雎。于是，金元宝派了人去偷走关小雎的钱，而后将关小雎关在了自己的家里，等着关家堡的人前来领人。想到关家堡十分之一的财产，金元宝摸摸自己的玉扳指，笑得很是灿烂。

“想从我身上得到好处？没门！”关小雎打昏了来给她送饭菜的婢女，换上了婢女的衣服，拿着从房间顺来的值钱的东西，趁着夜色，逃离了金府。

关家堡都逃出来了，小小金府算得了什么？关小雎在金府外面的墙上写着：关小雎到此一游！

既然武林帖都已经发了出来，想来关家堡的人也已经出来寻找她了。关小雎虽然没有江湖中人的复杂，但是在关家堡捣蛋多年，脑子却也是十分灵活的。好，我就让你们找不到我！

关小雎这一次不再以男装出现，而是换上了漂亮的女装，在客栈里面订下了酒席，大吃大喝了一顿。

很好！

关小雎发觉距离她桌子的不远处，有两个鬼鬼祟祟的人，她用袖子掩着脸，一杯酒饮尽，假装醉倒在了桌子上。

“大哥，你看她是不是真的醉了？”关小雎倒下不久，就听见了有人过来说话。

“这么一坛酒，她肯定是醉了。你看，她这不是连眼睛都睁不开了吗？”

关小雎心底暗笑：姑奶奶可是千杯不醉，只是你们有眼无珠看不出来而已。三天前，关小雎看见这两个人用药迷昏了一个少女，将少女卖到了此地最红的青楼——烟雨楼。如果是别的女孩子，肯定会对青楼避而远之。可关小雎偏偏是一个爱冒险爱捣蛋的人。

青楼哦，那么多男人都喜欢去、但是女儿家却不许去的地方，关小雎早就想去见识见识了。只是当初在关家堡的时候，看管甚严，虽然小镇上也有青楼，但是人人都认得关小雎，又怎么敢让关小小姐进去呢？所以，关小雎一直不曾有机会去见识一下。而在这个地方，女扮男装的关小雎脚还没有踏进烟雨楼的大门就被老鸨请了出来。老鸨眼神犀利，一眼看穿了关小雎是女扮男装。她们开青楼的，最不喜欢的就是一些来找迷醉青楼夫君的女子，所以老鸨一下子就派人把关小雎“请”了出来。关小雎只有轻功比较好，别的功夫平平，被人夹住了胳膊，一下子就扔出了大街。

丢人，丢人，丢人！

所以，关小雎就想到了一个办法——假装她被坏人卖进了青楼。别的女孩子肯定会害怕，可是关小雎却不怕。她自诩轻功高强，想着被卖进青楼，第一可以见识一下青楼是怎么回事；第二可以躲避别人的寻找——谁能想到关小雎会在青楼呢？第三，轻功高强的关小雎，要想从青楼出来，不过是一个纵身的事情。综合各方面的考虑，关小雎便穿得十分招摇地在坏人面前喝醉了。果不其然，那两个人摇晃了一下关小雎，见关小雎没有反应，于是就夹着关小雎去了烟雨楼的后门。

“妈妈，这可是绝对的好苗子啊。你看这脸蛋，你看这身材！”

那两兄弟往绝地里夸着关小雎，老鸨眼尖，自然是看出来关小雎的美貌，大大方方地给了一百两银子，把关小麻烦给收到了自己的烟雨楼。如果老鸨知道关小雎会给她闹出来那么多的麻烦，恐怕即使有人给她倒贴一百两，她都不会收了关小雎进烟雨楼。

关小雎醒来了。唔，还不错。

关小雎摸了摸身上的被子，嚷嚷道：“有没有人啊？渴死我了啊！”

“姑娘醒了啊！”一个看起来不过十二三岁的小丫头推门而入，小丫头手上捧着梳洗的东西，笑得很甜。

“我渴死了！”关小雎扁扁嘴，说道，“给我倒杯水来！”

小丫头倒是很听话，走到桌边给关小雎倒了茶水，说道：“姑娘，奴婢叫作小红，是妈妈派奴婢来伺候姑娘的。”

“嗯，知道啦！”关小雎喝完水，把杯子甩在一边，又盖上了被子，说道，“你先出去吧！我有事再叫你！”

小红愣了一下，这姑娘怎么和别的姑娘不同？别的姑娘一看自己在一个陌生的地方，肯定会问这问那，最后知道了自己在青楼，肯定是又恐惧又哭泣。可是这新来的姑娘，竟然那么平静。

小红赶紧去跟老鸨说了，老鸨眉头一挑，尖细的声音轻道：“你带我去瞧瞧！”

老鸨来到了关小雎在的房间，推门进去一看，却发现被子里面根本就没有人。

“哎哟，我的一百两！”老鸨大呼，“这个死丫头！快派人追回来！”不过老鸨却错了，关小雎虽然不在房间，却不代表她跑了。

“妈妈！不好了，楼下打起来了！”一个龟奴气喘吁吁地跑了上来。

老鸨正在痛惜自己的一百两银子呢，听到龟奴禀报，气得脸都红了，骂道："是谁敢在老娘这里撒野？"老鸨来到楼下一看，竟然是"一百两银子"在楼下的大厅中，一直找人喝酒。

青楼姑娘陪人喝酒那是常事，若是别的姑娘也像这样一到青楼就自觉陪人喝酒，那老鸨可是要赚大发了。可是这陪人喝酒的是关小睢小姐，一切就不那么好赚了。关小睢的美貌把烟雨楼的姑娘们都比了下去。仗着自己的美，关小睢硬是把别的姑娘的客人都吸引到了自己的桌上，然后让人家陪她喝酒。陪美女喝酒是好事啊，有谁不乐意呢？可是，坐下来的人却都后悔了。关小睢的规矩是，坐下来的人，喝一杯酒就要回答她一个问题，回答错误就要给她一百两银子。

"你大伯的三叔的表弟的妹夫的大姨妈的四姨太是你的什么人？"

"呃……"

"超时！答不出来，给我一百两！"一百两到手。

关小睢掂量着手中的袋子，笑得天真甜美，见了老鸨，更是笑得开心。一百两银子把她关小睢买了，那关小睢自然要多赚几个一百两咯！

"我今年几岁？"

"十七岁！"

"答对了！"

哇塞！这么简单的问题！答对了！围观的人纷纷热血沸腾，不知道这美人对那个答对的人有什么奖赏。

"啪""啪""啪"。连着三声响，打得众人哑口无言。想不到，答错了是要一百两银子，而答对了，竟然是要被打耳光！

"你！"被打的人原本喝醉了，挨了三记耳光，一下子清醒了，脸都肿成了猪头。

"我怎么了？"关小睢摊摊手，笑得无辜，说道，"我刚才说过了，陪我喝酒，就要遵守我的规矩！"

关小睢环视众人，斜睨着那个被打肿脸的人，说道："陪我喝酒，喝一杯回答我一个问题，答错了给我一百两银子，答对了如何，我没有说。但是我现在说了，答对了，就抽耳光！答对了几个字，就抽几个耳光！"关小睢的话，把看热闹的和坐在她身边的男人们都吓到了，老鸨更是气愤：这新来的小妞，竟然敢那么大胆，得罪了她那么多的客人！

如果你明白关小睢这样又漂亮又聪明，家世背景又好，从小到大都是被人宠着长大的女孩子的活泼的心，那么你一定能够谅解她不怕闯祸只怕闯的祸不够大的心理吧。

打伤了几个青楼的大汉，仗着自己的轻功高强，关小睢稳稳地坐在烟雨楼的房梁上，一双秀气的腿在众人头顶上晃来晃去，手上拿着一碟糕点津津有味地吃着。

青楼的妈妈气得脸涨成了猪肝色，一双肥手叉着腰，瞪着关小睢，恨不得用眼光把关小睢从房梁上射下来。“你们！你们给我上去！把那个死丫头给我抓下来！”老鸨一巴掌打在一旁的大汉的头上，大汉唯唯诺诺地应了，招手叫来几个人，准备叠罗汉上去把关小睢抓下来。

“唔？好小子，你们这样是抓不到我的，不如你们跪下来求我呀，跪下来求求我，我也许就会下来逗逗你们哦。”关小睢晃动着两条腿，用手抛起一块糕点，“啪”地打在了最上面的大汉头上。

糕点的粉末糊了那人一脸，关小睢见了哈哈大笑，像是起了兴致一样，开始把糕点掰成两份，瞄准正在叠罗汉的大汉们的眼睛，一块块砸了过去。不多会儿，叠罗汉的几个大汉眼睛都被眯住了，只顾着用手去揉自己的眼睛，于是那叠得还不怎么好的罗汉就彻底叠不成了，摇摇晃晃的几条彪形大汉摔倒在了地上。

“哈哈哈哈……”关小睢笑得肚子都疼了。她手腕上戴着一个手镯，手镯上面全是铃铛，随着她笑弯了腰的动作，那铃铛也发出一阵阵笑声。

“你……你们……你们……你们这群废物！”老鸨脸色又变了，黑着一张脸一脚踹在了一大汉的屁股上。

正在不知道怎么办的时候，妈妈却听见了一个爽朗的笑声。“王妈妈啊，你这烟雨楼怎么不做生意了啊？”

闻声望去，是一个左脸上有好几道刀疤的彪形大汉，那大汉紫面大胡子，头上戴着一顶破草帽，衣服也有些破破烂烂的，但是王妈妈看见他却像是看见了救星。

“哎哟！是李大侠啊！”王妈妈笑着迎上去，用她肥硕的身子蹭到那大汉身边，一脸讪笑堆在脸上。那李大侠用手不停地摸着自己的下巴，他的一茬胡子长得像是夏天里的小麦一样密密麻麻。

"王妈妈，你家茉莉在哪里啊？"李大侠说着话，从怀里掏出了一锭银子，沉甸甸地塞在王妈妈的手里。

"哎，李大侠还能记着咱们家茉莉喔，那是咱们家茉莉的福气咧！"王妈妈收了银子，笑得脸上开了花。"不过可惜了啊，茉莉上个月就让人赎身了。"王妈妈话语里不无伤感，"女人啊，总是要有一个男人做归宿的。"

李大侠一愣，脸上的笑容不知道该怎么继续，手上的东西也掉了一地。关小雎瞟了一眼那一地的东西，撇撇嘴，那不过就是一堆破贝壳。

"怎么回事！她怎么会跟别人走了？"李大侠一把抓住王妈妈的两条胳膊，几乎是吼一样地问王妈妈。

王妈妈也被这样的李大侠给吓到了，她哆哆嗦嗦地说道："那人给了两倍的赎身银子，茉莉说这些年她也累了，就，就……"

风尘女子，吃的就是一碗青春饭。在累的时候，正好有个人可以递给她一个肩膀，那么就跟着那个人走吧。跟谁不是跟？不如跟一个有钱又愿意为她花钱的人走。出身风尘，见惯了逢场作戏的人，谈情说爱，简直就是天方夜谭。

"她……她答应了要等我的！"李大侠咬牙，狠狠一瞪王妈妈，说道，"是谁？是谁敢抢走她！"

王妈妈摇头叹气，做出一副很无奈的样子，说道："我怎么晓得，那人是外地来的，据说是个商人，茉莉跟着他第二天就走了。不过啊，你也别太难过了啊。咱们楼里的姑娘啊，还是很多的，总还会有别的姑娘伺候你的……我跟你讲哦，我楼里面新来了一个姑娘，我知道李大侠对茉莉好，舍不得茉莉。但是茉莉已经走了，李大侠何不找个别的姑娘伺候你呢？"

王妈妈说这话的时候，眼神不断往梁上的关小雎身上瞟，拉着李大侠的手，低声说道："你看，那是咱们楼里新来香香。哎哟，不是妈妈我夸，那个妞啊，比茉莉的身材好上不知道多少倍哩！"

"再好都不是茉莉！"那李大侠也有些死心眼，看也不看关小雎，只一心伤心他的茉莉走了。

"她可比茉莉漂亮一百倍！不过啊，也不是随随便便谁都能得到的，要不是觉得李大侠威武勇猛，妈妈我也不会把这个姑娘介绍给你啊。"

李大侠终于被说动了，抬头看了一眼房梁上的关小雎，正好见了关小雎冲着下面的人扮鬼脸的样子，那一幕正好就撩拨了他的心。王妈妈一看李大侠的神情，就知道自己的决定做对了："李大侠长年在外，夫人又没有生下子嗣，香香还年轻，要是李大侠把香香带回家，我想不出三年，李大侠肯定有个白白胖胖的儿子。"

那李大侠原本就对关小雎那青春活泼的样子动了心，再听王妈妈这么一说，当即就决定了：帮"香香"赎身，带回家去做小妾。

王妈妈笑得脸上的肥肉一颤一颤的，点了点李大侠递给她的三千两银票，拉了李大侠的衣角，说道："香香好是好，不过有一点，脾气不大好。唉，我就是说了她两句，她就跑到房梁上去了，也不知道是跟谁学的三脚猫功夫，现在硬是在上面不肯下来……"王妈妈作出为难的样子，像是要把银票还给李大侠，说道，"虽然妈妈是爱财，但是啊，要是不能把香香交到你手上，也不能收你这银子啊。刚才，刚才是我疏忽了，竟然忘了这一茬。唉，看来啊，我得找人用渔网把她网下来，好好地调教一番了。"

"呵，不过是一个小丫头罢了，看我拿她下来！"男人最禁不住别人的激将，李大侠自诩武功不错，当即要把泼辣的小丫头捉下来让王妈妈看看。

"丫头，你现在已经是我'江西大刀'李维尚的小妾了，你快下来随我回家去！""江西大刀"大喝一声，他身形虽然看起来庞大，跃起却毫不费力，一下子也跃到了房梁上，正好与关小雎打了个照面。

关小雎自然是把"江西大刀"和王妈妈的话听在了耳朵里，她眯起双眼，用手捋了捋鬓边的头发，冷哼了一声，道："江西大刀是什么东西？姑奶奶从来没有听过！你配得上我吗？"

"好丫头！我'江西大刀'纵横江西近十年，你一个小小丫头，要什么人才能配得上你？""江西大刀"李维尚弯着腰在房梁上走着，虽然看起来十分滑稽，但是他脚下都注入了真气，震得房梁一晃一晃的，房梁上的灰尘也不断地往下掉。

关小雎撇撇嘴，不屑地拍拍震落到她衣服上的灰尘，说道："姑奶奶从未听过你的名号！"

"好！没关系，等你跟我回家之后，我天天讲故事给你听——"李维尚还差几步就到了关小雎面前，忽然快步向前，大掌一挥，像是要把关小雎拍到房梁下。

"嘿！"关小雎轻喝一声，身影灵动，速度极快地倒挂在房梁上。长发飘飘的女孩子，穿着一件月牙色的纱衣，倒挂在房梁上，如果不是这个女孩子长得漂亮，恐怕要惹得人以为这是哪里来的女鬼了。

“好啊，你身手倒是不错，李大爷喜欢！”李维尚原本以为这个丫头不过是手脚快一些，麻利一些，所以才爬到房梁上来，但是现在一看，这丫头身上好像还有些功夫。李维尚的兴趣一下子被激起来了。

“看大爷拿住你！”李维尚一蹬房梁，震落了更多的灰尘，关小雎身子一扭，飞到了二楼的栏杆边，却突然皱起了眉头，使劲地揉着眼睛。那些灰尘的速度比关小雎的速度快多了，躲闪不及，总有那么一些灰尘眯了关小雎的眼睛。刚才关小雎还用糕点来捉弄人，现在反而被人用灰尘捉弄了。

李维尚趁机发掌，做了爪状，一把掐住了关小雎。

“你！你放开我！”关小雎挣扎道。

李维尚是江湖中的粗人，平日里打斗多了，对这样娇弱的女孩子也一下子改不过来，他一掌抓住关小雎，力度很足，关小雎被掐得生疼。

“哎呀，我老李是粗人，可是疼了丫头了？”李维尚见关小雎红了眼睛，以为关小雎是被他抓得疼了，就松了手问她。可是关小雎哪里是疼哭的，不过是刚才被灰尘眯了眼睛，自己给揉的。但是，李维尚一松开了她，关小雎就像是被人放回海里的鱼，脚下生风，一闪闪出了几米外，拍拍手，说道：“疼倒是也不疼！不过，你是粗人就罢了，本姑娘可是‘细人’，可不能和粗人在一起！”

关小雎身形瘦弱，穿上了月牙色的纱裙更是显得脆弱，此时眼睛又红红的，眼中泛起一层水雾，看起来更加惹人怜爱。李维尚更是喜欢了，哪还管是不是“细人”不配“粗人”，只知道这丫头是烟雨楼的人，他出了三千两银票，已经买下了这丫头当自己的小妾。

“不管配不配，总之王妈妈已经收了大爷的钱，你就跟我走吧！”李维尚又走了过来，他脚下每走一步，就震得二楼的木地板抖一抖。

“跟你走？抓住我再说吧！”关小雎往空中一跳，像是一只灵活的燕子般飞到了三楼上。

“好俊的轻功！”李维尚大赞一声，也蹬了一下二楼的栏杆，立刻追了上去。“江西大刀”的名号不是白叫的，李维尚一出掌，还是颇有用刀的风范，掌风凌厉，果然像是用一把大刀一样。

关小雎娇喝一声，纤细的手腕竟然也敢对上李维尚的大掌，灵活如蛇的手腕在空中绕了几圈，把关西大刀的掌势化去。

“不错啊，有两下子！”那李维尚更是来了劲头，再出一掌，说道，“你且接这招！”说完，李维尚就势往前一推，手掌直取关小雎的胸前，关小雎脸上一红，怒道：“不要脸的下流坯！”

关小雎抬腿，身体向后倾，脚尖打在了李维尚的手腕上，李维尚却是就此一抓，将关小雎的脚给抓住了。被人制住了脚，关小雎更是大怒，另外一条腿也凌厉地踢过去，李维尚掌上用力，也不躲闪关小雎的腿，却是用另一只手一拧关小雎的被制住的脚。关小雎吃疼，力气一下子使不出来了。

“不错的丫头！不过，大爷可是抓住你了，你还是跟着大爷走吧！”

李维尚那身材看起来不是很灵活，但是身手却不迟钝，三两下点住了关小雎的几处穴道，让关小雎动弹不得。

王妈妈在一旁喜笑颜开，迎上前来，说道：“今天晚上，就让大爷在这里洞房了吧！”

关小雎被人制住了穴道，又听王妈妈这样说，这个时候才是真的着急了。她逃出来就是为了不和自己不喜欢的人成亲，可是现在她落入青楼，竟然要被人家卖给一个大汉做小妾！

关小雎气得流了眼泪，破口大骂那王妈妈没有良心：“我告诉你，除非你这辈子不让我动，否则我一定把你剥皮拆骨！”

“姑娘，你就省省力气，留着好好伺候李大爷吧！”王妈妈自然不会把这些话放心上的，她既然做了这一行，被骂得还少吗？但是，她也不想听见有人在聒噪地吵吵嚷嚷，于是就让人用一个馒头堵住了关小雎的嘴，把关小雎带回房里去梳洗打扮了。

再一次穿上大红的嫁衣，再一次被人逼着成亲，可是这一次，却没有哥哥帮她逃婚了。如果那个时候自己没有跑掉就好了，也许撒撒娇，哥哥们还是愿意带着她闯江湖的，那她就不用被人抓住卖给人家做小妾了。关小雎越想越伤心，越想越恐惧，脸上的泪也越来越多，把她的妆都给哭花了。

“哎呀，丫头，你哭什么？大爷会对你很好的！”李维尚穿了喜服走过来，见关小雎哭成这样子，也有些心疼。

“我……”关小雎咬着牙，心想，一定要逃出去才行。

“我不要在青楼里面成亲！”关小雎说道，“既然你说你在江西是有头有脸的，那你就立刻带着我走，回到江西再正式地、风光地纳我做妾！”关小雎这么说，原本是一个缓兵之计，想着这样的话，在路上也许能想出法子逃走。但是，这一句话，倒是打动了李维尚。李维尚在江西确实是有些名气，想着要是回江西风光地办一场，也不枉费了他“江西大刀”的名声。

于是，第二天天一亮，李维尚就带着关小雎离开了烟雨楼，往江西的方向去了。

第六章
再次逃婚

李维尚的做法合了关小雎的心意，她也不再哭了，只想着让自己冷静下来，看看有什么法子能够在路上逃跑。而李维尚则是以为，关小雎不过是个小丫头，到底是喜欢炫耀的，他李维尚既然答应了要给她风风光光的婚礼，这小丫头就不难过了。于是，一路上，两人相处得还算融洽，起码关小雎没有再哭再吵了。而李维尚似乎也挺喜欢这样的关小雎，真的答应了关小雎，没有行礼就不会动她。关小雎暗自松了一口气，终于暂时躲过了一劫。

“我肚子疼，我要下车去出恭！”坐在马车上的关小雎忽然喊道。

这几天，关小雎表现得都很乖巧，李维尚不疑有他，就爽快地解开了关小雎腿部的穴道，但是关小雎的轻功却还是不能施展，不过是只能走路罢了。

马车停了下来，关小雎提着裙摆跑到了草丛里。这个地方是关小雎刚才在车上看见的，一堆密密麻麻的灌木混着杂草，远远看过来就比较隐蔽。关小雎麻利地脱下了自己的外衣，把衣服挂在灌木上，自己却弓着身子快速地挪到了外面去。

李维尚虽然同意了关小雎下马车，但还是留了一个心眼盯着那边的方向，只是看起来并不是那么明显。因为李维尚眼角的余光一直注意到关小雎那边有个黄色的身影，所以就以为关小雎真的是在那边出恭。只是等了许久，关小雎都没有回来。

“哎，丫头，你好了没有？”李维尚等得有些不耐烦了，扯着大嗓门问。

那边的灌木丛没有人回答，李维尚又喊了一次：“丫头啊，你可快些，不然咱们就不能在天黑之前赶到下一个镇了！”

这一次还是没有人回答，李维尚起了疑，看过去，发现那个黄色的影子还在。他皱皱眉头，心想，难道是那个丫头还在出恭，却因为害羞而不答话？又等了一会儿，还是不见关小睢回来，李维尚便大步朝那个黄色的身影走去。走近了李维尚才发现那根本就不是人的影子，只是有人用外衣披在了灌木上，假装是有人蹲在那里。李维尚气得摔了那件黄色的外衣，快步回到了马车上，拿了自己的大刀就要去寻关小睢。

这个时候，关小睢早已经在路上跑了许久。因为被制住了穴道，不能使用轻功，关小睢只能很吃力地跑。太阳很毒，关小睢被晒得都快要昏过去了，可是她不敢停下来休息，因为她知道，那个灌木丛并不能帮她很久。一定要在那个“江西大刀”赶来之前，解开自己的穴道！否则，这一次被抓回去，再想逃就难了！

“好好好！好一个丫头！”关小睢正在着急的时候，却听见了李维尚的声音，顿时心神不定，一下子摔倒在了地上。

“好丫头，你不是胆子很大吗，这个时候怎么怕了？”那声音更近了一些，关小睢用手撑起自己的身体，往后面一看，李维尚距离她已经不过是十几米的距离了。

老天啊！关小睢简直是绝望了，她咬着牙齿，着急而沉默地等着李维尚过来。

“姑奶奶是不怕你的！要不是你点了姑奶奶的穴道，你姑奶奶早就飞离了你！你以为你轻功多好？有本事解开了姑奶奶的穴道，咱们再比一比！”

关小睢想用激将法激得李维尚解开她的穴道，但是李维尚不笨，哈哈一笑，说道：“丫头，你以为大爷是傻子吗？解开你的穴道，你还不得跑了？大爷承认，轻功确实是不如你这个丫头，但是你现在还不是被大爷抓住了？”

李维尚提着大刀走上前来，像抓小鸡一样一把提起关小睢，说道：“你要是再敢跑，就别怪大爷的刀不客气了！”李维尚比划了一下他的大刀，说道，“这把刀砍过不少人的腿，有男人的腿也有女人的腿，但就是没有砍过你这样美丽水灵的丫头的腿，难道你想给这把刀开个荤吗？”

关小睢看了一眼那把大刀，那大刀锃光瓦亮，看起来很是锋利，想来那刀一砍下来，关小睢的腿是保不住的。没有了腿该是多么可怕！关小睢忍不住瑟缩了一下。

“走！”那“江西大刀”一手提着大刀，一手提着关小睢，迈着大步子往前走。

在路上的小茶馆边，关小睢被关在了马车里，李维尚下车去买馒头和清水了。

关小睢正着急地想着有什么办法能够逃离，这个时候，她听见了马蹄声，很着急的马蹄声。她低着的头忽然抬了起来，头探出马车后面的窗，看见前面有人骑着一匹马奔驰而来。

“喂，骑马的！”关小睢忽然喊了一声。

骑马的人听见了关小睢的呼喊，扯住了缰绳，慢慢地停了下来。司泽远没有想到，他再一次看见那双灵动的眼睛，竟然是在一辆马车上，一个陌生女人的脸上。

“姑娘有什么事吗？”司泽远骑在马上问。

关小睢已经不记得司泽远了，但是他的声音和他的笑容，却让她觉得很亲切，很熟悉，脸上有点发烧的感觉。但是，这些都被关小睢忽略了。

“我……你快救救我！我被人抓住，点了穴道了！那人是江西大盗，要把我抓回去当小妾！”关小睢说得很急切，一双水灵灵的大眼睛祈求地看着司泽远。她虽然不认识司泽远，但是看司泽远腰间佩剑，而且浑身上下别有一番武林世家的子弟的气度，只好死马当作活马医地祈求这个人会武功，而且能够为她解穴，救她一次。

果然，司泽远浓眉一皱，说道：“竟然有如此猖狂的人！”

司泽远跃下马背，快步走上了马车，一剑将马车的锁劈开，然后把关小睢从马车里面抱了出来。

被司泽远抱在怀里，关小睢一直盯着他的脸看。如墨的长发用一支玉簪束起，两道浓眉像是书画大家笔下的一撇，有力而饱满，一双如同黑曜石一般的眸子，清澈而温柔的目光落在她的脸上，还有那嫣红的唇瓣，竟然比关小睢这样美的人更让人忍不住想要一吻。

“姑娘，冒犯了！”司泽远放下关小睢，有礼地同她道歉。

“没，没事。”关小睢看他看得有些出神了，此时被喊了一声，羞得脸上微红，倒是有了几分小家碧玉的味道，不再似那刁蛮小姐的模样了。

“姑娘可觉得身体有哪里不适？”司泽远解开了关小睢的穴道，见关小睢捂着胸口皱眉头的样子，便开口问了一句。

“觉得胸口好闷。”关小雎说道，“方才，那大盗让我下车出恭，我趁他不注意，就偷偷地跑了。可是没有想到，那大盗还制住了我的几个穴道，结果我没跑多远他就追了上来，我这胸口就一直觉得好闷好疼。”

“想来是穴道未解，姑娘就强行气力，所以才会冲撞到肺腑。”司泽远从腰间拿出一个小瓶子，说道，“我这里有些丹药，姑娘可以吃了试一试。”

关小雎接过小瓶子，说道：“这是什么药？”

“家母曾经跟着中原的一个名医学习过医术，这是家母配制给在下疗伤的药。姑娘想是冲撞到了五脏六腑，而且又被制住了穴道多时，恐怕是受了内伤。这个药，姑娘可以试着服用一些，看看是不是能够缓解一下。”

司泽远的语气温柔，也许是因为关小雎的双眸和当年那个他心目中活泼的女孩子的相似，所以他看这个女孩子的眼神也如同春风一样柔软。但是他不知道，这个女孩子就是当年让他心头一动的人。

关小雎抿了抿唇，从那小白瓷瓶子里倒出一粒丹药，就着司泽远递过来的水吞服了。

“丫头！丫头！你又跑到哪里去了？”才休息了一会儿，关小雎又听见了那“江西大刀”怒气腾腾的声音。

想到李维尚的一把大刀，关小雎瑟缩了一下。而司泽远也感觉到了身边女孩子的害怕，他站起来，将女孩子护在身后，说道：“你不要怕，我自会保护你的！”

关小雎一愣，抬头正好对上了司泽远眉头微皱的认真表情。他，他看起来像是一个好人啊……但是，不容关小雎多想，李维尚已经提着他的大刀寻了过来。

“嘿！你这个丫头就是不老实，真的要我把你的腿砍下来才肯乖乖跟我走吗？”李维尚原本就不是什么温柔的人，他在江西开了一家镖局，来往之间也都是江湖莽汉，说起话来自然是直来直去的毫不客气。但是这话听在司泽远的耳里却是另外一个意思。他暗忖，这姑娘说得不错，这大盗果然是嚣张猖狂得很！

“你不要嚣张！”司泽远上前几步，说道，“这位姑娘既然不愿意跟着你走，你又何必强人所难！”

“你是哪里来的毛头小子？你李大爷的事情难道要让你来管？”李维尚正在气头上，见一个小白脸模样的人竟然为关小雎出头，想着关小雎竟然在短短的时间内就勾搭上了别人，心中更气愤了。他想到了茉莉，茉莉原本答应了要等他的，知道他这一次押镖去海边，还要他带一些贝壳回来。可是，等他带着贝壳回到烟雨楼的时候，茉莉竟然跟着别人走了！

青楼女子当真这样的无情无义！李维尚越想越气，他心想，要是这一次再把关小雎抓回来，虽然未必真的要砍掉她的腿，但是总要用绳子将她绑起来的。

“你强抢民女，谁不能管？”司泽远皱起眉头，见“江西大刀”这样嚣张的气焰，已经暗暗做好了拔剑的准备。

“强抢民女？”李维尚把他的大刀重重地插在地上，指着司泽远身后的关小雎，说道，“老子花了三千两银票才把这个丫头从烟雨楼里面赎买出来，你竟然说老子是强抢民女？”

“烟雨楼？”司泽远回头看了一眼关小雎。

“不，才不是呢！”关小雎低声地反驳。

“这个丫头已经被我买下来当小妾了，她已经是我的人了，你是哪里来的野小子，竟然敢来管你李大爷的闲事，你是不想要命了吗？”

司泽远见关小雎一脸央求，看起来一点都不像是骗他的，于是转过身说道：“这姑娘说你是大盗，将她掳来，还点了她的穴道，要强抢她做小妾。”

“你同他说那么多做什么？”关小雎见李维尚变了脸色，怕他说的话会让司泽远相信，于是站了起来，一把抱住了司泽远的胳膊。

“丫头！你竟然敢当着我的面和别的男人这么亲热，你看我不砍断你的手脚！”

没有一个男人可以容忍他的女人在他的面前和别的男人亲热，纵使他与那个女人并不相爱，但是出于男人的尊严，这样的事情还是会让他很难接受。于是李维尚再不多说，挥着他的大刀上来就是一刀。

司泽远脚下不动，仿佛一点不害怕那锋利的大刀，他一只手护住了关小雎，另外一只手则是按在了自己腰间的佩剑上，准备随时拔剑。

“嘿咦！”李维尚大喝一声，高高跃起，大刀被他舞得虎虎生风，眼看就要把司泽远给劈成两半。

关小雎紧紧闭上双眼，不忍再看，生怕自己一睁开眼睛，看见的不再是有温柔笑容的司泽远，而是被劈成两半的死人。但是，也正是因为关小雎闭上了眼，所以她没有看见司泽远是如何拔剑的，也没有看见司泽远的剑是如何把那大刀给挡到一边去的。

“你莫怕。”关小雎的耳边忽然飘来司泽远的一句安慰的话，她紧张的心微微放松了一点。因为，在关小雎的耳里，听不到司泽远的紧张和害怕。于是，关小雎又睁开了眼睛。司泽远没有被劈成两半，李维尚反而累得气喘吁吁地在一旁休息。关小雎勾起嘴角，轻轻松松地挽着司泽远的手臂，得意地冲李维尚扮鬼脸。

“你，你这个丫头！”李维尚气得头上都要冒火了。虽然他没有同关小雎行礼，也没有要了她的人，但是他认为自己花了三千两银票从烟雨楼把她买了下来，那她就是自己的人，怎么还可以当着他的面和别的男人这样亲热！

“我？我怎么了？”关小雎已经看明白了，李维尚是打不过这个骑马少年的，于是她也就不害怕了。反正，就算打起来，这个骑马少年也肯定不会让李维尚伤她一分一毫的。而且她身上的穴道也已经被解开了，如果打不过，她还可以跑呀！

“你这个不守妇道的女人！”李维尚已经把她视作自己的小妾了。

关小雎一愣，接着却又笑了，如同黄莺出谷的声音，配上她捂着嘴巴笑的时候手上铃铛发出的声音，不知道有多么的愉悦。

司泽远侧过脸去，看见这个少女的笑容，一下子觉得十分熟悉，好像四年前那个拿着鞭子恶作剧的女孩子的笑容。四年前，关家堡的堡主过大寿，司泽远代替中原司家前去祝贺。因为当时的人太多，司泽远又是个比较喜欢安静的人，于是他就选了一条花园小径，躲在假山下面躺着睡觉。可是就在那个时候，他听见了一个少女同一个少年的争执。躲在假山下面的司泽远把外面发生的事情看得一清二楚，自然也看见了那个少年被少女制住带走。

出于好奇，也出于对那个少年的关心，于是司泽远就跟在了少女身后。他身法灵敏，所以一直跟踪少女回到她的闺房都没有被发觉。而后，司泽远跃上房顶，揭开瓦片看时，正巧发现了少女那灿烂如花的笑容。也许就是那一个笑容吧，司泽远顿时觉得心头一跳，竟然愉快地也跟着她笑了。

虽然不知道那少女为什么要把那少年抓起来整治，但是看到那少女挥着鞭子打在地上吓唬那少年时候的笑容，司泽远竟忍不住同她一起开心。那少女一笑，两颊就会有浅浅的酒窝，眉毛会柔和地弯起来，眼睛也会笑弯得如同新月。

四年前，关家堡，少年，少女……司泽远有些晃神了。四年前的那个笑容，是关家堡小小姐的笑容，那少年则是方小年。不知道她现在在哪里，过得好不好呢？

原本司泽远是出来参加方小年和关小雎的婚礼的，他还特地绕了路先去了关家堡一趟，打算悄悄地看一眼关小雎。只是他不知道那时候关小雎正被她爹爹关着，所以没看见她。想到关小雎要嫁做他人妇了，而且那个“他人”还是自己的好兄弟，司泽远再不敢想那个笑容让他心头一动的少女。

但是后来，听说关小雎在方府前大闹一场，而且还失踪了。不久之后，又听闻江湖出现了关家堡的武林帖，帖子的内容是寻找关家的小小姐关小雎，司泽远这个时候才知道关小雎并没有回到关家堡，反而是流落到了江湖上。

因为不忍心看关小雎嫁给方小年，所以司泽远当时将贺礼送到方家就走了。当时的方小年正在为萍儿的事情着急，也没有心思挽留司泽远。

于是，司泽远并没有看见关小雎在方府门前掀下盖头的那一幕，也不知道当初那个笑容甜美可爱的少女，如今是何模样。所以即使关小雎现在就站在司泽远身边，司泽远也没有发觉原来自己日思夜想的人就在身边。

“你同我讲妇道吗？”关小雎像是不明白李维尚话里的意思，无辜又气愤地说道，“你说我是烟雨楼的人，但是谁能证明我是烟雨楼的人？你有没有问过我是不是烟雨楼的人？也许我只不过是恰好到烟雨楼玩玩，但是那个老鸨见我姿色不错，所以就想强行将我留下。而因为我有一身好轻功，那老鸨不能拿我怎么样。你竟然助纣为虐，见色就起贼心，帮着那老鸨制住了我，还强迫我做你的小妾！”

“你……”李维尚被关小雎问得说不出话来。

不错，李维尚进去的时候，关小雎是自己在房梁上的，很明显烟雨楼的人拿她没有办法。再者，关小雎从来没有说过她是烟雨楼的人，只是王妈妈一个劲地说关小雎是她楼里新来的姑娘。虽然关小雎确实是被人家卖进去的，但关小雎此刻却是死不承认。

“我不过是好奇烟雨楼是什么模样，所以就想进去看看咯，哪里想到，你竟然敢对我起了色心！”关小雎挽着司泽远的胳膊，张扬地笑着说道，“这一次呢，姑奶奶就放过你，如果还有下一次，姑奶奶绝对不会饶过你的！”关小雎停顿了一下，眼睛滴溜溜地转了一圈，像是想到了什么，忽然眼睛一亮，指着李维尚的那一把大刀，说道，“下次，你要是还敢对姑奶奶不敬，姑奶奶就让我未婚夫用你的大刀把你的腿给砍断！”因为被李维尚用砍断腿相威胁，关小雎一直又害怕又生气，现在看有人替她撑腰，便一点也不客气地放下狠话。

“你未婚夫？你有未婚夫？你未婚夫是谁？”李维尚连连发问。他在江西好歹也有些名气，现在被一个毛头小子挡下了他的刀，又被一个小女子这样威胁，他紧紧攥住自己的刀，气得胡子都飞了起来。

“噢……你想知道我的未婚夫是谁吗？你想要同他决斗吗？唔……”关小雎做恍然大悟状，又用手指轻轻地捏着自己的下巴，鼓着嘴说道，“可是哦，我想哦，你肯定打不过我未婚夫的，你还是不要自取其辱了！”

“你叫他来，看我不一刀把他给劈了！”

关小雎闻言，又是哈哈大笑，一串笑声配着她灿烂肆意的笑容，在她青春的脸上格外地吸引人目光。

司泽远就是被她这样青春气息满满的笑容给吸引住了目光，心中暗道：她与那关小雎可真是像啊……他却不知道，在他身边挽着他手臂的女子，就是他心里的那个关小雎。

“你刚才不是已经用刀劈过他了吗？可他还不是挡住了你的刀？”关小雎紧了紧挽住司泽远的胳膊，向前挺了挺胸脯，说道，“我身边，我挽着的人，可不就是我的未婚夫吗？”

关小雎当年为了逃避关倪君的惩罚，就说她喜欢方小年，要嫁给方小年，这也是关小雎后来后悔得不得了的事情。而如今，为了吓跑李维尚，关小雎则说司泽远是她的未婚夫。但是这件事情，却成了关小雎日后回忆里最得意的事情之一。后来，当关小雎知道了司泽远心意的时候，她想：也许这就是人家说的缘分天注定、佳偶天成吧！

“什么？！”关小雎的一番话，让李维尚很是惊讶。

“姑娘，你这说的是什么话？”司泽远也是一惊，不知道这姑娘为什么会忽然这样说。

“什么姑娘姑娘的，你不过是出了一趟家门，见了几个姑娘，你就不记得我叫什么名字了吗？”关小雎似乎很是恼火，一掐司泽远的胳膊，嘟着嘴说道，“你要是敢不承认，我就叫你爹爹打你！”

李维尚狐疑地看着关小雎，却见她脸上那一副真真的嗔怒。

“姑娘，我……”司泽远原本是风度翩翩，可是被关小雎这么一赖，他反而说不出什么话来了。

“你是不是见这大汉厉害，所以你就怕了？好你个张勇敢啊，我看你哪里都不勇敢！你竟然……你竟然因为别人看上你的未婚妻，你就胆怯了？你不敢和他拼斗吗？”关小雎跺跺脚，恨恨地说道，“既然是这样，那这门亲事不结也罢！”

“你们俩停停！”李维尚握紧了自己手中的大刀，厉声说道，“我不管你们俩的亲事要不要结，我只知道，这个丫头是王妈妈卖给我的小妾，就是我李维尚的女人。既然你们这门亲事不结了，那丫头就跟我回江西吧！”

关小雎心中咯噔一声，见司泽远没有说话，她心里更慌了。不行，一定不能让这个什么“江西大刀”把我带走！关小雎一咬牙，拔下自己头上的金簪，抵在自己的喉咙上，对司泽远说道：“你既然不要我，我就不能丢了我们家的脸。什么‘江西大刀’的小妾，我是不屑做的。你要是眼睁睁地看着我被人家带走，我还不如立刻就死在你面前，叫你这辈子再也忘不掉我！”

“姑娘，你可千万别做傻事！”司泽远正要去拦住关小雎，却不想关小雎的轻功底子好，一下子就闪到几米外。

“你战不战？”关小雎硬是逼着自己挤出了几滴眼泪，眼眶也被润得红红的。

“你战不战？”另一边，李维尚也被关小雎的不屑激怒了，李维尚可不管这少年是不是关小雎的未婚夫，即使不是，看这情况，这少年也是要管这闲事的，那不如就让他来战一战吧。

司泽远眉头一皱，被两人一逼，只能慢慢地提起长剑，手腕一振，剑尖指向了李维尚，缓缓道：“那你便来吧！”不是他非要惹是生非，只是他不能眼睁睁地看着这女子死在他的面前。

司泽远从小便是一个有正义感的人，眼下不管这女子是如何一回事，单看她抵着喉咙要自尽，他就不能不管。

听见司泽远答应一战，李维尚的神情也严肃起来，握着大刀的手再次紧了紧，手心里的汗也被掌中的炽热给蒸发掉了。关小雎慢慢地退到一边大树之下，她手上的金簪还没有放下，一直抵着自己的喉咙。此时，风沙像是知晓了此处有人要对决，竟然都停了下来。树上不停飘落的叶子，却像是赶着来看热闹似的，簌簌地往下掉。

风停沙停，叶却不停。

司泽远仗有大家之风不肯主动出手，李维尚却没有这样的习惯，他大刀一挥，刀风带起地上的片片落叶，迎着司泽远狠狠地劈了过去。

落叶被凌厉的刀风卷起，刀砍向司泽远的时候，那片片落叶也像是大刀上面的分支，竟然都带了凌厉之意。司泽远没有轻敌，眉宇间聚拢了一层严肃，但是他却一直站在那里不动，直到李维尚的刀尖到了他的额头前，他还是不动。

就差一点点，就差一点点，司泽远就要被那把刀劈成两半了！关小雎的心都提起来了，难道这少年刚才躲过那一刀，是纯属侥幸吗？那她岂不是白白地害了一个无辜的人？关小雎不忍再看，她生怕看见那俊美的少年被劈成两半，那是她造成的深深的罪孽。可是她也不敢再等，于是就立刻跃上枝头，脚尖一点，身姿轻盈地飞了出去。如果那少年真有实力，他必定能够躲开那大刀的攻击。如果……如果他死在了大刀之下，那她就……就一定要快些离开，日后再来为那少年报仇。总之，不管是出于什么原因，关小雎知道，这是她唯一一次有可能逃离李维尚手掌的机会。于是她没有放弃，她没有顾及到她心中那个让她羞红双颊的少年，竟然趁着这机会逃跑了。

李维尚也觉得，就差一点点，他就能把那多管闲事的少年给劈成两半了。他得意而残忍地露出一丝笑容，死吧，就死在大刀之下吧！可是出乎两人的意料，在那差一点点的距离中，不知道司泽远是如何动作的，似乎只是左手摘下了一片树上的叶子那般简单，李维尚的大刀就偏向了司泽远的左边，狠狠地切到了司泽远左边的空地上。刀痕很深，震裂了那贫瘠而坚硬的土地。

李维尚目瞪口呆。第一次这少年就是莫名其妙地躲过了他的大刀，第二次这少年竟然又是莫名其妙地让他的大刀砍到了另外一个地方。这少年究竟是谁？

“依在下愚见，恐怕胜负已分。”司泽远看起来好似很轻松地躲开了那一刀，实则不是。为了躲开李维尚的刀，司泽远全部的注意力都集中在了那一刀上，如果不是这样，他不会在大刀将将砍中自己的时候，准确地让大刀偏向一边。

“阁下……”李维尚说不出话来了，这少年看起来年纪不大，却两次躲开了他成名的大刀，他还有什么好说的。

司泽远自然也从李维尚脸上复杂的神色中看出他心中所想，于是他露出一个谦和的笑容，收起自己的长剑，说道：“不过运气而已。”

“唉，罢了，罢了！就让那关丫头随你去吧！”李维尚苦笑着收起自己的大刀，说完那一句话，却是忍不住摸着自己的刀连连叹息。

“我……其实，我和那姑娘只是萍水相逢，但是姑娘却说是阁下强行纳妾。

其中因由，还请阁下和姑娘细细说来。”司泽远回头，想要把关小雎叫过来，却见那大树底下空无一人。

李维尚这个时候终于明白了，他又是苦笑着叹息一声，说道：“原来如此……”

第七章
路遇真匪

李维尚连连叹息，用大刀支着身体，却咳嗽不断。他捂着自己的嘴，感觉到喉间有腥热的液体涌出，忍不住一口就吐了出来。再也无法支持得住，李维尚晃晃悠悠地倒在了地上。看着那湛蓝的天空，还有那偶尔出现的柔软的白云，“江西大刀”忽然想起茉莉来。那蓝色的天空，像是茉莉的裙摆；那柔软的白云，像是茉莉洁白的肌肤；还有此刻轻轻吹过的微风，像是茉莉在他耳边低低的喘息。

茉莉啊茉莉……

李维尚扯了扯嘴角，躺在地上，艰难地对司泽远说道：“你……我相信你，是和那关丫头……萍水相逢……了……”

司泽远找了一圈都没有发现关小雎的身影，回来却看见李维尚躺在地上，身边还有一摊血迹。他半蹲下去，准备扶起李维尚。但是，这个时候却听见李维尚那样语气疲累的一句话，他在心中重复了一下，说道：“在下本就是路过此间，见那姑娘可怜，所以才想问一问究竟是怎么回事，自然是和那姑娘萍水相逢的。”

“呵呵……”李维尚笑了出来，嘴角的血迹却干了又湿，他捶打着边上的泥沙，说道，“那关丫头，不过是想逃离我身边罢了，她是不愿跟我走的，不愿跟我走的……”李维尚又想到了茉莉，茉莉是愿意跟他走的，只是他那个时候却没有带茉莉走。在茉莉走了之后，他却又因为茉莉的离去而悲伤、气愤，才强行要带走关小雎。

其实李维尚很早就察觉到了，关小雎怎么可能是王妈妈的人？关小雎身姿轻盈，轻功俊俏，若是想要逃离烟雨楼，根本没有人拦得住。所以，事实只有是关小雎说的那样，她只是为了知道青楼是何模样才偷偷溜进去的。只是“江西大刀”很不甘心，他总是要有一个理由让另外一个女子为茉莉重创他的心伤而负责，恰恰那个时候的关小雎又引起了他的兴趣，所以关小雎就成了那个代替茉莉要被他带走的人。

司泽远从怀中拿出一个白瓷瓶子，与之前给关小雎的一样，说道：“方才在下以气移力，想必不小心重伤了阁下，这是家母所制的内伤药，还请阁下服下，好好调养。”

在武林世家中成长的司泽远，不仅仅有与生俱来的正义感，还有仁慈与宽容。在他看来，除掉恶人不是以恶制恶，而是以善制恶。杀掉一个武功比自己差的恶人并不是很难的事情，但要使那个人弃恶归善，却是艰难的事情。

如果一个恶人可以弃恶归善，那么世上便多了一个善人而少了一个恶人。比起杀掉一个恶人，他宁愿世界上多一个善人。司泽远认为，引导恶人行善才是天下正道。所以，从踏足江湖开始，司泽远的剑下，从未出现过死人。即使在大战中原五大恶霸的时候，司泽远也只是以一己之力重伤五人，最后教化那中原五大恶霸走上正道。那一战，司泽远的“碎阳剑法”使得他本人赢得中原“一剑惊天”的称号，而他的剑，也得了一个美名——“引善之剑”。所以这一次，司泽远以气重伤了李维尚，却没有将他杀害，反而是用家中灵药为他治疗内伤。

服用了司泽远的灵药之后，李维尚对这仁义的少年大有好感，也在治伤的过程中慢慢地把整件事情告诉了司泽远。

“你是说，那个姑娘姓关？”司泽远好看的眉头皱了起来，双唇抿得紧紧的，如同雕塑一般完美的脸上笼罩着一股严肃的气息。

“那丫头自称关小姐，一路上不知道想了多少个法子要逃，都被我抓了回来。那时候虽然我相信了她的话，但是总觉得很憋屈，所以总不想放她走。不过我现在明白了，她是她，茉莉是茉莉，我怎么能随便让一个女孩子为茉莉的离去而承担我的愤怒呢？”李维尚躺在地上，连连叹息。

听了李维尚的话，司泽远似乎想到了什么，他放下手中的白瓷瓶子，收拾了一下自己的东西，匆匆对李维尚说道：“李大哥，先前在下多有得罪了。如今在下有急事要赶去办，大哥就在此间好好养伤，小弟日后定到江西大哥府上亲自谢罪！”

一路上，司泽远的骏马跑得飞快。那个姑娘，竟然是关小雎！

司泽远终于明白为什么看见那姑娘双眼的时候会想到关小雎，为什么见她任性噘嘴的时候又会想到关小雎，因为那根本就是关小雎本人！

关小雎出逃方家，之后入了青楼，在青楼大闹一场被李维尚制住，李维尚为了把关小雎纳为自己的小妾，就带着她往江西来了。

是了，是了！司泽远的心中无比激动。如果他不是为了探寻“祭白宫”的事情要往江西来，恐怕就错过了关小雎的消息，而关小雎则会变成别人的小妾。

想到这里，司泽远又庆幸又着急。庆幸他救下了关小雎，又着急关小雎自己跑了，不知道会不会又惹下什么麻烦，被什么人抓去强娶或者是被人卖了。依照关小雎的性子，如果是遇上武功平平或者是没有武功的人，倒是难不住她。若是遇上了李维尚这样的人，恐怕关小雎又得吃一番苦头了。

于是，司泽远的马跑得更快了。但是，他不知道，他这么一跑，反而离关小雎越来越远了。因为就如司泽远所料，关小雎又碰上了麻烦。而这一次的麻烦，比所有的麻烦都要大。

这一次，关小雎碰上的不是什么莽汉，而是一个长相清秀的青年，这个青年腰缠万贯，风度翩翩，一举一动都是文雅之姿。只是，这青年却不是什么文弱的读书人，而是真真正正的大盗，真真正正的匪首。关小雎，就是落入了这样一个青年的手里。

如果这青年只是一个普通的大盗，那关小雎未必会被抓；如果这个青年只是一个普通的好功夫的大盗，那关小雎把钱都交出来，也许就会被放走。只是关小雎遇上的是这一个青年，那么一切的如果，就只能变成“如果关小雎没有私自逃走”了。因为这个青年不是什么普通的大盗，而是近年来江湖上女子闻风色变，有女子为之气愤又有女子为之着迷的采花大盗——蒋礼。

关小雎逃的时候是往江西的相反方向去的，她根本就想不到，有个人从阳城开始就一直跟她到了江西边境。

蒋礼一早就盯上了关小雎，只是当时关小雎为了躲避关家堡的寻找，假装喝醉被卖到烟雨楼去了，之后又在烟雨楼被老鸨卖给了“江西大刀”。如果不是蒋礼在烟雨楼有个心腹，恐怕他再找上几圈都找不到关小雎。

而就是那么巧，在蒋礼往江西方向四下寻找关小雎的时候，关小雎又因为要逃开“江西大刀”而往反方向逃跑，最终逃进了蒋礼的怀抱中。

两人相遇的时候，蒋礼正在用餐。一碗晶莹剔透、粒粒饱满的米饭看上去十分诱人，配上一碟脆嫩鲜绿的菜心，还有一碟被切得薄如蝉翼的烧肉，再烤了一只用火腿汁浇灌的鸡，这样的好菜自然少不得十八年的女儿红。

蒋礼从来就不是一个会委屈了自己衣食住行的人。

关小雎一进客栈的门，就看见了坐在客栈大厅中央的蒋礼——穿着一件宝蓝色打底的长衫，长衫上面是一只只栩栩如生的银色蝴蝶；长发被纱帽箍住了，一只玉簪紧紧地固定在帽上；修长而白皙的手指上骨节分明，一双玉指捏着一个银色的小酒杯；蔷薇色的嘴唇在酒杯边轻轻一抿，嘴角扬起一丝浅浅的微笑。

菜是好菜，酒是美酒，只是差了一个相伴左右的美人。原本蒋礼还觉得遗憾，但是见到迎面而来的关小雎，蒋礼只觉得上天让他原本没有佳人陪伴左右是因为要送给他一个大美人。

大美人自然也是会享受的，路过蒋礼的桌子边的时候，关小雎瞟了一眼那桌上的饭菜，暗暗地咽了一口口水。那样的饭菜，在关家堡她几乎是不屑的，只是现在出门在外，她连吃饱都成问题，这个时候，当初在家中看都懒得看的饭菜几乎成了天下最美味的东西。关小雎出来的时候，确实是将所有钱都带上了，可在躲进烟雨楼之前，她把所有的银票都存进了钱庄。而很不巧的是，现在她在的这个地方，好像没有那个钱庄的分支。

一碗素面，一碟免费的豆干。关小雎第一次吃这样寒碜的食物。在关家堡的时候，就算是吃个馒头，那也是珍珠粉磨了加了鸡蛋混着燕窝蒸的，吃碗素面也是熬得骨头都化了的母鸡的鸡汤做底。可是现在出门在外，关小雎面对着那么一碗简简单单的素面，却吃得很香，仿佛把隔壁桌的烧鸡和烤肉都吃到了肚子里一样。

关小雎全然不知道，她这样匆忙而饥饿的吃相已经引起了客栈大厅里用餐的人们的注意。一个穿着蜀锦织成的华丽衣袍的美貌女子，却对一碗素面吃得津津有味，而且看起来这个女子已经好久没有吃过饭了，可不是让人又好奇又心疼吗?

蒋礼又给自己倒了一杯酒，轻笑着看关小雎吃面。饶是关小雎神经再大条，也无法注意不到大家的窃窃私语。她猛地站起来，一拍桌子，扬长而去，只余下桌子上的几枚铜钱在叮当作响。

“哎！姑娘！”店小二很快就追了出来。

关小雎疑惑地回头看去，只见店小二一脸小心翼翼的讪笑，说道："姑娘啊，您的饭钱……"

"啊？饭钱？不是放在桌子上了吗？"关小雎扬扬下巴说道。

小二搓着自己的手，有些难以启齿的样子，他也想不到，这个看起来好似有钱人家的小姐竟然会吃饭不给够饭钱。

"那碗面要十枚铜板……姑娘这七枚……"

小二支支吾吾地说着，但是谁都听出来小二的意思是什么了。关小雎白皙如雪的脸颊上泛起了一抹羞红，她从来没有想过自己有一天会吃饭没有钱付。

"嗯……"关小雎小声地说道，"小二哥……我……我出门没带够钱……但是，但是，我保证，我日后一定会让人把钱给你十倍百倍地送回来好不好？"

小二一愣，上下打量了一下关小雎，收起脸上的笑容，说道："姑娘，小的只是个打下手的，您这话……咱们掌柜说了，这客栈也只是小本生意，来往的人虽然多，但是住下来的人却不多，这……姑娘不是让小的难做吗？"

关小雎的脸涨得通红，她一向伶俐的嘴皮子这个时候却张不开了。

"我保证，真的，一定给你们送回来！"关小雎只有一再保证，但是，正所谓"一分钱难倒英雄汉"，"有钱走遍天下，无钱寸步难行"，饶是关小雎再三保证，店小二就是死心眼地要关小雎立马补够那三文钱。

其实，关小雎想要走也未必不能走，店小二可不是"江西大刀"，没法子把她拦下来。只是关小雎从未做过这样的事情，欠了别人的钱不给就跑，那样可不是关小雎会做的事情。遇上危险，关小雎可以骗了司泽远这样的少年来为她拦下"江西大刀"而助她逃跑，但是，现在理亏的是她，她又怎么能够扔下可怜的店小二逃跑呢？正在关小雎无奈的时候，蒋礼出现了。

"这一锭银子，足够付这姑娘的饭钱了吧？"蒋礼走过来，看也不看那店小二就丢了一锭银子到他怀里。

关小雎歪着头，不解这男子为什么会为自己解围。

"够了够了！大爷真是好人！"店小二看见那锭银子眼睛放光，一个劲地谢着蒋礼。

蒋礼挥挥手，示意店小二退下，说道："去，别来扰着这位姑娘了。"

如果一个人莫名其妙地对你好，那么不要以为这个世界上的好人真的那么多。一个人对你好，必定有他的理由，或者是希望借你身上的某些东西去达到他的目的，或者你就是他的目的，又或者是因为帮你他会开心。总之，世界上没有无缘无故的好，也没有无缘无故的坏。可是，落难的关小雎，又哪里能够想到这一点？她只知道这个男子为她解了围，对她是好的。所以当蒋礼邀请关小雎到他府上去的时候，关小雎又一次仗着自己的俊俏轻功傍身，一口就答应了。关家堡她溜出来了，金元宝的府上她也溜出来了，现下这个看起来不过是文弱书生的府上她又有什么理由害怕呢？

蒋礼的府上在距离小镇很远的一个半山腰上，半山环抱中，像是被人挖空了来做的府邸一般。马车嗒嗒地载着关小雎到了山上，蒋礼为关小雎掀起车帘，彬彬有礼地请下了佳人。

“公子的府上倒是别致。”关小雎笑着称赞，一跃下车，一眼就瞧见蒋礼家门上的匾额——幽客山居。

“好一个幽客山居！”关小雎拍手笑道，“这四个字不知道是谁写的，真真写出了公子府邸的真谛。”

关家堡虽然也建在山边，却是在山脚，没有像这样把府邸建在半山上。一条能够容下两辆马车并行的山道，被人平铺上了厚厚的整齐的青石板。如果关小雎一路上不是掀着马车上的窗帘看外面的风景，绝对想不到自己乘着的马车是在爬山的。

蒋礼微微一笑，拱手道：“姑娘谬赞，小生不过随笔涂鸦。”

“哦？这几个字是你写的？”听到蒋礼那样说，关小雎不由得又多看了他几眼，点点头，说道，“唔，公子的字如公子一般自有一股风流。”

“哈哈哈哈，姑娘，这是在下第一次听见有人这样说小生和小生的字。”蒋礼让了一下身子，以手指路，对关小雎说道，“姑娘，欢迎入府一看！”

进了蒋府，第一眼就能看见一条通向里边的宽阔大路，两旁种了不少的树木，绿荫映衬了青山，“幽客山居”从这一进门就能体现出来了。不知道是哪儿出来的童子，领着两匹矮脚马笑盈盈地候在一旁。马是纯白色的，马鞍是火红的，配着满眼绿景，让人忍不住心生欢喜。

“府内粗阔，走路进去怕累着姑娘。坐马车又难以看见府内景色，所以姑娘就和在下一同骑马如何？”蒋礼笑吟吟地说，他早看见了关小雎眼中的兴奋。

“当然！能骑着这么可爱活泼的马儿走在这么美的景色里，自然是好的！”

关小雎一跃而上，稳稳地坐在了马背上。

蒋礼心底暗笑，小姑娘就是小姑娘，心头的那一股好奇和活泼都表现在她的好动上了。牵马的童子早就悄悄地走了，白马嗒嗒嗒地载着关小雎往那一处宽阔而幽绿的地方去。

司泽远一路奔驰，来到了镇上，匆匆跟客栈的人打听了一番，却发现根本没有人见过关小雎的踪影。难道关小雎根本就没有往这个地方来吗？司泽远看着已经被夜色笼罩的小镇，心中又着急又担心。

关小雎一向深居关家堡，对江湖中的人事分得不清，也许遇上了坏人还不自知。仗着自己的小聪明，肯定天不怕地不怕地乱闯，万一要得罪了武功比她好的人，恐怕她就要吃亏了。这样着急地为关小雎想着，司泽远便再不愿等，直接上马再次出了小镇，骏马和俊人一同消失在了夜幕中。

关小雎自然不知道有个人正在很着急地找她，因为此刻她正在与一个风度翩翩的公子在他精致华美的宅院里面共进晚膳。

翠波银雪汤，金凤展翅碟，芙蓉添香盏，吉祥呈鲜羹，绿衣绘红衫，金龙笼火来……一张小巧的圆桌上摆满了精致的菜品，四下安放在架子上的夜明珠替代了跳动的烛火，一壶酒，两个人，正相谈甚欢。

蒋礼号称江湖中的“采花王子”，他之所以让女人们又爱又恨，就是因为每一个被他“采”走的女人，总能在他身上感受到欢快的滋味，非等到他消失了许久，才恍然发现原来他就是采花大盗，才由爱而生恨。所以，蒋礼自然是有一番采花功夫的。

下午游完了蒋府，蒋礼就让人伺候了关小雎沐浴更衣，等关小雎发觉自己睡在了浴桶里面的时候，已经天黑了。

门外传来丫头的呼唤声，也不知道这是不是巧合，关小雎一睁开眼就有人来叫她，并且伺候她穿上了一件崭新的黄莺依绿柳图案的牙色笼纱裙。

“酒是关外的，有些烈，不过像姑娘这样的性情中人，应该是喜欢的。”蒋礼为关小雎倒满了一杯，微黄的酒看起来很诱人，醇厚的酒香从倒出来的那一刻开始就钻进了关小雎的鼻子。果然是好酒！关小雎笑得甜甜的，肚子里的酒虫咿咿呀呀地醒了过来。蒋礼不知道关小雎是能喝的，总以为像她这样的深闺少女是不胜酒力的，所以这一次他特地挑选了不浓但是后劲特别大的关外黄发婆的佳酿。

“小女子第一次出门，在外不识人事，多亏公子在客栈为小女子解围，这一杯，小女子就先敬公子。”关小雎利落地端起酒杯，笑着对蒋礼说道。

柔和的夜明珠的光芒下，关小雎一张妆容精致的小脸看起来更加温柔，她的眉眼间是欢快的神色，红唇边也荡漾着欢欣的笑容，光洁的脖子……噢，她光洁的脖子看起来晶莹柔润，如同一块美玉一般。蒋礼暗暗地咽了咽口水，有些紧张又兴奋地看着关小雎将她杯中酒一饮而尽。如果她醉了，她白皙的两颊就会染上红晕，也许她的醉眼还会有她自己都不知道但是蒋礼肯定能发现的媚意，再配上这样柔和的光芒……

蒋礼很期待，很期待关小雎醉了的模样。之前关小雎沐浴的时候，被热水熏得热烘烘红扑扑的脸蛋又一次浮现在了蒋礼的眼前。她还有一双看起来很滑腻的玉臂，如果关小雎用那一双玉臂勾着他的脖子，那他该是多愉快啊！美人在眼前，蒋礼自然不会错过任何一个欣赏美人的机会。而如果要看一个人是不是真的美，就要在她一个人沐浴的时候，悄悄地躲在一边看着，那才是鉴定美人真美假美的时候。所以，身为江湖上新晋的“采花王子”蒋礼，不可能不懂得这样的一个道理，也不会错过这样的一个机会。

在关小雎沐浴的房间里，四面挡住浴桶的屏风边，有四个比人还大还高的花瓶，花瓶里面插满了新摘下的花。美人沐浴配鲜花。关小雎那个时候只觉得这样很新奇，很美妙，她的心情也因为这样的布置而感到十分高兴，但是更高兴的其实是蒋礼。那大花瓶看起来是花瓶，实则是连接了蒋府地下通道的四个关口。关小雎在沐浴的时候，蒋礼就寻了一个最能够观看到关小雎沐浴景象的花瓶，在那花瓶底下已经大饱了一番美人沐浴的眼福。

蒋礼只在心中为着自己的想法而感到高兴。一个喝醉了的女孩子面对着一个她并不讨厌的男人，如果那个男人有意要引导那个女孩子做些什么，那失去清醒的女孩子大约都会去做的。蒋礼有一千种方法占有眼前这个女孩子，但是他却用了对关小雎而言最蠢的方法，虽然在他自己看来是最得意的——当然，如果这个方法成功了的话，那的确是够让他得意的了。

关外黄发婆的酒清而醇香，后劲很大，蒋礼第一次喝这个酒的时候睡了整整一天。他自认为是世界上少有的酒量好的人，所以他醉了之后，他觉得这个酒已经完全可以成为一个杀人于昏迷的好帮手了。所以，蒋礼从来不怀疑关小雎会倒在他的面前。

一杯，噢，也许一杯之后，那酒劲还没有上来，嗯……关小姐也许可以喝两杯，然后就会脸颊绯红，醉眼蒙眬地倒在了铺着锦缎的桌子上。可是，一眨眼的工夫，关小雎已经喝下了四杯酒。蒋礼非但没有见到关小雎醉醺醺的样子，反而看见了关小雎一双灵动的眸子似乎显得更加清明了。酒壶是银质的，在夜明珠的光芒下，那酒壶的壶口缀着的几滴酒折射着彩色的光，而拿酒壶的人脸上也像是有彩色的光一样。蒋礼总是笑着喝下关小雎敬的酒，终于在第十九杯，也许是第二十杯的时候，蒋礼发现关小雎似乎已经坐不稳了。眼前的关小雎摇摇晃晃地坐着，好像是想要站起来，噢，她站起来了，然后……

关小雎摇晃了一下手中的酒壶，里面已经没了声响。厅里静静的，没有人伺候关小雎和蒋礼用膳，所有的下人都知道这个厅子会发生什么，没有人有胆子敢靠近这个厅，因为他们的主子不喜欢在办事的时候身边有人。所以，关小雎四下打量了一番，却没有发现能够帮她把倒在地上的蒋礼扶起来的人。

多么可笑的事情。一个想着要把别人灌醉的人竟然被他想要灌醉的人给灌醉了。这一句话虽然好像很拗口，但是在那个时候，却确实如此。

关小雎当然不知道蒋礼是存心要把她灌醉的。她只觉得这样的一个公子对她是极好的——给她准备了最好最舒适的房间，一件最美丽最可爱的衣服，一个最温柔最周到的侍婢，一顿最美味最精致的晚餐。

想要对关小雎图谋不轨的人已经被关小雎灌醉了，所以关小雎晚上过得十分好。美酒喝完，回到柔软舒适的房间好好地睡上一觉。但是一直在寻找关小雎的司泽远并不好过。

马儿已经累得不愿意走了，司泽远便下了马，怜惜地抚摸着疲累的马儿。月亮很圆很大，茫茫的草原上只有这一人一马。

火生起了，嗞嗞地烤着干肉，干肉上肥瘦分界的地方冒出了一丁点油，一会儿整块肉都被烤得浓香，再夹了两块干馒头一起，热热地吃下去，一天疲累的精神也好了许多。可他还是不知道她在哪里啊……

司泽远拿过酒壶，抿了一口酒，笑笑，想道：世人都知道他是潇洒的中原剑，却不知道，潇洒的人其实有牵挂的人。此番出行，一来是为了方小年成婚之事，二来是近日“祭白宫”弄得江湖中人心惶惶。他奉了爷爷的命令出来查探，可是哪会想到，他不仅没有参加方小年的婚礼，如今更是因为要寻关小雎而差点忘了“祭白宫”的事情。还是早些休息，早些出发，一定要尽快找到关小雎。司泽远的浓眉慢慢地皱了起来，他有一种不好的预感……

蒋礼揉着自己的额头慢慢地醒过来，桌上的饭菜没有收拾好，他倒在地上，身上还有一块猩红色的裘毯盖在身上，原本做伴的佳人却杳无踪影。

“来人啊……来人……”蒋礼皱着眉头喊道，四周却静悄悄的，没有人应答。这让他更觉得心烦，他掀开盖在身上的毯子，扶着先前被他推倒在一边的椅子巍巍颤颤地站起来，一甩他那宽大的衣袖，整个人跌跌撞撞地走向大门。

“来人！人都死哪儿去了！”蒋礼咆哮着，院子外的丫头听见了，心头一跳，赶紧小跑进来，说道，“奴婢在。”

蒋礼盯着那粉衣丫头瞧了一会儿，道：“关小姐呢？人呢？”

“启禀主子，关小姐好像正在前厅用膳……”丫头的声音很小，像是怕惹怒了跟前的主子一样。虽然主子平时看起来温文有礼，待她们下人也总是以调笑居多，但是主子一发起怒来，那可是除了小姐以外大家都不敢靠近的呀。

“在前厅用膳？”蒋礼的怒火骤然熄了，摆摆手，声音又回到了平日里的那副轻柔，只是还有些疲累，说道，“去准备梳洗之物。”

“是。”丫头怯怯地退下了，蒋礼摸着自己手上的玉扳指，若有所思地看着前厅的方向。

好！好一个关小雎！蒋礼眯起眼睛，太阳穴突突地疼着，他用手指轻轻地按着，扶着身边的墙一步步地往房间走去。这一次倒是他失算了，好一个关家堡的小小姐！

关小雎休息得很好，神清气爽地在前厅用膳，正吃到一半的时候，却听见蒋礼爽朗的笑声响起。她放下筷子抬眼看去，今日的蒋礼梳洗了一番后，完全看不出宿醉的神情，依旧是昨日那番好客热情的笑容。

“蒋公子今日觉得还好吗？”关小雎扬起笑脸问道。

“哎，是我没留心，昨天贪杯了，让关小姐笑话！”蒋礼一边笑着一边坐下，立刻有丫头为他盛好了粥送到跟前。

“小姐吃过了吗？”蒋礼却不动，双手虚扶着膝盖问道。

“小姐起得早，已经吃过了，这会儿怕是又睡过去了。”丫头乖巧地回答着，不待蒋礼吩咐，又退了下去。

“公子家里还有一位姑娘吗？”关小雎好奇地问。

蒋礼笑笑，一边吃着小菜就粥，一边回答：“舍妹体弱多病，不宜见客，所以昨日未曾给关小姐引见。”虽然嘴上是含笑说着，可是蒋礼心头却是惴惴不安，方才那丫头乖巧的模样和平淡的回答，却是给了他一个不小的警告。看来宫主已经知道了昨天晚上的事情，所以今天才会差丫头这样回答。蒋礼心一寒，知道昨天自己失算宫主很不高兴，心想着，今天一定要拿下这关小雎。

第八章
忽遇哀妇

晨光熹微，路边有人在掩面而哭，疲惫的马儿也轻轻地停了下来。

“夫人因何事而悲伤？”司泽远轻柔的声音响起，而眼前那位身着素色衣服的妇人像是被吓了一跳，哭声戛然而止。

“我……唉！”那妇人动了动嘴唇，一双憔悴的眼透露出无限的悲伤，却只是叹了一声，抽泣着起身。身后好像有些熙熙攘攘的声音，以司泽远的耳力听来，应该是在几百米之外。

“公子，还是快快离开此地吧……”那妇人忽然说了一句，回过头来，幽幽地望着不远处渐渐亮起来的灯火。那双憔悴的眼眸更加显得没有光泽，看起来像是一根将要熄灭的烛火。她原本就苍白的脸色此刻显得惨白惨白的，天边的鱼肚白远远地不敢靠近，竟然像是怕了这妇人脸上这般的惨白。

“夫人怎么了？”司泽远抿唇，再一次问道。可是那夫人却再不搭理司泽远，提着自己的素色麻布裙一步一步地往前走，几乎是摇摇晃晃着的，可是不知道为什么，那夫人似乎才提脚，她的身形却已在几米之外。

这便更让司泽远好奇了。大早上的在路边遇见一个悲伤至极的妇人，而且照现在那夫人的行动来看，想必还是身怀绝技的。司泽远原本想看看是否有什么可以帮忙的，可是现在见这妇人的身手，想来武功应当不在他爷爷之下，却不知道有什么事情会让这样一个武功高深的人伤心至此。这么几个念头在脑海中打转，再抬眼，那名妇人已经杳无踪影，而身后一大片吵吵嚷嚷的声音却越来越近。

“这位公子，打扰一下。”一个拿着火把的胖子喘着粗气上前，匆匆作了个揖，连头上的汗都没有来得及擦就急忙向司泽远问道，“公子在此处停留多久了？可见着一个妇人？”

司泽远暗暗想着，这群人赶得如此急，难道就是为了找那名妇人？而方才那妇人眼中的绝望之色，就是因为有人追赶她吗？可是以她的身手，完全不必担心这群人的啊。

从这个胖子和他身后的那群人的神态来看，面带焦急而且满面汗水，[illegible]虚浮且身姿不稳，应该不是什么武林高手，莫说是那名妇人，就连司泽远也大可以在这些人的包围下脱身。那么，那名妇人究竟是为什么而绝望，又为什么要逃离呢？

“公子，公子？”那胖子见司泽远这么久不说话，便又喊了一声，语气里的焦急不减，却是伸手不停地擦着自己的汗。

“那夫人可是穿着素色麻裙？”司泽远不答先问。

“是是是！”那胖子连忙应声，说道，“公子可瞧见了我家夫人去哪儿了？”

“夫人……”司泽远想说出那妇人的去向，同时找一个借口跟着这群人一起去找那妇人，以免这群人对她不利。可是还没有等司泽远说完话，前方忽然传出一声尖锐的叫声，司泽远瞬间脸色一变。

那胖子也听见了那叫声，因为火光和赶路原因造成的满面通红顿时煞白，一双厚厚的嘴唇哆哆嗦嗦，说道：“快！快！夫人出事了！”

一群人不待向司泽远告别，立马又快速地跑了起来。有几个好像功夫不错的一马当先，纵身向前飞奔，那胖子却还在身后一个劲地催：“再快些！晚了就来不及了！”

司泽远眉头微皱，心中暗忖了一下，便也跟了上去。他身法轻灵，比那群人更早找到了那妇人。

此时，天已经快完全亮了，太阳从东边升起，温暖的阳光几乎驱散了天空中所有的黑暗。那妇人倒在一座坟墓前，素色的麻布衣裙此刻映着坟头上的白幡，竟然是那样的骇人！白得太骇人了！

那似乎是一座新坟，坟上的土还是翻新过的，墓碑的颜色看起来也很新。坟墓里的人，究竟和这妇人是什么关系？是这妇人的丈夫还是父亲？

司泽远将那妇人扶起来，更让他震惊的是，那妇人嘴角竟然渗出了黑色的血迹。夫人中毒了！不待多想，司泽远立刻将夫人靠在墓碑边，盘腿坐下，以掌对掌，想把夫人体内的毒给逼出来。

胖子带着一群人到的时候，便看见了司泽远正在给他们的夫人驱毒，夫人头顶上冒出一波黑色的毒气，而从司泽远的脸色看来，似乎现在正是危急关头。

“你们，去把守着，不能让任何东西打扰到这位公子！”胖子语气严肃，低声地吩咐着众人。

正是太阳洒下第一抹带着高温的阳光的时候，司泽远终于慢慢地睁开了眼睛，双掌互抵，慢慢地稳住了自己体内的气息。

“多谢公子相助。”那胖子一直在三米外亲自守着，此时见司泽远睁开了眼睛，便立刻上前去道谢。

“习武之人，自然应该行侠仗义。夫人虽然与我萍水相逢，但是见到夫人有难，我自然也是要帮一帮的。”司泽远温和地笑着，他虽然年纪尚轻，但是生长在武林世家，身上那股气度仿佛天然而生，处世待人的语气，让人觉得十分舒服。

“唉！”那胖子听完司泽远这一句话，忽然眼眶有些湿了，激动道，“世间武林，若是都像公子这般，那我家夫人又何至于此！”

“我方才在路边见夫人哭得十分伤心，不知道府上发生了什么？”司泽远忽然想到刚才一直想要知道的问题。

“唉，公子，府上……唉，一言难尽啊！”那胖子连连摇头，想要说，却又不语，可是脸上的愤愤不平却是无法遮盖的。

司泽远拱手道：“小弟虽然不才，但是家规所教，路见不平定要拔刀相助，若是小弟能够为府上尽力，小弟定当全力以赴！”

那胖子见司泽远义正词严，表情凛然严肃，不由得对司泽远多了几分好感，终于开口道：“我是此处三里外赵家庄的管家，一个月前……”

明晃晃的太阳移到了天空正中，司泽远也随着那一群人回到了赵家庄。素色的麻布穿在赵家的每个人身上，鲜美的花草早已经败落凋零，清风吹过空荡荡的中庭，像是女子哀怨的哭泣声。这件事情，他管定了。司泽远暗暗地下定了决心，转身去向那胖管家告别了。

“那人最后出现的地方是马留镇，只是，那厮武功极高，身边还跟着一班功夫不弱的女子，公子这一去，可是要小心啊！”

胖管家脸上是担心和欣慰，担心的是司泽远会不会也折在那恶人手里，欣慰的是，若是当初老爷出事的时候遇见这位公子，是不是后面的惨剧就不会发生了呢？

“伯伯不必担心，在下不才，却也不是谁都能够伤得到的。只是不知道他此刻在哪里，他有什么特征吗？”司泽远微微一笑，脸上是不屈的自信。

“他最后一次出现的地方既然是马留镇，想必是镇上又有了让他看中的女子。公子赶往马留镇，兴许，兴许还能查出一点蛛丝马迹吧。若是……若是公子去了，正赶上有人家在为女儿办丧事，只怕，只怕就是了……”那管家说到最后，已是泣不成声。

马还是那匹骏马，人还是那个俊人，可是人的心情却比之前更加沉重了。

镇上的客栈小二说道：“噢，您打听的那位公子啊，前两天还在咱们这儿用膳，他还为了一个漂亮的女孩子付了咱们好多的饭钱呢。唉，想不到看起来身家不凡的姑娘，竟然连饭钱都付不起。”

“对呀，我们都看见啦，那姑娘手上戴着的镯子，那个碧玉铃铛，都是好值钱的呀，只是不晓得这样的女娃子咋会连饭钱都没有。”客栈的老板是个外乡人，听说祖上是做珠宝生意的，只是后来路过此地，爱上了此地的一个女孩子，所以为了那个女孩子定居在这里，接管了女孩家的客栈，成了客栈老板。但即使是改行了，凭着多年的眼力功夫，他还是一下子就看出了那女子身上戴着的铃铛镯子是珍贵之物。

“哟，原来是瞧上人家姑娘的铃铛了，我说你那天怎么总盯着那姑娘瞧呢，哼！”老板娘这个时候刚好掀了帘子出来，听见老板的话，一下子蹿到老板跟前，揪着他的耳朵吼道，“看看看！上个月来的老头子身上戴的东西也不差呢，怎么就没看你使劲盯着人家瞧？你就是看那个姑娘漂漂亮亮白白净净清清秀秀的让你心动了吧？就是觉得我是黄脸婆皱皱巴巴的没味道了吧？那你去找去啊，可不见得人家小姑娘会离了那位公子来跟了你这个老头子！”

司泽远见状微微一笑，又温和地问：“你们可知道那位公子现在还在不在这里呢？”

“应该是在的吧，好像昨天才见了老六给他家送菜去呢。”小二说完，搓着手，嘿嘿一笑，又道，“听说啊，那公子家可有钱啦，老六去送一趟菜的钱，比那天他给我们这儿的饭钱都多。”

打听好了消息，司泽远正想要出去找那个老六询问一下那公子的住所，却听到后面老板和老板娘说："哎哟，你不要这样好不好？我要是不喜欢你，我当初咋会连生意都没做就留下啦？那个女娃子手上戴着的铃铛，好似我爷爷做的，我就是想晓得那是不是我爷爷做的，如果是的话，可是好值钱的！"

"有多值钱？你爷爷做的难道比上个月那个老头从皇宫里面得来的还值钱？你就是喜欢盯着人家小姑娘瞧！"

"不是这样说的哦，我爷爷当初可是有名的珠宝商，他最后做的一批珠宝，是大名鼎鼎的关家堡的嫁妆，那个女娃子戴的如果是我爷爷的那个碧玉铃铛，那可比上个月那老头子的夜明珠还要贵上好多啦！夜明珠哪个有钱的搞不到哦，非得是皇宫才有哦？何况那老头子手里的就是个普通的夜明珠，哪里是皇宫里的哦？碧玉铃铛是我爷爷的最后的杰作，还是给关家堡做的，关家堡的人，哪个敢小瞧？"

司泽远风一样地掠出门外，骑了马立刻去寻那送菜的老六。这一刻，司泽远的心，慌得跟关小雎手上晃悠的铃铛一样，不停地跳着，铃铛里面的玉珠子要掉出来了，司泽远的心也要掉出来了。

关小雎，你可别出事！司泽远问清了地方，催马直前，心中惴惴不安。

虽然关小雎的轻功不错，可是她的武功却不能让人放心，连一个"江西大刀"都对付不了，又何谈对付那个逼疯了赵家庄武功高强的夫人的采花大盗呢？可是，此刻关小雎怎么会知道有个人正在担心她，她现在正在和彬彬有礼的蒋公子在他山庄里的湖里面划船呢。

不知道蒋礼是不是把山掏空了挖成他的山庄，竟然在山庄里面有一个那么大的湖。湖水绕着一列房子，又引了后山的泉水源源不断地灌到湖中。银色的鱼在澄碧的湖里游动，两旁鲜嫩的百花在走廊上欢快地笑着，颤动着它们娇艳的花瓣。关小雎拍着手笑着，看蒋礼把湖中银色的鱼一条又一条地钓起来，手镯上的碧玉铃铛发出清脆的响声，应和着关小雎银铃般的笑声。

"蒋礼，你真的好棒哦，快让我瞧瞧这尾鱼！"关小雎急切地挤到蒋礼的身边，伸手去拿那尾大大的银鱼，却不知道为什么船一下子晃晃悠悠的，关小雎站立不稳，一下子就摔到了蒋礼的怀中去。柔软的身体和少女所特有的馨香一下子就抓住了蒋礼的心。软玉在怀，蒋礼并非柳下惠，又怎么能坐怀不乱？已经三天了，他还未得到关小雎，就算他要玩猫捉老鼠的游戏，宫主也已经等得不耐烦了。不如就趁着今天要了这关小雎，也了了宫主的心事。

“谢谢你啊蒋礼！”关小雎却不知道蒋礼此刻的心思，只笑着要从蒋礼怀中起来。可是她哪里还能起来，蒋礼竟然一把将她压在了甲板上，三两下就控制住了关小雎的手脚，露出一个他久经花丛而未败的笑容，低低地在关小雎的耳边说道：“小雎，成为我的女人吧……”

“什，什么？”关小雎被蒋礼反身压住，嬉笑间却听见蒋礼说了这么一句，她一双灵动的眸子瞬间瞪得跟铜铃一般大，好像是听见了什么可怕的消息一样。

这两天虽然在蒋礼的山庄里面过得很开心，但是关小雎一点没把蒋礼当成会发生男女之间特殊感情的人，她只觉得，嗯，这个人挺好的，给她付了饭钱还带着她在山庄里面玩得可开心了。在关小雎的心里，蒋礼其实渐渐地同她心底的大哥二哥三哥一样，就是一个很开朗很好玩很热情的大哥哥。对一个自己会把他当成大哥来看待的男人，女孩子又怎么会想到要同自己的大哥在一起呢？所以，当关小雎听见蒋礼说那句话的时候，第一反应就是——“噢，蒋礼，你这个坏蛋！”

一个女孩子骂一个自己并不是十分反感的男孩子，而且还带了一种撒娇的意味，笑着轻轻揪了一下他的脸，这难道真的是在骂他吗？蒋礼游荡花丛数年，又怎么会不知道这不过是关小雎小女孩心性的表现？他越发激动了，内心也十分得意。总之，这几天在关小雎身上花的时间和心思没有白费。

“快让我起来啦！”关小雎笑着要推开蒋礼，却发现蒋礼纹丝不动。

“别起来了小雎。”蒋礼的头慢慢低了下去，眼看就要亲到关小雎的唇了，却被关小雎头一偏躲了过去。

“蒋礼！”关小雎心里有些着急了，难道他并不是在开玩笑吗？

不，当然不是在开玩笑！宫主早就给他下了死命令，一定要尽快拿下这个关小雎，可是他为了显示自己的魅力，竟然一拖再拖。蒋礼心知宫主的性子，如果他不尽快得到关小雎，那么宫主一定会尽快毁了关小雎。美人如她，蒋礼自认为是个会怜香惜玉的男人，又怎么忍心看到宫主毁了这样一个大美人呢？因为着急起来，关小雎挣扎的力道不由得重了几分，而蒋礼心中思绪万千，一时不防竟然真的被关小雎挣脱了。

“蒋礼，我只当你是我好朋友、好大哥而已！”关小雎闪到了甲板的另一边，因为挣扎，她的头发和衣服都有些凌乱了。

蒋礼揉着被关小雎一掌打中的胸口，勉勉强强地笑着，低声说道：“小雎，我真的是喜欢你的……”

“你喜欢我？”关小雎整个人都跳了起来，说道，“你喜欢我？你喜欢我什么呢？”

“你很可爱，你很漂亮，你很活泼，你就像是一个小精灵一样，一下子就闯到了我的心里……小雎，我是认认真真地跟你说的，我喜欢你，所以我想要你成为我的女人！”蒋礼捂着胸口，连连上前几步，一把抓住关小雎的手，眼神温柔，言辞恳切。

女孩子对一个喜欢自己而自己又不反感的人大多是心软的，关小雎又是初出江湖，更是不解人事，她听蒋礼这样说，好像很真诚，看他一直捂着胸口好像很疼的样子，关小雎有些犹豫。人家不过是喜欢她而已呀。

“不！不可以！”蒋礼一把抱住了她，关小雎挣扎，挣扎，再挣扎，大喊道，“你要娶我！”

被人抱住的力道渐渐松了，关小雎心里松了一口气。好在她记得三哥曾经说的话：“若是想要一个男人对你死心，那就让他娶你吧！”

不管一个男人是否爱你，总之娶了你，他就会对你死心了。如果他爱你，得到你之后，他对你还有什么想法呢？如果他不爱你，他自然不会逼着自己去娶一个不爱的人，那么自然也会对你没了想法。

关小雎庆幸她那个不靠谱的三哥终于教对了她一件事。

“好啊。”蒋礼由抱转拥，揽着关小雎的腰，笑得十分开心，说道，“那我就命人去准备婚嫁之物。”他竟然不问关小雎的家门，不说三媒六聘，而是直接答应了关小雎要娶她，然后就要派人去准备婚嫁之物？

关小雎心下大惊，却不得不让自己冷静下来。到了吃晚饭的时候，关小雎见到了这几天一直没有见到的山庄的小姐。

“小姐说今天身体好些了，听说主子这几天在陪着关小姐玩，就要起来同主子和关小姐用膳聊聊天呢。”上来禀报的丫头语气淡淡的，并非是一般下人对主子说话的语气。不知道是不是自己多疑，关小雎竟然听出了一种威胁的语气。

“噢，是吗？”蒋礼心下一紧，笑着道，“那你们还不快些准备着！轿子去了吗？快把鹅绒细蚕的垫子拿出来！”

关小雎见蒋礼有些慌张，而周边伺候的丫头们也是个个面色惊恐，这个即将出来用膳的小姐很可怕吗，怎么让她的大哥蒋礼还有这些伺候的下人都变了颜色？

不多时，当灯都点上的时候，那个让人忙活了半天的小姐终于出现了。软轿落地，原先向蒋礼禀报的那个丫头三步并作两步走上前，跪在地上高高地举起双手做捧状。那轿子的轿帘被随来的丫头掀起，里头走出来一个穿着淡绿色纱裙的女子，她一头墨色的长发柔顺地披在腰背，三支白色的簪子束起了她一部分的青丝。肤如凝脂的手轻轻地搭在了跪在地上的女子的手上，关小睢想，手便如此秀美的女子，容貌不知道得多好看了。可是看向她的脸，却发现她早已经用一块墨绿色的纱巾将自己的容颜给遮住了。

“你来了，”蒋礼也上前，脸上尽量保持着与往日相同的微笑，说道，“吃饭吧。”

四下没有人说话，关小睢坐在位子上冲那小姐笑笑，却发现对方正在用一种近似仇恨的眼神看她。不管是谁，被一个陌生的女人用那样仇恨的眼光看着，也不会觉得愉快的吧？

关小睢扯了扯嘴角，也不管什么礼仪了，直接就开动起来。却见那小姐眉头一皱，冷哼了一声。

“啪”一声，关小睢摔了筷子，站起来冷着一张脸走了。谁要在这里受气呢？关小睢想，那蒋礼下午还说要娶她呢，如今她未来的小姑子却那样不待见她，莫说她本来就没有要嫁给蒋礼的意思，就算是一个想要嫁给蒋礼的女子恐怕也会直接推了这门亲事了吧？

蒋礼却没有追上前去哄已经生气了的关小睢，因为他此刻正战战兢兢地站在自己的“妹妹”身边，承受着无比大的压力。

“蒋礼，你好手段呀……”清清冷冷的声音、轻轻巧巧的语气，好像是在夸他，又像是在讽刺他，蒋礼只觉得身后一阵冷风吹来。

蒋礼府上张灯结彩，人来人往，却没有一个人有笑容，那麻木的眼神和想哭不敢哭的面容，简直不像是要办喜事，反而像是要办丧事。

新郎官在房间里面许久没有出来。

关小睢因为蒋礼妹妹的无礼而气得没有吃饱，把自己锁在房间里半天，直到饿得受不了了，正要偷溜出来找些东西吃的时候，却见几个穿得喜庆的丫头往她的院子走来。

“公子怎么想到要娶那个女人哟？”

“唉，听说小姐为这事生了好大的气呢！”

“可不是，翠馨园的本来就不好相与，小姐一生气，翠馨园的更是嚣张了，早看谁不顺眼的现在一口气趁着小姐的怒都发了出来，我听说张厨娘的手被……”

“被怎么了？”

“被翠馨园的大丫鬟给剁了！”

“呀，怎么这么可怕？”

“听说那张厨娘一直负责关小姐的膳食，翠馨园的去催甜点，张厨娘慢了一点，翠馨园的大丫鬟就说张厨娘没用，就把张厨娘的手给剁了！”

关小雎躲在假山处听得明明白白，心中又是震惊，又是生气。张厨娘不过是因为负责她的膳食就被剁了手，她之前也没见过那蒋礼的妹妹啊，怎么就莫名其妙地得罪她了？可是关小雎的脾气哪里容她想太多，她狠狠一跺脚，三两步就去了张厨娘那里。可是，关小雎还是去晚了。张厨娘的尸体已经被人抬到后山埋了。夜渐渐地盖在了整个府上，按说新婚之喜，新郎该是高兴的，新娘也该是高兴的。可是新郎苍白着一张脸出了房间，更听说了新娘不见了！

关小雎咬咬自己的嘴唇，她要来会一会那蒋小姐，问问她自己到底是怎么得罪了她，竟然让她把不相干的人都给杀了。可是翠馨园不仅仅没有声息，连人影和灯影都没有。越往里面走，关小雎就越觉得这个翠馨园阴森可怕。这哪里像是小姐住的地方，分明像是一个废弃的院子，还是那种用来停放死人的院子。

新娘子找不到了，外头已经乱成了一团，蒋礼却松了一口气。虽然关小雎是很美，但是如果为了一个女人而丢了性命，蒋礼自认为世界上还没有这样的女人出现。

“宫主说，这次要是你再不能办好这事，你就不必再出来了。”蒋小姐身边跟着的大丫鬟笑着走过来，像是打情骂俏般推了一把蒋礼，可是她说的却不是情话，而是冷冷的威胁。

“宫主人呢？”蒋礼赶紧问。

“呵，你只记得玩女人，却不知道已经有不速之客来了。”

幽客山居的叶子似乎也感觉到了今夜的沉重，风吹过，竟然吹不动那些一向颤抖的叶子。树上的司泽远望着前面大宅子里的灯火，那些红绸被风吹动，抽在他心上一惊一颤的。糟糕的关小雎，不知道是不是真的上了那采花大盗的当了！

司泽远从那赵家庄的管家那里得知，这幽客山居的主人蒋礼，其实是江湖上有名的采花大盗。那路边哀戚的赵夫人，便是被蒋礼给逼疯的。

赵家庄一向与世无争，赵家庄的庄主五年前因病去世了，赵夫人悉心教导自己和庄主的唯一的女儿，好不容易等女儿长大成人，却遇见了采花大盗蒋礼。

蒋礼用英雄救美之计占有了赵姑娘，还信誓旦旦说要娶那赵姑娘，赵姑娘信以为真，怀孕之后高高兴兴地同赵夫人说了。赵夫人见了蒋礼，看蒋礼一表人才，虽然不满蒋礼太过孟浪，玷污了自己的女儿，但是木已成舟，也就想着要将女儿许配给蒋礼。

可是蒋礼却在婚前一个月同别的女人在一起，逼死了赵夫人的女儿。赵夫人大怒之下找蒋礼算账，哪里知道中了蒋礼的迷魂药，竟然也失身给蒋礼。蒋礼眼见赵夫人虽然年纪大一些，但是身材容貌丝毫看不出来是人到中年，玷污了人家女儿之后还算计了赵夫人，赵夫人悲戚愤怒交加，又因为蒋礼四下散布谣言说她不守妇道，竟然在女儿死后一个月变成了疯子。

司泽远想，那蒋礼这般可恶狡猾，关小睢落入他的手里，恐怕被卖了还帮着蒋礼数钱。现在看蒋礼府上张灯结彩，他更是担心关小睢已经着了蒋礼的道。

“远客来了，不如下来一见？”一个宛如黄莺的女子声音响起，司泽远看了一下，却不知道对方在哪里。

“如果阁下不愿下来，就别怪小女子无礼了！”话音刚落，一条白色的水袖从司泽远身边凌厉地掠过，树叶哗哗地掉下，司泽远闪身去了另外一棵树上。

“阁下好快的轻功！但是男子汉大丈夫，竟然要这么藏头露尾吗？”

司泽远思索一番，压低了自己的声音，让声音变得苍老一些，说道：“老夫夜行山路颇生累意，本想借着贵庄树枝歇息一番，却不想惊扰了主人。”

“既是路人，何必这样遮遮掩掩？本庄主子向来好客，老丈下来，主子自然好好款待一番，何必像只鸟雀一样缩在这小小的树枝上？”那女子却是不信，一个劲地逼着司泽远现身。

蒋礼府上的树木不少，但是短短几句话之间，已有数棵大树的树枝像是被人用斧子削去了一部分。

“老夫不敢打扰贵庄主人，还是先走了！”司泽远将一根枯枝扔了出去，屏息藏在原地，等了好一会儿，确定外面已经无人才敢出来。

关小睢出了翠馨园，天色已经黑得看不见路了。

一路摸着黑，关小雎脚下不稳，正好踩到一块滑滑的石头，身子一歪，向旁边的假山摔去。然而假山竟然动了，没有任何声息，关小雎就这么摔到了假山之下。

“啪”的一声，黑乎乎的一片忽然被灯火照亮了。关小雎打量了一下四周，发现假山下的这个地方，竟然被人装饰得好像是女子的闺房一般。粉色的绸缎柔柔地飘着，阵阵舒适的花香窜入鼻间，竟然还有女子的笑声。受好奇心驱使，关小雎咽了咽口水，慢慢地顺着铺着大红色地毯的方向走去。

第九章
美人如玉

一路走去，地毯上面时不时可以看见女子的丝巾纱衣，甚至还有几件肚兜被丢在地上。地毯两边每隔十几米就有一个门，门上的浮雕是各色的花朵，远远看着就像是真的，走近了一看更是让人对工匠的雕刻技术心生佩服，那每一朵花上面的蝴蝶儿似乎就在花朵上颤动着。这儿到底是什么地方？为什么假山下面，竟然有这样一处让人惊讶的地方？关小雎终于走到了尽头，现在在她面前的是一串串的珍珠，珍珠从上面垂落下来成了一块珠帘子，圆润的珍珠发出柔柔的光芒，在后面雾气的映衬下，让人以为帘子后面就是仙境了。关小雎伸出手去抬了一下帘子，温润的珍珠与她的肌肤相接触，让她心生喜爱。

“谁？”只不过是小小地碰了一下那个珠帘子，关小雎自己都没有听见什么声音，里面的人却是听见了。那里面原是女子嬉笑的声音，可是一下子却是冷冷地呵斥了一声。

“姐姐，你别这么凶嘛！这个地方呀……除了他，谁还会来呀？”另外一名女子的声音响起，语气里带着撒娇的意味，关小雎虽然是个女孩子，却听得骨头都酥了。

“你不许进来！你要是敢进来，看我不剁了你的腿！”那原先问话的女子却不受用另外一名女子的撒娇，更是严厉地说着话。

“哟，咱们姐姐生气了呢，相公，你快进来，且看咱们姐姐是不是舍得剁了你的腿……”

“姐姐那是气相公那么久不来呢，姐姐要是剁了相公的腿，晚上谁跟姐姐肢体相缠哦……”

只是两三句话，女子们的嬉笑声又响起了。

过了一会儿，关小睢又听得里面的女子说道："你倒是真的怕了月姐姐不成？"

"相公还不快进来给月姐姐赔罪？你可知道月姐姐这段时间，想你想得心肝都碎了，眼泪都干了，眉头呀，都要长出皱纹了哟……"

"谁要他进来！他既然这么怕我，就不要再进来！我也不稀罕看见他！"

关小睢想，她们说的那个"他"是谁？实在是好奇心太重，关小睢慢慢地蹲了下去，想从珠帘子下面滚过去，可是她刚刚滚过去，便撞到了一双绣花鞋。粉色的绣花鞋上面绣着的是牡丹，牡丹上边还有一只黄色的蝴蝶，看上去很是活泼醒目。绣花鞋往上，是如玉般的肌肤，绣花鞋的主人有一双修长光洁的腿，皮肤结实而紧绷，看上去就像是珍珠磨成了粉给砌出来的一样。光洁的长腿往上，是平坦的腹部，腹部以上被一块湖水绿的抹胸给盖住，关小睢再往上瞧，便见着了一张妖艳的脸。

那女子冷冷地看着关小睢，微微地翘起嘴角，似笑非笑地说道："呵，你们倒是过来瞧瞧，你们心心念念的相公，几时变成女人了？"

关小睢转头看去，便看见七个穿着轻纱湿漉漉跑出来的女孩子，她们无一例外是天姿国色，关小睢饶是美貌过人，在她们面前却也隐隐地自卑起来。其实不是她们都比关小睢好看，而是她们身上都有一股子动人心扉的风度，关小睢在她们面前，稚嫩得像是刚刚结在枝头上的青苹果。

"你是哪儿来的？"

"你是谁呀？"

"你来干什么？"

女孩子们叽叽喳喳地问，关小睢却一骨碌从地上起来，哼了一声，却不回答她们的话。

司泽远从树林子到了主宅附近，周围的下人们一个个寒着脸站在外面，司泽远寻了一处阴影，只听门口的人在说话。

"你们这群人就是饭桶，养群猪都比你们有用。呵，一个大活人竟然就不见了，你们哄谁呢？今天晚上要是找不到关小姐，你们就把脑袋都交待在这儿吧。"那门口的女子说着，脸上一片云淡风轻的神色，好似她不是要这些人的性命，而只是要这些人身上的几根头发一样。

“姑娘，姑娘，我们是真的找不到关小姐啊！”

“姑娘，我家里还有老母亲，我……”

“姑娘饶命啊！”

一阵求情的声音响起，外头站着的下人都跪在了地上冲着门槛里头的人磕头。司泽远听着这一片此起彼伏的求饶声，不由得皱了眉头，心下更是一片寒意。想不到那蒋礼竟然是这样心狠手辣的人！

蒋礼此刻正在搜寻着那个所谓的不速之客，他的额头上冷汗不停地冒出来。先是在关小雎那里失手，然后又让关小雎在他的地盘上失踪了，现在外面来了人他又不知道。宫主的手段他是领教过的，要是再……

“不行，这一次绝对不能让宫主再出手了！”蒋礼一咬牙，腾身跑向了主宅。

司泽远搜索了一圈整个主宅，却不见关小雎的身影。从刚才在门外听见的话来看，那个小丫头一定是跑了。可是她跑哪儿去了呢？司泽远顿了顿身影，忽然感觉到有人来了。蒋礼推开假山，走了下去。

司泽远一见那暗门，一双星眸便亮了起来，他等了一会儿不见蒋礼出来，便悄悄地跑了过去，照着蒋礼的模样，推开了那假山走了进去。

真是踏破铁鞋无觅处，得来全不费功夫。蒋礼看着被众女子捆起来的关小雎，笑得很是灿烂。

“你笑什么呀，还不快把我放开！”关小雎被人绑在椅子上，本来就不舒服，一见了蒋礼，就立刻把满肚子的气都撒到了他的身上。蒋礼是此间的主人，这个假山下的美人院肯定也是他的，可是他看见自己的未婚妻——关小雎虽然不想嫁给蒋礼，只是用这个来拖延时间，但是好歹现在她也算是他的未婚妻啊，他看见他的未婚妻被人家绑起来，竟然还在笑。

“我说你怎么不到这里来了，原来是早就佳人在怀。呵，你的手段倒是越来越好了。”方才那个冷言冷语的女子捧着一樽酒出来，见了蒋礼在外面却也不惊奇，也不问他什么，只说着凉凉的话。可是任是谁都能听出来，那个女子嘴里说的话可不就是醋意浓浓的吗？

“我原是忙着的，没想到你会想我。”蒋礼笑着走过去，像是不曾看见关小雎一样，坐在关小雎的身边，却拉着那女子的手，就着女子方才喝过的酒杯饮了一杯。

“很香，很甜，”蒋礼用手捏了一把那女子的手，将她拉进自己的怀里，头埋在那女子的肩窝中，嗅着她发间的香气，说道，“你的味道，永远是最好的。”

“呵，多谢蒋大公子的夸奖！”那女子冷冷地瞥了蒋礼一眼，将酒又倒满了整个酒杯，气鼓鼓地把酒杯摔在桌子上，可是那酒杯里的酒却不见掉出来一滴。蒋礼又赔笑着喝了。

关小睢看得眼睛都瞪大了。

蒋礼一连喝了十几盅酒，而且喝的速度越来越快。关小睢只觉得那天蒋礼被自己喝倒了，酒量也不算什么，可是今天看蒋礼的样子，却不想原来蒋礼也是能喝的，只是那天蒋礼选错了酒才一下子被关小睢喝倒了。

那冷冰冰的美人终于笑了。你要知道，一个很少笑的人，一旦由心生出来愉快的笑，那么必定会是惊艳的。

“她们都在里头等着你，你呀，有了美人就忘了咱们，月儿给相公的这么几盅酒不过是个利息，你今天要是不能喝倒七妹，你就不必再来了！”月儿笑吟吟地拉着蒋礼的衣襟起来，蒋礼也是满面笑容地跟着她往内室走去，关小睢见了，心中恨恨地生起了怒火，一脚就踹到了那石头桌子上。石头是不会疼的，关小睢的脚却疼了。

月儿扑哧一声笑起来，瞥了一眼关小睢，道：“这位妹妹，你可不要当着咱们蒋相公的面吃醋，不然的话，咱们七妹妹可是要让相公喝酒给你赔礼道歉的呢。你瞧蒋相公现在可好了，遇见咱们的酒仙七妹妹，那可是要醉上十天半月的，到时候耽误了蒋相公出去采花，妹妹可是大罪过了哟！”

“你跟本小姐有什么关系？少跟你姑奶奶攀亲戚！”关小睢气得脸都涨红了。

原先是误闯进了这个地方，关小睢想着自己的轻功不错，就算是有什么危险也能快些跑掉，可是哪里想到，这室内几个女子的功夫那么诡异，三两下就把她给制住了，还绑了她在这里。后来蒋礼来了，又像是没看见她一样，一个劲地陪着她的仇人喝酒。关小睢已经把那几个沐浴的女子当成她的仇人来看了。

“蒋礼，你快把本小姐放了！”关小睢气极，一个劲地扭动自己的身体想要起来，可是她被绑在石椅上，力道根本使不出来。

“呵呵呵，小丫头，你别心急，在这儿坐会儿吧。”月儿笑得更开心了，颇有几分得意地拉着蒋礼就进去了。

室内响起了女子的一片娇呼声，关小睢狠狠地瞪了一眼那帘子，又不甘心地继续扭动着自己的身子，想要快点挣脱这绳索。忽然，关小睢停了动作。她好像听见有谁在笑。

“是，是谁？”关小雎警惕起来，全身的汗毛都竖了起来。

“你猜。”那声音有些许的苍老，还含着隐隐的笑意。

“你快出来！敢在姑奶奶面前装神弄鬼，你快出来！”关小雎急得后背一片冷汗，她刚才被擒住的时候就发现了这里全是女子，进来的一个蒋礼也被带到内室去了，现在这又是谁呢？

“你跟本大爷有什么关系？少跟大爷攀亲戚！”那人学着刚才关小雎的语气说了这么一番话，臊得关小雎又红了脸。

“你，你个老不要脸的！”关小雎说道，“欺负我这么一个女孩子，你老不要脸！”

“我个老不要脸的！”那人又说道，“欺负你这么个小不要脸的，我个老不要脸的！”那人的声音似乎已经藏不住笑了，关小雎红了眼圈，四下看着，却不知道那人的声音是从哪里出来的。

“你究竟是什么人？”关小雎的话里已经有了怯意，她只觉得后背一阵凉意，整个温暖旖旎的石室像是冰冷的地狱一样。

“我究竟是什么人？”那人还在学，声音压得低低的，略有些嘶哑，听得关小雎头皮一阵发麻。

“哈哈哈哈……”司泽远终于从入口的石块后面跳了出来。

司泽远如同优雅的仙鹤款款落地。他今日穿着一件墨绿色的长袍，墨发被白玉簪束起，一双亮晶晶的星眸饱含笑意，正看着关小雎微微笑着。

“你……”关小雎一下子语噎，慢慢地，她的眼眶浮起了水雾，眼眶红了一圈，说道，“是你……”

关小雎这么多天来一直同蒋礼玩得很好，竟然忘掉了被她推出去当挡箭牌的司泽远。她原本是担心司泽远的，可是这几天玩得太开心，竟然忘掉了生死不明的司泽远。如今在这个乱七八糟的石室里面，又看见了完好无恙的司泽远，关小雎一下子忍不住内心的软弱，一下子哭了出来。她不知道自己在哭什么，是哭司泽远幸好没事，还是哭司泽远出现在这里一定会救她？

“好了好了，不要哭了哦！”司泽远见她一哭，原本逗她的开心都被抛在脑后了，连忙上前去哄她。

“你这个浑蛋！”司泽远不哄她还好，一哄她，关小雎哭得更厉害了，只恨她被绑住了，不能狠狠地揪着司泽远哭一场。

“好好好，我是浑蛋，乖，别哭了，不然要把里面的人给惊动了。”司泽远一下下轻抚着关小睢的头发，安抚着关小睢的情绪。关小睢也不客气，把鼻涕眼泪都抹在司泽远的长袍上，看得司泽远哭笑不得。

“乖，我先给你松绑。”司泽远见关小睢抽抽搭搭的终于不哭了，就笑着一边给她松绑一边说道，“你啊，外面的世界那么危险。这次救你出去之后，你就乖乖回家好不好？”

关小睢扁扁嘴，瞪着水汪汪的眼睛看着司泽远，却只看见他脸上一片柔和的笑容。他第一次同自己相见的时候，也是这样笑着。

“我不回家！”关小睢被他看得脸又红又烫，嘴上却毫不服软。笑话，她现在回去，不被爹爹打断腿也得跪祠堂跪到断腿！

“必须回去！”司泽远皱眉，见她不愿意认错，语气有些凌厉，“你还嫌你闯的祸不够大？你知道这里是什么地方？不要命了吗？惹了‘江西大刀’不算，你还跑来跟采花大盗混在一起了？”

“我……我又不是故意的！”关小睢瞪着他，对上他一双亮晶晶的星眸，语气却弱了下来，低声地说道，“我……我只是……你那么厉害，你……我……不会计较的……”

所以她就趁着自己为她与人过招的时候偷偷溜掉了？还跑到了采花大盗的家里来。司泽远对她低着脑袋认错的样子有些无奈，缓了缓自己的语气，说道：“我知道你不是故意的，但是你这一次一定要回家。”

“我不回去！”

关小睢想到自己现在的境地，她知道是自己本事不够还乱闯所以才有这样的下场，可是她不要回去。

“我……我现在要是回去……爹爹，爹爹肯定会很生气的……”关小睢知道关倪君的脾气，知道她如今回去，一顿批肯定是少不了的，逃婚加上乱跑，吃一顿家法更是没什么意外。

“可是你不回去，关堡主肯定很担心，”司泽远拢了拢关小睢的肩膀，柔声道，“你知道吗？外面打你主意的人不少。”

关小睢一愣，杏眼瞪得圆圆的，结结巴巴地说道：“你你你你，你知道我是谁？”

司泽远柔和一笑，揉揉她的头发，说道："我怎么会不知道你是谁呢……"当年那个挥着鞭子笑得灿烂的女孩子，在夜里威胁他不许把事情说出去的娇嗔语气，这些年来非但没有模糊，反而更加清晰。他一开始没认出关小雎，只是因为想不到当年那个女孩子如今已经出落得这般亭亭玉立了。

关小雎心中一下子警惕起来，说道："那你是谁？"

司泽远又是笑笑，说道："你说我是谁呢？"

"我怎么知道你是谁！"关小雎腾地从椅子上站起来，拉开了两人的距离站在另外一旁，说道，"是不是我爹派你来的！"

"哈哈哈……"司泽远看到她像是猫咪一样竖起毛想要保护自己的样子，忍不住笑了出来，说道，"关堡主已经发了武林帖，恐怕只要是救了你的人，都算是你爹派来的吧。不过，我不算，"司泽远丢开那绑住关小雎的绳子，笑着说道，"我没有救你。"

什么意思？关小雎咬咬嘴唇，想不明白司泽远的话。

见她迷糊的样子，司泽远越看越欢喜，说道："我不过是在别人家里救了一只被主人家绑在一边的可怜的厉害小猫。"司泽远冲她眨眨眼睛，亮晶晶的眸子盛满了愉快的笑意。

关小雎又一次不争气地脸红了。"哼！"关小雎跺跺脚，转身要进那内室。

"你去哪里？"司泽远见她不出去反而要进去，不由得问了一句。

"跟你有什么关系！"关小雎回头瞪了他一眼，说道，"猫咪要去抓鱼了，你要去抢吗？"

司泽远一愣，关小雎已经气呼呼地进去了，他笑笑，摇着头只好慢慢地跟了进去。

里面热热闹闹的，说话声，欢笑声、丝竹声，吵得关小雎眉头都皱起来了。不过也幸好有这些声音，不然刚才在外面关小雎和司泽远的说话声早就被里面的人听见了。

"你干吗？"关小雎感觉自己的手忽然被人拉住了，她回头想要骂人，可是却一下子被司泽远捂住了嘴，拉着她躲到了一边，还在她耳边说了一句："别说话。"

"你想干吗？"关小雎和司泽远躲在一边的石缝里，空间很小，两个人靠得很近，想到他刚才让自己别说话，关小雎只好压低了声音问他。

“你现在冲出去，不是要让她们再绑你一次吗？”

关小雎的脸红红的，结结巴巴地辩解：“我……我……我刚才只是一时大意才被她们绑住的！”

司泽远含笑看着她，不说话，可是眼神里透露着的意思却是“我不信”。关小雎被他看得浑身不舒服，有些心虚，又有些气恼，一把推开了司泽远，自己气呼呼地冲了出去。

“蒋礼，你给姑奶奶出来！”

司泽远在石缝里面叹了一口气，却不打算立刻出去。对方是什么情况他还一无所知，贸然冲出去，恐怕只能是陪着外面那个姑奶奶一起被绑而已。

里面嬉笑的声音一下子停了下来，像是有谁把他们的嘴封住了一样。

“呵呵呵呵……”忽然，有个女子银铃般的笑声响起，娇滴滴地道，“这位，就是蒋相公心心念念的姐姐吗？”那女子的声音婉转妩媚，她整个人都依在蒋礼的怀里，蒋礼抚摸着她的头发，却含笑不语。

“七妹，你倒是才反应过来吗？”另外一个披着水蓝纱衣的女子也笑着，走过去却是怜爱地掐了一把那妩媚女子的脸，似是恼怒的样子，说道，“这妮子喝的酒不知道是不是琼浆玉液，皮肤越来越好了……但是比不过眼前这位妹妹的吧……看咱们蒋相公看人家的眼神，可是恨不得一口把人家给吞了哟……”

“蒋相公的一双眼，看见哪个美人不想把人家吞了？”又有一个穿着白色纱衣的女子幽怨地坐在铺着大红色坐垫的椅子上，自顾自地倒了一杯酒又喝了。

蒋礼还是不说话，却是一下一下地摸着怀里女子的长发，另一只手时不时地转动着自己拇指上的玉扳指。

“这一次可不同，”红衣女子从另外一个门口走进来，手上还提着十个酒坛子，轻手轻脚地把那些坛子放在桌子上，却一点没发出声音，说道，“蒋大公子这一次可是要娶了这妹妹进门当蒋夫人呢。”

一旁正在对弈的两个女子脸色一变，一双丹凤眼锐利地看向关小雎，许久，其中的一个才哼了一声笑出来，酸溜溜地说道：“人家是大小姐，配咱们蒋公子又有什么不好？可怜我们这种贱婢，恐怕还污了蒋公子的眼！”

“三妹，你说这话可伤了蒋公子的心，”同三妹对弈的女子说道，“蒋公子待咱们还是很好的，要是嫌弃咱们污了眼，当初又何必同咱们在一起呢？”她语气里不无哀怨，水眸痴痴地看着一边神态自若的蒋礼。

关小睢听她们你一句我一句地说着，早就已经恼了，可恨那蒋礼竟然一句话也不说，还抱着那个什么七妹笑得那么……那么……淫荡！

“蒋礼，你快送你姑奶奶出去！”关小睢气得浑身发抖，她虽然不喜欢蒋礼，不想嫁给蒋礼，可是看蒋礼那模样，想到蒋礼这几天对自己的殷勤，真是恨不得剁了蒋礼的双手。

关小睢话音刚落，左边的门口忽然有一柄长剑飞了出来，直直地冲着关小睢而来，关小睢轻巧闪过，却见里面出来一个穿着湖水绿长裙的女子。

“不知死活的小丫头，敢在这里叫嚣？”那女子拂袖而起，收回自己的长剑，又要攻向关小睢。

“大姐！”

“大姐，那是蒋公子的未婚妻！”几个女子紧张地喊了出来。

“未婚妻？”那长裙女子身形一滞，看向蒋礼，说道，“咱们海南剑派什么时候有了可以成婚的规定了？”

“谁是他未婚妻？他是个不要脸的！”关小睢想到他那天在船上同自己讲的话，虽然她并不想嫁给蒋礼，可是现在眼看着蒋礼一副身在花丛怡然自得的样子，还是觉得很气愤。

“呵呵呵呵……”蒋礼怀中的女子眯着眼睛，捂着嘴轻笑出声，不依不饶地拉着蒋礼胸前的衣襟说道，“哎呀，好容易见到一个不喜欢咱们蒋相公的姐姐呢！”

“小七，你又喝醉了！”那用长剑的女子眉头微蹙，似是很不满自家七妹一天到晚醉醺醺的样子。

“大姐，你就让她醉吧！”一旁弹着琵琶的人幽幽道，“她好不容易见到相公一回，不让她醉，她醒来怎么舍得让相公走？也不知道下次又要多久才能见到相公，唉……”

关小睢听这些女子的语气，像是都很喜欢蒋礼一样，而蒋礼却一直一副快活的样子，丝毫不为这些女子的哀愁而动容。

“蒋礼，你口口声声说要娶我，可是现在却在这里和这些女人鬼混！我告诉你，你快送姑奶奶出去，否则，否则……”

“否则如何？”那三妹丢下手中的棋子，问道，“否则你还寻死去不成？”

“哼，寻死？”关小睢挑眉，一副不屑的样子，说道，“蒋礼算个什么东西，也配得上姑奶奶为他伤心吗？”

“你！”又是长剑袭来，这一次的剑锋明显比之前的凌厉，想来是那湖水绿长裙的女子真的动怒了，长剑像灵蛇般吐着芯子而来。

关小睢腾地跃起，仿佛飞燕一样灵巧的身姿，毫不费劲地就闪过了剑锋。

“姐姐，这个丫头轻功不错，你可别大意了！”同三妹对弈的女子笑着提醒了一句，但是她没有看这边的情况，反而是起身向着蒋礼走去。“蒋相公开心吗？”那女子走到蒋礼身边，为蒋礼斟了一杯酒，笑吟吟地道，“看着姑娘为你争风吃醋，相公是不是笑得心里都开花了？”

“知我者，珠儿也。”蒋礼就着珠儿的手喝下那杯酒，珠儿笑着轻轻打了打他的脸，又似爱抚般摸着他的脸，痴痴地说道：“你呀，这张嘴，总能哄得人开心呢……”

蒋礼怀中的七妹呵呵地笑着，拉着珠儿的手，撒娇般道：“二姐，你现在才知道相公会哄着人开心吗？你是忘了当初相公怎么哄着你来的吗？”

水蓝色纱衣的女子也走了过来，倚在珠儿身边，抚摸着珠儿的秀发，说道：“二姐疼他，所以当初相公哪里哄过二姐？可怜我二姐辛辛苦苦地帮着他打理家业，哪里想到你们这群小妖精倒是把相公给霸占了，唉……”

“四姐这话说得不对。”穿着红色纱衣的女子随意把玩着自己的两根辫子，凉凉地说道，“蒋大公子哪里是咱们能够霸占的？要不是今儿托了那丫头的福气，咱们可还不一定能够看见人家蒋公子呢！”

“月儿姐姐，你可别这样说，”七妹噘着嘴，一双灵动的眸子水汪汪地看着蒋礼，却是对月儿说话，“姐姐是相公心尖上的人，就是相公不来看咱们，也不能不来看姐姐呀！”

“有你这个小心肝儿在这里呀，他就是不来看我，也得来和你喝上两杯呀。”月儿拍拍七妹水灵的脸蛋，目光却是转向了和自家大姐过招的关小睢身上。

“她轻功比大姐好太多。”珠儿走了过来，低声说道，“刚才若不是咱们人多，她就跑了。”

“珠儿姐姐，你是觉得大姐拿不下她？”月儿却是很不在意，她在意的是，蒋礼虽然一直抱着七妹，可是目光总是时不时地落在关小睢身上。

关小睢别的武功一般，轻功却练得格外出色，那长剑动不得她分毫，用剑的人更是怒火中烧，厉声对自己的姐妹说道："你们就这么看着她在这里放肆吗？！"

月儿几个人对视一眼，只能身形微动，立刻加入了战局。一旁在石缝里面躲着的司泽远原本只想着关小睢在长剑下吃个小亏也就走了，可是没想到关小睢任性至此，明明早就可以走了，却一直不肯走，这时候几个人一齐动手，关小睢就算是插了翅膀恐怕也飞不出去了。司泽远心中又是叹又是气，小丫头太任性，他可是没有办法的。关小睢眼看着形势急转直下，而蒋礼却是一动不动地抱着美人继续喝酒，她更是恨，恨不得把蒋礼嚼碎了吃了。

"你还躲在那里干吗？就是看我被人欺负吗！我，我要是出了什么事，看你怎么跟我爹爹交代！"关小睢无奈，只能冲着石缝那边大喊。

蒋礼动容，使了个眼色，一旁没有加入捉拿关小睢的阵容中的两名女子轻手轻脚地走了过去，不知道从哪儿拿出两把匕首，一声轻喝，插向石缝。可是石缝里面根本就没有人。关小睢眼角的余光自然也看见了这边的情况，心中大慌，难道他走了吗？关小睢又气又急，失了神，一下子就被剑锋掠过手臂。长剑锐利，关小睢嫩滑的手臂被划破，鲜血猛地流了出来。关小睢咬牙，还想要躲，可是已经被月儿和珠儿两人用纱衣给捆住了。

"小丫头，要在咱们手底下逞强吗？"月儿哼了一声，提起关小睢丢在了一旁的石桌上。

关小睢的脸正对着蒋礼的下巴，见他竟然还在笑着，狠狠地用头一下子撞向他的下巴。蒋礼不防，被撞了出去，下巴生疼。怀中的七妹也被他松开，摇摇晃晃地靠着石桌，看着蒋礼吃痛的样子呵呵地笑了。其他人见了，也不心疼，反而像七妹一样笑了，可笑了一会儿，她们发现蒋礼竟然一直都不出声，而且脸上也没有半分笑意。

"相公你怎么了？"珠儿首先发现的，就问了出来。

她们几人要上前，却听见一个男人的声音响起："别过来，否则……"随着这个声音响起，众人才发现，刚才被关小睢撞出去的蒋礼，竟然被人用长剑抵在了身后。

关小睢眼前一亮，那人正是刚才她以为已经走掉了的司泽远！

"你是谁？快放了我相公！"月儿呵斥道，却见司泽远轻笑出声。

"你笑什么？"大姐皱眉，脸色也冷了下来。

“你们口口声声叫人家相公，人家可是要娶被你们拿了两次的小猫咪呢。”司泽远笑着用剑抵着蒋礼走出来，对被人丢在石桌上的关小雎说道，“小猫咪，我抓到鱼了哦。”

原来他没走！关小雎顿时觉得喜从天降，可是见他一副得意洋洋的样子，她又有些羞恼。比功夫她自然比不上别人，原本还想着用轻功逗弄一下这里的女子，哪里想到这里的女子下手那么狠。关小雎觉得自己的手臂丝丝地生疼。

“你快放了我家相公！”珠儿上前一步，反手将不知道哪儿摸出的一把匕首放在关小雎的脖子上，威胁道，“要是不放了我家相公，我就杀了她！”

关小雎哪里想到，跟前这群如花似玉的女孩子，竟然一个个的心肠都那么狠毒呢？

“喂，你这是什么语气？”关小雎不满地嚷嚷道，“你要是敢动我一根毫毛，我就让他杀了蒋礼！”

司泽远暗自摇头，也不知道那小妮子哪儿来的胆子，被人用刀架在脖子上了还敢那么理直气壮地反过来威胁人家。

“珠儿，”那用剑的女子示意珠儿不要着急，慢慢地说道，“看这小丫头也是个水嫩的姑娘，咱们家相公再重要，对公子来说想必也没有什么用。不如咱们各自退一步，你放了我家相公，我就放了这个小丫头，如何？”这番话说得慢条斯理的，一副云淡风轻的样子。司泽远笑了，想不到这群女子里头，还有能够冷静下来同他谈条件的。

“哦？”司泽远挑眉，用剑捅了捅蒋礼，两人又上前了几步，说道，“那你们就先放了这个不懂事的丫头吧！”

“你先放了我家相公！”水蓝色纱衣的女子扬起下巴说道。

“呵呵。”司泽远轻笑，说道，“姑娘想得真是好。这儿是你们的地方，我要是先放了你家相公，那我和那只不听话的小猫不是得把自己的骨头都埋在这儿了吗？”司泽远“啧啧”了几声，摇头道，“我虽然不聪明，但是把性命看得重要，断不可能不要命地去犯傻呢。”

“秋儿，”大姐瞥了那说话的女子一眼，像是有警告的意味般，那水蓝色纱衣的女子努努嘴，却不敢再说话了。

“公子不过是怕咱们相公平安了，我们姐妹几个就会对公子下手。”白色纱衣的女子还抱着她的琵琶，脸上依旧是那副幽怨的神色，“我虽然不得相公宠爱，但是我敢说，要是公子放了我家相公，我们姐妹几个定然对公子感激不尽，哪里还敢对公子下毒手？”

司泽远依旧笑着，却不搭话。

“你们，你们这几个不要脸的女人！”关小睢被人用匕首威胁着，却还敢开口，厌恶地说道，“你们一口一个‘相公相公’的，也不知道是不是蒋礼真的娶了你们，看你们一个个的为了这个臭男人着急，真是丢了全天下女人的脸——”

“闭嘴！”一个女子长袖拂来，关小睢的脸上顿时多了一个红红的印记，关小睢一愣，眼眶中瞬间浮起了雾气。这个女人竟然敢打她！从小到大，家里谁不对她疼着哄着的，爹爹再生气，最多罚她去跪祠堂，从来没有动过她一根手指头。可是现在，在这个鬼地方，她竟然被蒋礼这些不三不四的女人给打了！关小睢气极，也顾不得自己脖子上还有把丝丝生凉的匕首了，扭动着身体大叫着：“司泽远，你，你快把那蒋礼给杀了！”

蒋礼虽然被人用长剑抵着后腰，可是他竟然还能笑得出来，司泽远的笑容也没有减少，反而笑得更加灿烂。让小丫头多吃点亏，她才能长记性，才能乖乖地听话。

“你们放了她吧。”蒋礼慢悠悠地开口，嘴角含笑。

“哈哈哈哈……”醉得歪七倒八的小七却是唯一一个笑出声来的人，她拔了自己的发簪，如墨的长发飘荡在空中，水光灼灼的双眸一眨一眨，却是满含笑意。

小七的笑是真心的，她歪着身子走过去，没有碰到任何一个人的衣角，却轻易地进了被姐姐们围成一个圈的地方。她反手夺过珠儿的匕首，三两下就割碎了绑缚着关小睢的纱衣。

“哼！”关小睢的脸气得红红的，扬手就给了那打她的女子一巴掌，清脆的巴掌声让众人脸上凝着的笑都碎了。

“你是什么下贱种子，竟然敢打本小姐！”

蒋礼暗道这丫头是有多大的胆子，但是却使了眼色要那美人不要轻举妄动。

司泽远却是皱了皱眉头：“小睢！”

“怎么？”关小睢狠狠地瞪了那女子一眼，看她想反抗却不敢的样子，笑得不知道多开心。

“哈，你果然是胆子够大！”小七又笑了，可是她手上的匕首却没笑，只是抬手间就削下了关小睢的几缕青丝。

“我姐姐做得是不对，今天看在这位可爱的小哥面子上，我就留你一条小命！”小七说着，笑得更加大声了，摆摆手就将屋子里左角放着的一坛酒吸到掌中。小七的年纪看起来不大，但是那掌中的功夫却让司泽远心下大骇。

关小睢就是再托大，如今见了小七的这一手，也不由得闭上了嘴，立刻缩到了司泽远身边，揪着司泽远的衣裳不敢说话。

“你现在可以放了我家相公了吧？”月儿开口，有些不耐和着急，“那丫头我们已经放了！”

司泽远又笑了，一双眼睛亮亮的，闪过一丝狡黠，道：“我可从没有说过，只要你们放了这丫头，我就放了你们家相公。”

这一下，众女皆怒，蒋礼却是脸色不变，他的目光紧紧盯着一个劲在喝酒的小七。小七却是自顾自地喝着，嘴里咕哝着什么。

“好！”忽然间，小七眼中醉意散去，寒色毕现，手中的酒坛子也一下子摔了出去。坛子里的酒像是得到了什么召唤似的，一个劲地冲向了司泽远。司泽远若不是亲眼见到，绝对不相信有人竟然可以将坛子里的酒控制得这样好，每一滴酒都像是长了眼睛似的，避过了蒋礼却直直地攻向他。

“摆阵！”大姐手持长剑，厉声一喝，随着酒滴攻向司泽远，逼得司泽远不得不招架。

蒋礼这个时候依旧笑着，却是巧妙地搂过了关小睢避开了众人。

“你，放开我！”关小睢回神，却已经在蒋礼怀中了，她奋力挣扎，却一下子被蒋礼点住了穴道。关小睢气得不得了，却见那群女子纷纷速度极快地扯下了裹着玉体的布料，那轻柔的抹胸到了她们手里竟然像是锋利的长剑一般，而大姐所持的长剑却如同锦缎一样柔不可断，游走在司泽远周围。

“你们这群不要脸的女人！”关小睢的脸涨得通红，这群女子竟然不顾她们身上空无一物，赤条条地与司泽远对阵。

“呵呵呵……”

小七放声笑着，一双醉眼眯起，将满眸春水锁住，笑道：“小丫头，你说她们不要脸，却不知道，这天底下的男人，都是喜欢这样不要脸的女人呢……”

“你，你胡说！”关小睢急急反驳，目光躲躲闪闪的，想看看司泽远如何应付那群女子，却又羞于看见那魅惑的玉体。

小七挑眉，慢慢地躺到石桌上，那冰凉的石桌贴着她滚烫的背，让她舒服得忍不住颤抖着叹息。

“我是不是胡说，你大可问问你身边的人——我们家相公，他最爱看我姐姐们摆这个阵法。”

蒋礼轻笑着摇头，道：“小七可不能胡说，像我这样福薄的人，可不敢让你姐姐们抬举我，摆这个阵法来对付我呢。”

这个阵法虽然艳丽诱人，却不是谁都能够受得了这等艳福的，最起码蒋礼在被“抬举”过一次以后，再也不敢对宫主有任何反叛之心。

“蒋礼这个臭男人，怎么能和他比！”关小雎虽然厌恶那群女子这般不知礼数，却也忍不住看向被女子们包围的司泽远，喃喃着，“他，他，他不会的……”

“你怎知他不会？”小七笑，理所当然地说道，“你年纪还这样小，你不知道，天下的男人，全都是一个样子的。你说我们相公是臭男人，难不成你的那个心上人，是个香男人吗？”

“我们姐妹见了那么多臭男人，却不曾见过什么‘香男人’，你今天倒是带来让我们姐妹开了眼界，不过呢，我们不见过也就罢了，见过了，姐妹们都舍不得他走，他就走不了了！”小七最后的那一句“走不了了”话音刚落，司泽远便被那如蛇般的长剑划开了衣襟。

“呀，公子，你这里头的肌肤，可不比咱们姐妹差哟……”一个女子笑着，手中的绸缎便震碎了司泽远胸前的衣服，司泽远被那气劲逼得连连后退，可是后面的绸缎却也不放过他，见司泽远乱了阵脚，立刻就从腰后直逼上前，司泽远不防，便被夺去了腰间的玉带。

“司泽远！”关小雎慌忙大叫，蒋礼却是大笑出声，道，“别喊了，他是听不见的！”

没错，在美人阵中的人，是听不见外头的声音的，他只能听见那美人一声声诱惑的呼唤，听见那女子们娇媚的叹息，又还得防着四下游窜的兵器，全身心的精力都用来破阵了。也幸好是听不见外头的声音，否则阵中人一旦分心，定然早早就将性命交待在了这个美人阵中。

司泽远几次破阵都失败了，不禁暗道这阵法厉害。他想从上面破阵，如蛇的长剑就扼住他的咽喉；他想从下方或者左右破阵，那齐齐紧逼的绸缎却凌厉地拦住了去路。

关小雎在阵外焦急，阵内的司泽远心中虽然着急，却不得不逼着自己冷静下来。一定有办法的，一定有办法可以破阵的！

司泽远目光掠过地面，看见方才小七砸过来的酒坛子，他眼中瞬间一亮，掌中长剑螺旋而出，剑气吸起了地上的碎片，还带着点点酒滴。酒坛子的碎片不多，但是用来对付这么几个女子，却也足够了。司泽远侧身一滑，带着那片片钝钝的碎片划向其中的一个女子。天下间哪个女子不爱美？若是被那碎片打到，如何能够不伤及肌肤？所以，那女子便下意识地一躲。

好！司泽远暗自欢喜，躲开了就好！

"想跑？"小七敛住笑容，锐利的目光立刻发现了阵眼已经出现，她立即出手，整个人已经堵上了方才那女子在的位置，司泽远这一次又逃不出去了。

"你们这群不要脸的、下三滥的女人，寡廉鲜耻，卑鄙下流，你们丢了全天下女人的脸！"关小雎着急地骂着，却听蒋礼在耳边笑着："你骂了人家又听不见，就算人家听见了，也不能让人家少根汗毛？"蒋礼笑得开心，忍不住就亲了亲关小雎的脖子。

关小雎只觉得浑身的鸡皮疙瘩都起来了，她气得浑身发颤，要不是被点住了穴道，她肯定像刚才掌掴那女子一样狠狠地甩蒋礼一巴掌。

"你们是一丘之貉！不要脸的蛇鼠一窝！"

石室内，是骂声和破阵声伴随着蒋礼的笑声，而外面，一个女子却是冷着眉目，慢慢地往这个密室里面走去。

司泽远的衣服支离破碎，还有一些挂在他精壮的身上，但是都已经不成样子了，关小雎骂得口干舌燥，一旁的蒋礼却是优哉游哉地摆出一副看戏的样子。

这个时候的关小雎已经不敢再往司泽远的方向看去了，她红着一张脸，听着那群女子的声音，恨不得此刻自己要么提剑把那群无耻的女人给杀了，要么就昏过去，再不想看见听见她们的样子和声音。

"哈！"司泽远却从来没有放弃破阵，他大喝一声，以剑指天，狠狠地朝着正前方劈去。这正是他借以扬名的一招"借天立剑"，他等了好久，才终于等到施展这一招的最佳时刻。几个女子被剑气所震，倒飞出去，歪七扭八地撞在墙上或者是摔在地上，一地呻吟。

关小雎见女子们被打退，精神一振，满面欢喜地看向司泽远，却见司泽远一双亮晶晶的眸子此刻略有些黯淡。蒋礼皱眉，他想不到，自己破不了的阵法，司泽远竟然给破了。

“快走！”小七捂着胸口，恨不得自己还有些力气可以拿起大姐的长剑杀了司泽远，却只能恨恨地按下机关的按钮。

“相公，快走！”

蒋礼心有不甘，想要去杀了司泽远，却见司泽远已经提着长剑要过来救关小雎。顾不得其他，蒋礼只好扯着关小雎遁入密道。而小七见蒋礼走了，看着司泽远着急的神情，嘴角露出一丝诡异的笑容。红色的迷雾慢慢地从倒在地上的女子们身上散发出来，她们的脸上无一不带着诡异而甜蜜的笑容，大力地喘着气，吸着那红色的迷雾。司泽远不知道为什么，渐渐地觉得自己浑身开始发烫，慢慢地觉得身体里有股热劲要冲出来，可是他却浑身发软，不知道为什么连动都动不了。他在红色的迷雾中，看见了一个碧绿色的身影，那身影靠近他，靠近他，慢慢地，那冰凉的如蛇的手，竟然拥抱住了他……滚烫的身体，被冰凉的手抚摸得很舒服，司泽远松开了手中的长剑，那厚实的手掌，迫不及待地抱住了那抹冰凉的碧绿色的身影。如玉的公子，终究是抵不住那红色的药雾。

小七慢慢闭上眼睛，嘴角依旧留着那抹诡异的狠笑。

第十章

黄金洞穴

关小雎的眼睛哭得红肿红肿的，她的声音也哑掉了，蒋礼倒觉得省心，也不用他去点关小雎的哑穴了。

后山的风景比不上前头院子的精致，但是也别有一番风味。山上的落叶打着旋儿地往下掉，虽说是夏天，可是这儿却没有一片绿叶，只有一茬又一茬的枯叶。

蒋礼带着关小雎一路疾步，他们走过的地方留下“沙沙沙”的声响。蒋礼虽然解开了关小雎腿部的穴道，但是关小雎却没有办法用轻功，否则在这样开阔的一个地方，蒋礼未必能够掌控住关小雎。

也不知道他怎么样了。关小雎红着眼眶不停地扭头看着，心底着急，想要知道司泽远究竟如何了。那红色的烟雾很是诡异，也不知道是什么毒药，他会不会已经中毒，甚至会不会已经毒发身亡了？

“你在担心他？”蒋礼快步地拉着关小雎往后山更后的地方走，不曾停下脚步，却有空问关小雎话。

“跟你有什么关系？”关小雎的语气不好，她现在要是能选择，她宁愿跟李维尚待在一起，最起码李维尚是个好心的粗人，他只是因为茉莉的事情迁怒于她，却不曾像蒋礼这样卑鄙无耻。想想那几个女子那不要脸的下三滥的行径，再看看当时蒋礼一副享受的模样，关小雎只觉得现在还恶心想吐。

“我告诉你吧，”蒋礼却不在乎关小雎的态度，反而心情更好了些，他道，“那‘美色诱人阵’是南海剑派的镇派之宝，是专门用来对付男人的。你的那个司泽远，哼，他只要是个男人，就逃脱不了那阵法！”

“你胡说！”关小雎虽然不想理他，但是听他这样说，又忍不住反驳，“刚才我看见了，司泽远已经把她们都打败了！”

蒋礼哼了一声，扯着关小雎进了一个洞穴，他的声音在黑乎乎的洞穴里面回荡着：“如果打败她们就能活命，那世间心狠手辣的男人都能在那个阵法里面活下来了。你知不知道什么叫作‘英雄难过美人关’？呵呵，他要是没有把小七她们的阵法破了倒不会死得那么快，阵法一破……”

“阵法一破如何？”关小雎见他不说话了，就急忙追问。

沉默的洞穴里面，忽然亮起了灯。蒋礼不知道从哪里拿出来一盏油灯，那昏黄幽暗的灯光微弱地照在他的脸上，让他白皙的脸看起来有些暗黄，而此时，他的表情带着些许煞气，整个人看起来犹如地狱中出来的鬼魅。他笑得很诡异，轻声回答了关小雎：“破了阵法，就是要他命的时候……”

司泽远清醒过来的时候，周围已经被清理得干干净净了。那冰冷的石室恢复了它之前的面貌，粉红罗帐和大红的地毯，将整个石室铺设得热情似火。石桌上面摆着几坛酒，如果小七没有死的话，一定是早早地搂着酒坛子喝起来了。地上的碎布已经不见了，地上躺着的人也不见了，地上的酒坛子碎片当然也不在了。司泽远身上穿着的，还是他进来时候的那件长袍。一切好像都是正常的，只是正常得太可怕。这里竟然一个人也没有。

司泽远从地上起来，四下看去，发现自己的长剑就在一个角落里的酒坛子上面。司泽远走过去，想要把自己的剑拿下来，却发现那剑身好像是长在酒坛子里似的，他用尽了全身力气也没有法子拿下自己的剑。司泽远皱了皱眉头，又想把那些酒坛子搬开，可是那些酒坛子也仿佛有千斤重，竟然也拿不下来。这究竟是怎么回事？也不知道那丫头现在怎么样了。

司泽远眉头深皱着，转身来到一堵墙边。如果他没有记错的话，之前那个小七，就是在这里按下的密道开关！可是，司泽远把手放在了那面墙上，竟然摸不到任何的突起，他竟然找不到那密道的开关！怎么回事？有人来过这里，把这里打扫干净了，布置整齐了，把他的长剑动了手脚，甚至连这堵墙都被人处理过了？司泽远心下更是警惕，他小心翼翼地把偌大的石室检查了一遍，真的没有人，也没有任何可以开启密道的开关。不对，开关肯定有的！司泽远又回到了原来的地方，目光四下扫过了整个石室，在哪里，在哪里……

关小雎被蒋礼点住穴道安置在了洞穴里，蒋礼把洞穴里的灯都点亮了，关小雎这才看见了整个洞穴的全貌。刚才进来的时候，只觉得四下都是黑的，如今把灯全都点起来，才看见原来四下竟然都是黄金打造的！墙壁是黄金的，地板是黄金的，那地上的石头，地上的落叶，无不是用黄金打造出来的。老天，这蒋礼如何花那么大的手笔来造这样一个洞穴！

饶是关小雎出身江南关家堡，又去过那金府，也不曾见过这样的房子。金府那样的造设，跟蒋礼的这个洞穴相比，犹如小巫见大巫。

“很吃惊？”蒋礼笑盈盈地出现，语气里却是毫不掩饰的得意。

关小雎哼了一下，道：“吃惊你原本一副斯斯文文的样子，没想到是个淫乱人间的臭男人；吃惊你的山庄一派秀气，却有这么一个暴发户似的破洞穴！”

蒋礼放声大笑，见她嘴硬的样子，心中十分愉快。

“只要你点头同我成亲，那我不仅会把这个暴发户似的洞穴送给你，还会为你再造一个冰玉为尘的房子。”蒋礼语气里满是揶揄，他走上前来，解开关小雎的穴道，“点你的穴道是逼不得已，长时间的封住穴道，会对你的身体有很大的伤害。小雎，只要你乖乖听话，我会把天下最好的都给你。”

如果是之前，关小雎听到他这样温柔的语气和溺爱的话语，说不定还会动心，说不定真的就上了他的当。可是经过了石室的事情之后，她根本就不可能再相信蒋礼。

“哼，像你这样的人，就算是把全天下的男人都杀光了，我也不会嫁给你！”

“你……”蒋礼怒极反笑，用手捏住关小雎的下巴，“你是很想嫁给那个‘香男人’吧？不过我告诉你，他已经死了！”

“你胡说！你这个卑鄙无耻下流没人性的臭男人！”关小雎扬起手就要打他，却因为长时间被封住穴道而手臂无力，轻而易举地被蒋礼给拦了下来。

“好，我卑鄙无耻下流没人性，那我就让你看看，我是怎么卑鄙无耻下流没人性的！”蒋礼甩开了她的下巴，却是将大掌放在了关小雎的肩膀上，手上一用力，轻易地就将关小雎压到了床上，眼中酝酿着无尽的怒气，嘴角却轻轻翘起，怒笑道，“你就是敬酒不吃吃罚酒！”

多年之后，关小雎再想起来那一幕，依旧觉得胆战心惊。如果司泽远晚来一点，只要晚一点点，那她的一生是不是就这么毁掉了？年轻的时候，桀骜不驯，肆无忌惮地去做自己想要做的事情，这是多少年轻人想要的自由。关小雎很年轻，也很自由。她总觉得不管做了什么事情，就算天塌下来了，还有老爹大哥们顶着，还有娘亲姨娘疼爱着，她的一生无忧无虑，想做什么就做什么，只是，如果当年的司泽远再晚来一点，她的世界会完全变了样。所以，关小雎再不懂事，面对着救了自己的司泽远，终于也说不出话来反驳他了。

蒋礼赤裸着上身被司泽远用剑挑到了一边，他的胸膛起伏着，显然怒气已经快要压抑不住。如果不是被司泽远那一掌打得没有防备，他绝对不会重伤至此。

关小雎抓着自己胸前的衣服，缩在一旁的角落里，警惕地盯着司泽远。司泽远一靠近她，她便哭着大吼大叫。不是她害怕司泽远，而是这个时候的关小雎已经认不得人了。司泽远无比庆幸，还好，还好他终于赶到了这个地方。满地的黄金上散落了一地的衣服碎布，关小雎虽然紧紧地捂着自己的胸口，可是她身上的衣服却已经很难遮掩她的肌肤。

“你别怕，他已经被我打伤了，不会再伤害你了。”司泽远听着关小雎的抽泣声慢慢小了下来，便试探着靠近她。可是哪里想到，司泽远才走了两步，失神的关小雎一下子又尖叫起来，“你不要过来！你不许碰我！”关小雎的脑海里，还是之前蒋礼对她说的话——

“你是敬酒不吃吃罚酒！”

“我告诉你，司泽远已经死了！”

“让你做我的女人，你乖乖听话就是。你要是听话，我还会宠着你，你要是再这么不识好歹，就别怪我暴力！”

“关小雎，你就认命吧！”

认命？关小雎从来不觉得自己的命不好。她出身江南武林世家，关家堡声名远扬，江南一带以关家堡的人为首，江南以外的人听见关家堡的名字也礼让三分。她是关家堡的小女儿，是关家堡上下“捧在手里怕摔了，含在嘴里怕化了”的宝贝。这样的她，骄傲又任性，可这是应该的。叫她认命，要认什么命？

挣扎，逃跑，被抓。关小雎不是没有试过反抗，可是她原本就只会些三脚猫功夫，被点穴之后连轻功都施展不出来，又怎么逃得过蒋礼？

当关小雎真的要认命，甚至把命交待出来也要保住自己清白的时候，司泽远出现了。没有人知道，司泽远当时的慌张。如果再晚到一步，关小雎不是清白不保，就是性命不保。所以，一向出手仁慈的司泽远，这一次没有留情，狠狠地一掌打在了蒋礼的背心，蒋礼不防，血气上涌，一股腥甜的味道卡在喉咙处，眼前一黑，整个人斜斜地倒了下去。可是，那个时候的关小睢眼中已经失了神，头发凌乱，衣衫破损，眼睛通红，眼神空洞，嘴边流血。挡在司泽远跟前的蒋礼倒下之后，司泽远便看见了这样一个关小睢，他心疼啊。司泽远见过关小睢在他面前的许多样子：那个任性地挥着鞭子，把方小年绑走的她；那个半夜遁入厢房，怒气冲冲威胁他不许把事情说出去的她；那个原本被他吓到了，知道他是前来救她的后双眸生亮的她。关小睢在司泽远眼里，不管是什么时候，总是生气勃勃的，就算她闯下了这样那样的祸事，遇见了这样那样的困难，她也从未有过这种灰色的眼神。

“小睢……”司泽远借着关小睢低头啜泣的时候，点了她的穴道，关小睢便陷入了昏睡中。

睡吧，睡吧，睡醒了，一切都会好了。帮她擦去脸上的泪，再用自己的衣袍将她包裹好，司泽远紧紧地抱着关小睢。而蒋礼趁着司泽远的注意力都放在关小睢身上的时候，跑了出去。

这个洞穴是当初蒋礼奉命建造的，造好之后，除了宫主之外就只有他一个人进来过。因为早就不想在宫里备受白眼，所以蒋礼悄悄地在这里建了密道，运走了不少这里的东西，这样的话，哪天他要逃出宫，就不用愁了。而这一次，蒋礼就是从那个密道逃出去的。

救下了关小睢，虽然蒋礼逃脱了，但是司泽远也顾不上去追，他来的目的不是为了蒋礼，而是为了关小睢。既然关小睢现在已经被他找到了，蒋礼下次再收拾也不是不可以。想起之前在石室发生的事情，司泽远只觉得这个山庄十分诡异，为了不再生出别的变故，司泽远抱着关小睢即刻就离开了。

天已经渐渐暗了下来，司泽远在客栈安顿好了关小睢。他先是叫了客栈的老板娘来帮关小睢擦洗身子，然后守着昏睡的关小睢一个晚上，等天完全亮了，司泽远才把关小睢的穴道解开。可是关小睢还是如当初在洞穴里见到他时那样尖叫，整个客栈的人都听见了关小睢的叫声。无奈之下，司泽远只好再次点了关小睢的睡穴，让客栈的老板把大夫请来。

“她如何？”司泽远急切地看着大夫。

大夫看了关小睢的病情，沉吟几分道：“受惊过度。”

司泽远也知道关小雎是因为之前的事情在害怕，可是没有想到她的反应如此大，现在还认不清楚身边的人不是蒋礼，而是自己。

熬药，陪伴，点安神香。司泽远陪了关小雎整整三天。

第三天天还没亮的时候，关小雎再次尖叫着醒来，可是，这一次她看见司泽远却不再抵触，而是一头扑进了司泽远的怀里，号啕大哭。

“乖，没事了。”司泽远轻柔地抚摸着关小雎的头发，低声地哄着她。

“他死了吗？”关小雎在司泽远的怀里闷闷地问，她的声音沙哑得很厉害，听在司泽远耳朵里，更是让他心软心疼。

“我打伤了他，只是不小心被他逃了。”司泽远感觉到了怀里的人微微一怔，整个人都僵硬了起来。

蒋礼没有死！关小雎的眼中浮起恐惧，司泽远一下下地抚摸着她的头发，说道：“我下手很重，他就算是不死，也是重伤，你别害怕了，以后我不会再让他伤害你。”话音刚落，司泽远自己一愣。不过，很快司泽远就笑笑，他既然把话都说出来了，又怎么能够食言？只是……她始终是小年的未婚妻……

“你当真不会再丢下我吗？你当真会保护我吗？你当真不会食言吗？”关小雎委屈地连连发问，这个时候的她格外脆弱，司泽远的一句话，就让她红了眼眶。

“是，我当真的。”司泽远轻轻地笑，“男子汉大丈夫，一言既出驷马难追，你放心吧。”

关小雎放了心，又由司泽远陪了几天，终于恢复了原来开朗活泼的性子。

“司大哥，你知道吗，我爹爹最不喜欢我到外面逛街了，以前在关家堡的时候，三哥每次都只能偷偷地带着我到外面逛一逛，还没看完一条街呢，就要把我送回去，真是气死我了！”关小雎一边和司泽远说着话，一边吃着糖葫芦，脸上是飞扬的笑容。司泽远也笑，阳光下的他的笑容，带着满满的宠溺。

“那是因为你性子急，又不听话，你三哥怕你在外头惹事，让关堡主知道了，你们俩都逃不了。”司泽远见她瞪着自己，脸鼓鼓的，更是觉得她的模样可爱有趣，语气又缓和下来，“你以为关堡主什么都不知道，可是你怎么想不到，哪怕堡主自己不去问，也自然有人告诉他。你三哥能每天带着你出去逛一会儿，恐怕是堡主默许的事情。否则啊，你同你三哥不知道要在祠堂里头陪祖宗们多久呢。”

"才不是呢！"关小雎努努嘴，不服道，"我娘说我最听话了，从小到大都不哭，比我三姐四姐都好多啦。我四姐小时候日日哭，夜夜哭，姨娘一直哄着，娘亲一直抱着都不行。"

"可是现在你比你四姐调皮得多啊。"司泽远扬眉，用手摸摸关小雎的脑袋，"你四姐可不像你这样，逃婚、离家出走……"

"那是因为四姐根本就不需要这样做！"关小雎不等司泽远把话说完，立刻就打断了他的话，"四姐跟着含烟谷主那么多年，江湖上什么好吃的好玩的好喝的，她不都尝试过了吗？谷主一年有十个月都带着她在外面玩，我爹爹就会把我关在家里。外头的东西，四姐都见识过了，爹爹也不会管着她关着她，谷主疼她像疼自己女儿似的，她哪里像我那么可怜，被逼着嫁给一个自己不喜欢的人，还要离家出走才能看看外面的世界！"关小雎越说越觉得自己说得有道理，甚至觉得自己的逃婚和离家出走都是因为爹爹没有像谷主疼四姐那样疼她。可是关小雎忘了，当初是她自己说要嫁给方小年的，所以关倪君才会和方家定下婚约；是因为关小雎不肯遵守诺言，所以关倪君才要关小雎为自己负责而依约嫁给方小年；是因为关小雎的性子从小就调皮任性，但是又从来不肯好好学武功，所以关倪君才不放心关小雎到外面去。

司泽远被关小雎说得哑然失笑，摇头道："你爹爹疼你就连我这个不在江南的人都知道呢……"

十里红妆，当年关家大小姐关倪月嫁给文家的时候都没有这样的排场，关倪君虽然对待女儿严厉，却也担心关小雎在方家受委屈，为她准备了一份丰厚的嫁妆。可是，还没等关小雎进方家大门，关小雎就借口"受委屈"逃婚了。

关家堡的武林帖发了出去，只是为了找这个任性的丫头。为了找到她，关家堡宁愿拱手奉上自己十分之一的家业，哪家的当家愿意为一个终究要嫁给别人的女孩子这样费心费力？也只有爱女如命的关倪君才会这样做。可惜，关小雎感受不到。

"过两天我就送你回去吧。"回到了客栈之后，司泽远一边为关小雎整理她买的东西，一边平和地对她说道。

回去？纵使是经历了像蒋礼那样的事情，关小雎的脑海里都没有过要回去的念头。

"嗯？"见关小雎一直不出声，司泽远放下了手中的东西看向她。原本正在床上晾着自己脚丫子的关小睢此时正正经经地坐着，被子盖住她的脚，她双手交叉叠在被子上，深蓝碎花底子的被面衬得她的肌肤很是白皙。关小睢头低低的，如墨的长发垂在胸前，挡住了她的表情。

“你怎么了？”司泽远察觉到她的不对劲，便走过去问她。

关小睢抬头，水汪汪的双眸一下子撞进司泽远的眼底，撞疼了他柔软的心。

司泽远哄着她说话，她却抿着唇不发一言。良久，关小睢才涩涩地说道：“你不是说，当真不会再丢下我了吗？”

如果是之前，关小睢自然不会那么在乎他说的话，可是，他在那样危急的时候把她从蒋礼的魔爪里面救了出来。再凶的女孩子对着自己喜欢的人，也会不由自主地软下来吧？更何况，关小睢只是因为任性而脾气大，所以才会让人觉得她凶。可是对着自己喜欢的人，对着救了自己几次的司泽远，关小睢如何能够凶巴巴地拒绝？她不想回去，可是却没有办法理直气壮地反驳司泽远，只是记得司泽远答应过，绝对不会再丢下她。

“傻丫头。”司泽远坐在她身边，用手摸摸她的头发，柔声说道，“哪里是要丢下你？我只是要把你送回家。你该知道，外面那么危险。你爹爹一直找不到你，肯定都急坏了。”

关小睢的身体僵硬了一下。是啊，外面那么危险。不由自主地，关小睢又想到了蒋礼。可是……

关小睢抬头，一下子用手紧紧地抓住司泽远的衣角，急急地道：“我不要回去！我要和你在一起！你带着我，我们一起走遍江湖！”

司泽远一愣，低头看见关小睢满脸的期待，她语气里的急切和期盼不容人忽视。

“不！”司泽远却还是拒绝了，他怜惜地看着关小睢，“你不适合江湖。”她太单纯，怎么适合江湖？江湖混杂，她就像是只闯进虎狼窝的小白兔，四周都有人对她虎视眈眈，单是她的身份和那三脚猫的功夫，就有了让人算计她的强大理由。

“为什么？”关小睢几乎要跳起来，她大声道，“为什么说我不适合江湖？就算我不适合，你呢？如果你不愿意陪我游遍江湖，那你只要和我在一起就好了，你带我走吧！”

江湖不过是一个她想要同爱人一起去的某一个场景，其实并不明确。遇见了司泽远之后，关小雎虽然想要闯荡江湖，可是她的心已经有了牵挂，她的牵挂就是司泽远。所以，她觉得如果能够和司泽远在一起，就算不是去闯荡江湖，随随便便一个什么地方都好。只要那个地方不是关家堡，只要司泽远愿意带着她走，那么她就愿意去。

“不可以。”司泽远毫不犹豫地拒绝了关小雎。

“为什么？”关小雎咬着自己的嘴唇，紧紧攥着司泽远的衣袖问他。

“关堡主视你为掌上明珠，武林帖一出，你自己也知道事情有多严重。蒋礼的事情不过是偶然，我能护得了你一次，可是难保下次我还能护住你。一个蒋礼不难对付，可是如果来人比蒋礼更加卑鄙无耻，武功更加高强，甚至来人更多，你这样任性的性子，我讲话你会听吗？”越是这样说着，司泽远越觉得自己一定要把关小雎送回关家堡。

“你不听话，岂非是把自己削弱了，让敌人变得强大了？既然如此，我还不如早些把你送回关家堡，最起码堡主威名在外，那些坏人想要打你的主意，也得顾忌关家堡。”

司泽远一番话很有条理，他的态度也很温和，说话的语气像是春风拂过岸上的杨柳一般，只是那样轻柔的语气此刻在关小雎听来，一点也不让她心动，反而让她怒火中烧。关小雎不服，眼眶红红的，鼻子像是被什么塞住一样。她努力克制着自己不要在司泽远面前哭，讲话的时候也急匆匆的，声音听起来更是尖锐，也更加让人觉得任性。

“如果他们真的会顾忌关家堡，又怎么敢对我下手？如果他们不顾忌关家堡，那我就算是回去了，也不过是给家里带来麻烦而已。可是我如果和你在一起，那我……那我就算是死了，我也甘愿的！”

关小雎扑倒在司泽远的怀里，司泽远忍住想要安抚她的冲动，推开关小雎站起来，冷冷道：“说你任性你就是任性！怪道堡主不肯让你出门！想来你四姐从来不会这样的吧？所以堡主才放心她在江湖上走动！”

“你说便说，为什么扯上我四姐？好，我比不上我四姐聪明，比不上我四姐温柔，比不上我四姐懂事，可是那又怎么样？我爹爹疼的还是我！”关小雎最讨厌别人拿自己同另外一个人比，也许是本性吧，人们都讨厌别人拿自己和另外一个人比，尤其是女孩子。一个女孩子，在自己心爱的人面前，被贬得一无是处，而她心爱的人还同她说着另外一个女人如何如何好，那岂不是叫她心生妒忌、心生怨恨吗？

关小雎还是一个孩子，对人情世故还很单纯，关家堡上下被关倪君夫妇管理得严谨妥当，普通大户人家家宅里的勾心斗角在关家堡里面都没有。所以，生活在关家堡里十七年的关小雎，只晓得司泽远这样夸她四姐叫她很不舒服，却不曾有什么歪念头。若是另外一些心肠狠毒的，恐怕只早盘算着如何把心爱的人口中的那个人杀之而后快了吧。

“你既然知道关堡主疼的是你，又怎么忍心叫他老人家为你担心？”司泽远暗道这丫头还是有几分明白的，面上的冷淡却不曾减退，反而想再接再厉地用激将法激这丫头跟他回关家堡，于是他讲的话对关小雎来说，越发地让她难以接受了。

“古人云：父母在，不远游，游必有方。如今你父母健在，可是你却离家出走，让父母担心，此等不孝行径，你可对得起疼爱你的父母？你平日里总说羡慕你四姐如何如何，可是你四姐有她师傅管教，出行江湖也不曾见人说过她的坏话，反而是跟着含烟谷主成就了‘小双绝’的美名。可是你呢？你离家出走，背弃婚约，拒不归家，糊涂交友，惹事上身！你说说，你有什么好委屈的？这些不都是你做的吗？”

“是是是，是我做的！”关小雎把司泽远推开，她的眼泪再也忍不住，直直地往下掉，把锦被都打湿了，她嚷嚷道，“我就会闯祸，什么都不懂，给你添麻烦了，是我痴心妄想了司大侠！你放心，我不劳您动手，您要走大可以走。我虽然不是什么有骨气的人，但是不至于被人嫌弃了还要死皮赖脸地跟着！”关小雎恨恨地看着司泽远，她想不透，为什么对她那样好的一个人，竟然可以说翻脸就翻脸，只是她也不愿意去问，她也有自己的骄傲。放下身段去求他带着自己走，关小雎已经做过了。可是接连被拒绝，关小雎不愿再去自找难堪了。

“至于我回家不回家，这跟你司大侠没有什么关系，不劳你司大侠费心！”关小雎气呼呼地要走，她麻利地跳下床，穿好自己的鞋子，随意用根簪子将头发绾起来，疾步冲到房门前要出去。

可是司泽远哪里容得她这样任性？“你要去哪里！”司泽远皱了眉头，他知道关小雎脾气大，很任性，却不想她竟然说走就走。原是要激她跟自己回关家堡的，却不想弄巧成拙，关小雎此刻更加不想回去了。

“跟你有什么关系？”关小雎推开司泽远拦住自己的手，冲他吼道，“我上哪儿是我的自由！”

“不许走！”司泽远的眉头紧蹙，一双明眸本是永远含着柔情，此刻却是闪过一丝凌厉。外头多少人要找她，多少人打着她的主意，好些的不过是想找到她强行送她回关家堡以换取那巨额的财富；不好的，恐怕连她这个人都要了，未出嫁的黄花闺女都让关家堡上下那么紧张，要是同她生米煮成了熟饭，得到的东西岂不是更多？蒋礼之流恐怕就是最乐意做人财两得的事情了。这丫头单纯又冲动，人家几句话就哄得她跟着走了，要是再遇上一个像蒋礼一样的人……司泽远想到那天的事情，如果不是他去得及时，这丫头的一辈子恐怕就完蛋了！好了伤疤忘了疼！司泽远瞪了一眼关小雎，出手迅疾地点了她的穴道。

“你放开我！”关小雎一双杏眸瞪得圆滚滚的，想动却又动不了。

“你放心，这点穴之法不会伤及你的元气。你只要乖乖地待着，安安稳稳地，等回到了关家堡，我自然会给你解开穴道。”司泽远不容分说又点了关小雎的睡穴，看着关小雎昏睡过去的模样，司泽远叹息着摇摇头，然后将她安置在床上，转身出了门。

司泽远回来的时候，关小雎已经不见了。门窗都是完好的，床上的被子被掀开，前夜关小雎亲手把三百两银票压在了枕头底下，如今那枕头被丢到一边，枕头底下的银票自然也没有了。关小雎不见了。是她自己走的，还是别人把她掳走了？这个小镇不大，司泽远陪关小雎逛街的时候也没有发现有谁注意他们，应该不会是江湖人士把关小雎掳走的。难道是毛贼进来，看见关小雎美貌，所以把关小雎带走了？司泽远转身出了房间。

“噢，跟您一起来的那个姑娘吗？她刚才走了呀！”客栈的掌柜正在算账，见剑眉星目的司泽远着急向他打听关小雎的消息，便停下了手中的活计。

“那个姑娘看起来有些生气，出了门就往西去了。”掌柜的指了指方向，司泽远道谢后丢下房钱快速地出了客栈。

向西走了？自己一个人走的？司泽远的眉头深深地皱起，他出门前明明点了关小雎的穴道，昏睡中的关小雎怎么可能自己解开穴道？那必然是有人替关小雎把穴道解了，所以关小雎才能自己走的。可是，能解了他穴道的人，必定可以轻而易举地把昏睡中的关小雎带走，又为什么还要多此一举地解了关小雎的穴道呢？

司泽远一边想着一边往西边追去，直到出了西门也没有看见关小睢的身影。难道关小睢是出了西门还往前走了吗？可是西门外通向一个大大的密林，关小睢怎么会往这里走？

关小睢不过是随便走的。这个世界上，就是有些路，不管你往哪个方向走，都会遇见一个人。因为你走的路全都是那个人为你画好的路线。

关小睢再看见蒋礼的时候，只觉得心头一紧，也不管什么风度了，甚至连当初恨蒋礼恨得牙痒痒的时候说要把他扒皮了的念头，都被恐惧抛到一边去了。

从前在关家堡的时候，关小睢只觉得自己轻功是数一数二拿得出手的，但是出了关家堡之后，才发现不是每次都能够靠轻功逃脱的——那大胡子的大刀轻松地把她捉住了，蒋礼掐着她的腰跟拎小鸡仔一样简单，司泽远更是从来不用担心她在司家身法之下能够逃脱。

“小睢，好久不见啊。”蒋礼笑得一派温文尔雅，他手中握着的纸扇“啪”的一声打开，关小睢立刻转身便逃。可是，当关小睢抬头时，却发现，蒋礼就在不远处，轻轻地扇动着那把画着仕女图的扇子。如果不是他，我关小睢又怎么会受那些个苦！想到自己之前夜夜噩梦，若没有司泽远的陪伴……不不不，怎么又想到了那个浑蛋！

关小睢一咬下唇，决定再不要想那个人，心中的火气更是腾腾地往上蹿，好呀，既然逃不了，那何不同他拼个鱼死网破？下定了决心要为自己的委屈和痛苦讨个公道的关小睢，此时已经顾不得自己三脚猫功夫对蒋礼是没有什么威胁的，她抽出自己腰间的一根鞭子，呼呼地劈风抽去。

“啧啧啧，果然是一只泼辣的小野猫。”蒋礼没拿关小睢当成一回事，他不过是轻轻摇头，却轻松将关小睢的招数一一躲过。抽不到蒋礼那张可恶的脸，还看见蒋礼笑得更加灿烂，关小睢恨不得自己立马被什么绝世高手传了一身好武艺，好将眼前这个不要脸的男人剥皮拆骨了。

“哎，就别挣扎了，你省下些力气，等会儿好好伺候我不是更好吗？”蒋礼欺身上前，以迅雷不及掩耳之势摸了关小睢的脸蛋一把，还“啧啧”地称赞她的皮肤嫩滑。关小睢被蒋礼这样轻薄，加之自己的招数都被当成了笑话，一张小脸又羞又气，涨得通红。

“你这个贱人！”关小睢把自己一生中想得到的骂人的话都骂了出来，可是蒋礼听着却毫不生气，反而笑得更开心了。

“嗯，我是个贱人！”蒋礼小声道，“嫁鸡随鸡，嫁狗随狗，你骂我是贱人，你嫁给我之后，岂不是也成了贱人？”

“呸，哪个要嫁给你！”关小睢听见蒋礼说到嫁人，就想到那个眼睛黑亮黑亮的人，想到他的笑容，让人觉得如同春风拂面，若是要嫁人，她必定要嫁给他的……可是他全然不顾及我的心意！

关小睢一想到司泽远对她的拒绝，心头一阵绞痛和愤怒，两种情绪交织之下，她手中的鞭子竟然使得更加灵活。蒋礼一心觉得关小睢不过是“三板斧”的招式，也没有提防，反而被关小睢一个变招就抽中了。当下两人都愣了一下。关小睢虽然恨蒋礼恨得牙痒痒，却也知道自己武功不及对方，只是拼命地抽打，想叫自己死心，自己即使被抓也是努力反抗过的。可是不想因为蒋礼的一番话，叫她想起了心里那个冤家，反而出乎意料地使了一招从来没有用过的招数，将蒋礼的手臂抽中了。这一招，仿佛是那日见那冤家使过的，只是当时他用的是剑……

关小睢想起了司泽远，只是一个晃神间，蒋礼就已经从惊讶中回神。握着纸扇的人双眸一紧，这一招他怎么会不记得，那日司泽远就是用这一招企图破阵的……好个关小睢，果然和那男人有关系！身为一个男人，面对一个女人，尤其是一个他以为手到擒来的女人，他的自信不是一般的满，可是忽然间发现这个女人竟然对别的男人上了心，不管这个女人有没有到手，蒋礼也不会甘愿的。

蒋礼收起逗弄关小睢的心，用纸扇一扫关小睢的腰间，长臂滑到关小睢身后，将她逼进了自己的怀里，再三两下快速地点了她的穴道：“小野猫，收起你的爪子，乖乖地跟我回家去吧！”

第十一章

再遇险情

当你讨厌一个人时，就算他把世界上最清澈最甘甜的水送到你面前，你也会觉得那是一碗臭水沟里面舀起来的臭水；当你讨厌一个人时，就算他把全世界都拱手相让，你也会不屑一顾。关小雎哪里是讨厌蒋礼，简直是恨透了他！

绫罗绸缎都被撕碎了，慌慌张张可怜巴巴地掉在地上；精致美味的菜肴被掀了，唯唯诺诺地缩在了桌角边；香醇浓郁的美酒被摔了，战战兢兢地渗进了厚实绵软的羊毛地毯上。对面而坐的两个人，一个气得脸都白了，一个却含笑如同春日里最鲜艳的花。

房子里的冰化了，“嗒啦”一声，落到了桶里，“啵”的一下沉了又浮起来。关小雎的最后一根冷静的神经终于被冰压断了，她想掀桌，可是除了她和蒋礼坐着的椅子外，任何靠近她身边的东西都被她摔了；她想咬人，可是蒋礼很有先见之明地把她的嘴给堵上了。其实当时也没有想到关小雎会咬人，蒋礼只是觉得听她骂人虽然舒服，但是若她骂人骂到嗓子都哑了，那他再听关小雎的声音就不会觉得舒服了。

蒋礼是“采花王子”，他的职责是怜香惜玉，柔手摘花，他不是宫主，不到逼不得已，他始终不愿意对姑娘凶残。就连要杀一个他玩过的女人，或者是说，任何一个女人，如果可以的话，蒋礼都不愿意叫那女人死得太痛苦。他会用一个双方都愉悦的方式结束对方的生命。蒋礼现在可没有想要杀死关小雎，毕竟，关小雎还新鲜得很。

“你不用想了，这个地方，谁也找不到。”蒋礼慢悠悠地将他椅子底下放着的美酒拿出来，冲着关小雎晃了晃，对着壶嘴深深地灌了一口。

“好酒！”蒋礼一笑，随意地擦了擦嘴边的酒渍，“这样的好酒，你不知道珍惜，还把它们都摔了，小睢，你本来应该是个聪明的姑娘，怎么做这样的蠢事？就像你本来应该安安心心地嫁给我，可是你怎么不愿意呢？你为什么要跑呢？而且，你自己跑就算了，那本来就是你的毛病，总是爱在嫁人之前跑一跑。可是这一次你为什么要和别的男人跑？嗯？”蒋礼自顾自地说，他喝酒的速度很快，但是看起来却很慢。如果小七在这里，一定要笑他连喝酒都不会，这样的喝法不过是叫他自己醉了，却不能记住那酒的滋味，不过是白白浪费了这坛子美酒。

如果关小睢乖乖地嫁给方小年，没有逃跑的话，关小睢就不会遇见李维尚；如果没有遇见李维尚，关小睢就不会被迫当李维尚的小妾，也不会因为要逃离李维尚而遇见蒋礼。

如果乖乖嫁给方小年就好了，不仅可以一辈子欺负方小年，甚至在方伯伯的管制下，方小年连告状的心思都会被消灭，那个时候，关小睢就是方家最厉害最得宠的少奶奶了。再过个几十年，方小年变成了方老年，关小睢变成了方夫人，再生一个方家的少爷或者是小姐，关小睢的一生会在方关两家的势力下平平安安的，幸幸福福的。

也许方小年会惹些什么麻烦，也许关小睢会惹些什么麻烦。不过没有关系，他们俩出身武林世家，家中的长辈手足都是身怀绝技的好手；虽然关小睢武功不好，但是年纪轻轻的方小年却深得方家枪法真传，还有天山老人的绝技“猎狐箭法”，过个十几二十年，方小年的名声就会闯出来。可是碍于关家堡的势力，方小年只能乖乖地屈服在关小睢的淫威下，一辈子没有反抗的机会。没有人能够欺负关小睢，只有关小睢在江南地界横着走的份。可是，如果嫁给了方小年，如果没有逃婚，那关小睢就不能遇见那个人了。

关小睢垂下眼帘，脑袋耷拉着，视线定格在自己绣着栀子花的蓝底绣花鞋上。她想，如果一切都没有发生，她不能遇见那个冤家，这一生再快活，又能快活到哪里去？欺负方小年一辈子纵然快活，可是一定也没有同那冤家在一起那三天快活。为了那三天……为了那三天……关小睢有些激动，她的眼眶红了起来，为了那三天，她经历了十七年来都没有想过会发生在自己身上的事情，被人欺骗，被人抓住，被人逼婚，被人……差点……她的前半生都没有想过自己会有这一天，可是那些日子就那么在她的记忆里留下痕迹，一切都发生了！可是一切的困难，在遇见了那个冤家之后……关小睢就想，遇见了一个他，多少的心酸痛苦，仿佛都烟消云散了。哪怕如现在一样，再落入了蒋礼这个恶魔的手里，一想到那个笑容如和煦阳光的人，关小雎的心一下子就像墙角的冰一样，化成了一汪软软的水，里面淌着的，都是对那个人羞涩的想念。爱真是一种神奇的东西，原本还告诉自己，不要想他，不要想他，可是在遇到困难的时候，还是忍不住要想他，忍不住要想他忽然出现在自己面前，一切的困难就都迎刃而解了。

蒋礼不知道关小雎在想什么，只是从他的角度看过去，关小雎低下了她的小脑袋，纤细光洁的脖子却更显得修长，白皙嫩滑的肌肤……如果轻轻地吻上去会怎么样？再轻轻地咬一口，又会怎么样？面对着美人，蒋礼可从来没有打算要做柳下惠。于是他探身过去，真的亲了一口，舔一舔那细腻的肌肤，又轻轻地咬了一口。蒋礼笑出了声，关小雎的眼泪却扑簌簌地往下掉。她原还想着司泽远，想着司泽远的眉眼，想着想着眼睛就酸了。蒋礼突如其来的举动，不仅让关小雎从自己的思绪中醒了过来，更是叫关小雎的恐惧也醒了过来，眼泪就控制不住往下掉了。

"哦，乖，不要哭。"蒋礼只觉得眼前的这个女孩子连哭都可爱极了。别的人哭，都没有她这般可爱。关小雎不骂人的时候，就连被帕子堵住了嘴，都不会影响到她的可爱，蒋礼越看越觉得心动。既然心动，又何妨行动呢？关小雎早晚都是他的人，早一点总好过晚一点，到嘴的鸭子，还是得吃到肚子里融化了才叫人放心。生米，还得煮成了燕窝粥，才能让人满意。就是这样想着，蒋礼的手动了起来，不一会儿，关小雎浑身上下，不着寸缕。

关小雎睁大的眼睛里盛满了恐惧，恐惧里溢出了眼泪。她想大喊大叫，可是她被制住了穴道，被帕子堵住了嘴，再也没法做自己想做的事，就连以死保住自己的清白都不能。

"乖女孩，不要怕……我会很轻的……"蒋礼慢慢地低下头，关小雎能嗅到他身上那淡淡的酒气。不，这不会是真的，这不过是一场噩梦罢了！

快醒醒！醒来一切都好了！不……

不知道是不是上天忽然怜悯关小雎，就在关小雎都已经要放弃挣扎的时候，她忽然感觉到自己有些力气了。明明被蒋礼点了穴道，可是关小雎却忽然能动了！也顾不上细想，关小雎用手肘狠狠一捅，接着一个翻身，伶俐地躲闪到了一边。

蒋礼以为关小雎是自己的囊中物，而且他又早已经把关小雎的穴道给制住了，没想到关小雎竟然还有行动的能力，被关小雎的手肘一撞，蒋礼吃痛地捂着自己的胸口。

上次蒋礼意欲不轨之时，司泽远忽然出现，从后面将蒋礼打成重伤，其后蒋礼趁乱而逃。虽然经过了几天的休养，可是蒋礼的内伤其实还没有好，这一次捉拿关小雎，看起来是挺简单的，可是那不过是欺负关小雎的身手不好，否则他又何苦在外面等那么久，等着关小雎自己从客栈里出来呢？因为身上的伤还没有好，所以蒋礼根本就没有办法带着一个大活人长时间地奔逃，而且，关小雎这样的大美人，蒋礼大白天的要将她从客栈里面“偷”出来，不可能不引起别人的注意。他唯一能做的就是趁着司泽远出去的时候，将关小雎引出客栈。

蒋礼那日躲在客栈的屋顶，听到了司泽远和关小雎的对话，心中对司泽远那番大道理嗤之以鼻，又对关小雎和司泽远的争执感到十分兴奋。只要关小雎一冲动，那么所有的事情就简单多了。蒋礼真的是拿准了关小雎的性子。

当时，司泽远点了关小雎的睡穴后一出门，蒋礼悄悄地进了屋子，用被子掩住关小雎，为关小雎解了穴道，再跑到外面去等着关小雎。不出一刻钟，关小雎果然气冲冲地出了门。只要关小雎出门，那她就逃不掉！所以，蒋礼一路尾随关小雎，一直到了空无一人的树林，轻而易举地就拿下了关小雎。冲动果然是魔鬼，轻敌则是小鬼。

关小雎太冲动，所以中了蒋礼粗陋的计策，落入了蒋礼这个魔鬼手中；而蒋礼则小看了关小雎，因为轻敌，蒋礼竟然叫关小雎这个小鬼又逃了。蒋礼咬牙，衣服也来不及穿好，立刻追了出去。

关小雎穴道被制，周身血液循环尚没有完全恢复，虽然用手肘伤了蒋礼，可是关小雎自己也跑不远，不一会儿就被蒋礼追上了。

“呵，你倒是跑啊！”蒋礼咬牙切齿地说，语气神态已经完全没有了之前翩翩公子的模样，露出了狰狞的嘴脸。

“你别太得意！”关小雎扬起下巴，不屑地看着蒋礼，“我告诉你，一会儿司大哥就来了，到时候，我非叫他扒了你的皮不可！”

关小雎这时候可想不起之前自己还在心底告诫着自己不要再想司泽远，她现在只想着，也许司泽远会如同以前一样，在她有困难的时候，如同天神一般及时出现。

“噢？他会来？”蒋礼冷哼了一声，“他连你去了哪儿都不知道，更别说是来了。关小睢，你未免太相信他了！”此时，关小睢手中满是冷汗。要是自己不任性地跑出来就好了！可是，如果不是司泽远拒绝她……都怪司泽远！关小睢想，要是司泽远答应和她一起闯江湖，不将她送回关家堡，她就不会同司泽远吵架，更不会自己跑出来，那就不会遇见蒋礼了。

从小到大，关小睢一直备受宠爱，别说是她没有错，就算是她错了，家里的人也总是睁一只眼闭一只眼，反而养成了关小睢这种只从自己角度出发思考的性子。到现在，关小睢还在想，这一次她会遇见危险，全是因为司泽远没有同意带她走。关小睢轻咬了下自己的嘴唇，脸色有些发白。她知道蒋礼说的是真的，这一次，司泽远也许并不能再来救她了。

但是，司泽远还是来了！在看见司泽远的那一刻，关小睢的眼中盛满了激动的泪水。

他竟然来了！司泽远是如何找到关小睢的？其实，还是要感谢蒋礼那张扬的作风和关小睢那泼辣的性子。

蒋礼在外面的落脚点是整个镇上最豪华的院子，一年到头不过是主人家冬天的时候在这儿住两个月，仆人就把剩下的时间用来出租，而租得起这样的院子的人，在这个镇上并不多。一个外来的陌生美男子租下了这个院子，司泽远稍微打听了一下就知道是蒋礼来了。

另外则要感谢关小睢那从来不会改掉的性子。她一路上不知道得罪了多少小摊子的主人，也不用司泽远打听，议论纷纷的人早就把消息送到了司泽远的耳朵里。因为蒋礼住的地方和关小睢最后消失的地方相隔很远，所以司泽远先到了院子，却扑了个空，最后再回来，竟然碰巧发现了逃出来的关小睢。

“她不过是个不懂事的小孩子，”司泽远含笑抱着剑看着关小睢，话是对蒋礼说的，他的眼睛却一直在盯着关小睢看，“你放过她吧。”

“放过她？”蒋礼是裸着上身追出来的，此时他抖了抖肩膀，上面的汗珠便簌簌地往下掉。

“你知道她答应嫁给我了吗？”蒋礼的目光也落在了一旁的关小睢身上，“成亲的那天晚上，她就逃跑了。按理来说，我是她的未婚夫。我同她的事情，不劳尊驾来管吧？”

司泽远没有生气，依旧笑着，温和道：“所以我说她不懂事呢。”

关小雎努努嘴，想要反驳司泽远的话，却被司泽远用话拦了下来："婚姻大事乃是父母之命，媒妁之言。你与她一无父母之命，二无媒妁之言，她不过是个不懂事的任性孩子，她讲的话、答应的事情，你怎么可以当真呢？"

"我若是当真了呢？"蒋礼的脸沉了下来。

可是司泽远却笑得灿若星辰："对着她这样的小孩子，你若是当真了，不过是白白地气了自己而已。"

关小雎听着司泽远的话，原本心中那些见到他的欢喜和激动，全然化成了一股子的恼怒。女孩子的心思是很难猜的，他不来的时候，女孩子就想着他念着他，恨不得发个毒誓，只要见到他，愿意用一切去交换。可是一旦看见了他，女孩子的心思又换了。噢，他怎么可以这样说我？他这样说我，我再不要见他了。反反复复的，就是女孩子的心思。

"你别说了！"关小雎扬起了声音，有些咬牙切齿的意味，"你口口声声说我是小孩子，你又比我大了多少？别老是摆出一副长辈的模样来教训我，我……"

"你什么？"司泽远眉头轻蹙，摇摇头，似是有些无奈关小雎这样的性子，再开口时，却依旧含笑，"你不听我的话，又惹了祸，我虽然不敢说我是个大人，可是好歹从来没有给你惹祸呀！"

"你！"关小雎跺脚，见他把自己的心思看了个透，不由得脸上一红。这些心思他倒是知道，那她别的心思，他这个冤家为什么不知道呢？也许不是不知道，是不想知道，也不愿意知道吧。在他心里，我就是一个包袱，他就非得把我送回关家堡去，非甩下我吗？关小雎想着，心中的难过又克制不住了。

女人的思维是世界上最可怕的思维，所以她们的想象力也有着可以毁天灭地的力量。一旦有了极端的想法，关小雎就控制不住了，如同决了堤的洪水一样，推着浓浓的难过，叫关小雎的鼻子一酸，眼泪又掉了下来。

"我说过了的，我的事情再不叫你司大侠来管！你既然说我总是闯祸，我是个惹祸精，那你还来做什么？我是惹祸精，你别沾染上了我，你快些走吧！"话虽然是这样说的，可是她心底里却不是这样想的。关小雎心里想的是，我叫你走，你可不要走，我叫你留下，你却要老老实实地留下。

听着女孩子带着哭腔的声音，司泽远心底里叹了一口气。她这样孩子气的倔强，对她本人来说是不利于以后的成长的，对他这个外人来说，则是更让他担心她。司泽远和关小雎的对话，他们自己倒不觉得如何，可是听在蒋礼的耳朵里，却觉得他们是在打情骂俏。男孩子说了让女孩子生气的话，女孩子就走了。女孩子见男孩子追了过来，便使了小性子要男孩子哄。他蒋礼是有名的采花大盗，百花丛里来回走，又怎么会不明白关小雎的心思？正是因为明白了，所以才更加不能容忍。

“什么小孩子大孩子的，我只知道，她既然答应了嫁给我，就要遵守诺言。再者，她也已经说了，她的事情是不要你管的。你是她的什么人，要拦着我同我未来娘子成亲？”

司泽远收起了在关小雎身上的目光，他一双深邃的眼眸盯着蒋礼看了好一会儿，忽然笑了，说道：“我虽然不是她的什么人，但是却是她未婚夫的什么人。”

“我不曾记得我与阁下有什么渊源。”蒋礼挑眉。

“不，我说的并不是你。”司泽远笑道，“她在你之前，已经应了两个人的婚约。一个是嫁与我贤弟为妻的婚约，这是有父母之命、媒妁之言的正经婚事；另一桩婚事，是她要委身我的一个大哥为妾，虽然并没有什么父母之命、媒妁之言，但是到底是她当着众人的面应允了的。阁下若是觉得她并非孩子戏言，答应了那么多桩婚事，那么我得替我的兄弟们问一问这先后之理。将这位姑娘接回去……不知道她是要嫁给我贤弟为妻，还是要嫁给我大哥为妾，但是，不管是谁成了这个姑娘的夫君，总之都不会是阁下。”

关小雎被司泽远说得脸上一红一白的，蒋礼却气得笑了，说道：“你空口无凭，我为什么要信你？说不定你是为了把我未婚妻掳走，所以才编出了这样的谎话。你大哥和你小弟都与她有婚约？呵，哪家的亲事会这样定？如果是真的，为什么不是他们来寻人，反而是你几次巴巴地跟来？莫不是你也动了心思，想在小雎成亲之前，先摘了娇花儿？”

蒋礼的话越说越急，语气也越来越轻佻，关小雎听他那样说自己，心头火不由得噌噌上冒，随手捡了一个石头，狠狠地砸了过去：“你给本小姐闭上你的臭嘴！”

“哦？这会儿嫌弃我的嘴臭了？刚才吻你的时候，你怎么没有说呢？”蒋礼嘴角勾起一个笑，挑衅般地看向司泽远。

关小雎被蒋礼的话提醒了，想起方才的事情，只觉得一阵恶心，浑身上下的鸡皮疙瘩都战栗起来，气得她用手指着蒋礼，对司泽远说道：“快把这贱人给杀了！扒了他的皮，抽了他的筋，割了他的舌头，剜了他的心！”

“你方才不是说，你的事情叫我不要管吗？”司泽远却不动手，只是笑着问关小雎。

“你……你这个呆子！”关小雎跳了起来，眼泪却唰地往下掉，“我和你说的气话你要当真，我被人欺负了，你却无动于衷，你，好好好，你不要管我的事情，我就是死了也和你无关！”关小雎心都碎了，她胡乱地用手抹了一把脸，恨恨地对蒋礼道，“你不是要我嫁给你吗？好，既然他不管我的事情了，那我就嫁给你吧！”

关小雎不过是想用蒋礼来激一激司泽远罢了。可是谁想到，司泽远竟然还是那样云淡风轻地笑着，抱着剑的动作也没有改变，就那么直直地站在那里，轻靠在了身后的树上，有些慵懒的意味。

“是吗？真的要嫁给人家了吗？不逃婚了吗？”

听出了司泽远话里的挤对，关小雎的心更是难受，嚷嚷着：“是！要嫁人了！你快些走，别让我和我夫君见了你就恶心！”

司泽远这一次更是笑出了声，道：“好个不害羞的丫头！一口一个夫君，就这般想要嫁人吗？不过，就算你想嫁，你也不能嫁给他。因为，他已经有了未婚妻。你嘛，恐怕排队排上个十年八年的，也未必能够轮得上呢。”

“你什么意思？”关小雎问。

“意思就是，你不能嫁给他。”司泽远笑着走过来，摸了摸关小雎的头，轻声道，“傻丫头，要嫁人也不打听清楚对方是什么人？”

关小雎的神情迷茫起来，听着司泽远那浓浓宠溺的话，她有些不知所措。刚才，刚才他们不是还吵得很厉害吗？

“阁下是什么人？为什么要这样说？我只有一个未婚妻，那就是小雎！”蒋礼却觉得司泽远的动作很碍眼，恨不得把司泽远的手砍下来。可是他还不能这么做，因为他没有法子，没有能力，只能等，只能拖延时间。

“我说的难道有错吗？”司泽远看着关小雎的脸，见她哭过后鼻子眼睛都红红的，有些可怜兮兮又有些可爱的模样，不由得心头一软。

“你难道忘了？三个月前，赵家庄的事情？”司泽远的眼神一下子锐利起来，像是刀锋一样狠狠地削向了蒋礼，“三个月前，你玷污了赵家小姐；一个月前，你逼死赵家小姐，还利用迷药玷污了赵夫人！”

不等他开口，司泽远又道：“五个月前，你与卿伦山‘五金花’中的小妹定情，夺去了小妹的清白之后，却又消失得无影无踪；半年前，你趁夜在穆文龙穆大侠的丧礼上，掳走了穆大侠的孙女儿，穆姑娘至今下落不明……还有别的，要我为你一一道来吗？鼎鼎大名的蒋礼‘蒋王子’？”

蒋礼听见司泽远把自己的事情都抖搂出来，却没有半分的惊讶或者是恐慌，只是依旧笑了，看着关小雎，说道：“年轻的时候不懂事，如今有了小雎，却是想安定下来，好好地过日子了。阁下年纪也不大，当初我就是像阁下这般年纪，年少轻狂，所以才做了些孟浪的事情。可是如今我既然要和小雎成亲了，那些个事情，就都不会再做了。”

“不会再做了？”司泽远将关小雎护在身后，对蒋礼道，“恐怕是故技重施罢了！”

“阁下怎么对在下这样有偏见？俗话说得好，浪子回头金不换，我如今已经要回头了，阁下却不相信我？难道‘引善之剑’的名声，全然是靠着司家这棵大树得来的吗？”蒋礼撇了撇嘴，笑道，“如此，所谓的武林大侠、正义之士，也不过尔尔！”

司泽远听蒋礼这样说自己，却也不气，声音平平淡淡却很有一番肯定的意味：“若是说别人浪子回头了，我也许还信，可是阁下却是没有一丝悔意的。”

“哦？何以见得？”蒋礼也靠着一棵树站着，好似在和一个老朋友聊天一样随意。

“你说你与小雎有婚约，并且愿意为了小雎浪子回头，可是你在山庄中的地下宫里藏着的那几位女子，却暴露了你的嘴脸。你既然要和小雎成婚，又为什么和她们纠缠不休？再者，你行为过于放荡，小雎与你无媒无聘，你却几次三番地想要玷污小雎，你要是真的有心，又怎么会叫小雎的名声有损？”

关小雎被司泽远护在身后，听着他和蒋礼一来一去的对话，心中很是惊讶，她偷偷地在司泽远身后露出来一个头，道：“原来你是这样的恶人！”

“你才知道他是恶人？”司泽远的语气里带着几分调侃的笑意，“那你还口口声声说要嫁给他？”

“你！”关小雎用手拍了司泽远的肩膀一巴掌，气恼道，“我都说了那些是气话，你为什么总是要把我的气话记住，却忘记了我的真心话！”

司泽远低低地笑出声，见后面的人又有了生气的意思，便敛了笑容，正色道：“蒋礼，你玷污了无数女子的清白，而且并无悔过之意。我虽然有意引你向善，但……”

“但什么但！”关小雎跳了出来，指着蒋礼说道，“这样的人，还能引他向善？最好的办法就是杀了他，教他重新投胎，这样才有可能让他走向善道吧！”

蒋礼听着关小雎的话却笑了，一点不像是担心自己会命丧黄泉的样子。

“你是为那些女子吃醋了吗？所以才想着要杀了我？所谓爱之深，恨之切，原来小雎待我这般情深呢……”

“你不要脸！”关小雎觉得自己碰上了这样厚脸皮的人，简直不知道还能说什么了。

“我要脸做什么？”蒋礼笑盈盈地道，“要了脸就不能要美人了，想要美人，就不能要脸。脸有什么用，哪里比得上美人一笑？”

司泽远不说话了，却是将关小雎再一次护在身后，右手微动，长剑在握。司泽远轻轻地一抬手，剑锋直指蒋礼，只听着司泽远道：“你一身武艺，却毫无锄强扶弱的正义之心，反而利用浑身武艺来做丧尽良心、为祸世人的事情。我虽然无意伤你性命，但也要为那些被你害过的人讨一个公道！”司泽远说着，声音一沉，“如此，就先废去你的武功，再设法将你引上善道吧！”话音一落，司泽远的身影微动，直直逼向了蒋礼。

蒋礼不慌不忙地闪过，心下却是算计着时间，想着宫主何时到来。几番较量下，蒋礼早已经落了下风。他本来就不敌司泽远，又有伤在身，一下子就被司泽远逼得无路可退。

“好，杀了他！”关小雎在一旁为司泽远鼓劲，见司泽远即将拿下蒋礼，笑得分外开心。

司泽远一剑刺伤了蒋礼的肩膀，蒋礼心下着急，见援兵不到，只得咬牙躲闪，摘叶为暗器，大吼：“暗器！”

司泽远身形移动，可是哪里想到，那暗器竟然不是射向司泽远，而是冲着关小雎去了。

“小雎！”司泽远不防，只得抽身向关小雎奔去，想为她拦下这一招。蒋礼见状，便趁机逃了。

“没有事吧？”司泽远有些焦急地盯着怀中的关小雎问。那一枚树叶虽然来得快，却不过只是树叶罢了，关小雎只是一时间反应不过来才呆愣在那边，而司泽远怕她有事，那焦急的模样，却叫关小雎心底油然而生一种幸福感和娇羞。

“没事的，没事的，幸好有你呢……”

如果关小雎早知道她的任性会叫她以后生不如死，那么不管当初她有多么气愤，她也一定会捺着性子听司泽远把话说完。可是，没有那样的如果。

关小雎呆呆地坐在客栈里，窗外的日光很好，金灿灿的光芒洒落在外面碧绿的叶子上，让一切显得格外生机勃勃，可是关小雎的心，却如同死灰一般。

“小猫儿，该吃饭了。”司泽远笑着推门进来，见到的就是傻傻地坐在床上的关小雎，那模样像是一只被人抛弃了的流浪猫。

“你别难过了，不就是一个男人嘛。”司泽远把饭菜放到桌子上，轻声哄着关小雎。

关小雎的眼泪默默地掉了下来。一想到那日的情景，关小雎的心还是会痛。忌惮司泽远的蒋礼虚晃一招逃脱了，关小雎又惊又喜地看着司泽远，女孩子的娇羞在她的脸上尽显。还能看见司泽远，是关小雎想不到的事情。如果一个人，在自己生命的尽头，还能见到自己最爱的人，那么那个人就一定能明白关小雎当时的欣喜。可是司泽远不明白。一直微笑如同三月春风的司泽远，这一次忽然沉了脸，脸色如同天边黑压压的云一样。

“我说了，外头的人对你不怀好意，叫你快些回关家堡，你就是不听。你看看，这次若不是我及时来了，你是不是又要遭殃了？可是我有几次是能够及时来的？”

关小雎满脸的娇羞都愣在了脸上，像是一朵要开的花儿却忽然遭遇了严厉的秋霜一样，忽然就蔫了。

“我……”关小雎想反驳，可是她找不到反驳的话。如果不是她任性地离开，蒋礼又怎么能够轻易地抓住她？如果不是司泽远机敏，如果不是上天怜悯关小雎，那么关小雎此生恐怕都要在黑暗中度过了。

“我刚才和蒋礼说的话也不完全是说笑的。你当时与小年有婚约在身，可是你任性地逃了。李大哥要纳你为妾，虽然不合礼法，可是你当时却也是应了——不管李大哥用了什么手段，你到底是应了。可是你还是逃了。一女不侍二夫，可是你后来又许了蒋礼婚约。关小雎啊关小雎，你年纪也不小了，为什么还总是个孩子样，言而无信，难道你不能成熟一些吗？”

关小雎被司泽远说得委屈，瞪大了双眼瞧司泽远，一双杏眼里头盛满了泪水和不可置信。

"我，我在你心底，就是一个不守信用的人吗？"

"难道不是吗？"司泽远剑眉一皱，语气有些严厉，"婚姻乃是人生大事，可是你竟然拿它当儿戏一般，你说，难道你是个守信用的人吗？"

"那方小年又不是我要嫁的。"关小雎连连退了几步，"我说了我不要嫁我不要嫁，可是爹爹还是逼着我嫁给他。明明方小年早就有了别人，连孩子都会说话了，让我嫁给那样的人，我，我就算是死了，我也不会愿意的！"

"那李维尚呢！"司泽远的眉头没有松，反而皱得更紧了。他原以为错的人是关小雎，可是不想到他那方小弟也是这样的不懂事，竟然做那样丢脸的事情。

"呵，他算个什么东西！"关小雎狠狠地一擦自己满脸的泪水，撇过头去，语气不善地说道，"我当时是被他逼的。我说了好几遍我不是那青楼里的姑娘，可是他偏偏不信，还帮着那王妈妈要我委身他为妾。我关小雎是什么人，关家又是什么家族，这辈子就没有出过做妾的女儿！"

虽然关小雎口口声声声不要回关家，可是关家在她心底的地位依旧是不可动摇的，在她的心里，关家就是一座神府，祖祖辈辈的关家人都是值得敬重的。她虽然调皮，可是关家的名声，是不容许她侮辱的。她知道哥哥们说的话是对的，否则当初她也不会有牺牲自己的幸福成全关家名声的想法。好在哥哥心疼她，为她出了主意，虽然依旧叫关家之名有损，但是道理却站在了关家这边。

"好好好，那你后来又为何答应了蒋礼的婚事？"司泽远又问她，可是在司泽远的心底里，这些不过是关小雎为她的任性而找的借口罢了。

"蒋礼武功比我的好，我若是不答应他，恐怕我也成了个没名没分的跟着他的人了！"关小雎想到那地下密室里面的女子们，一个个喊蒋礼做相公，那态度亲昵热络，一看就知道几人和蒋礼之间是有了关系的。

"这么说来，你做的一切都是对的，都是在理的了？"

"当然！"关小雎朗声地打断了司泽远的话，一双眼睛亮晶晶地盯着司泽远看，又因为眼前的人是她心底的冤家，她想到接下来要说的话，脸上不由得有了几分羞红，有些慌乱地说道，"我的所作所为，都是为了我喜欢的人，为了我爱的人，我不能将自己的婚姻给一个我不爱的人。既然这样，我许了那么多个人的婚事，到最后一定是不会成的，那么我就可以再为自己找一个爱的人成亲了！"关小雎说得理直气壮，可是司泽远听了，却要口吐鲜血了。她还以为自己很有道理吗？

“人人都知道，婚事是人生大事，可是你却拿它当儿戏一般玩耍，许了这个又许那个。我不知道你日后的爱人会否同意，总之……呵，想来人以群分，他定然是同意你这样的说法。既然如此，在下也只能祝关小姐早日找到与你相爱相知的人，也别叫世间的女儿们再多一件羞人的听闻！”不知道为什么，听她那样口口声声“爱人爱人”地说着，司泽远就觉得心中堵得慌，觉得十分生气，恨不得将关小雎的脑子掰开来，看看里头装的都是些什么样的歪理。

什么，他竟然这样说！关小雎脸上的羞红瞬间褪去了，煞白煞白的一张小脸满是不可置信：“好好好！我谢谢你司大侠！”又觉得这样说还不够解气，关小雎狠狠地跺了一下脚，“既然在司大侠眼里小女子这样不堪，是世间的羞辱，那么司大侠就离本姑娘远远的，别叫本姑娘玷污了你大侠的名声！和我这样的人走在一起，恐怕大侠的名声都被我抹黑了吧！”

“你……”司泽远怒极反笑，道，“与我何干？你身上肩负的是整个关家堡，和我司家有什么关系？”纵然是被人说年少有为，少年老成，可是接二连三的事情，都是关小雎任性不讲理而闹出来的，司泽远还是有些生气了，便有意要激一激关小雎，想叫她明白一些。可是司泽远不知道，女孩子在生气的时候，尤其是面对一个让她爱恨交加的男子的时候，她的思维是没有办法冷静下来的，而没有办法冷静下来的女孩子，通常就会做出一些不应该做的事情。

“对啊，和你司家没有关系！那咱们以后就各走各道，我关小雎哪怕是死了也不在您跟前脏了您的眼！”

关小雎气呼呼地转身要走，可是司泽远哪里容得她走？就算是生气了，司泽远的心底里，还是不会不管关小雎的，非要将她送回关家堡才让他放心。可是，司泽远的想法是好的，却不知道，他说的话反而让关小雎更不愿意跟他回家了。

“你就不能讲讲理吗？”司泽远上前拉住了关小雎，有些无奈地道，“你是关家女、方家妇，与我司家无关。可是小年喊我一声大哥，我喊关堡主一声伯父，见了你，我又怎么能叫你一个人在外头？我虽然不想管你，也是因为我没有资格管。可是我得帮着伯父和小年把你带回去才好。外面这样凶险，你就不能为了那些担心你的人着想，好好地回去吗？”原是要劝关小雎的话，可是听在关小雎的耳朵里，却是觉得司泽远这样的说法，明明就是划清了两个人的界限。她心心念念的人，却要把她带回去，让她嫁给一个她不想嫁的人，凭什么呢！她好容易才逃了出来，就这样灰溜溜地被人抓回去吗？

关小雎心底里的不甘和任性又闹腾了，她冷冷地甩开了司泽远，木着一张脸，说道："男女授受不亲，司大侠救我，我感激在心，但是我可不敢坏了大侠的名声！至于回不回家，那是我的事，也是关家的事，和方家有什么干系？方小年已经有了妻儿，那我就不会是方家妇。司大侠和方小年的情谊深重，可是也不能侮了我一个姑娘家的名声，呵，就算是大侠觉得我没有什么名声了，我也不爱听那把我和方小年扯在一起的话！请大侠不要再拦着我，我若是让关家的人捉了回去，那就是我的命，但是捉不捉我回去，是关家的家事，请大侠不要插手！"

司泽远从来没有遇见过这样会讲歪理的人。从前他遇见的那些声名狼藉的恶人，都是一些男人，像采花大盗、杀人狂魔等等，可就是不曾与女人打过交道。

司家阳盛阴衰，这一辈生的全是儿子，而家里的长辈们，都是端庄贤淑的，从来没有一个女人像关小雎这样蛮不讲理。司泽远这个满脑子大义的人，竟然被关小雎说得没有了一句话。

"小雎……"司泽远缓了缓口气，那阴沉着的脸也松了下来，"是我情急说错了话。不管怎么样，现在外面对你有不轨之心的人实在太多，你还是快些跟着我回去吧。"他当然可以故技重施，把关小雎的穴道点了再带她走，可是那样一来，许多事情反而不便。带着一个没有行动能力的人，如果再遇上另外一些前来捣乱的武林人士，恐怕司泽远要保关小雎平安就成了问题。唯一的办法就是说服关小雎。关小雎的轻功不弱，若是两个人相互配合，避开那些不轨之徒，早日回到关家堡，那也不是不可能的事情。可是如今关小雎正在气头上，就算司泽远跪在地上说自己说错了话，关小雎也只会更加气愤，不会那么轻易原谅他。

"呵，您是鼎鼎有名的大侠，如今是在跟我道歉吗？小女子不明事理，可是不敢当您这一份歉意！我是不会回去的，您还是死了这条心吧！"

"小雎……"

"住口！"关小雎不待司泽远再说话，气沉丹田，轻轻一跃便上了树梢，脚下轻点，一下子划到了另外一边去。

司泽远不防关小雎忽然离开，立刻跟上去的时候，却发现关小雎已经不见人影。

到底是用了多年的功夫，关小雎的轻功若是正常发挥，司泽远也未必能够追得上。关小雎心中气呼呼的，是在恼司泽远，可是却不知道司泽远此刻更是恼他自己，实在是想不到关小雎脾气这样大，他的激将法反而起了反作用，再想道歉却为时已晚。

司泽远一向觉得自己办事稳重，家中长辈也总是这样夸奖他，可是这一次，偏偏这一次，他办的这件事却没有办法稳重起来。而另一边，逃走的蒋礼却又偷偷地回来了，见关小雎走了，心中暗喜，摸着怀中的东西，想了一会儿，竟然没有跟上去，反而是留下来监视着司泽远。司泽远身形一动，蒋礼立刻跟上。

唉，关小雎是个女孩子，就让一让她吧！司泽远想着，到底是追了去，他哪里放心得下关小雎！若是再遇见一个像蒋礼那样的人……想到这里，司泽远又是一阵叹息，脚下却不敢停，反而是用更快的速度追了上去。

却说那关小雎，气恼之下走了，可是却迷了路。她一向对方向没很好的辨认能力，又是气呼呼走的，所以在这一片林子里迷了路。快天黑的时候，竟然神奇地发现林子里有烟升起。有烟的地方就有人，关小雎立刻赶了过去，却发现那人竟然是司泽远！

第十二章
误会之起

司泽远靠在一棵树上，身边是一个身穿翠绿衣裳的女子，红红的火映出了那女子的脸庞，焦急的神情里含着脉脉的温柔。那女子长了一张鹅蛋脸，圆润而光滑的脸庞是无尽的柔情，柔软的柳眉下一双水眸紧紧地盯着司泽远，又似乎是为自己的举动觉得害羞而微微地低下了头，更叫人看见了她修长白皙的脖子，在火光的映衬下，低头羞涩的女人是旖旎的。

关小雎就站在远处，呆呆地看着司泽远和那女子。慢慢地，见那女子用手将司泽远身上的衣服褪去，又用自己的手帕一下一下地为司泽远擦拭身体，还靠在司泽远的身上，将司泽远搂进了自己的怀里。

司泽远竟然没有推开她！关小雎看见那一幕，只觉得很是生气，怒火腾腾地往上蹿，连跑了一天的饥饿感都被怒火给吓跑了。他口口声声的规矩仁义，可是没有想到，背地里竟然是这样不堪的人！难道不知道男女授受不亲吗？

关小雎恨不得立刻上前去把两人分开，再狠狠地扇那女子一耳光，好叫她知道一下什么叫作"要脸"。可是走了几步，她又停了下来。他说司家和关家没有关系，说她和他没有关系！关小雎恨得牙痒痒，心里闷闷的有一股气，却不知道该怎么撒出去。那又怎么样呢？他不是也口口声声说喊她父亲一声"伯父"，不能看着她犯错？既然如此，她又怎么能够看着他给自己的名声抹黑？

关小雎忽然找到一个可以说服自己上前去管这事的理由，更觉得这个理由能够说服司泽远，她甚至能想得到一会儿司泽远那惊愕的目光和羞愧的脸色。是了，她关小雎今天，就要叫司泽远好好看一看，她不是不懂事的孩子，这样的事情，她也知道是不对的，甚至比他司大侠更加知道！而这个时候，那女子听见司泽远的呻吟声，急急地把司泽远搂得更加紧了，用自己的体温去温暖司泽远。但是又因为这样做，实在是太过于出格，那女子的脸羞得像是煮熟了的虾子一样红。

“水……”听到司泽远微弱的声音，那女子连忙喂了司泽远一口水。像是在沙漠里晒了许久的人一样，司泽远大口大口地喝着水，却是把自己呛到了。司泽远连咳几声，挣扎着终于睁开了眼睛。映入眼帘的，是一个女子焦急又羞红了的脸。她有一双如同秋水般的眼眸，圆润光滑的脸上没有半分瑕疵，白皙的肌肤吹弹可破，一双柔嫩的红唇被贝齿轻咬了一下，便听见她细细柔柔的声音：“公子，你醒了……”

“你是谁？”司泽远的声音有些弱，他浑身只觉得冷，却没有什么力气，一向如同三月春风般轻快的脸满是苍白，嘴唇也干裂得渗出了血渍。

“我……”那女子的话没有说完，却听见旁边一个女子高声地骂道，“好一对野外逍遥快活的狗男女！”

司泽远艰难地侧过头去，朦朦胧胧间，只能看见一个影子，好像是关小雎的身影。

“姑娘！”那女子听了关小雎的话，一下子惊得站了起来，却因为怀中还有一个司泽远，不由得又被他一拖，后仰了一下，便姿势不雅地坐在了地上。可是那女子来不及整理姿态，见关小雎气势汹汹地冲上来，便赶紧解释，“我与这位公子萍水相逢，不过是见公子晕倒在地，所以才施以援手，姑娘切莫误会！”

“误会？呵，我眼睛可没有瞎。施以援手，还要把人的衣服脱了，再把人搂进自个儿怀里吗？”想到方才所见，关小雎的怒火腾腾地高涨。

是什么缘故，总是叫那些生了气的人，顾及不到周围的环境？又或者是，那一个火堆太小，光亮太暗，关小雎看不清司泽远的脸色，见不到他的苍白，却觉得他是懒懒地躺在那女子的怀里不肯起来。误会，常常是因为冲动、不明真相以及不听劝告而引起的。恰好，关小雎这一次把三样都占全了，所以这个误会便没有办法解开了。关小雎只知道，司泽远之前还在批评自己，现在自己却做了无礼的事情。她虽然是拿自己的终身大事当了儿戏，可是眼前的人，却是拿清白当了儿戏。这是在野外，衣衫不整的男女，难道还有什么好事吗？

“简直是不要脸！”关小雎又骂了一句，看向那女子的眼神里，满是不屑和愤怒……也许，还有嫉妒。是啊，明明喜欢那个人，可是那人却不知道，反而还和别人卿卿我我，可不是叫人既愤怒又嫉妒吗？

“关小雎，你住口！”却不知道怎么，司泽远方才说话还很虚弱，可是现在拦下关小雎的这句话，却是那样中气十足。

“怎么，司大侠做了见不得人的事，现在还不叫人说了？”关小雎脸上一派讽刺的笑容，“放心，我绝对不会满口大道理地劝你。你爱如何便如何，毕竟我们关家高攀不起大侠。小女子这就走了，免得碍了您的事！”

“姑娘，不是你想的那样的！”那女子忽然开口，意识到自己与司泽远的动作暧昧，便扶着司泽远轻轻地靠回树下，自己也用手整理了一下衣服，“我与公子真的不认识，也没有做什么见不得人的事。姑娘言辞激烈，可是真相并不是姑娘见到的这样！”

“哼，我只相信我自己的眼睛！”关小雎见那女子楚楚可怜的模样，更是气不打一处来。

“没错，我也只相信我自己的眼睛！”忽然听得后面有男人的声音，关小雎猛地一回头，竟然看见了蒋礼！

“司兄果然是好手段，不仅叫关小雎对你倾心，连白姑娘也对你爱慕。唉，当初果然是不该和你打赌的！”

关小雎见了蒋礼先是怕，又是恼，再听他的一番话，不由得瞪大了眼睛，喝道：“打的什么赌？”

却见蒋礼向她作揖，道：“小弟见过两位嫂嫂。当日眼见两位嫂嫂天人之姿，就和司兄打赌，司兄说不出一个月，定叫两位拜服在他的脚下。如今看来，司兄果然是说到做到啊！”

“你说，你说这是你们俩在打赌？”关小雎有些不敢相信地看着蒋礼，又转过头去，却见司泽远低下了头。难道是真的吗？

“唉，小弟用了美人计、金钱计，却都得不到关姑娘的半分青睐，反而是司兄不过用了英雄救美计，便获得了两位美人的芳心。我这一次，真的是甘拜下风啊！”

那蒋礼还在说着话，可是关小雎的脑子却轰然一声，像是有蜂窝在她脑子里炸开了一样。原来，原来一切都不过是他们打的一个赌吗？

关小雎的思维还在混乱之中，蒋礼却笑嘻嘻地走上前来，又给她鞠了一躬，听他道：“前些日子，是小弟的不对。唉，嫂嫂与司兄天作之合，小弟在一旁啊，用尽了千方百计，也不过是给司兄的‘捕美大业’添砖加瓦罢了。不过，眼见嫂嫂和司兄这般好，我就是死了，也是甘愿的。只盼着您三位啊，日后别忘了小弟这番撮合的功劳，到时候请赏小弟一杯喜酒吃吃！”蒋礼说这话的时候，脸上一派光风霁月，倒真像是一个真诚友爱的兄弟，真心祝福好朋友的新婚喜事。

“你说的话是真的？”关小雎惊慌得一双眼眸死死地盯着蒋礼，咬牙切齿道，“之前的事情，不过是你二人的打赌所为？”

“嘿嘿，嫂子可不要生气。只是因为当时偶见了嫂子们的美貌，小弟不懂事才硬是叫司大哥与小弟打了这个赌的……”说着，蒋礼又捂住了自己的胸口，一副可怜兮兮地道，“司大哥那一掌虽然不重，可到底是打了下来。唉，小弟也受到了教训，可是疼了好几天呢！嫂嫂就原谅小弟吧！”

“司泽远，你说！”蒋礼说完，关小雎非但没有消气，反而更加生气，语气严厉地转过头去问司泽远。

司泽远依旧低着头，不言不语。

在关小雎看来，司泽远的这个模样便是认下了这件事。原来，她以为的救命恩人，不过是一个看上了她美貌的男人！

这些日子以来的伤心委屈和害怕一起涌了上来，又见了那女子焦急地抱着司泽远的模样，关小雎只觉得好笑又悲哀。不仅她一个人被司泽远迷住了，那绿衣女子也是如此吧。可笑她心心念念的人，原来是和蒋礼一样的人。电光石火之间，关小雎只觉得恨不得杀了蒋礼和司泽远，她才能够解气。于是，关小雎向蒋礼的腰间伸出手去——她知道蒋礼的腰间藏了一把软剑。而蒋礼好像是没有料到关小雎会忽然冲着满脸笑容的他出手，竟然愣在了那里，叫关小雎稳稳地抽出了他的剑。

“贱人，拿命来！”关小雎按住剑柄，狠狠地用剑锋刺向蒋礼，却见蒋礼闪身躲过。

“嫂嫂为什么要杀我？”蒋礼似是不懂的样子，脸上满是震惊。

“闭嘴！谁是你嫂嫂！”关小雎见刺不到蒋礼，却也不再纠缠，反身转向了司泽远。

在关小雎的心里，司泽远才是罪大恶极的人，才是最应该被她碎尸万段的人，连蒋礼此时都被关小雎排在了司泽远的后面。

那绿衣女子似乎正在和司泽远说着些什么，见关小雎的剑横了过来，惊得脸色煞白。火光摇曳，那女子退了一步，司泽远也向后倒去。关小雎却觉得，司泽远这样是在躲避自己的剑锋。好啊，要躲我的剑，却还是舍不得离开那个女人，果然是不要脸的男人！心中怒火大涨的关小雎根本没有注意到，此刻的司泽远并非是故意不言语不解释，其实他早已经昏迷了过去。可惜关小雎不知道……那剑，狠狠地刺进了司泽远裸露在外的胸膛。

“天啊！”那绿衣女子忽然高呼出声，一双水眸里满是泪花，紧张地又一次抱住了司泽远，不可置信地看着关小雎，“姑娘，你为何这般心狠手辣？”

见司泽远没有躲避自己刺来的那一剑，关小雎也有些愣住了。以司泽远的身手，想要躲开她的这一剑，简直是轻而易举，可是司泽远并没有躲开。

“姑娘，你就只听信蒋礼这无耻之徒的话吗？你难道不知道，这浑蛋说的十句话，有九句都是不可信的吗？”那绿衣女子似乎很激动，恨恨地看着蒋礼和关小雎。

“我……”关小雎手中的剑掉了下去，在地上轻轻地呻吟了一声。

那绿衣女子哀戚道：“这位公子身中剧毒，昏迷不醒，好不容易才醒了过来，你却听了蒋礼这浑蛋的话，不分青红皂白地就害了这位公子！”

“我……我……”听了那姑娘的话，关小雎结结巴巴地说不出话来。是吗？是她太冲动了吗？再一看司泽远，果然如那女子所说，昏迷不醒。此刻，关小雎终于注意到了司泽远的模样。

火光摇曳下，关小雎可见司泽远的额头满是汗珠，那星星一样亮晶晶的双眸紧紧地闭着，他的双唇苍白又干裂，如玉般的脸庞此刻看起来没有一分生气。

是她……是她不分青红皂白地听了蒋礼的话，把司泽远当成蒋礼一样的恶人，用蒋礼的剑刺伤了司泽远！

“不！”关小雎想要上前去，却被身后的蒋礼拉住了。

蒋礼高声笑道：“我想不到，你看起来那样机灵，可是却那么好骗！”

蒋礼笑嘻嘻地拉着关小雎，好像很是随意，如同情意浓浓的小两口吵架后，女子要走而男人不让一样，语气也是格外地轻柔。

“看看，咱们的司大侠却是如何的善良，救了一次又一次的人，竟然恨不得要他死，呵呵……”

关小雎的脑子彻底乱了。怎么会这样？她怎么会那样蠢，竟然相信了蒋礼的话！眼见司泽远那惨白惨白的脸，还有满脸泪水的女子，女子眼中满是哀怨，关小睢只觉得自己是世界上最愚蠢最笨最傻的人。

“好了乖女孩，咱们回家吧。这儿嘛……呵呵呵……就留他们‘狗男女’在这里喂狼吧！我悄悄告诉你哦，这儿啊，经常有狼出没……你放心吧，肯定叫他们，死……无……全……尸！”蒋礼拉着关小睢的手，笑吟吟地带着关小睢走了。

关小睢的眼睛一直盯着司泽远，可是再看不到司泽远一双亮晶晶的眼眸，里面含着紧张的意味，跟她说道：“小睢，快回家去！”都怪她！关小睢顿时觉得心像是被人揪起来，狠狠地撕裂了。

“啊——”她狠狠地喊了出来，眼泪不住地往下流，却对昏迷不醒的司泽远无能为力。都怪她啊！

“都怪我……”已经是第五天了，关小睢要么不说话，要么就只说这一句。

“吃饭。”蒋礼把饭菜放到关小睢跟前，可是关小睢依旧呆呆的不动，像个木头人一样。不同以往的样子，关小睢没有挣扎，也没有吵闹。

那日从树林里被蒋礼打晕带回来之后，关小睢就像是变了一个人一样。不吃饭，不喝水，不睡觉，不说话。如果不是蒋礼硬是逼着关小睢吃饭喝水睡觉，恐怕关小睢早就饿死了。

如今的关小睢，看起来面黄肌瘦，头发干枯得像草一样，原本富有弹性的肌肤都慢慢地贴在了关小睢的骨头上，只要轻轻地，稍微用力一按，关小睢的肌肤就陷了下去，久久才能恢复原来的样子，像是老太太的肌肤一样。

“小睢，你乖。”蒋礼却甘之如饴地哄着关小睢，像是哄着一个小孩子，“我今天买了糖葫芦，你要不要吃糖葫芦？可好吃了，嗯？”

蒋礼把糖葫芦放在关小睢的手里，可是关小睢的手却握不紧，那糖葫芦一下子就掉到了地上，砸在了关小睢的脚链子上。没错，就是脚链子。经过了多次教训，蒋礼想出了一个办法。他让铁匠打了一副手脚链子，用链子拴住了关小睢。

有了这铁链，蒋礼再也没有点过关小睢的穴道，毕竟关小睢如今进食很少，若不是因为有蒋礼在，也许早就饿死了。这样虚弱的身体，再点了关小睢的穴道，恐怕不过两天，关小睢就一命呜呼了。反正现在没有人会来救关小睢，而关小睢现在呆呆傻傻的样子，也不像是会跑的，更因为那铁链只有蒋礼一个人有钥匙，所以蒋礼反而大大方方地带着关小睢在外面走。

关家堡的武林帖上虽然有关小睢的画像，可是如今的关小睢看起来就像一个疯婆子，哪里有半分关家小姐的模样。蒋礼对外说这是自己的妻子，因为儿子早亡，妻子受了刺激，所以变成了这样子。店家怕关小睢闹事，因此找了一个最偏僻的房间让蒋礼和关小睢居住，更是断绝了关小睢对外求救的想法。

关小睢的眼泪啪嗒啪嗒地掉，她一想起那日的情形，便恨不得那一剑是刺在了自己的身上。像她这样任性又冲动、不明事理、不分青红皂白的人，还活在这个世界上做什么？

“你滚，你滚，你滚！”关小睢忽然暴躁起来，用手上的铁链砸向蒋礼。

蒋礼一直以为关小睢会这样呆傻下去，因此没有任何防备，还真被关小睢砸中了。

“你做什么！”蒋礼手上吃疼，杯子摔到了地上。

“我做什么？我杀了你！”关小睢虽然以为自己是吼出来，可是听在蒋礼的耳朵里，却是像蚊子叫。

“呵？杀了我？”蒋礼捏起关小睢的下巴，逼着她的脸对着自己的脸，不屑地说道，“你看看你这副样子，杀得了我吗？呵，我就是站在这儿不动，你都动不了我一根手指头……”

“蒋礼，你别太得意了！”关小睢从蒋礼的眼中看见了现在的自己苍白又瘦弱的脸，再看那一双手，只剩下皮包骨头，别说是杀了蒋礼了，恐怕是杀只鸡她都做不到。

不行，她一定要杀了蒋礼，为司泽远报仇！想到司泽远，关小睢干枯的眼又涌出了泪水。她挣扎着跑到桌边，端起饭碗狠狠地往嘴里扒饭。她要吃饭，吃了饭才有力气，有了力气，才能杀人。蒋礼瞥了那狠狠吃饭的人一眼，冷哼了一声，却是出去了。

接下来的日子里，关小睢都按时吃饭睡觉，只是依旧没有说话。蒋礼这一次竟然也没有对她如何。也许是她现在这一副人不人鬼不鬼的样子让蒋礼不屑吧。

关小睢心底有些庆幸，庆幸自己还能够守住清白，又有些不安，如果蒋礼真的对她如何的话，也许她还能趁机杀了蒋礼呢。她又想到了蒋礼腰间的剑。想起蒋礼的剑，关小睢就会忍不住地想到那天晚上，她拔出软剑，狠狠地、毫不犹豫地用那把剑刺伤了司泽远，关小睢的眼泪又止不住地往下掉。

“哭哭哭，一天到晚就知道哭，烦不烦！”蒋礼回来见到泪眼婆娑的关小睢，心情不太愉悦。

“我告诉你，”关小睢擦去脸上的眼泪，红着眼睛对蒋礼说，“你可知道我是什么身份？”

“呵呵，你是什么身份？”蒋礼坐下，给自己倒了一杯冷茶。

“我是江南关家的女儿！”关小睢直起身子，冷冷地看着蒋礼，“我爹是关家堡主关倪君，我是他的小女儿关小睢。我告诉你，你现在最好乖乖地把我送回关家堡，那么，从前的事情我还能和你一笔勾销。否则，等我爹爹找到我的时候，我一定叫他扒了你的皮！”

“哈哈哈……”蒋礼却是大笑出声，“你是关家的女儿？哼，你是关家的女儿又如何？”

“如何？我告诉你，我爹爹已经发了武林帖，但凡是送我回家的人，许了重金作为酬劳。你应该知道，人为财死，鸟为食亡，就冲着我爹许出去的钱，那些人就够把你杀十次的了！”关小睢想，只要蒋礼害怕了，将她送回关家堡，那她就能叫蒋礼有去无回。

“那又如何？”蒋礼挑眉，“你应该知道，现在这里可没有人认得你是关家的女儿，就算我现在杀了你，人家也不过以为是我疯了的娘子思念早夭的儿子，所以自杀了去陪那可怜的孩子。”

“你敢！”关小睢瞪大了双眼看他，“你要是敢动我一根汗毛，我爹爹一定不会放过你的！”

“哦？”蒋礼低低地笑，忽然，他好像想到了什么，又敛了神色，道，“想来你爹爹一定很疼你？”

“那是自然！”关小睢以为他怕了，便扬声说道，“我爹爹最疼的女儿就是我。你要是杀了我，就算你躲到天涯海角去，我爹爹也一定会掘地三尺把你找出来，碎尸万段！”

“呵呵呵……”蒋礼又笑了，站了起来，走到关小睢身边，“傻丫头，你爹爹要是那么疼你，那么……他就不会杀了我。”

蒋礼蹲在关小睢的面前，笑嘻嘻地说道：“有哪个疼爱女儿的父亲会杀了他的女婿，叫自己的女儿去守寡呢？”

“呸！”关小睢一口唾沫吐在蒋礼的脸上，恨恨地道，“你做梦！”

蒋礼却也不生气，笑盈盈地用手擦去了那些唾沫：“我的梦里可全都是你呢……”

关小雎从来没有见过这样赖皮不要脸的人，她的脸涨得通红，只恨自己不能亲手杀了眼前的人。

“嗯……我怎么会如此聪明？小雎，多谢你给我指了一条发财的光明大道。”蒋礼站了起来，眼角眉梢都是笑。他原本就长得很俊秀，否则怎能让那些小姐对他倾心，中了他的美男计？而如今，因为心情大好，蒋礼的笑容更加灿烂了，一双迷人的凤眼里全是笑意，如果不是关小雎看透了此人英俊外表下丑陋的心，恐怕她也会被蒋礼迷住。

这时，门外响起了脚步声，是店小二。蒋礼带着关小雎入住这家客栈，因为出手大方而且蒋礼本人又是风度翩翩，所以店家对他们的服务很是到位。店小二按时送来热水让两人梳洗，而且因为知道蒋礼有一个患有疯病的夫人，所以还顺便送了一支安神香。

蒋礼打赏了小二，冲关小雎挥了挥手中的安神香，仿佛很得意的样子，说道："看吧？整个客栈里面的人，谁不相信你是我患了疯病的妻子？"可是，就是有一个人没有相信。

第二天，蒋礼带着关小雎离开了客栈，他准备将关小雎送回关家堡，并且和关家的大家长谈谈赏金问题。

天黑的时候，蒋礼和关小雎住进了一家客栈，在这里，就出现了一个不相信关小雎是疯子的人。说来好笑，正常的人都发现不了关小雎没有病的事实，反而被一个酒鬼发现了。

“别，别走啊！”那酒鬼摇摇晃晃地撞到了蒋礼和关小雎，其实只能说是撞到了关小雎，因为蒋礼在那酒鬼撞上来的一瞬间就身形很快地避开了，而关小雎因为被链子锁住了，没法施展轻功，被那酒鬼结结实实撞到。她现在就和一般的女子没有什么区别，甚至因为长时间营养不良，比一般的女子更加脆弱。是以关小雎被那酒鬼一撞，竟然无法躲闪，硬生生地仰倒在地上，后脑勺磕得地板一声闷响。如果是别人遇见了这样的情况，肯定要大发雷霆的，可是偏偏遇见这样情况的人是蒋礼，他不愿意节外生枝，上前把关小雎拉起来就准备离开。但是又有谁想到，那撞了人的酒鬼反而对他们纠缠不休，好像是关小雎和蒋礼撞上了他，而不是他撞上了蒋礼和关小雎。

“你们别走！被人撞了，就……就这么随随便便地……就……就走了？”酒鬼拉着蒋礼的衣服，死死缠着，不叫两人离开。

关小睢扑哧一声笑了出来。虽然关小睢也觉得那酒鬼身上的酒味让人很难受，可是那又如何？现在最难受的人是蒋礼，因为蒋礼现在被那酒鬼抓着袖子，不管怎么挣扎都无法挣脱。偏偏那酒鬼的力气大得要命，不知道是不是因为喝酒喝得多了的缘故，竟然用一只手攥住蒋礼，另一只手将蒋礼的腰环了起来。

能够看见蒋礼吃瘪，真是叫关小睢无比畅快。当下，关小睢也不觉得那酒鬼身上的酒气有多难闻了，反而觉得那酒鬼身上的味道还不够叫人恶心，恨不得把酒鬼拉到酒池子里泡一泡再提出来叫他缠着蒋礼。

"你松手！"蒋礼眉头一跳，觉得自己被气得脑袋都疼了。他不是没有试过要挣脱，可是没有想到这酒鬼的力气竟然那么大，他怎么都无法挣脱。想来也奇怪，蒋礼的身手在江湖上也算数一数二的了，否则如何逃脱那些被他糟蹋了的女人的家族的追杀？可是这一次，在这个无名小镇上遇见的莫名酒鬼，竟然叫蒋礼一点办法都没有。

"不松手！我就不松手！我撞了你，怎么可以就这么松手了！"那酒鬼笑嘻嘻地涎着脸抱住蒋礼，还不停地在蒋礼的身上蹭。"好香好香，你身上有小娘子的香味哦！"那酒鬼更是激动开心，抱着蒋礼就像是抱住了小娘子。

蒋礼是采花大盗，身上会带着些脂粉味也没什么奇怪的，可是哪会想到竟因为这个惹上了这个麻烦酒鬼。蒋礼眉宇间闪过一丝烦躁，当下决定，反正被这个酒鬼缠上已经是麻烦了，不如解决了他，就当是解决麻烦好了。关小睢自然看懂了蒋礼的脸色，心中只是觉得可惜，好容易见到蒋礼这样狼狈的模样，可是那可怜的酒鬼就要惨了。

酒鬼一直抱着蒋礼，眯着眼睛在蒋礼身上胡乱地蹭着，自然不知道蒋礼的脸色如何难看，只是他自己脸上写满了愉悦。

实在是忍不下去了！蒋礼抬手，狠狠地撞开了那酒鬼，可是没有想到，那酒鬼在快要倒地的一瞬间，忽然又直起了身子，再一次软软地贴在了蒋礼的身上。关小睢一愣，继而一笑，脸上写满了兴奋。这是这么多天以来，关小睢第一次有了这样生机勃勃的样子。蒋礼也是愣了一下，可是他立刻就明白了，这酒鬼恐怕是有来头的。难道是冲着关小睢来的？蒋礼看了一眼关小睢，见她眼里闪烁着促狭的光芒，心下明白她是想看自己的笑话。呵呵，笑话！想看他蒋礼的笑话，有那么简单吗？不过，眼前的这个烂酒鬼，一定不能留！蒋礼眯起眼睛，掩盖住自己眼中一闪而过的杀意，可是他出手带着的狠决，依旧透露出他的心思。因为被那人纠缠着，蒋礼的双手被困住，可是这并不妨碍他用腿来给自己解围。

蒋礼施展脚法，逼得那人松开自己的双手，可是那人也不知道用了什么诡异的功夫，竟然用一个看似凌乱的步法将蒋礼的招式一一化解了。

不好！蒋礼心中暗道不妙，这次遇上劲敌了！可是关小雎在一旁却看得很开心。好啊，一定是蒋礼这家伙的报应来了！关小雎握紧了双拳，因为太激动和兴奋，她的脸涨得通红。

如果，如果这个酒鬼能够拿住蒋礼的话……关小雎感觉到自己的心跳得很快，如果眼前的酒鬼拿住了蒋礼，她一定要求这酒鬼让蒋礼生不如死！

只是几个念头的时间，蒋礼和那酒鬼之间的过招就超过了三十次，蒋礼依旧没有办法从那酒鬼怀中挣脱，而酒鬼脸上笑嘻嘻的笑容则是在表明他正占着上风。

好，只要能够继续这样的情况……关小雎的眼中盛满了激动和欢愉，她大声地喊出来："快把他给废了！"沙哑的声音在这样混乱的场面里格外突兀。天已经黑了，这个小镇上的人原本就不多，在客栈里面吃饭或者准备住宿的人就更少了，现在又是晚上，所以客栈里见到酒鬼和蒋礼纠缠的人更是少之又少，少数的几个人缩在角落里，眼里有兴奋也有恐惧。

人性就是这样的，看热闹不嫌事儿大，但是又不想事儿找上自己。所以，当角落里面的那几个人缩着身子安安静静地看热闹的时候，听见一旁的女人叫喊，不由得将目光都落在了那女人的身上。听那被酒鬼缠着的男子和掌柜的对话，那女人似乎是他患了失心疯的老婆。呵，听那声音和看那神态，自家男人被一个乱七八糟的酒鬼缠住了，她不但不担心，反而还很高兴，果然是个疯婆子。那几个人收了打量关小雎的目光，将注意力集中在了蒋礼和酒鬼的身上。

这一次，酒鬼没有继续环住蒋礼，蒋礼抽出手的一瞬间，也抽出了他腰间的软剑，剑光凌厉，一闪而过。"刺啦"一声，关小雎看见那酒鬼身上的衣服被软剑划破了！

"小心！"关小雎又大喊了一声，但是顿时觉得自己的嗓子火辣辣地疼。该死的！关小雎在心底狠狠地骂着蒋礼。

早上的时候，蒋礼喂关小雎喝了一杯水，之后关小雎的声音就开始变得沙哑起来，后来关小睢又觉得自己的头晕晕的，扛不住就倒了下去。等关小睢醒来的时候，看着镜子里的自己，吓得大声喊起来，可是那沙哑得如同破锣的声音让她自己起了一身的鸡皮疙瘩。

关小睢看着镜子里的人，简直不敢相信那是自己，一双明眸瞪得比铜铃还大。镜中的女人头发凌乱，用一块头巾包着，再看那女人的面容，黄不拉几皱巴巴的脸，眉间满是褶皱；鼻梁很高，鼻头很大，但是嘴巴却很小，让人看上去觉得很是怪异，可是却又觉得正常。是的，一个中年丧子患了失心疯的女人，不就该是这个样子吗？平凡而糟乱。

当蒋礼带着这样的关小睢出去的时候，没有引起任何人的注意，关小睢只能在蒋礼说她是自己的疯妻子的时候，恨不得用眼光杀死他。因为嗓子疼，她还无法用语言来反驳，可是她的神态间全是不满和厌恶，别人看不出来，那一直捧着坛子大口大口喝酒的人却看出来了。

一双明亮而活泼的眼睛，叫人怎么相信那是一个丧子而疯的人的眼睛？一双白皙柔嫩的双手，叫人怎么相信那是一个中年妇女的手？再看那人安安静静地瞪着一旁的男人，又怎么能让人相信那是一对深爱对方的夫妻？反正那喝酒的人不信。于是司泽宇就摇摇晃晃地撞向了那对来投栈的夫妇。果然与他猜的一样，那根本就不是什么行商的夫妇，行商之人哪里有这样高强的功夫，竟然还能挣脱了他的招式？而且那所谓的妻子，现在正很兴奋地为司泽宇鼓掌和提醒，有哪个妻子会在丈夫与人对战的时候，帮着别人而不是帮着自己的丈夫呢？

“好，小心他的软剑，上面有毒！”关小睢不顾自己的嗓子生疼，高兴地喊着，为那正在与蒋礼激战的人叫喊。

昏黄的客栈，兴奋的女人，还有一群缩在角落里看热闹的酒友，司泽宇忽然哈哈大笑起来，伸手在自己的腰间一捞，提着葫芦仰头大灌。酒水汩汩流出，喝进去的酒还不到倒出来的一半，酒顺着下巴往下流，很快便将司泽宇的衣襟给弄湿了。

关长欢来到这个客栈的时候，瞪大了自己的双眼。整间客栈到处是酒的味道，地上湿湿的，流的全是酒；地上的人也湿湿的，想来身上也全是酒。客栈的掌柜的在一旁号叫，而酒鬼和另一个人还在激战。

关小睢张了张嘴，喊了一声：“三哥！”可惜由于她之前太激动喊得太多了，现在反而喊不出来了。

蒋礼虽然与那人纠缠，可是却并没有放松对关小睢的注意，见关小睢激动地看着那走进来的人，不由得心下生恼。

“在下与阁下萍水相逢，不知道哪里得罪了阁下，不过在下一路奔波，妻子体弱，还请阁下原谅，明日定然备下酒水，给阁下道歉。”

蒋礼一个闪身回到了关小睢身边，交叉之间点下了关小睢的哑穴，让关小睢本就难以说话的嗓子再也发不出声音来。

三哥！你这个呆子！关小睢张着嘴，却发不出任何的声音，只是一直焦急地看着关长欢，可恨那蒋礼一直用手拽着她，十指相扣，好像真的很恩爱一样。

司泽宇顾及关小睢，不愿伤了她，便停下了手上的招式，靠在一旁的柜台边上依旧一口又一口地给自己灌着酒。不过这一次，他不复醉态，一双眼睛亮得仿若天上的星辰。

“两位……”关长欢一进来，发现打斗的两人已经停了下来，只剩角落里一个酒坛子在骨碌碌地滚着，满桌满地的酒菜，告诉他刚才这里确实有一场打斗。

“噢，只是那位兄台有些醉了才引起了误会，现在误会已解除。在下告辞了。”蒋礼不待那人说话，搂着关小睢就走。关小睢一直扭着脖子看向自家三哥，可是她三哥却已经转向了那个酒鬼，风度翩翩地和人家攀谈起来。

你这个笨蛋！关小睢在心里着急地暗骂，自家妹子都认不出来，回去一定叫爹爹罚你跪祠堂！她心里再没有对关家堡的讨厌了，巴不得立刻跟着哥哥回去。可是关小睢见哥哥认不出她来，反而在心里把哥哥骂了一顿，殊不知她的哥哥们，因为她的任性离去，这才刚刚从祠堂里面出来呢……

第十三章
终于得救

关小睢还是被带走了。回到房间里，蒋礼脸上的笑容立刻冷了下来，将关小睢一把推倒在床上。

“怎么，想叫人救你？关小睢，你看看你现在的样子，就算是你爹，恐怕都认不出你来了吧？”蒋礼给自己倒了杯茶，慢悠悠地看着关小睢那仇恨的眼神。

“啧啧啧，别这样看我，小睢，如果你肯乖乖地听话，我当然不会这样对你。而且呢，你想想，我这样做，也是为了你好啊。”

关小睢闭上眼睛，背过身去躺着，明显是不想搭理蒋礼了。可是蒋礼的脸皮不是一般的厚，他放下杯子走过去，在关小睢的床头坐下，一边轻柔地抚摸着关小睢的头发，一边轻声道：“你也不想想，当初司泽远那样的少侠都没有办法护你周全，我要是大大咧咧地带着你走，恐怕还没出这个镇子，我就被人杀了。死了司泽远你不难过，死了我，你会难过死的吧……”

才不会！你死了我一定给阎王爷烧一车纸钱，好叫他把你判到十八层地狱去，让你上刀山下油锅！关小睢讨厌蒋礼的触碰，一边在心里骂着他，一边缩着身子往床里面去，掀了被子把自己老老实实地连头也盖住了。可是被子盖住了关小睢的耳朵，却盖不住蒋礼的声音，蒋礼的话还是源源不断地钻进关小睢的耳朵里。

“……小睢，如果下一次，你还像今天这样冲动，我想，你也许会因为重病，连走都走不动，进出都要人抬。然后用被子死死地盖住你，像你现在这样，嗯……因为伤风，所以不能见人呢……”蒋礼的话里隐隐带有威胁的意味，如果关小睢不听话，他便叫人用被子裹了关小睢，直到将她带回关家堡。如果被蒋礼用被子裹了，谁也看不见她，她也看不见谁，那她怎么向人求救？关小雎猛地掀了被子，一双杏眼里满是怒火。可是蒋礼不介意，笑得眼睛都眯了起来。

“小雎，你还是舍不得我的，没看见我的时间也不长啊，不过是几句话的工夫，这就想我了吗？我还以为你会一直躲在被子里不出来呢。”

司泽远醒来的时候，周围是一片翠绿的竹林。风一吹过，沙沙作响的竹叶，仿佛是在欢庆司泽远的醒来。这里是哪里？司泽远打量四周，发现自己躺在一张竹床上，竹床边放了一张椅子一张桌子，都是竹子做的，桌子上面摆着茶具，仔细一看，竟然也是竹子所制。远一些的地方，有一座竹屋，屋门大开。司泽远走过去，看见里面只有竹子做的一床一桌一椅，风吹而动的，是绣着竹叶的青纱，轻轻地掩在窗前。竹林，竹屋，这里究竟是哪里？他又是如何到这里来的？司泽远垂眸，却想不起来任何事情。

“你醒了……”司泽远听见身后有人说话，转过头去，发现是一身着翠绿衣裙的女子，脸上用白纱蒙面，却见她裸露在外的柳眉与杏眼满是柔情。

“你是谁？我为什么在这里？”司泽远开口问出了自己的疑惑。

“醒来了，那咱们就吃饭吧……”那女子说话声总是轻轻柔柔的，仿佛是一阵风，又仿佛比风还轻，也许风一吹，就能把她的话音给吹散了。女子将手上的托盘放下，托盘里放着两碗白粥和三碟小菜。翠绿的青菜，嫩黄的鸡蛋，还有一碟子酸笋，很是清淡。

“你还没有回答我的问题！”司泽远话音一落，却是听见自己的肚子咕噜噜地叫，很不配合自己的主人。

司泽远的语气有些不好，可是那女子也不闹，似乎是在笑：“先吃饭吧……”

不知道为什么，司泽远只觉得自己的心很烦躁，他一直在控制着自己不要把这一桌子的菜给掀掉，也控制着自己不要再说话。他已经意识到自己方才的语气不好了，那不像他。女子盈盈坐下，裙摆微动，如行云流水般的动作，叫人看了都觉得舒服。司泽远也跟着坐下，一股子清香的竹子的味道便蹿入他的鼻尖，是那一碗白粥的香气。司泽远尝了一口，清香入口，醇香绵软，应该是把粥放到了竹子里面煮的吧？司泽远一边吃着粥一边在想。

“你知道你是谁吗？”那女子忽然开口，司泽远一愣，他没有想到这个女子会在吃饭的时候讲话。

你知道你是谁吗？司泽远奇怪，不知道那女子为什么会问他这个问题，有谁会不知道自己是谁的吗？司泽远正要回答，恰好对上那女子的眼睛，清澈得可以看见他的样子，可是又仿佛是一汪神秘的幽泉，因为他好像又无法从那女子的眼里看清楚他自己。

“我是……”司泽远忽然说不出话来了。他刚才还记得的，他是……是谁呢……司泽远的眼神迷蒙起来，手中握着的筷子慢慢地掉在了竹子桌上，可是司泽远却浑然不知。

“我是谁呢……”司泽远呢喃着。

那女子敛眉，用筷子夹了一块酸笋放在司泽远的碗里，轻声道：“吃饭吧……相公……”

关小雎高兴地看着眼前的人，再也不嫌弃那人浑身的酒气了。司泽宇一手握着长剑，一手握着酒葫芦，嘴角含笑地看着蒋礼。蒋礼捂着自己的胸口，手指缝中有热热的液体流出，那是刚才被司泽宇用长剑伤到的地方，已经开始流血不止。

该死的！蒋礼在心中暗骂。刚才，正当蒋礼要对关小雎下手的时候，房顶上忽然蹿下来一个人，那人未落地便出招，蒋礼手上没有任何武器，慌张躲闪之间，就中了那人一剑。而来人正是之前与蒋礼在客栈大厅交手的司泽宇。

蒋礼的怒火噌噌而上，咬牙切齿地说道：“阁下究竟与我有什么深仇大恨，几次三番来找我麻烦？”

“我和你并没有什么仇恨，不过是路见不平，拔刀相助罢了！”

蒋礼呸了一声，却带动了身上的伤口，疼得他忍不住呻吟了一声，说道：“你，你见了什么不平？一进客栈你就开始挑事，我当你是喝醉了不与你计较。现在你又半夜闯入我和我妻子的房间，将我重伤。你究竟是何居心？”

司泽宇哈哈一笑，瞟了一眼满是泪水、脸上却带着劫后余生笑容的关小雎，说道：“你确定你是这个女孩子的丈夫？”

司泽宇把“女孩子”三个字咬得很重，蒋礼听了，脸色变了变，又勉强露出一个笑容，说道：“阁下原来是看上了她……”

“哼！你以为人人跟你一样卑鄙？”司泽宇不等蒋礼说完就把蒋礼的话打断，大步走过去，解开了关小雎的哑穴。

关小睢一恢复开口说话的能力，立刻沙哑着嗓子对司泽宇说道："大哥，这人是采花大盗，大哥快杀了他为民除害！"

"如何？采花大盗先生？"司泽宇微微一笑，示意关小睢不要激动，转过身来，用剑指着蒋礼，"你现在还说自己是这个姑娘的丈夫吗？"

蒋礼咬牙，为什么总是在他快要成事的时候有人出来捣乱！想到宫主那日的不耐烦……蒋礼暗自下了决心，面上却不显，竟然还微微一笑，作揖道："这位姑娘与在下有指腹为婚之约，不过两家家中长辈一别多年，我亦许久未能见过她，月前听闻这位姑娘患了失心疯离家出走，我便奉了家中长辈之命出来寻找。谁知姑娘已经病入膏肓，我怕她路上惹出了什么事，所以才会点了她的穴道。不想叫兄台误会了。"

"你胡说！"关小睢气得要冲过去打他，却被司泽宇伸手拦住了，关小睢只能恨恨地道，"你明明就是采花大盗，大哥，这个采花大盗名叫蒋礼，是近来江湖上人人得而诛之的坏蛋。我本是江南关家堡的小女儿关小睢，他知道之后，竟然要将我……还说要拿我去威胁关家堡。哼，我关家堡上下从来没有出过孬种，我若是失身，定然自尽以还关家堡清白，他怕我死了他拿不到关家堡的钱财，这才处处制住我的穴道。"关小睢太气愤，一时间又泄露了自己的身份，回想起来的时候，突然想起自己会不会脱了蒋礼这个狼窝又进了眼前这个人的虎口？不是关小睢把人想得太坏，实在是有了蒋礼这个先例在前，她终于长了几分心眼，知道人不可貌相。

眼前的这个手执长剑与酒葫芦的人，虽然别有一番正气凛然的意味，可是当初见到蒋礼的时候她不也觉得蒋礼是个风度翩翩的公子吗，哪里想得到蒋礼其实是个臭名昭著的采花大盗？所以，关小睢终于明白了什么叫作知人知面不知心，是以此次对眼前这个救命恩人也有了几分戒备。

于是，关小睢口风又一转，说道："大哥看起来便是正义大侠，想来一定愿意为咱们武林除了这个祸害。而今日，大哥救了我，我关家堡上下定然重重地答谢大哥，还请大哥为小女子主持公道！"

一番话说得不伦不类的，关小睢那直直的腰杆和严肃的表情，叫司泽宇硬生生地憋下了笑。罢了，想她一个小姑娘，孤身在外，又有关家堡的武林帖在，不知道有多少不轨之徒打着她的主意呢，她使这样的小心计也不为过。司泽宇思绪翻转，不一会儿，就有了解决的办法。

“蒋礼，你今日遇见我，便算是你倒霉吧。这个姑娘，我救定了！”之前交手，司泽宇也知道蒋礼不是吃素的，虽然刚才蒋礼一时大意吃了亏，但是司泽宇还是不敢掉以轻心。所以，长剑既出，司泽宇立刻身形移动，连剑而上，要以剑影剑气锁困蒋礼。

蒋礼见识过司泽远的剑法，眼下见这酒鬼使的一手剑法竟然与司泽远略有相似，心中暗道不好，自己身上被司泽远所伤处还没有好，刚才又吃了这酒鬼一剑，现在必须避其锋芒才好。蒋礼快速地想好了自己的退路，不肯与司泽宇纠缠，只坚守不攻，伺机寻了个破绽，夺路而逃。

关小雎见蒋礼逃脱，愣了片刻，忽然蹲坐到地上，呜呜大哭起来。司泽宇没有见过女孩子这样大哭，一时间有些手足无措地站在关小雎身边，大约一刻钟之后，司泽宇见关小雎自己擦好了眼泪，慢慢地站起来，他心底里才松了一口气。

“关姑娘，你还好吧？”司泽宇摸了摸自己的怀里，想找一条帕子，只是他一向粗犷豪放，帕子这种东西自然没有。这个时候，司泽宇不禁想到了自己的哥哥，那个笑起来如同阳光般温暖的大男孩，他要是在这里，指定能哄得这个姑娘笑起来。

唉……司泽宇在心里叹了口气，大哥啊，你到底在哪儿啊，你知不知道老爷子他……

“我没事了。”关小雎擦了擦自己的眼泪，一双被泪水洗过的眼眸分外明亮清澈，配在她枯黄的脸上一点也不搭。

“姑娘原先的容貌……怕不是这样的吧？”司泽宇试探着问了一下，“要不要在下帮姑娘洗去脸上的易容？”

“不用了……”关小雎犹豫了一下，想到刚才蒋礼说的话，倒也不是没有道理。她的容貌已经被父亲印在了武林帖上，有心人要找她，根本就不难。司泽宇笑了笑，看着关小雎的眼睛里颇有“我能理解”的意味。

“多谢大哥相救。”关小雎盈盈一拜，如果不是这个人，她这次恐怕真的无法从蒋礼手下逃脱。想到那个次次都在她危难之中将她解救的人，关小雎便忍不住再次泪盈于睫。

“哎，姑娘，你怎么又哭了？”司泽宇想不明白，这姑娘为何说哭就哭了呢。

“大哥有所不知……刚才那人……”关小雎哽咽着，拼命让自己忍住眼泪，可还是控制不住让泪水流满了脸颊。

“还请大哥快快离去吧！”关小雎忽然想到了司泽远的死，怕蒋礼会卷土重来，到时候司泽宇是不是也会跟司泽远一样死掉了呢？关小雎忽然明白了司泽远的话，她就是个任性的闯祸精，才会白白地送掉了司泽远的性命。

“不。”司泽宇抿唇说道，“我既然见了姑娘有难，怎么可以留下你一个弱女子在此？你放心，我会将你平平安安地送回关家堡的。”又想到关堡主许下的那些条件，定然会引来不轨之徒，刚才关小雎用话来绕他，也是有担心脱了虎口又进了狼窝的心思吧，“姑娘莫怕，我是中原司家这一辈的老二，我们司家与关堡主也算有过交情，我大哥司泽远更是和阳城方家的大公子方小年是好兄弟……”

“你说什么？！”关小雎大惊，一把抓住司泽宇的衣衫，揪着他话里的字眼，问，“你说司泽远是你大哥？！”

“是啊。”司泽宇见关小雎这样，不由得一头雾水，这关姑娘难道认识他大哥吗？

“司泽远是你大哥……是你大哥啊……”关小雎呢喃着忽然大声哭了起来，“他是你大哥，是你大哥！那你刚才为什么不杀了蒋礼为你大哥报仇啊？”

“为我哥报仇？”司泽宇不明白关小雎的话，他挠了挠后脑勺，见关小雎哭得那样厉害，结结巴巴地哄着，“我哥虽然不能说是武功高强天下无敌，但是放眼天下，我哥的武功也不是随意能叫人欺负了去的。那个蒋礼我也跟他交过手了，就连我都能伤了他，更何况是我哥？我大哥比我厉害多了。”

司泽宇的话像是在安慰关小雎，可是听在关小雎的耳朵里，却更是伤心。是啊，那样风流卓绝的少年，如果不是因为关小雎的任性不听话，哪里会落得死在蒋礼阴谋诡计里的下场？关小雎更伤心了，眼泪是无论如何都擦不干地流淌着。

“你别哭啊！”司泽宇真的着急了，他没有哄过女孩子，怎么知道女孩子的泪水，在知道心爱的人的噩耗的时候，是表达深情程度的最大体现。有的人哭不出来是情深，有的人哭得停不下来也是情深。关小雎便是哭得停不下来的情深。

“如果是光明正大的较量，我当然知道司泽远不会被蒋礼伤到，可是……”关小雎想到自己的那一剑，也许就是那一剑，就要了司泽远的性命。

“可是，蒋礼那人诡计多端，他先是将我引出客栈，用我来制住司泽远，然后又用那种带着剧毒的暗器，趁着司泽远不注意，暗算了司泽远。”门外的风吹了进来，撩起关小雎的发丝，关小雎就蹲坐在地上，呆呆地流着眼泪的模样叫人看了心疼。

“他……司泽远他……蒋礼用激将法，让我以为司泽远和别的女人……我……我就刺了司泽远一剑……后来……”关小雎已经泣不成声，说话断断续续的，可是司泽宇却听出了他想要知道的哥哥的讯息。

一直在司泽宇脸上不曾消失的笑容忽然没有了，他严肃起来的样子还是有些像他大哥的：“你是说，我大哥在受了蒋礼的暗算之后，你又将我大哥刺伤了？”

关小雎默然点头。

“你……”司泽宇很是生气，自家大哥那样优秀，是家中长辈眼中这一代的希望，可是被关小雎那样伤害了。然而，看见关小雎满脸的泪水和通红的眼睛，以及那眼中的悔恨，司泽宇却又一句重话也说不出口。

关小雎是有错，可是到底是因为太爱司泽远了。一个女孩子，怎么能够在看见自己爱的人躺在别的女人怀里的时候，还能保持着冷静的判断和缜密的思考？

尤其是关小雎这样一个被家里宠着长大的女孩子，她的生活里没有那么多的弯弯曲曲，只有直来直往的感情：喜欢，或者是讨厌。喜欢一个人，就恨不得将他占有，一直和他在一起，叫他一步也不能离开，叫他不能成为别人的爱人；讨厌一个人，就想再也不要看见他，看见了他就想把他抽筋扒皮，碎尸万段，粉身碎骨，叫他再不能出现在自己的眼前。所以，看到司泽远被别的女人抱住时，关小雎本就不冷静的思维定然会混乱，造成如今这种无法弥补的结果也是可以想象的，不然蒋礼又怎么会那样设计关小雎呢？而关小雎则因为蒋礼的设计，伤害了她最爱的男人，从蒋礼亲口说出真相的那一天起，关小雎对蒋礼的恨意就达到了一个最高峰。

“也许……也许大哥不会有事的。”司泽宇还是不忍心见关小雎哭得那样可怜。

“不会的……不会的……蒋礼说了，那种毒，会让人的伤口慢慢地腐烂，一寸一寸的，却又特别地快……我那一剑，是朝着司泽远的胸口去的……他活不了了……他活不了了……”

司泽宇心中是恨蒋礼用那样恶毒的方法去对付自己的大哥，也对关小雎的冲动不满，可是他一直想着，大哥如果在的话，一定不会怪罪关小雎，既然如此，他也没有必要怪关小雎这个可怜人了。是的，关小雎现在看起来没有一点关家堡人的傲气，而是让人觉得她可怜。关小雎现在就是一个失去了心爱男人的普通女人，悲伤而又可怜。

“大哥一直很坚强，而且，我们司家从小到大的药澡也不是白泡的，兴许大哥只是伤了，所以才没有出现。你不是也说了吗，当时大哥身边还有一个女子，或许那个女子就救下了大哥，也许大哥现在还活着，可是他伤重不能出现，在等着我们去救他呢！”随着司泽宇越来越激动的语气，关小雎的眼中也渐渐有了光芒。是啊，也许司泽远并没有死，只是因为身上的伤太重，所以才没有追上来。那个女子……那天晚上，看那女子的样子，应该不会丢下司泽远不管的，也许那女子已经救下了司泽远，而司泽远正等着他们去寻找呢。

“是了，是了！我们快去，我们快去找司泽远，我们快去救他！”关小雎一下子从地上跳起来，拉着司泽宇的衣服就要往外走。

“早去一刻，就能够早一刻见到司泽远，就能够早一刻救他了！”关小雎兴奋至极，只要想到司泽远还活着，她还有见到司泽远的机会，就高兴得不得了。

“等等，等等！”司泽宇拉住关小雎，有些无奈地摇摇头，家里人都说他冲动，可是现在看来，还是有比他更冲动的人呢。

“还等什么等！你大哥还等着我们去找他呢！”关小雎两眼一瞪，仿佛是在威胁司泽宇一样。

“我知道，我知道！”司泽宇连连点头，安抚着关小雎，“可是我们不能就这样去了啊，我们得先准备好。先去买些干粮，路上赶路的时候吃。再去买些刀伤药和解毒的药，也许大哥需要这些药呢。”当然，还有一点，那就是去买酒，说话间，他的酒已经被他喝完了……

这一次的赶路，关小雎并没有拖后腿，虽然太阳很毒辣，道路很颠簸，可是关小雎硬是咬着牙根挺过去了。因为她知道，如果她抱怨或者是磨蹭的话，也许司泽远就会因为她而丢了性命。在身痛与心痛之间，关小雎还是选择了身痛，总好过那叫她日夜难熬的心痛。

一番赶路下来，关小雎因为骑马而擦破了大腿内侧的皮肤，到了晚上，用热水擦洗的时候，总是疼得嘶嘶吸气。可饶是这样，关小雎还是没有告诉司泽宇，只是自己偷偷地买了药擦上。这些司泽宇是听客栈小二说的。关小雎在后院倒掉那血水的时候，正巧碰上了小二，把小二吓了一跳，忙低声询问。关小雎却觉得备受侮辱，不管她做什么，到底还是客人，小二那样问三问四的叫她不开心。两人就一高一低地在后院吵了起来，被司泽宇听见了。

倒是有了进步。司泽宇仰头喝了一口酒葫芦里的酒，笑得牙齿白白的。一个被家里宠着长大的女孩子，也没有吃过多少苦，在家里的时候，恐怕割破一个小手指头都会有十几人伺候着的关小雎，现在还能忍着痛不告诉他，嗯，有进步。第二天，司泽宇就把自己买的药送给了关小雎。他想，关小雎那个性子，就是去药店想买个好药，说不定还和老板吵起来呢。

“给我干吗？”关小雎莫名其妙地看着手里的小瓶子。

“我们这两天赶路太多，我的腿被擦伤了，不知道你有没有用，就多买了一瓶。你要知道啊，出门在外，多带点药总是有备无患的。”司泽宇说得轻轻巧巧的，好像真的是自己多买了一瓶而已，关小雎想着自己身上的伤，几天都没有好，药粉擦上去一会儿就被血水给磨掉了，说不定这个行走江湖的司泽宇的药会好一些呢？

“我是谁呢？我是谁呢？”在竹林深处，一个男子穿着牙白色的长衫，步履不稳地走在林子中，嘴里还呢呢喃喃着什么。

在林子外面，一个穿着绿色长裙的女子，用冷漠的眼光看着那林中的男子，若是仔细看的话，倒可以发现她的冷漠中藏着一丝柔情。

“属下参见宫主，恭祝宫主神功大成！”蒋礼跪在不远的地方，向那女子恭贺。

“你怎么回来了？”那女子收回看司泽远的目光，瞥了一眼蒋礼，那一眼却像是一把刀子，冷冷地剜了蒋礼一刀。

蒋礼只觉得浑身冷汗直冒，稳了稳心神，才道：“那关小雎……被人救走……”可是最后一个字还没有说出口，蒋礼便被那女子一挥衣袖，用水袖打得滚倒在地。

“没用的废物！”那女子开口便是冷言冷语，仿佛是一个没有感情的人，“你自己去刑堂找牡丹领罚吧！”话音一落，捂着胸口在地上不敢呻吟的蒋礼脸色煞白，却不敢为自己求情，毕竟他真的是一次次把事情办砸了。

“是，属下领命。”蒋礼撑着一口气回答了那女子。

“蒋礼，本宫对你，很失望。”

蒋礼顿时面如死灰。从前，若是宫主对一个人说了这一句话，那么这个人就会成为整个宫里的弃子。他兢兢业业地为宫里办事，前年宫中大会上好不容易得了宫主一句“干得好”，从此他在整个宫里的地位一时高涨，除了宫主手下四大护法之外，就是他说话最有分量了。可是现在，他竟然把事情连连办砸，叫宫主对他失望，日后他在宫里的日子，一定不会好过了。

一阵清幽的玉簪花香飘来，一个穿着浅黄衣衫、绾着灵蛇髻的女子款款而来，只见她对着宫主盈盈一拜，轻言细语道：“宫主，杜鹃已经送到了合欢堂。”

“嗯。”那宫主淡淡应了一声，看也不看跟前的两人，就吩咐道，“五天之后，离开此地。”

“是！”蒋礼和那后来的女子双双应了。

“宫主，我们若是走了，那司泽远……”那女子斟酌着问了一句。

“本宫自有打算。”宫主不经意似的说了这么一句话，挥了挥手，蒋礼和那女子立刻警觉，乖乖地退了下去。

“玉簪，你刚才说，杜鹃送到了合欢堂，是怎么回事？”蒋礼在路上问那叫作玉簪的女子。

“呵呵……蒋公子，你以为你做得天衣无缝，却不知道，整个宫里，上上下下，可没有宫主不知道的事情……”玉簪轻轻巧巧地笑道，嘴里的话却让蒋礼的脸色变了又变。

“我，我，我做什么了？”蒋礼勉强露出一个笑容，可是却觉得自己的胸口疼得厉害。他中了司泽宇一剑，先前司泽远伤他的地方还没有好，现在又被宫主责罚，还要去刑堂领罚，一番折腾下来，若是没有好药医治和时间休养，恐怕他就要废了。

“你没有做什么？”玉簪停下了脚步，似笑非笑地看着蒋礼，说道，“那杜鹃肚子里的孩子，恐怕是外人的了？好，好，好……既然是这样也不必咱们为她心疼什么了，那孩子，是留不得了……”

“你说什么？杜鹃怀孕了？”蒋礼大惊，一下子捉住了玉簪的手。

“别碰我！”玉簪一巴掌扇向蒋礼，脸上是明显的厌恶，“杜鹃的身孕是姑姑亲自诊断出来的，还能有假？哼，也不知道杜鹃是被你灌了什么迷魂药，竟然委身你这样的人！”玉簪说完这句话，立刻蹬足而去，显然是不愿再与蒋礼多待一刻。

杜鹃……怀孕了……蒋礼呆呆地愣在原地，许久，他握紧了拳头，又松开，慢慢地拖着沉重的步子走向了刑堂。

第二天，杜鹃死了。合欢堂里的男人折磨了她一整夜，杜鹃肚子里的孩子也被生生地磨掉了，失血过多的杜鹃死在了合欢堂的承欢阁，一双眼睛里满是怨恨和血丝。蒋礼走进去时，那糜烂的气味叫他作呕。

“杜鹃……杜鹃……”蒋礼跪在杜鹃的尸体前面，低低地喊着杜鹃的名字，却再也没有人回答他了。宫主，你的心果然好狠！蒋礼眸中闪过一丝冷光，心中的那个念头更加坚定了。

赶路赶了四五天的关小雎和司泽宇忽然接到一个神秘的纸条，纸条上面画了一幅地图，详尽而简洁，纸上写了一句话：执此地图，可寻司人。那地图上的方位，赫然就是司泽远所在的竹林！

第十四章
疯呆痴傻

“宫主，属下等已经整理好，随时可以准备出发。”在一个幽暗的地宫里，玉簪身穿一袭黑衣，恭恭敬敬地向那永远穿着绿色长裙的女子禀报。

“嗯。”宫主哼了一声，却不动，依旧在冰冷的石椅上坐着。

“玉簪……你说……”宫主的话只说了一半，久久都没有下一句，玉簪心里觉得奇怪，却不敢接口去问。

“走吧。”过了许久，宫主便睁开了双眸，话音语气里再也没有了原来的一丝迷茫和犹豫。她们走出了那地宫，路过地宫前的三个大字“祭白宫”。原来这个幽暗的地宫，竟然就是江湖上新起的让剑客们忌惮的祭白宫！

说起这祭白宫，没有人知道祭白宫的创始人是谁，也不知道祭白宫究竟有多少人，只是听曾经不小心见过祭白宫的人出动、又恰好因为武功太低被当成路过樵夫的人说，祭白宫行事狠辣，败在祭白宫手下的人，若是不肯投降，一律格杀勿论。

那被当作樵夫的人见过，一群七行剑客，因为败在祭白宫手下却不肯投降，一一被挑了手脚经脉，割去了舌头剜去了眼睛，用蜂蜜淋遍全身，甚至倒上蚂蚁和老鼠，把人放在太阳底下一边暴晒一边千刀万剐，最后失血过多而死。七剑客中有早就丧命的，祭白宫的人却不肯放过，将死掉的人的脑袋割了下来，以此证明那人确实是死了。

在这样的行事手法里，几乎没有人能够透露出祭白宫的武功如何，只知道祭白宫手下积累了不少人的性命，而这些死去的人无一不是用剑的人。那穿着绿色衣衫的女子，难道就是心狠手辣的祭白宫宫主吗？而司泽远当初从司家出来，不正是奉命查探祭白宫的事情吗？那如今司泽远又在哪里呢？

在竹林的深处，穿着深蓝衣衫的男子呆呆地坐在大石头上，他的眼神空洞，目光呆滞，定定地看着脚下的竹笋，嘴里呢喃着：“我是谁呢？我是谁呢？我是谁呢……”

而竹林外的女子，最后看了那痴傻模样的男子一眼，轻声而冷酷地道：“出发。”

祭白宫的人走了，留下一个什么也不会做、整天只会说“我是谁呢”的男人，没有留下食物和清水，也没有留下人员照顾。祭白宫里，从来都不养废物。可是，玉簪知道，一向狠决果断的宫主，这一次心软了。没错，宫主对一个男人，心软了……若是从前，宫主一定会把那个用来练功的男人杀了，可是这一次，她几次试探，宫主都没有说出要如何处置这个男人。最后在离开之前，竟然决定把这个男人留在这里自生自灭。虽然这里是野外，这个痴傻的男人活下去的可能性不大，可是那也是有一定可能的，说不定这男人最后真的活了下来……

宫主这一次是怎么了？竟然对这个男人这样心软？玉簪想起宫主把这个男人带回来的那天，竟然叫了四大护法之一的红莲来为这个男人医治，虽然宫主说这个男人资质非凡，会有助于她神功大成，但是神功大成之日，宫主却没有立刻处死这个男人，反而对这个男人多加照顾……玉簪记起了姑姑的话，心中大骇，难不成，宫主是……

“玉簪。”祭白宫宫主冷清的声音响起，却把玉簪吓得从自己的思绪中清醒过来。

“属下在！”玉簪立刻上前回答。

“蒋礼的伤势如何？”宫主最近的举动真是叫人琢磨不透，那日，玉簪还以为蒋礼会成为宫里的弃子，谁知宫主今日又问起蒋礼。

“回禀宫主，蒋礼已经挪到落英山庄休养。”玉簪虽然心里疑惑，却还是把实情说了出来。

“嗯。”宫主久久才应了一个字，接着却又不说话了，闭上了眼睛，仿佛睡着了一样。可是玉簪却吓得满身是冷汗，宫主一个字也不说，想来是怪她自作主张了。

“属下糊涂了！请宫主责罚！”玉簪就那么跪在了尖锐的石子上，又是热辣辣的太阳晒过的，石子刺破了玉簪的膝盖，玉簪却只能咬着牙忍下去。队伍停了下来，众人都陪着玉簪在大太阳底下暴晒着。过了半个时辰，宫主似乎才刚刚睡醒，见玉簪跪在地上，却也毫不意外，只是淡淡地说了一句：“起来吧。”这三个字是整支队伍的福音，否则大家可能都要晒得中暑了。

“前面寻个凉快的地方休整，本宫累了。”又是一句轻轻的话，却给大家带来了希望。停下来休整的时候，红莲拿着药找到了玉簪。

“宫主派我来的。”红莲摇摇头，对玉簪说，“你这样自作主张的毛病什么时候能改？”

玉簪咬着牙，咝咝地抽气，却又不甘红莲说她的不是，回嘴道：“那蒋礼，咝，你轻点，那蒋礼那样对杜鹃，宫主也不是不生气，啊，疼啊，你轻点，我这样做，不过是为杜鹃报仇罢了！”

红莲见玉簪还嘴硬，狠狠地用棉花在玉簪的伤口上按了一下，叫玉簪疼得说不出话来：“你下次再说这样的话，是谁也救不了你了！”说着，红莲又压低了声音，放轻了手下的动作，“杜鹃的事情，是宫主亲自下的令，你说要为杜鹃报仇，那宫主……”话不必说完，玉簪已经明白，她想到自己刚才说的话，若是被宫主听见，恐怕她便是下一个杜鹃了。大树下，这两大护法再没有说话。

而另外一棵大树底下，正坐在软垫上喝茶的祭白宫宫主却晃了心神，一不小心就想起了那个男人的笑容，就像是最温暖的阳光一样。

司泽远，生死由命，若是你能够活下来，那我便托付我的一生于你，只盼望，你莫像那个他一样……想到那个他，祭白宫宫主敛眉，神色间的柔情全消，周围护卫的人几乎都能够感觉得到，宫主似乎心情又不好了……

风尘仆仆的关小雎和司泽宇终于到了竹林外面，可是他们却进不去。祭白宫的地方不是说进就进的，进去了恐怕就出不来了。林子外面有块石碑，碑上书：入此林者，失其命也。仅仅是八个字，却是杀气凛然。

“怕什么！哼，难道就为这么一块石碑，就不进去了？”关小雎那股子冲劲倒是没有改，见司泽宇在外面踟蹰不前，性子一上来，拉着自己的马就要进去。

“你自己看，这里的地图上写明了，这是个阵法！”司泽宇对关小雎这样说动就动的性子真是头疼，拿出之前的字条给她看。

“那人也真是的，既然给了地图和注明了阵法，为什么又不把阵法的破解之法告诉咱们？”关小雎嘟囔着，却不敢再大声吵嚷，万一这林子里面的人知道他们来了，说不定会对司泽远不利呢？

而司泽宇也有些疑惑，是啊，既然都告诉了他们这是个阵法，又为何不告诉他们如何进去呢？阵法，这样精细又高深的东西，司泽宇一想到就头疼。关小雎更是靠不住了，这个丫头毛毛躁躁的，连武功都不愿意学，又哪里可能愿意学什么阵法呢？为今之计……司泽宇叹了一口气，他这是死马当成活马医了！

“去，捡些柴火来！”司泽宇吩咐了一声，关小雎瞪大了自己的双眼，用手指着自己的鼻子，说道：“你是在叫我去吗？”

司泽宇看了看四下，除了他们俩，周围的活物就只有两匹马：“难道你想叫这两匹马去捡柴火？”

司泽远趴在地上，看着一群蚂蚁忙忙碌碌的样子，这已经是第几天了？他不知道他是谁，也不知道自己在做什么，甚至连他快要死了都不知道。他只知道他现在很难受，嘴巴干干的，苦苦的，好想喝水……司泽远的嘴唇干裂、泛白，嘴唇上的皮肤也裂得外翻，一双空洞的眼睛再也没有了从前那种星光熠熠的感觉。蚂蚁爬到了他的身上。泥土和树叶混合着盖在司泽远的长衫上，他已经走出了竹林却不自知，只记得好像是跟着一群蚂蚁慢慢地走到了这个地方。这个地方是哪里呢？山是黄色的，水是红色的，树叶是白色的……天空……天空是黑色的吗？司泽远慢慢地闭上了眼睛，他不知道自己看见的是梦还是真实的……也许他什么都没有看见，一切只是他在脑海里胡乱的想象。他是谁呢……他是谁呢……

黑烟很快推着大火前进，幸好这几天都没有下雨，竹林里的土地很干燥，上面的竹叶也枯萎得容易点燃，司泽宇和关小雎捡了一些柴火，放在一起，用火把整个竹林都给烧了。如果竹林是这个地方的入口，那么这片竹林烧了之后，定然会引起人的注意。司泽宇握了握手里的酒葫芦，他想，如果有人出来，他就有办法叫那人带着他去找大哥。

司泽宇和关小雎都没有想到，如果司泽远正是被关在这个竹林里，那么他们这一把火，会不会把司泽远烧死在这个竹林里？

一切都是万幸。当太阳落山的时候，竹林也被烧得几乎看不见了，这一场大火没有引来任何人，这是最叫人觉得奇怪的事情。难道这个竹林里根本就没有人？这个竹林周围也没有人居住吗？为什么看见大火都没有人过来救火呢？带着这些疑问，司泽宇小心翼翼地举着火把和关小睢走进了那一堆灰烬里。

关小睢有些害怕，烧掉了整个竹林，让黑夜看起来更加恐怖，她用手拉住司泽宇的酒葫芦——她知道司泽宇嗜酒如命，就算是丢了她也不会丢了酒葫芦，所以牵着酒葫芦，司泽宇就不会把她丢下不管。整个被烧毁的竹林一片寂静，鸟儿早就飞走了，蛇虫鼠蚁恐怕在大火里面早就跟着竹子化为灰烬了。

“嘿……你说，咱们要是现在挖一挖，会不会挖到被烤熟了的竹笋？”关小睢开口，想缓和一下肃然的气氛。

司泽宇自然不会拒绝，他倒是怕这个小丫头害怕得不敢往里面走，到时候他真的不知道该留下陪着关小睢到天亮还是硬拽着关小睢往里面走了。

“要不然你去挖个看看？噢，说不定你还能捡到被烤熟了的老鼠呢。”司泽宇笑着回答，黑夜里，他爽朗的声音叫关小睢的心安定了几分。

司泽远的这个弟弟，虽然没有他温柔，但是好歹也算是个正人君子了。经历过了蒋礼那样的人，关小睢暗暗庆幸，幸好她遇见了司泽远的弟弟，这个和司泽远一样是好人的人。

“喂……万一等会儿别人把我们包围了怎么办？”关小睢忽然又担心地问。

“怕什么啊，你放心，就算是有人，刚才那把火也把他们都烧死了！”司泽宇虽然是这样回答的，可是心底却忽然有了些担心。如果是他一个人，进退皆可，可是现在带上了一个关小睢……唉，只希望这个丫头不是乌鸦嘴，不然真的被人包围了，他有把握自己全身而退，却没有把握带上关小睢全身而退。司泽宇皱着眉头继续照着地图往前走，可是因为黑夜和关小睢躲在司泽宇身后的原因，关小睢没有看见司泽宇那皱起的眉头。等到天渐渐泛白的时候，关小睢耷拉着脑袋跟着司泽宇走到了竹林的尽头，那里是一片青青的草地，还有一条清澈的小溪。

“这里……往下没有了啊！”地图上就画到了这里，也许是给地图的人并没有想到他们能够进来，也许是因为那人以为司泽远会一直留在竹林里，又也许……

“这个地图是不是骗人的啊？说不定当时咱们已经快接近司泽远了，那个抓了司泽远的人看见了，赶紧把咱们支走了！”关小睢一下子来了精神，气愤地夺过司泽宇手上的字条，气呼呼地把字条撕碎了。

“哎！你！”司泽宇真是对关小雎无语了，明明他没有大关小雎多少，可是在关小雎跟前，他必须得像个长辈一样地教训关小雎。

“你这样，万一这个地图是真的，那你叫我们怎么去找大哥？”司泽宇烦躁地摇了摇他的酒葫芦，一晚上而已，酒葫芦就轻了。说到司泽远，关小雎就没有话说了，她低着脑袋认错，那样子，让司泽宇把到嘴边的重话吞了回去。

“算了，都到这个地步了，走一步算一步吧！”司泽宇摇摇头，指着那条小溪对关小雎说道，“咱们先过去，看看对面是个什么情况。”

越过小溪，关小雎和司泽宇走了不久就看见了树林，他们商量了一下，决定如果在这树林里再找不到司泽远，就离开这个地方。可是，他们刚踏入树林没几步，关小雎就发现了那个倒在地上的人。

“那里好像……好像有个人！”关小雎大声地喊，司泽宇当然也发现了，他们快步走过去，发现地上的人正是他们一直在找的司泽远！

“司泽远！”关小雎跪在地上，伸出手去，想要摸一摸司泽远的脸，却又不敢去触碰。

几日滴米不进，又没有水喝，司泽远看上去已经没了人形。皮肤干裂，嘴唇泛白，脸上和身上都是泥土，蚂蚁噬咬着他的身体，被关小雎刺伤的胸口一直没有愈合。

原是芝兰玉树的司泽远，此刻变成了一副干尸的模样，别说是关小雎，饶是司泽宇这样的男子汉也忍不住热泪盈眶。他大哥是吃了多少苦、受了多少罪啊？！

关小雎的眼泪落到司泽远的脸上，那热热的液体打湿了司泽远的脸，反而让司泽远有了知觉。

“是要醒了吗？”关小雎慌张而惊喜地看着司泽远，害怕他一睁开眼睛看见自己就会露出厌恶的表情。

“水……水……”司泽远的声音很虚弱，几乎听不见，他的嘴唇翕动，好不容易才吐出了一个字。

“水，水，他要喝水！”关小雎低下头去听见了司泽远的话，赶紧把腰间的水壶取下来，就要给司泽远喝。

“等一等，我大哥现在这样，不能一下子给他喝水。”司泽宇却拦住了，撕下自己的一块衣襟，用水把衣襟沾湿了，小心翼翼地在司泽远的嘴唇上擦拭。感觉到了有水，司泽远拼命地吮吸着那块布料，贪婪的样子仿佛是一个饿极了的婴儿忽然得到了乳汁。

“大哥……”司泽宇的声音哑了下来，他的眼泪也忍不住往下掉，这是他的大哥吗？是那个从小到大都让长辈引以为傲的司泽远吗？这样的狼狈，恐怕司家人从太爷爷那一辈开始就没有了吧？司泽宇心下发狠，是谁把他的大哥害成这个样子的？他一定要叫那个人后悔！

司泽宇抱起司泽远，扶着他靠在一棵大树上，司泽远轻飘飘的重量让司泽宇的眼泪差点又忍不住往下掉。

“关姑娘，我要给我大哥检查一下伤口，你……回避一下吧。”司泽宇有些迟疑，他不是看不出来关小雎对他大哥的感情，虽然在江湖中不那么讲究男女有别，有的时候为了救命甚至顾不得这些。如果现在只有关小雎一个人在，那么关小雎查看司泽远的伤口那无可厚非，毕竟是为了救人一命。可是现在司泽宇既然在了，关小雎就应该回避一下了。

“我不！”关小雎想到刚才那些蚂蚁在司泽远身上爬的样子，知道那一定是因为司泽远受了她那一剑，伤口没有好，才会引来了那些蚂蚁。

“我要让我自己看看……是我……是我害他变成了这个样子的……”关小雎的声音在发抖，她跪在司泽远的头边，抱住司泽远的头，眼泪止不住地流。

一提到这个，司泽宇的眼眶就红了。他眨眨眼，拿起腰间的酒葫芦灌了一大口，用袖子一擦自己的脸，说道：“好，那你帮我看着我大哥，用衣襟喂他些水。”

关小雎含泪点头，司泽宇颤抖着双手伸向司泽远的胸口，刺啦一声，司泽远的衣服就被司泽宇撕开了。蚂蚁惊恐地成群散开，司泽宇不敢停，立刻把司泽远浑身上下的衣服都脱了，再脱下自己的外衣盖在了司泽远的下身。

被软剑刺中的小伤口已经溃烂生脓，周围一大片肌肤已经腐烂，蚂蚁撕咬着司泽远的伤口，红肿而狰狞。司泽宇抽出膝盖里藏的匕首，用火折子烧过之后，毫不手软地割下了那些腐烂的肉。不能手软，此时的手软，最后只会让司泽远的伤口更加严重。

关小雎忍不住流泪，如果不是她的任性无知，司泽远现在就不会昏迷不醒，更加不会受到这样的伤害！

“对不起，司泽远，对不起……”关小雎连声道歉，可是司泽远听不见。

帮司泽远处理好伤口，已经是正午了，司泽宇寻了些草药，用水兑了喂给司泽远喝，可是司泽远昏迷不醒，又发着高烧，根本就喝不下那些药汁。

“我来！”关小雎抢过水壶，自己喝了一口，然后嘴对嘴地把药汁喂到司泽远的嘴里。饶是司泽宇行走江湖看惯了江湖儿女的豪迈，却也没有见过这样的场景，心中对关小雎的埋怨倒是减了几分。

她到底只是一个小丫头，懂爱，却不懂得如何去爱。司泽宇在心底叹了一口气，可惜了，这个女孩儿跟他哥哥，恐怕今生是无缘了。因为司泽远的伤势严重，司泽宇决定连夜带着司泽远走出林子去找大夫。因为带着一个病人，关小雎和司泽宇无法骑马，只好用马匹跟农家的人换了一辆农车，把司泽远放到农车上躺着，司泽宇赶着马，而关小雎则在板车上不停地用湿帕子帮司泽远降温。等他们到了最近的小镇上的时候，已经是四天后了。大夫检查了司泽远的伤口，开了一些药，可是司泽远还是没有办法喝下去，只能靠关小雎在一旁用嘴来喂。几天下来，司泽远的伤势大好，可是关小雎却瘦了一大圈。

“你脸上的东西还是去掉吧，也不知道那蒋礼用的是什么材料帮你易容的，但是总归是对皮肤不好。你是女孩子呢……”吃晚饭的时候，司泽宇又提出要帮关小雎去掉她脸上易容的东西，这一次关小雎点头答应了。因为司泽远就要醒过来了，关小雎不想让司泽远见到一个不漂亮的自己。

司泽远醒了。可是醒来的司泽远，却让关小雎和司泽宇震惊、心痛不已。司泽远醒来之后，第一眼果然看见了清水出芙蓉般的关小雎，可是他却认不得她了。

“怎么会这样……怎么会这样……”关小雎连连退了几步，苍白瘦弱的小脸上满是不可置信，她的眼眶里含着泪水，不敢相信自己爱的人竟然会认不出她来了。

“大哥，大哥，我是阿宇啊，大哥！”司泽宇赶紧上前，握着司泽远的手，压着自己的激动，试探性地问着。

可是司泽远没有回答他，只是呆呆地看着憔悴的司泽宇。

“怎么回事？大哥怎么会认不出我？”司泽宇也觉得难以相信，他转过身去问老大夫，老大夫捻着胡须走上前来摸了摸司泽远的头，发现司泽远还有些发烧，又扒开司泽远的眼皮看了一下，最后用手搭在了司泽远的手腕上，闭上眼睛细细地诊脉。

一刻钟后，老大夫收起了手，叹了一口气，摇头道："唉……这位公子，恐怕是高烧不退，烧坏了脑子……记忆力和智力……"

不等老大夫把话说完，司泽宇和关小雎就明白了大夫的话。可是他们怎么相信，那样温文尔雅又武功卓绝的人，现在竟然……成了一个傻子……

"不可能！大夫，不可能的！"关小雎冲上去，揪着老大夫的衣服，着急地喊，"一定是你弄错了！他怎么可能变成……"傻子……最后的两个字，关小雎咬着自己的嘴唇，不肯说出来。

这一次，司泽宇没有责怪关小雎的冲动，他也很想知道，是不是大夫看错了，他大哥也许只是因为刚刚醒来而意识模糊，所以才没有认出他们来，而不是老大夫说的，他大哥变成了傻子……

"姑娘，公子，老夫从医五十多年，这样的病症不知道诊断过多少，不过，那些大多是小儿之病。小儿高烧不退，最后烧坏了脑子，影响了智商。而这位公子，则是因为伤口没有及时处理，导致溃烂生脓，最后引起高烧不退，所以才会……老夫是无能为力了。"老大夫没有计较关小雎的冲动，他明白关小雎的心情。虽然眼下司泽远看起来还有些虚弱，可是那英俊的模样却是看得出来的，眼前的这位姑娘又是那样清秀可人，再看她对司泽远的细心照顾，老大夫活了几十年，又怎么会看不出来女孩子的心思？

自己爱慕的男人变成了一个傻子的事实，对那个女孩子来说，确实残忍得叫人难以接受。老大夫叹了口气，摆摆手，示意关小雎松开他。可是关小雎哪里肯？暂时的失神之后，关小雎反而变本加厉，扯着老大夫的衣服不依不饶，非叫老大夫把司泽远给医治好。

"我不管，你一定要把他治好！"关小雎的犟脾气上来，拦着门就是不让老大夫离开。

老大夫目瞪口呆，虽然无奈却也很明白地告诉关小雎："对不起，治不了。"

"好了，不要再闹了。"司泽宇看到老大夫向他求助的目光，知道老大夫真的是尽力了，就拉开了关小雎，慢慢地叹了一口气。

"我没有在闹！怎么会救不了，怎么会？！救不了，叫司泽远以后怎么办？！"

是啊，司泽远以后要怎么办？他原先是司家定下的下一代继承人，是司家人最骄傲的子弟，可是现在，司泽远竟然变成了一个傻子！谁会把一个武林世家的家业交给一个傻子来打理呢？司泽宇的目光复杂地落在自家大哥的身上。如果治不好司泽远，恐怕司泽远此生……司家是不会留下这样一个傻子，叫司家蒙羞的。

“司泽远，是我对不起你，是我对不起你……”关小雎扑到司泽远的床边，嘤嘤地哭着，可是司泽远还是没有反应地呆呆地看着房顶。

上面究竟有什么好看的？司泽远不知道，司泽宇不知道，关小雎也不知道……只是，司泽远从醒来之后，就一直这样看着，一直到他又一次睡去。

夜了，司泽宇一口一口地喝着酒，全然不顾那些酒会流到自己的衣服上，而关小雎也从客栈里拿了几坛酒，端着坛子就那么陪着司泽宇喝着，他们的身后，是已经睡熟了的司泽远。

“司泽远，是我对不起他……”关小雎高举着坛子，醉眼蒙眬地看着司泽宇，“你是不是在怪我？是不是很讨厌我？是我……让你哥，呃，变成，变成这个样子的！”

“你为什么不骂我啊？为什么不骂我？呵呵，我知道都是我的错啊……要是……要是时间能够重来，我，我一定，一定乖乖听话！”

“喂，你说话啊？你为什么不说话？”

关小雎原本吃过她四姐制的药，喝酒是难得一醉的，不然当初蒋礼也不会因为灌不醉关小雎而不能成事了。可是这一次，关小雎却醉了。普普通通的酒，普普通通的客栈，关小雎却醉得一塌糊涂。是谁曾经说过，一个人如果想醉，那么他一定就能喝醉；一个人如果不想醉，那他却要很难才可以不喝醉。所以，关小雎只是想醉，她要醉，醉了才能够把心里的话说出来。

“你知不知道，我喜欢他啊，我喜欢他！可是……我当时真的受不了他那样躺在一个女人的怀里……我受不了……凭什么他待我那样凶，可是，却那么安静地躺在那个人的怀里……我不是有意要伤他的，我以为，以为，蒋礼说的是真的，他一声不吭，就像是默认了蒋礼的话一样，为什么要这样？为什么？为什么会变成这样？！都是我蠢，是我没有脑子！才会害他变成这样子的……”

司泽宇一声不吭地喝着酒，而一旁的关小雎却是高一声低一声地絮絮叨叨着，幸而司泽远睡得沉，竟然在关小雎这样闹腾下还没有醒。

“好了，你醉了，回去休息吧！”司泽宇劝道。

“我没有醉！我没有！我告诉你，我四姐给我吃过抗酒药的，我是不会醉的，你知道吗，我是不会醉的……我四姐，我四姐最厉害了……”关小雎的头慢慢地耷拉下去，忽然像是想起了什么一样，她的双眼发亮，拉着司泽宇的衣襟道，“我四姐那么厉害，一定可以救司泽远的，我们去找我四姐吧！”

第十五章
回家求医

关小睢的四姐关吻雪是关家堡的双胞胎之一，和三小姐关戴雪是在冬天生的。那一年的冬天，江南竟然下了雪，关倪君惊喜之下，就给两个女儿取名戴雪和吻雪。三小姐关戴雪因为天生体质问题，不能学武，但是才华横溢，满腹诗书，容貌昳丽，为当今的江南美人。四小姐关吻雪，活泼可爱，学武学药于含烟谷主，跟随含烟谷主游遍江湖，小小年纪已经有了“小双绝”的名气，关小睢想到要找自己的四姐来医治司泽远，也不是没有道理的。

可是司泽远现在这个样子，要回到关家堡去，仅仅凭关小睢一个人根本就无法护送。且不说蒋礼是否对他们虎视眈眈，就凭着关小睢这张脸，不轨之徒恐怕在半路上就把他们给截下来了。而司泽宇又想着，应该要早一点回司家禀报这件事情。但是他又很矛盾，这件事情一旦告知司家长辈，司泽远这一生，恐怕就到此为止了。刚刚升起的一颗武林新星，恐怕就要陨落了，“引善之剑”的名号和“一剑惊天”的称呼，就犹如一颗流星划过夜空。司家是不会允许他们引以为傲的司泽远、内定的下一代家主成为一个傻子的。而最好的办法，就是制造出一个假象，让别人以为司泽远是为了武林正义而丧生的。可是司泽宇并不想让自己的大哥就那么白白地死去。几番挣扎之下，又因为关小睢一再保证，她的四姐绝对可以医好司泽远，司泽宇就决定，带着大哥和关小睢，前去关家求医。

“但是，这一次你得乖乖地听话。”司泽宇严肃起来，关小睢想到四姐可以医治好司泽远，早已经激动得不会说话了。

“好！”关小睢快速地答应。

“你不要答应得快，最后却做不到。”司泽宇看着在床上傻傻地笑着的大哥，语气凛然，“护着你一个人，已经是很难的事情了，现在我大哥又是这个情况，你若是不乖乖地听话，半道上要是出了什么事，我一定不会管你的！”

“呸呸！乌鸦嘴，就不能说点好的吗？什么半路上出了事，呸！”关小睢一听就不乐意了，可是碍于司泽宇那炯炯的目光，只能小声地抱怨着。

“你不要嘀嘀咕咕的，好好照顾我大哥，我出去一下，马上回来！”司泽宇才不管关小睢是什么想法，他现在只有一个想法，用最快的速度、最安全的办法，把他大哥和关小睢都带回关家堡。关小睢又一次戴上了易容面具，这一次她不再假扮中年妇女了，而是扮成了一个老太太。司泽宇虽然粗犷豪放，可是在易容这方面却是很细心，绝对不会像蒋礼一样，只顾着把关小睢的脸给打扮了，却留下了手上的破绽。经过司泽宇的一番改造，关小睢变成了一个头发花白的老太太。为了掩人耳目，经过乔装改扮后，他们一行人的身份发生了巨大的转变——关小睢是回乡寻亲的老太太，而老太太的两个儿子自然由司家兄弟扮演。

老太太的大儿子七岁的时候发烧烧坏了脑子，现在糊里糊涂的，又因为贪玩摔了一跤，所以现在不能走路，需要躺在车上；老太太的二儿子跟着小镖局的人学了几番拳脚功夫，这一次护送老太太和大哥回乡定居。一路上，关小睢为了不暴露自己，尽量不说话也不走动，只是在车上乖乖地照顾司泽远，原本以为这一路会很闷，可事实上却全然不同。司泽远也不难伺候，就是总会傻兮兮地笑，对着蚂蚁笑，对着老鼠笑，对着小鸟儿笑，对着花儿笑，对着大树笑，对着小草笑，对着司泽宇和关小睢笑，也对着大声吵嚷的客栈掌柜笑。

也许真的是爱情的作用，一路上的关小睢对司泽宇说的话是言听计从，生怕自己一个不小心惹得司泽宇不高兴，让司泽宇不管不顾地带着司泽远回了司家。如果那样的话，关小睢恐怕这辈子见不到司泽远了。

马车停在了一家客栈门口。这里距离关家堡还有不到两天的路程，关小睢有些忐忑不安，又有些兴奋。不安的是，害怕家里会惩罚她，或许又罚她跪祠堂，可是她还要照顾司泽远呢……兴奋的是，只要见到四姐，四姐一定有办法救治司泽远。

司泽宇背着司泽远扶着关小睢慢慢地上楼的时候，一个穿着红色上衣的女子匆匆地下了楼。路过司泽宇一行人的时候，那女子停下了脚步。

“请问，您是司家二公子司泽宇吗？”那女子忽然开口，叫住了司泽宇三人。

“姑娘是谁？恐怕认错人了吧？”司泽宇没想到这里还有人认出他来，怕节外生枝，害了哥哥和关小雎，只好否认了。

那女子看了看司泽宇背上的人，又看了看一旁焦急地护着司泽远的关小雎，了然地笑了笑，说道："是呢，恐怕是我认错人了。不过，相遇就是缘分，我准备下楼吃饭，公子若是安顿好了，不如和老夫人与我一起用膳？"

司泽宇想了想，答应了，两人告辞，那女子继续下楼，脚步却没有那么匆忙了。把司泽远和关小雎安顿好了之后，司泽宇准备下去会一会那女子，毕竟他的印象里从来没有见过那个女子，却不知那女子是如何识得他的。楼下正是人多的时候，那女子却独自一桌，所以司泽宇很快找到了她。

"这是客栈里最好的酒，不过不知道能不能入得公子的眼。"那女子一开口就说到酒，并且为司泽宇倒了一杯。

"这个酒是老板娘亲自酿的，我尝了觉得还不错。"那女子接着说，当着司泽宇的面给自己也倒了一杯酒，不等司泽宇说话就把酒一饮而尽。是怕他觉得酒中有问题吧？司泽宇暗中称奇，不知道这女子是怎么认识他的。

"我一年前曾随义父去中原，那时候拜访过中原一剑司家老爷，司家老爷有两个儿子，大儿是新近出名的'引善之剑'，名叫司泽远；二儿子则是'嗜酒如命'司泽宇。"说完，那女子又是满饮一杯，笑盈盈地看着司泽宇。

"不知道姑娘的义父是……"司泽宇终于开了口，端起酒杯却不喝，等着那女子的回答。

"小女子赵仙仙，拜红柳山庄庄主为义父，义父怜悯仙仙命苦，爱怜仙仙，择定仙仙为红柳山庄的新一任掌剑。"听到赵仙仙自报家门，司泽宇不由得低呼一声，幸而现在吃饭的人多，没有人注意到他们这一桌的情况。

"姑娘年纪轻轻就成了红柳山庄的掌剑！"尽管压低了自己的声音，司泽宇话里的震惊还是不减半分。那女子没有一点点的骄傲自满，微微地笑着，说道："是义父抬爱罢了。"

红柳山庄，是甘肃一带有名的剑庄，每一任掌剑都拥有红柳山庄的一半继承权，而且最重要的剑谱和宝剑全部是由掌剑保管。

因为掌剑一职责任重大，在司泽宇的印象中，似乎红柳山庄的掌剑一向都是年过半百的中年男人。而赵仙仙这样年轻，又是一个姑娘，却得到红柳山庄庄主如此看重，难怪司泽宇会震惊。

"红柳山庄掌剑一向保卫山庄，几乎足不出户，为何赵姑娘孤身一人来到此地？”司泽宇还是不敢掉以轻心，红柳山庄毕竟是一大剑庄，它的动向也会很大程度地影响到武林的发展。一向负责保卫山庄并且培养下一代山庄继承人的掌剑，为什么会忽然离开了红柳山庄来到这个地方呢？不是司泽宇要把事情想得严重离奇，只是出门在外，他又带着一病一弱，还是要小心为上。

听得司泽宇的问话，那赵姑娘柳眉微蹙，略加思索了一番，便回答道：“天下武林，云波诡谲，仙仙奉庄主之命，查探祭白宫一事。”

也并非赵仙仙不知道此事的厉害，随意就和人家谈起了那么重要的事情，而是赵仙仙知道，司家在中原一带是赫赫有名的剑客之家，祭白宫大肆屠杀剑客的事情，一定会引起司家的注意，说不定司泽宇这一次出来就是为了查探此事的，所以她简洁明了地说了此行目的。说着，赵仙仙想到，也许是自己的模样并非与众人所想的掌剑一样，所以还拿出了红柳山庄掌剑的令牌，递给了司泽宇一看。

“红柳山庄不是有‘探剑’‘学剑’吗？怎么这次是掌剑亲自出动？”司泽宇看到令牌，眉眼微动，祭白宫一事，难道已经严重到要叫红柳山庄宁愿舍弃探剑部和学剑部的人，而选择出动保卫山庄的掌剑来查探了吗？

“不瞒司公子，如今红柳山庄上下能担此重任的人，唯独仙仙了。”赵仙仙虽然没有多说，可是她脸色的凝重和语气里的郑重，让司泽宇不由得心中大骇。

“山庄可是出了什么事？”司泽宇急急地问。如果连红柳山庄都遭了毒手，那么恐怕武林真的要大动荡了。也许他应该早日回家禀报父亲祖父，好叫父亲和祖父早作防范！

赵仙仙却对司泽宇的这一次问话笑而不答，转而问了司泽宇别的事情：“刚才见司公子身边还有两人，不知道那两人是……”赵仙仙知道，这个嗜酒如命的司家二公子，一向独来独往，有酒大家一起喝，喝完就散场。可是看刚才那两人的模样，赵仙仙可想象不出，司家公子会和一个病得起不来的人或者是老太太喝酒。

司泽宇斟酌了一番，还是缓缓地把实情告诉了赵仙仙：“实不相瞒，刚才我背的人，正是我大哥司泽远，而一旁的老太太，则是被我易容打扮了的关家堡小小姐。”

司泽宇寥寥几句话，却把事情的重要性说了出来，赵仙仙也终于能够理解为什么一向豪爽大方的司泽宇，如今看起来却小心翼翼的。病重得连走路都不能的大哥，还有一个被各路人士虎视眈眈的“宝藏”，难怪司泽宇刚才连最爱的酒都不敢沾上一滴。

赵仙仙想了一下，问："司大公子的病……"

"我大哥……"司泽宇摇摇头，叹了一口气，"是之前关家的姑娘误伤了我大哥，我大哥现在……唉……此行就是想叫关家姑娘带着我大哥回关家堡，寻找关家四小姐为我大哥医治。"

"司大公子可是因为关家堡武林帖一事受伤？"赵仙仙略微思索了一下，想到司家虽然不至于要为那些银钱之事而掺和到关家堡的武林帖这件事里来，可是那司大公子的热心之名，却是连她这个足不出户的红柳山庄掌剑都听闻了。想必是碰上了关家堡的小小姐，想带着关家小姐回关家堡，却被误伤了。

"大哥和阳城方家的大公子以兄弟相称，关家堡堡主五十大寿的时候，也是我大哥代祖父和父亲前去贺寿，所以见到有人对关家堡的小小姐不利，就出手相助，哪里想到中了奸人之计，落到了这般地步！"司泽宇一想到大哥那样好的人，如今却痴痴呆呆的模样，心中的愤慨和悲痛还是控制不住。阳城方家与关家堡有婚约，司泽远既然和方小年称兄道弟，那必然不会对置身险境的关小睢视而不见。又因为关家堡堡主大寿之时司家派了司泽远前去贺寿，近来还听闻关家堡堡主夫人的侄女似乎和司家定了亲，想来关系又近了一层……赵仙仙这么一想，加上明白司泽远的热心肠，自然能够明白司泽远为什么会为关家堡的事情而身受重伤了。

"仙仙在红柳山庄里，也曾受义父教习医术，大公子的情况，可容仙仙前去一看？"红柳山庄现在也是朝不保夕，赵仙仙有意与司家交好，便提出来去看一看司泽远伤势的请求。

司泽宇听到赵仙仙的话，却是眼神一亮。红柳山庄的主人，听说医毒皆有涉猎，说不定这个得了红柳山庄主人青睐的赵掌剑能够医治好大哥的病呢？

"如此甚好，只是麻烦姑娘了！"司泽宇激动地答应了，两人连饭都没有吃，直接就去了司泽远的房间。

关小睢这时正在为司泽远梳洗，司泽远笑嘻嘻地看着关小睢，那笑容依旧灿烂，却带了一股子傻气，若是从前司泽远这样对关小睢笑，关小睢定然开心，可是现在看见司泽远这样的笑容，关小睢只觉得心疼。

"对不起，司泽远，都是我不好。"关小睢忍着眼里的泪，为司泽远仔细地擦着手掌和脸颊。刚才司泽远不知道从哪里掏出来一摊子泥，把他的衣服和脸颊以及手都弄得脏兮兮的，关小雎见了，立刻打了水来帮司泽远清洗。

门外响起敲门声，关小雎停下手上的动作，示意司泽远不要出声，这才压低了自己的声音问道：“是谁啊？”

“是我，快开门！”是司泽宇的声音，因为门被从里面锁起来了，司泽宇只好敲门。

“来了。”关小雎松了口气，放下手里的帕子去开门。

“这位是红柳山庄的掌剑姑娘赵仙仙，这位是关家堡的小小姐关小雎。”司泽宇为关小雎和赵仙仙各自介绍了一番，又说道，“赵姑娘与我恰好偶遇，知道大哥的身体有些不好，所以过来帮大哥看一下。”

关小雎让开了路，仔细打量了一番赵仙仙。却见赵仙仙明明知道关小雎的一双眼睛警惕地看着她，却毫不胆怯，甚至还冲着关小雎露出善意的笑容。

“见过关小姐。”赵仙仙微微一笑，“我义父与关堡主早年也有过交情，只是义父近年来身体不好，不曾外出，连关堡主大寿都未能出席，不然见了关小姐这样可爱的女孩子，一定回山庄又嚷嚷着要多收几个义女了。”

红柳山庄的主人只有一个儿子，却非常喜欢女儿，甚至当初红柳山庄的夫人身怀六甲的时候，红柳山庄的庄主就以为那肯定是个女儿，派人定做了好多女儿的衣裳，甚至连名字都起好了，夫人怀胎十月，生下的却是个儿子，叫庄主好一阵郁闷。

听说对方和自家爹爹是有交情的，关小雎的神色松了一些，却在心底暗暗地嘲讽，她如今脸上戴着易容过后的面具，这赵姑娘未免太会吹捧，连她本人如何都没有看见就说她可爱。却不知，那关家堡的武林帖都发到了甘肃一带的红柳山庄手中了，关小雎的容貌绝非凡色，无心人看见了都觉得惊艳，有心人见了更是难忘了。

“赵姑娘，请你过来为家兄查看一下。”司泽宇却不等两人再寒暄，就赶紧喊了赵仙仙过去。

赵仙仙点头一笑，走过去，仔细地查看了一番司泽远的伤口。伤口的红肿已经消去，现在正在愈合，看起来要不了多久就会好了。只是……赵仙仙翻看了司泽远的眼皮，又将手指搭在他的手腕上，好一番查看，忽然大惊失色。

“大公子什么时候变成这样子的！”赵仙仙腾地站起来，脸上一片凝重。

“怎么了？”关小睢和司泽宇急急地问。难道是司泽远的病情加重了吗？

赵仙仙不回答，只是转身把门窗都掩好，这才缓缓地说道：“司大公子的病情，可寻大夫看过？大夫可曾说了什么？”却又不等关小睢和司泽远回答，仿佛自言自语一样，接着说道，“一般的大夫也许还看不出来，或者看出来了也没有办法医治，这样耽误下去，恐怕……”

“恐怕什么？什么叫作一般的大夫看不出来，看出来了又无法医治？司泽远怎么了？”关小睢急急地问，一连串的问题脱口而出。

“关小姐，我听司二公子说，大公子的伤是被你误伤的，对吗？”赵仙仙不回答关小睢的话，却问关小睢。

“我……我当时……我不是有意的……我只是气急了而已……”关小睢有些慌乱，一想到当时的事情，她就会不由自主地责怪自己。

“我没有责怪你的意思，我只是想问清楚当时的情况。”赵仙仙的语气很严肃，表情很凝重，“司家大公子的样子……和我家少主人……相似程度，近九成。”

“什么？你家少主人也是这样？”司泽宇大惊，红柳山庄的少主人，便是红柳山庄庄主的独子，是下一任红柳山庄的主人，可是却和他大哥一样成了傻……难怪这赵仙仙的表情看起来这么凝重。

“是。”赵仙仙此刻才说出了事情的全部，“当日，我红柳山庄遭人偷袭，少主人被人掳去，再寻到的时候，已经……而且，不仅仅是少庄主，其他优秀的子弟也……探剑和侍剑不治身亡，剩下的那些人，都与少庄主和司大公子一样。庄主怀疑此事是祭白宫之人所为，可是当时山庄受到重创，庄主要整顿全庄，前掌剑重伤不治而亡，庄主无奈之下择定我为新一任掌剑，并且派遣我出庄查探此事。我红柳山庄寂静百年，却也不是任人欺负的！祭白宫一事，红柳山庄必定要查个仔细，要叫他们后悔触碰我红柳山庄的逆鳞！”赵仙仙越说越激动，到了最后，杀气陡然而现。赵仙仙从见到司泽宇开始，便是温柔谦和的态度，此时杀气尽显，反叫人心中震服。

“所以，你怀疑我大哥现在这个情况，并不是因为关小睢误伤了我大哥，导致我大哥高烧不退而变成……而是有人故意为之？并且那人很可能出自祭白宫门下？”司泽宇略加思索就明白了赵仙仙的意思，想来不是不可能，大哥出行明里说是要宣扬正义、引恶为善，暗里却奉命探查祭白宫一事。虽然事情隐秘，但是有心人想要试探，也未必不能试探出来。更何况……司家剑法在中原一代名声赫赫，要是因为司家剑法而盯上司家的新星也不是不可能……

“所以，关小姐，请你告诉我，当时是什么情况。你仔细想想，一个地方也不要遗漏。”赵仙仙握住关小雎的手，很诚恳地问她。

关小雎震惊了，终于知道事情的严重性，点点头，仔细地想着当天的事情。

“那天，我跟司泽远吵架，他点了我的穴道，可是，我醒来的时候发现周围没有人，我就气呼呼地出了客栈。我往西走，结果碰见了蒋礼，就是……就是那个采花大盗。蒋礼把我抓住了，我……差点被……的时候，逃了出来，在路上碰见了司泽远。司泽远把蒋礼打跑了，我就又和司泽远吵了起来，然后我自己走了，可是那个树林太大，我出不去，晚上的时候……我就，我就看见司泽远和一个女人，搂搂抱抱的……”关小雎说到这里，声音有些高，而后又忽然低了下去，“我很生气，就去质问他，可是他一声不吭……蒋礼就在那个时候出现了，说是他和司泽远设计了我，为的就是演一出英雄救美的好戏，叫我对司泽远……我气急，司泽远又不解释，我就抽出了蒋礼的剑，刺了司泽远一剑……”关小雎的手紧紧地攥着自己的衣服，有些手足无措的样子，偷偷地看了一眼司泽宇，却发现司泽宇并没有生气的意思，只是很严肃地听着。“后来蒋礼把我带走了，他告诉我，当时他已经用暗器把司泽远给伤害了，为的就是让我看见司泽远和那女人的那一幕，好叫我亲手杀了司泽远。我当时很难过，很后悔，可是我已经没有司泽远的消息了。”

“也就是说，你伤了司大公子之后就离开了，剩下司大公子和那女子在一起？那司大公子是不是就是那个时候落入了祭白宫的人手里呢？”赵仙仙的眉头蹙起，慢慢地说出了自己的猜想。“又或者，其实蒋礼就是那祭白宫里的人？”

“不可能！”司泽宇一口否定。

“为什么不可能？”赵仙仙疑惑。

“听说祭白宫里的人全是女子，而且杀人不眨眼，若是我大哥落入了祭白宫人的手里，为什么不杀了他却要把他变成这个样子？”司泽宇说出了自己的想法。

“也对……”赵仙仙说道，“当初我们找到少主人的时候，少主人差点就死了，若不是我们早一点赶到，恐怕……”

“可是，当时我们去救司泽远的时候，司泽远也是差点就要死了啊！”关小雎又提出了自己的意见。

“那你们当时可见到了抓走大公子的人？”赵仙仙急忙问。

“没有，”司泽宇摇头，“我们当时收到了一张字条，上面画了地图告诉我们大哥在哪里，我就和关小雎去了。在竹林里发现了阵法，我们一把火把竹林烧了，这才看见了大哥。”

“也就是说，你们完全看不到对方？”赵仙仙的眉头皱得更深了，“当时我们寻少主人的时候，是破了阵法而进去的，那几个女子正要杀了少庄主，幸而我们及时赶到，才没有叫少庄主死于非命。”

“又是阵法？而且，动手的是女子？”司泽宇的眉头也皱了起来，说道，“看来果然是祭白宫人所为。”

“极有可能。当时袭击我们的那一批人，是喊着‘祭白宫出动，投降不杀’的口号的。而且，他们的人全是女子。”赵仙仙看着痴痴傻傻的司泽远，眉头依旧拧成了一个疙瘩，却不妨碍她轻柔地说话，“红柳山庄和中原司家都是一方剑客世家，受伤的又都是下一任的继承人，若是祭白宫有意摧毁武林世家，那重点毁掉世家培养出来的继承人，就事半功倍了。”

“可是，红柳山庄只有你们少主人一子，他们祭白宫想毁掉红柳山庄，就从你们少主人身上下手，这个可以理解。但是我们司家和川府唐家却是根系深厚，而且家主年纪也不大，像我家，除了我大哥，我和我堂弟虽然不说有多优秀，到底也是刻苦努力的，要重新选定继承人，倒也不难。”川府唐家，出自唐门嫡系一支，因为该支当家的是当年有“玉女飞剑”之称的老太太，所以那一支的剑术反而比毒术更加出色，因而在剑法方面也算是站稳了脚跟。可是一年前，剑法精纯的一支的嫡系一脉全部被杀了，只剩下苟延残喘的老太太和几个庶出子弟，不过那几个庶出子弟倒是争气，听说现在剑法日益精进了。

“这就不知道了。只是祭白宫行事这样嚣张，得罪各大世家，哼，我倒要看看，祭白宫的宫主是谁，竟然敢与天下武林公开作对！”说到这里，赵仙仙的眼中又闪过一丝狠决杀意。

“好了，你们不要再分析来分析去了，现在我就想知道，司泽远到底有没有办法医治好！”关小雎不耐烦听司泽宇和赵仙仙讲太多，只盼着司泽远还能够被医治好，回到当初那一副光风霁月的样子。

“我……我没有办法。”赵仙仙无奈地苦笑，她如果有办法的话，就不会让少主人一直都是一副痴痴傻傻的模样了。司泽宇明白赵仙仙的心情，因为他现在的心情和赵仙仙一样。都是世家下一代的继承人，又都是优秀的人才，却被祭白宫这样毁掉了，那是多少长辈心血培育出来的人才啊！

关小睢又开始烦躁起来，原以为赵仙仙可以医治司泽远，可是想不到根本就没有用。关小睢沮丧地坐在椅子上，一旁的司泽远却不知道大家正在为他而心酸烦忧，还在嘻嘻地笑，用手去拨动盆里面的水，自己玩得很开心，却把衣服都弄湿了。

“大哥……”司泽宇低声喊道，去劝司泽远，却被司泽远嘟着嘴拨开了他的手，又接着高高兴兴地去玩那盆水。

“你不要再玩了！”关小睢腾地站起来，把整盆水都倒掉了，却见司泽远一下子大哭起来。

“你为什么这么凶我大哥？！”司泽宇见大哥像个孩子一样无助地哭，又是心疼又是生气，冲着关小睢吼了一声。

“我……我……”关小睢捂着脸就跑了出去。她只是不能接受，当初那样英俊秀敏的一个人，现在却变成一个痴痴呆呆的傻子。

“司二公子，你这又是何必呢？”赵仙仙看着关小睢跑出去的身影，叹了一口气。

“我，我大哥，算了……”他想责怪关小睢，可是大哥如果还好好的，一定不会同意他这样做的。

“关小姐不过是一个小女孩，关家堡上上下下把她宠着长大，叫她一下子接受自己心爱的人变成这个样子，还是因为她的缘故，她一下子受不了。”赵仙仙在一旁劝解着。

“你看出来了？”司泽宇问她。

赵仙仙点点头，微笑着递过毛巾给司泽宇，让他帮司泽远擦一擦身上的水。“一眼就看出来了，关小姐眼里的心疼和悔恨不是假的。”

“那又如何？”司泽宇依旧愤愤，“她再心疼，我大哥能够好起来吗？”

“也未必不可以。”赵仙仙说道，“你们这一次，不就是要回关家堡去寻关四小姐医治司大公子吗？关四小姐跟着含烟谷主学医，万一真有奇方能够医治好大公子呢？”

赵仙仙想了想，对司泽宇说道：“我家少主人的病情和大公子一样，请允许我跟着你们一起回关家堡去好吗？我想，如果大公子能够被医治好，我也好请关四小姐去红柳山庄为我们少主人医治。”

“都是我不好，都是我的错，都是我害得司泽远变成这个样子！我是个罪人！我是个坏人！我就不应该活在这个世界上啊！”关小雎一边跑着一边哭喊着，她的心，这些日子犹如被浸泡在黄连水里，又好像有谁往苦苦的黄连水里倒了一大缸的醋，叫她的心又酸又苦。

关小雎每每看见痴傻的司泽远，就恨不得自己用性命去换了司泽远的完好。她明明是爱着那个人的，却让那个人伤得那么厉害。对不起，对不起，司泽远，求你好起来，求你原谅我……关小雎跪在地上，抱头痛哭。路边走过的人都用奇怪的眼光看着关小雎，仿佛是在纳闷，这个老太太怎么跑到大街上来哭了，是死了男人还是儿子？

“别哭了，起来吧。”许久，关小雎听到一个轻柔的女声在说话，“我们快回去吧，您心里担心的那个人，现在也在担心您呢。”关小雎抬头，见是红柳山庄的掌剑赵仙仙。

司泽远嘬着嘴，不管司泽宇怎么哄都不肯吃饭，甚至还打翻了司泽宇手上的饭碗。

“哥，求求你了，你就吃一点吧。”司泽宇很是无奈，可是司泽远就是不肯听他的话。自从关小雎出去以后，司泽远就开始闹，也不再傻兮兮地笑了，而是把所有的东西都砸了，问他怎么了，他也不肯说话。司泽宇担心大哥一直没吃饭会饿着，就叫小二把饭菜都端到了房间里来，想喂自家大哥吃些东西，可是谁想到，司泽远不肯张口吃东西，反而把饭菜都掀了。

“这是怎么了？”关小雎回来，看着满地的饭菜，目瞪口呆。

“嘻嘻嘻，嘻嘻嘻嘻……”司泽远见关小雎回来，却是眼前一亮，笑嘻嘻地就冲上前去，抱住了关小雎的胳膊，不停地用脑袋蹭着关小雎的肩膀，像是一个小孩子见到了久违的母亲一样。司泽远那样依赖着关小雎的样子，叫看见的人心都酸了。

关小雎更是满腔的柔情，一下一下地拍着司泽远的背。关小雎比司泽远矮了一大截，却不妨碍她像个母亲一样哄着司泽远。司泽宇的眼眶湿润了，撇过头去，不忍再看那一幕。赵仙仙出去再端了一份饭菜回来，关小雎都不用哄司泽远，司泽远就乖乖地吃饭了。到底是几日的相处，即使关小雎易容了，司泽远却还是一下子就能够认出她。是谁说过，深爱一个人的时候，就是在万千人中，你也能一眼就看到她。司泽远是深爱着关小雎吗？

第二天，司泽远、司泽宇、关小雎和赵仙仙一行四人踏上了回关家堡的路。天黑的时候，关小雎他们终于赶到了关家堡附近的一处农庄。

“这个庄子我从前经常来玩，我爹就派人把这里打扫干净，也不叫人来守着，就是怕我什么时候想要来，还不得一个自由。”

关小雎向司泽宇和赵仙仙解释了一下为什么选择在这里落脚，可是一说话，她就想起关倪君对她的好。其实，关倪君真的很疼爱她，知道她喜欢自由，就变相地让她自由。关倪君把能给关小雎的都给了她。哪怕是当初她和方小年的婚约，关倪君也是尽心尽力的。关小雎的眼眶有些红，好想立刻见到自己的爹爹，又害怕爹爹凶她，毕竟她的逃婚虽然有了一出闹剧的由头，可到底还是让关家堡失了颜面。所谓近乡情怯，可是关小雎现在不仅仅是怯，还是焦虑和兴奋交织。回了关家堡，关家堡会如何待她？她带着司泽远回家求医，会不会被父亲打出去？又或者，她被关进祠堂，再也见不到司泽远？想起司泽远对她的依赖，关小雎就暗暗咬牙，不管要面对什么，她一定要说服爹爹，让司泽远留在关家堡，好让她照顾他。

农庄里静悄悄的，这里没有人住，按关小雎所说，大概十天左右会有人来这里打扫一次，可是现在看见满屋子的荒寂，又叫人不由得怀疑关小雎说的话。

“怎么会这样？”关小雎看见眼前乱七八糟、老鼠蟑螂混行还有蝙蝠飞过的房子，不由得也瞪大了眼睛。

“会不会是因为你逃婚，关堡主生气了，就没派人打理这个地方，整个庄子就荒废了？”司泽宇扶着自己的大哥，问关小雎。

“不可能，我爹爹再生气，也不会拿这个庄子出气的。”关小雎很肯定地说道，“听说这个庄子是当初我姑姑的陪嫁，我姑姑生前也最喜欢这个庄子了，我爹爹那么疼我姑姑，怎么可能会任由这个庄子荒废？”

关小雎嘴里的姑姑正是当年风华绝代的江南第一美人——关倪月。当初，关家堡的大小姐关倪月要出嫁，整个关家堡上上下下为了她的嫁妆，无不仔细打点，田庄、铺子、喜服、首饰……只有厚的，没有薄的，赶得上一方藩王嫁女的姿态。关家堡嫁女，把整个武林有头有脸的人都请来了，可是没有想到，当初的那一场轰动武林的婚礼，最后却成了一个笑话。这十几年来，关倪君沉寂不言，也并非没有要把当年的事情烂在众人记忆里的打算。如果关家堡不再那么风头无两，大家便不会再捉着关家堡的痛脚不放。关倪君最疼爱他的妹妹，当然不忍心叫妹妹去世之后，还有人议论妹妹的名声。所以说，关倪君疼爱一个人的方式，是别人不能轻易看见的。正如他疼爱关小睢，却不肯因为关小睢的不高兴而悔婚，叫人觉得关倪君是为了关家堡的声誉而牺牲女儿的幸福，这样的做法很是冷血，可是关倪君却有自己的打算。方家和他是至交，女儿嫁过去，纵然任性一些，但是只要他和关家堡在，就不会有人介意女孩子的一些孩子气；再者，一个任性刁蛮到可以用性子来控制自己婚姻的女儿，一旦悔婚成功，日后哪里还有好人家敢要这么一个厉害的姑娘？所以，出于对关小睢幸福的考虑，关倪君一直不肯松口悔婚。这是关倪君不依着关小睢性子的唯一一件事情。

“先进去吧，现在那么晚了，要去关家堡，也得明天啊。”再说，关家堡也不是那么容易进的，大晚上的说自己找回了关家小小姐，要把人带进去，说进去就进去了，那关家堡岂不是成了菜市场吗？关小睢嘟着嘴，但是也同意了司泽宇的话，两人一起扶着司泽远就进去了。

赵仙仙虽然说是红柳山庄一半的继承人，说起来，地位在红柳山庄里应该重于关小睢在关家堡的地位，可是身上却没有那些娇气。她把袖子挽起了一点，素手便开始收拾房间。等到赵仙仙收拾好房间、做好了饭的时候，关小睢的脑袋已经有些耷拉了。

“快来吃饭吧，吃完饭再好好休息一晚上，明天我们就能回关家堡了。”赵仙仙温柔地笑，哄着关小睢起来吃饭。

关小睢不吃饭没有关系，可是她不能饿着司泽远啊。所以，关小睢硬是撑着眼皮子，一口一口地喂了司泽远一大碗饭。

“你还是不肯说吗？”一个身姿妖娆的女子赤裸着双足走到一个披头散发跪在地上的人面前，笑语盈盈、声音娇媚，可是手上的动作却狠决果断。

“啪”的一声，那女子手上沾着辣椒水的鞭子抽打在跪着的人的背上，只听得那人闷哼一声，反而笑了出来：“就……就这点手段，呵，老夫，还不至于……受不了。”那人声音沙哑，连头都已经抬不起来了，却还有心情笑出来。

“这点手段？关堡主，你最好乖乖地说出来……否则的话……”那女子眯起眼睛，一双玲珑玉足轻轻地点着地板，猛地一脚踹到那跪着的人头上。

“我告诉你，你皮糙肉厚，打下去不知道疼，可是你别忘了，你那娇滴滴的女儿呢？”那女子慢慢地、轻缓地说着话，可是语气里满是肃杀，“我可不是说你那武功高强的大女儿，也并非面甜心狠的二女儿，那清高在上的三女儿你把她藏起来了，关四小姐在含烟谷里我们也动不得……可是你忘了，你广发武林帖要寻的那小女儿呢？”那女子忽然娇滴滴地笑了起来，慢慢地弯下腰去，揪着那人的头发，逼得那人抬起头来，那人鞭痕斑驳的脸，赫然是关家堡堡主——关倪君！

第十六章

空无一人

天一亮，关家堡就在眼前，关小睢只希望快些医治好司泽远，这个时候也顾不上紧张了。也许是因为她心底有一点点的侥幸，毕竟她在外面也吃了不少苦头，到时候回到家，跟爹爹撒撒娇，再叫娘亲求求情，这一关也就过了。

关家堡势必会救司泽远，即使无法医治好，也不会亏待了他。司泽宇把司泽远未来生活的可能性告诉了关小睢，关小睢便在心里决定了，如果司家要放弃司泽远，那就叫关家把她的救命恩人接过来照顾。

关家堡的堡主关倪君，义薄云天，又怎么会叫一代少侠、自己女儿的救命恩人为了家族名声而被弄死呢？尤其关小睢在司泽远变成现在这副模样的事情里扮演了一个并不光彩的角色，关倪君不管出于报答还是出于安抚，都绝对不会任由司泽远自生自灭的。关小睢明白这一点，司泽宇更是算准了关倪君的性子，所以才敢把事情告诉了关小睢，为的就是借关小睢的口告诉关倪君：喂，我大哥是为了救你女儿才变成这样的，你要负责啊！

天一亮，关小睢就信心满满地带着大家回关家堡去求助了。关小睢想，赵仙仙既然说红柳山庄当年和关家堡有过交情，那么有赵仙仙在，她爹爹定然会看在外人的面上，暂且放过她一马。只要爹爹缓她一口气，她就有办法搬来救兵，叫爹爹没有办法责罚她。

吃过早饭，一行四人立刻马不停蹄地往关家堡赶去。关家堡其实就是一个不大不小的镇子。虽然已经可以看见关家堡的大致轮廓了，可是要到关家堡的主宅里面，却还要走一天的路。

天快黑的时候，一行几人终于回到了关家堡，关小睢心中的忐忑和不安都在看见山脚的“关家”二字时烟消云散了，剩下的只是她满心满眼的欢喜。

回来了！再也不害怕被欺负了！

马车还没有停稳，关小睢就笑着跳了下来，欢快地跑向关家的大门。

“啊，啊，啊！”司泽远见关小睢快步地跑了，着急起来，也跟着跳了下去。

“大哥！”司泽宇见自家大哥摔在地上，赶紧跑过去将他扶起来，可是司泽远的眼里只有关小睢，一手挥开司泽宇，飞快地跑向了关小睢。那模样，好像慢一秒，关小睢就会不见了似的。

赵仙仙慢慢地走了过来，见司泽宇愣在原地，不由得笑了笑，说道：“其实，你大哥现在这个样子，已经很好了。”比起红柳山庄的少庄主那不能动不能说的样子，司泽远还能够蹦蹦跳跳地去找他想找的人，他的情况已经好得不得了了。

在来的路上，赵仙仙最终还是把红柳山庄少庄主的实际情况告诉了司泽宇和关小睢。红柳山庄的少庄主，情况比司泽远严重得多、可怕得多。原本赵仙仙还把一切都瞒着，可是后来她想明白了，对着关小睢这样的人，不能瞒，不管是出于什么理由，都不能瞒，否则关小睢一旦认为你是骗子，是不会再理你的。赵仙仙还要靠关小睢说服关四小姐去红柳山庄救人呢。关四小姐一旦进了红柳山庄，还有什么病情是能够瞒得住的？而且她就算瞒也瞒不了多少时候，祭白宫肯定会宣扬此事，叫人更加害怕他们，叫红柳山庄倒塌得更快。所以，赵仙仙想，不如此时就告诉了关小睢，好叫关小睢说服关四小姐去红柳山庄救人。少庄主救不了，红柳山庄一干优秀的子弟，总还有几个是可以救的吧？

红柳山庄的少庄主，被人挑断了手脚筋、割去了舌头，还被刺瞎了双眼，呆呆傻傻地流着口水。那样子，虽然司泽宇看不见，却能够感受得到红柳山庄上下的愤怒和心痛。

关小睢敲着大门，大声地喊着：“快开门！本小姐回来了！”可是兴奋的关小睢没有发现，关家的大门上竟然有一个小小的洞，像是被什么利器扎进去的一样。司泽远却发现了。虽然司泽远呆呆傻傻的，可是他骨子里的细心却没有消失。他用一块小泥土在上面画了一个圈，把那个洞给圈出来，又拉了关小睢的手，笑眯眯地指给关小睢看。

“这是……”关小睢迟疑了一下，伸手去摸了摸那个缺了的口子，眉头慢慢地皱了起来。关家堡的门，就像是关家人的脸，有谁敢在关家人的脸上扎一个口子呢？再有，以前关小雎偷偷溜出大宅去玩，玩得疯了累了的时候，不想爬墙回去，就这么大摇大摆地回来叫门，虽然爹爹下令要是她逃出去玩就不许给她开门，可是有她娘亲、关家堡的大夫人在，看门的下人也会偷偷地开了门叫关小雎进去的。现在呢？她已经在外面等了一会儿了，里面却还是没有一点点的动静。这样的情况，不对啊！

“开门！里面有谁在！快开门！”关小雎急了，砰砰地拍着门，可是门被她用力一拍，竟然打开了。怎么回事？关家的门是不会随便大咧咧地开着的，哪怕总是有人进出，那都是闩了门，等叫门的时候再开。现在关小雎一拍，大门就被打开了，这说明了什么？要不是下人偷懒了，就是关家堡出事了！可是，下人怎么敢偷懒？关倪君虽然疼爱女儿，可是该罚的时候还是会罚，不管是轻罚重罚，总是有一个态度在。对下人更是了，干得好的，自然赏，若是偷懒的人，定然是重重惩罚的。关小雎小时候就亲眼看见过管家伯伯下令把一个偷了关小雎三姐点心和首饰的丫鬟处死了。既然下人不可能偷懒，那么就只有一个解释——关家堡真的出事了！关小雎连连退了两步，不可置信地看着关家的大门。

“怎么了？怎么不进去啊？”司泽宇和赵仙仙走过来，他们不知道关小雎怎么了，只见门被关小雎敲开了，两个人还笑着说关小雎中午没吃饭力气还那么大，把门都拍开了。

“我，我们家，我们家好像出事了！”关小雎转过头去，满眼泪水，脸上满是惊慌。

“怎么回事？”赵仙仙拉了关小雎的手，轻声地问。

“关家的门是不会留着不关的，哪怕进出的人再多再忙，都要在进出门之后立刻把门关上。可是刚才没有人来给我开门，是我，我自己把门给打开的！仙仙姐，我家，好像出事了！”关小雎紧紧地攥着赵仙仙的手，惊恐之色溢于言表。

“不会的，你这傻丫头，瞎想什么呢。说不定是咱们进来的时候已经被你家知道了，现在他们都回去禀告你父亲了。走，咱们先进去吧！”赵仙仙听见关小雎的话，心里咯噔一下，有一种不好的预感，可是脸上却还勉强地挂着笑容。

红柳山庄几百年的基业，都一夜之间被人重创，关家堡会不会也……赵仙仙心中一紧，看着关小雎害怕的脸，不由得流露出了担心的表情。

乌云早就聚集了，一声惊雷号召，倾盆大雨毫不犹豫地落下。关家堡的宅院，那个盛满关小雎欢声笑语回忆的豪华大宅院，现在落入众人眼里却是破败不堪。大火在这里肆虐的痕迹清晰可见，大宅的大厅坍塌了一半，黑黑的地板和墙壁，还有房梁四下躺着无力的颓废。

“怎么会这样？！”关小雎惊呼出声，一边流着泪喊着熟悉的名字，一边奔向后院。

关小雎走的时候，花园里的荷花已经结了花骨朵，一池的荷花曾经给了关小雎许多乐趣，夏天的时候她在这个池子里泅水，吓得整个关家堡上下找她，她却笑嘻嘻地从水里蹿出来。那一次，她被爹爹罚跪了祠堂，还不许吃饭，可就在半夜她快忍不住要把供奉先辈的果子拿下来吃的时候，爹爹却在祠堂外悄悄喊她的名字，偷偷地塞给了她一只鸡腿……还有，爹爹五十大寿的时候，在北方的族兄特地运了几株梅花回来，那几株梅花开得凛然骄傲，是族兄花了好多心血亲自培育出来的，却被关小雎一鞭子抽得七零八落。爹爹看见了只是吹胡子瞪眼，外加用手指狠狠地戳了一下她的脑袋，虽然说了事后要罚，却因为她的撒娇而不了了之了。后来那几株梅花还是开了，爹爹不愿意糟蹋人家的心血，也不忍心责罚女儿，就亲自研究了如何养育梅花，后来，梅花还是每年开，还是那样骄傲……可是，现在关小雎所见，却是枯萎的一池荷叶，还有被烧得倒在了地上的梅花。热闹的荷花死掉了，骄傲的梅花也不在了……再往里走，关小雎的双腿像是灌了铅一样走不动，赵仙仙急忙上前去扶了一把关小雎，却被关小雎一把挥开。这是她关小雎的家啊，她闭着眼睛都不会迷路的地方，可是现在她却不知道该往哪里走。

“怎么会这样，怎么会……”关小雎跌跌撞撞地回到她以前住的地方。从前，关小雎要是偷偷跑出去玩了，回来的时候，在这里肯定会遇见笑嘻嘻地拦着她的四姐；很快，收到小丫头消息的大夫人会带着几个夫人出来，急急地拦住关小雎不往里面走，因为那个气得冒火的关堡主正准备了一肚子教训的话在屋子里等着她……可是现在呢？整个宅子里，连只活鸟都见不到，更何况是人？如果不是关小雎确认这是她的家，她也许会以为走进了哪个荒宅。

“小雎，你别这样……”关小雎跌坐在地上，抱膝大哭，赵仙仙上前，蹲下去轻声地哄着她。

“呜呜呜……我家……怎么会……怎么会变成这样……”关小雎的肩头一耸一耸，灰色的天空和衰败的宅子，大雨打湿了灰色的关小雎。

赵仙仙与司泽宇对视一眼，看见对方眼中的复杂。他们都懂，或许，关家堡也和红柳山庄一样，遭遇了祭白宫……

“嘻嘻，戴花，嘻嘻嘻……”司泽远却看不出这里气氛的凝重，不知道从哪里摘了一朵野花，笑嘻嘻地插在关小雎的发间。

关小雎抬头，满脸的泪水和雨水交织，她的眼前一片朦胧，却看得清楚司泽远灿烂的笑脸。关小雎一下子扑到司泽远怀里，司泽远没有防备，一下子被扑倒在地上，可是他只是愣了一下，立马抱住关小雎，呵呵地笑。司泽远如同孩童一样不懂事，可是司泽宇和赵仙仙却不同，他们担心而又怜悯地看着在地上哭泣和傻笑的人。

有脚步声！司泽宇看了一眼赵仙仙，见赵仙仙不留痕迹地靠近地上的两个人，司泽宇立刻躲在一旁的断墙边。

湿答答的路将来人暴露了，司泽宇微微垂着头，手里的酒葫芦已经空了，却还一直被他拿着，另一只手则按在了自己的剑上。

脚步声停了！是对方发现了什么吗？

又是眼神的交汇，赵仙仙蹲下身去，在关小雎的耳边嘀咕了几句，哭声戛然而止，只有雨声、雷声，还有司泽远的傻笑声。

雨下得更大了，司泽宇的心被凉凉的大雨淋得却更加烦躁，那个人一直不出来，他又不能出去找——如果对方来人不少，赵仙仙一个人是护不住傻傻的司泽远和半吊子的关小雎的。在一个他陌生的地方有一个不知道是谁的人，叫他感到莫名的不安。

“不要动！”忽然，一个低哑的声音响起，司泽宇想看看是谁，却感到自己的脖子上一丝凉意。是剑，是一柄好剑。

“阁下是谁？”司泽宇沉声问。

对方却不回答。

“在下误入此地，不知惊扰了阁下……”司泽宇试探着说话，却感觉到自己脖子上有丝丝的疼，那人根本就不想听他说话！

司泽宇的眉头皱起，他不知道对方是谁，只能借机试探，可是对方的意思已经很清楚了，不会和他多说道。怎么办，现在外面的赵仙仙和关小雎他们似乎还没有发现司泽宇被人挟持了，甚至赵仙仙还警惕地盯着四下。他思绪一转，松开了自己的酒葫芦，酒葫芦啪的一声掉在积水上，赵仙仙的目光立刻移了过来。只一眼，赵仙仙就看出了司泽宇的不对劲。她眉目一动，忽然就笑了。

“小睢，你快起来，咱们先出去吧，别哭了，嗯？”赵仙仙知道司泽宇一定是遇见了什么事情，否则不可能会轻易丢下那只酒葫芦。叫一个酒鬼放下他的酒壶，只有两个可能：第一，他死了；第二……他在用生命向你警示。

关小睢刚才已经听见了赵仙仙说的话，知道自家宅子里恐怕还有人，只是不知道对方是敌是友。虽然关小睢现在特别想冲出去问问那人是谁，可是她还是忍住了，乖乖地听赵仙仙的话站起来，准备跟着赵仙仙走。

“让他们停下来！”那人忽然开口，声音沙哑，带有一丝焦急。

有戏！司泽宇的眼睛一亮，看向那边的时候，正巧司泽远赖在地上不肯起来，还要拉着关小睢再躺下，关小睢正俯身哄着司泽远。赵仙仙虽然一副要走的样子，目光却还关注着司泽宇，见司泽宇眼前一亮，知道事情有变动。

果然，司泽宇大声喊道：“你们先等等！”

赵仙仙按着自己的剑，笑容满面地拉着关小睢和司泽远往司泽宇的方向走去。

一,二,三,四……十。赵仙仙默念到十的时候，忽然长剑一挺，巧妙地折向了司泽宇的脖子，与挟持司泽宇的人的剑相震，司泽宇也动作迅速地躲闪到了一旁。

血丝拉出了血滴，司泽宇快速地捞起自己的酒葫芦，然后用系着酒葫芦的布条勒住他自己的脖子，仗剑而上。关小睢在一旁牵着司泽远的手，不叫他进去掺和那危险的对阵，可是她看着看着觉得有些不对，忽然大声地喊了出来：“管家伯伯，是不是你？”

那身影微微一滞，司泽宇和赵仙仙的剑已经拦住了他。

“管家伯伯！”关小睢大呼，冲了过去。果然，那人湿淋淋的头发下，是关小睢熟悉的苍老容颜。而此刻，管家的脸上却还有几道伤痕。

“小小姐！”管家忽然大哭起来。

雨终于停了。众人架了火，在一个烧毁得没有那么严重的屋子里烤火，司泽远香香地吃着烤地瓜。火堆毕毕剥剥地响，管家爱怜地看着伏在他膝盖上的关小睢，火光映衬着管家的脸，沧桑而严厉。

“管家伯伯，怎么回事，为什么，为什么我们关家堡会变成这样……”关小睢抬起头来问，她的双眼红红的。

管家叹了一口气，用手摩挲着关小睢的头发，那柔软的发丝叫他的神情柔软了几分，脸上却露出了不忍，欲言又止。

“管家伯伯，你就告诉我吧！”关小睢见管家那一副神情就知道一定发生了什么大事，而且这件事情管家伯伯一定想瞒着她。不然为什么关家堡被人毁成这样，但是管家伯伯却不说一句话，只是安顿了她而已。她关小睢也是关家堡的一员，为什么要瞒着她？！

管家撇过头去，用苍老的手擦了擦眼角，声音哽咽地说道：“小小姐……”

“怎么了？究竟是怎么回事？”关小睢蹿了起来，焦急地追问。

“小睢，你先坐下，不要着急，现在急也没有用，听听管家伯伯怎么说吧。”赵仙仙拉着关小睢重新坐下，用手一下一下地轻轻拍着关小睢的背。

“那天，小小姐逃婚的事情被堡主知道了，堡主大怒，罚了三位少爷去跪祠堂，一直都不让出来。咱们关家堡十三省二十府的人都收到了堡主的飞鸽传书，开始寻找小小姐。可是因为一直找不到，堡主又着急又担心，竟然发了武林帖去寻小小姐……那阵子来的人很多，一会儿说小小姐在这里，一会儿又说小小姐在那里，堡主心力交瘁，像老了好几岁。”管家说到这里，略带责怪地看了一眼关小睢。关小睢低下头去，又抬起头来，泪水迷蒙的双眼盯着管家，吸吸鼻子，说道：“管家伯伯，后来呢？”

“后来，有一天来了一个人，说他知道小小姐在哪里，可是小小姐不肯跟着他回来。”管家伯伯叹了一口气，“那人还拿出了小小姐带出去的发簪。堡主很激动。那人说小小姐在外面不肯回来，所以请堡主一同前去，亲自把小小姐带回来。”

“我的发簪？”关小睢眉头皱起，想了想，“难道那人是蒋礼！”

“那人是自称姓蒋。”管家眸中闪过一丝严厉，满脸皆是懊悔，说道，“都怪我，当时堡主执意要跟那人出去，我没有拦住堡主，唉！”

“爹爹要做的事情，哪里有人能够拦住……”关小睢失落地说道，“管家伯伯，我爹爹，我爹爹是不是……”说到最后，关小睢的眼泪已经开始啪嗒啪嗒地往下掉了。

“小小姐，别哭！”管家用粗粝的手掌为关小睢擦眼泪，关小睢柔嫩的肌肤被蹭得有些红。小小姐是他看着长大的，他在关家堡待了那么多年，伺候了两代主子，关小雎对没有儿女的他来说就像是他疼在心上的孙女儿一样。

那日，听说有了关小雎的消息，管家高兴得不得了，当即想要跟着堡主一起去接关小雎，可是堡主却把他留了下来。如果他当时执意跟着去就好了……管家又想，如果他去了，也许后来会更加麻烦，或许整个关家堡真的会……

“那人把堡主引到一个偏僻的地方，设了险境，将堡主重伤……”关小雎听到这里，惊呼一声，抓着管家的手，说道：“那我爹……”

“堡主拼死护着一个护卫逃了出来，那护卫回到关家堡，传了堡主的吩咐：去信峨眉，让大小姐不许下山，不管听了什么流言，必须留在峨眉山上；命人让二姑爷立刻前来接二小姐回崇阳府，从此二小姐与关家堡再无干系；叫我护送三小姐去一个安全的地方，又让含烟谷主来接走了四小姐。至于三位少爷……”

“我的三位哥哥如何了？！”关小雎急急地问。

“三位少爷当时已经出去寻找小小姐了，堡主传回来的消息是……如果三位少爷被擒……就……”管家已经不忍再说下去了。

“就如何？管家伯伯你说啊！”关小雎泪盈于睫，她出去不过短短数月，家中就发生了那么大的变化，她从关家堡最宠爱的小小姐，变成了没有家的孩子……

“如果三位少爷被擒，必定以死……谢……关家……列祖……列宗！”管家的声音哽咽，他忍着眼泪，嗓子热热地发疼。

“以死谢关家列祖列宗！”关小雎顿坐在地上，神情呆滞。这样的话，必定是关堡主在很危急的时候说的，而且那个时候，关堡主肯定能够猜到关家堡会发生什么事情。关家堡上下，必定鸡犬不留。送走女儿，是因为女子比男子更坚韧，而且更容易藏身，甚至迫不得已的时候可以嫁入小门小户，总之活下来就可以报仇。而男子，关家堡从来就没有孬种，必以死战来彰显他们的气概。可是，世事无绝对，一旦被擒，对方肯定会用尽手段胁迫三个关家男儿，关堡主不忍自己的儿子遭受那样的折磨，所以只能下令他们齐齐自尽……

“关小雎，你没事吧？”大家沉默了好一阵子，司泽宇忽然开口，“你们关家和红柳山庄一样，应该都是受到了祭白宫的伏击，红柳山庄派了掌剑出来查探祭白宫，我们司家也是派了我哥出来查探此事。”司泽宇顿了顿，看着自己呆呆傻傻的哥哥，说道，“原本我哥应该是司家下一任家主，可是却因为你而变成了这个样子。我知道，现在关家堡被毁，你心中一定很悲痛，但是我还是恳请你带着我们去找你四姐，看看能不能医治好我大哥。”

赵仙仙一脸的不忍。关小雎是被人疼爱着长大的，现在面临这样的境地，虽然应该给她一定的时间，让她的情绪缓和，但是形势所逼，一定要找到能够医治司泽远这样病症的人，否则后果不堪设想。出于这个考虑，赵仙仙只能默立一旁，即使司泽宇说的话叫人听起来只考虑到他大哥而没有顾忌关小雎的感受，显得很冷漠，她也没有阻止。

“是，我知道。”关小雎却出人意料地冷静，她擦去自己的泪水，转向管家，“管家伯伯，能不能送我们去找四姐？”

“这……”管家有些迟疑地看着司泽宇三人，关小雎知道管家在害怕什么，无非是怕这三人会对她和四姐不利。

“这位是司家的二少爷，这位则是红柳山庄的新掌剑。”关小雎介绍了司泽宇和赵仙仙，又看向正在吃地瓜的司泽远，目光忽然软了下来，声音也轻了几分，说道，“这位是司家的大少爷司泽远。爹爹五十大寿的时候，他来过咱们关家堡。这一次我在外面，受了他不少照顾，他是我的救命恩人。”

“噢，原来是司家的少爷和红柳山庄的掌剑！”老管家很激动，颤颤巍巍地站起来，对三人说道，“多谢几位照顾我家小小姐！”

“管家伯伯多礼了。我司家与关家堡一向交好，且我司家与大夫人娘家是姻亲，这样说来，咱们也是亲戚了。其实在下也知道，以关家堡现在的境况，实在不宜暴露四小姐所在，可是我大哥的病实在是……还请关家堡看在两家的情分上，请四小姐出手相救吧！”司泽宇侧身拱手道，略有些戚戚然，“当今武林，祭白宫肆意横行，不但红柳山庄遭受重创，连隐世许久的关家堡也蒙难。我中原司家虽然不敢说是什么大家，但是也绝对不会见武林正道遭受如此浩劫而袖手旁观。关家堡如今摇摇欲坠，关小姐的生命安全就交由我司家担保吧！”以关四小姐的回春妙手来换关小雎的性命安全，不论关家堡堡主在不在，只要是关家的人，都一定会毫不犹豫地答应的。

“还有我红柳山庄！”赵仙仙也表态，“红柳山庄对此事绝不会善罢甘休。不过今日我红柳山庄遭受重创，恐怕日后也需要关四小姐的帮忙。而小雎姑娘……管家伯伯放心，我们一定护得小雎周全！”

关小雎是关堡主心尖上的肉，稍一打听就知道了，如果关堡主已经到了要遣散家人的地步，那么关小睢的安危一定是他最挂心的。保住了关小睢，就是为关家堡的堡主分忧，日后关家堡东山再起的时候，定然会对关照关小睢的人感激不尽。不论是中原司家还是甘肃红柳山庄，这份人情，他们都是要做的。

“管家伯伯，我爹爹只吩咐了哥哥和姐姐的事情吗？我娘和姨娘她们……”关小睢忽然想到了这件事，管家提到的人只有关家堡年轻的一辈，几位夫人却没有听到他提起。

“夫人她们……”管家又哽咽了，长长地叹了一口气，“堡主的口讯传来，我只顾得上安排小姐和少爷们的事情，三小姐当时还没有被送出去，祭白宫的人就打了进来，熊熊大火烧死了数十人，大夫人和夫人们都被掳走了。二夫人……没了。”

“二姨娘没了！”关小睢惊呼，“这是怎么回事？”

“二小姐当时怒极，长鞭伤了不少祭白宫的人，原先要活捉二小姐的人下了狠手，二夫人为了救二小姐，就没了……”

那一天，对关家堡来说就是一个噩梦。当年的华山女剑，因为钦慕关家堡的堡主，所以委身为妾，一手精妙的华山剑法都教给了自己的儿子和女儿。二小姐关小柔不仅学得一手好剑法，还有一手好鞭法，关小睢当年就跟着二姐学过几天鞭法。

就是因为关小柔身怀精妙的武功，所以眼见关家堡蒙难，才大怒而起，想以一己之力抵挡众人的攻势，反而叫担忧她的母亲丧了命。

“那二姐呢，后来二姐如何了？”关小睢又着急地问，她早已经听赵仙仙他们说了祭白宫的所作所为，她二姐一个弱女子，如果落入祭白宫手里，不知道要遭什么罪。还有蒋礼那个采花大盗，现在她已经很清楚了，蒋礼和祭白宫一定有关系的。要是关小柔落到了蒋礼手里，那关小柔的清白就很难保证了！

“二姑爷带着人及时赶到，救走了二小姐，我就趁机带着三小姐走了。回来之后，就发现关家堡已经变成了这个样子，夫人们也……”管家说完，整个空荡荡的房子更加寂静，既是因为大家感叹关家堡百年基业落得如此地步，也是因祭白宫的行事叫人愤怒。

第二天，管家找了一辆马车，将众人的脸蒙上。一路马蹄嗒嗒声响，月亮西斜的时候，终于到了含烟谷。含烟谷如它的名字一样，谷口就是烟雾缭绕，月光洒落之时，更显得整个含烟谷都很神秘。

管家下了马车，解开众人蒙脸的布，这才招呼众人从下车的地方一路跪行至谷口。当今天下，除了关家堡的堡主，任何人到了含烟谷都要跪行至谷口。当年关四小姐拜师的时候，甚至是从谷口一直跪到了谷底。管家叩头，对着石碑连敲三下，朗声道："关家堡管家关西求见含烟谷主。"

整个含烟谷一片寂静，那管家又重复了一次动作与话语，一直重复到第九次的时候，才听得里面传来一个女声，飘渺而悠长："来者何人，所为何事？"

管家大喜，连忙携了关小雎上前，道："关家堡大管家关西，携关家小小姐关小雎前来求见含烟谷主！"

只听得一声地动山摇般的响声，含烟谷谷口的烟迅速散去，冲出来一个穿着蓝色衣裙的女子。那女子匆匆忙忙地跑过来，将关小雎和管家扶起来。

"小雎，你终于回来了！"那女子，赫然就是关四小姐关吻雪。管家见了关四小姐，又是高兴又是惊讶。按道理，这开门的人，只能是含烟谷主。虽然谷主有徒弟，但是因为不为人知的因素，含烟谷的大门从来只由谷主开关。现在关吻雪竟然开了门，难道说……

"四姐！"关小雎抓住关吻雪的手，喜极而泣，扑到她怀里，说道，"四姐！四姐！四姐！"

"哎！小妹！"关吻雪用手轻轻地拍着关小雎的背，哄着她，"别哭别哭，快叫四姐看看，有没有哪里不好！"

关小雎一双水眸波光粼粼，略有些红，脸上原来的婴儿肥这些日子已经消去，如今看起来果然是水灵灵的大美人了。只是眉宇间有些憔悴，没有了当初在关家堡时候的快活与天真。

"怎么回事？管家伯伯，怎么是你带着小雎来了？我爹爹呢？小雎又是什么时候回来的？"关四小姐一连串的发问，叫原本还有些欣喜的关小雎又红了眼眶。

"我是昨日回到关家堡的……爹爹他……"

关吻雪奇怪地看着自家小妹，这是怎么了，如此爱哭鼻子，可不像是她那个天不怕地不怕的小妹呢。

"此事说来话长。四小姐，还是请大家先进谷中再说话吧，现在这里……未必安全！"管家一脸严肃，关吻雪也不敢耽误，立刻请了众人进去。

含烟谷中却没有一丝烟雾。有长得青青翠翠的草药，还有五彩缤纷的鲜花，黄澄澄的果子挂在树梢，甚至还有一群小兔子在谷中跑来跑去。这里哪里像是药谷，分明是世外桃源。

关四小姐领着众人到了一排木屋前，推开了第一间木屋，把众人请了进去，立刻有两个小童恭谨地端了茶上来。

“黄芪，你带着白芷下去，好好休息。为师有客要待，今日的学习就到此为止，你们二人回去之后要用心研习。”关吻雪淡淡地吩咐着两个童子，她年纪不大，语气却俨然一派大家风范，果然是含烟谷主亲身教授的徒弟！

司泽宇暗暗地观察着关吻雪的一言一行，见她稳重而谦和，有礼又不失疏离，和关小雎口中那个活泼的四姐一点都不像。

赵仙仙也暗暗称奇，早听说关家四小姐的性子很是跳脱，当年和含烟谷主一同行走江湖的时候也惹了不少的事情，不过都一一被她师父给平了下来。关堡主因为含烟谷主的面子，虽然没有重罚犯了关家堡家规“不许插手江湖”的关四小姐，但是到底对关四小姐还是有了严令，故而关四小姐从此只敢以男装行走江湖，并且用了她师傅的姓做假名，化名冷烟生。

不过武林世家对这件事还是略知一二的，含烟谷主一直以来只正式收了关小雎的四姐一人为徒弟，因此，含烟谷主身边那个号称“医毒小双绝”的冷烟生是何身份，人们不难猜到。

而如今一见，关小雎依旧是那任性的性子，虽然这几日收敛了几分，可是一旦和关四小姐对比，两人的性格优劣高下立判。

等童子恭恭敬敬地退了出去，管家忽然从椅子上站了起来，严肃地说道：“老奴托大，敢问一句，四小姐如今可是这含烟谷的当家第一人？”

关吻雪扫了一眼其余的人，司泽远在打量着童子送上来的木茶杯，赵仙仙一派温柔地正哄着他说话，司泽宇则是有一下没一下地呷着酒葫芦里的酒，而关小雎则是瞪大了双眼，惊讶不已。

“是呢。”关吻雪含笑点头，说道，“师傅早就将谷主之位传给了我。”

管家又惊又喜，脸上满是骄傲，笑着道：“恭喜四小姐了！”

关吻雪点点头，示意管家坐下，又慢慢地敛了笑容，问：“管家伯伯深夜带着小雎来含烟谷寻我，是怎么回事？小雎昨日才回的家，为什么不和爹爹在一起？是不是爹爹要罚她，管家伯伯受了大娘所托，将小雎送来我这里？”

因为关小雎逃婚，关堡主着急上火，越找不到关小雎，关堡主的情绪变得就越快。原先还想着，关小睢回来了，一定要重重地罚，后来却想，只要她回来，人平平安安的就好了。只是关吻雪离开关家堡的时候，关堡主的口气还是不肯松动，依旧说了，关小睢回来，一定要狠狠地打上一番。

关家堡被烧的时候，关吻雪已经不知道到哪个地方游荡去了，虽然管家传了信给含烟谷主，但刚才关吻雪说含烟谷主早就让出了谷主之位，那么联系含烟谷主的信件，也许还没有到含烟谷主手中，而关吻雪却早就已经在含烟谷了。

管家思索几番，试探地问："四小姐一直在含烟谷里吗？"

"是啊，爹爹发了武林帖之后，师父就很着急地把我叫了回来，丢给我俩徒弟，还说以后含烟谷主的位置就由我担任，然后他就云游四海去了。"关吻雪噘了噘嘴，对师父这种突然袭击颇有不满的样子，这个时候，关吻雪的脸上才出现了女儿家特有的撒娇姿态。

"那也是四小姐能力足，不然谷主怎么放心把含烟谷交给四小姐呢？"管家心底更是发凉了，既然四小姐一直留在含烟谷里，看来，关家堡的一切，四小姐是真的不知道了。管家思索着不知道该不该把事情告诉四小姐。

含烟谷主在外一向以医毒称道，只是管家跟随关家堡多年，知道了一些别人不知道的秘密。当初含烟谷主曾跟游方道士学过算卦，只是因为道士眼见含烟谷主智慧过人，为了避免慧极而伤，责令含烟谷主不准将算卦之事宣扬，故而知道此事的人很少。当年管家就是在场之人，所以知道了这件事。含烟谷主让位之事发生突然，难道就是因为谷主算卦得知今日武林浩劫，故而用谷主之位牵绊住关四小姐，不叫关四小姐掺和进来吗？

管家沉思的模样引起了众人的注意，等管家把事情都想明白了，便叹了一口气，对关四小姐说道："四小姐，今日我带着小小姐前来，实则是因为……"管家长长地吸了一口气，关小睢撇过头去，眼眶微红。"因为，武林遭逢浩劫，关家堡和红柳山庄，以及川府唐家剑派，都被祭白宫给毁了……"

"咚"的一声，关吻雪手上的杯子掉到了地上，她猛地站起来，抓住关小睢的手，问："小睢，管家伯伯说的是真的吗？"

"是！四姐！"关小睢此刻再也不用掩饰自己的悲伤，扑在关吻雪的怀里呜呜地哭着，"我回来的时候，发现咱们关家已经被烧了，爹爹和哥哥下落不明，娘她们也……只有姐姐们，被爹爹安排走了。"

"嘻嘻嘻，你，别哭呀，嘿嘿，你看，我给你看！"司泽远不知道关小睢为什么哭，他舍不得关小雎哭，就从自己的座位上站了起来，拿了他喜欢的杯子哄着关小雎。谁知道关小雎见了这样的司泽远，更是内疚难过，哭声更大了。

“究竟怎么回事？！”关吻雪眼眸中闪过一丝厉色，她万万想不到，有一天关家堡会被别人毁了。

司泽宇和赵仙仙叹了口气，把事情的全部经过告诉了关吻雪。

“关四小姐，我大哥是因为小小姐而变成这样的，在下虽然知道如今关家堡被毁，关四小姐未必有心情救人，可是，我大哥乃是司家未来的家主，而且司家与关大夫人的娘家有亲，还请关四小姐看在同是武林正道的分上救救我大哥，也看在大夫人的分上，看在我大哥救了小小姐的分上，尽力让我大哥回到原来的模样吧！”司泽宇可怜兮兮地望着关吻雪，他一个不拘小节的男子汉，此时为了大哥，恨不得跪下来给关吻雪磕头，请她救大哥一命。

“司二公子言重了！”关吻雪眉头一皱，却又很快绽放笑容，仿佛刚才那个悲愤的关吻雪并不存在，只听得她淡淡地笑着说道，“含烟谷虽然交到了我的手上，但是谷中的规矩却是不可废除的。”这话叫在场的人，除了司泽远，一一都皱起了眉头。

含烟谷有“三不医”。

一不医江湖人士。

二不医贫苦人士。

三不医临死人士。

因为这“三不医”，含烟谷也被人称为“绝情谷”，可是，纵然是这样，含烟谷主也从来不曾改变自己的作风。

含烟谷主临走前，任命关吻雪为下一任谷主，并且要求关吻雪发誓，在两个童子徒弟未能出师救人、独当一面之前，决不离开含烟谷，且不许含烟谷的规矩遭到破坏，否则一旦叫他知道，定然废去关吻雪一身武功医毒之术，还要把关吻雪逐出师门。

关吻雪不知道师父为何要定下那么严苛的条件和惩罚，但到底事关谷中大事，一向性子活泼跳脱的关吻雪，也只能慢慢地学着成熟稳重起来，应了师父的事，就坚决不会食言。

含烟谷的三不医，司泽远第一条就通不过，谁不知道他是司家的新星，是新近出名的“引善之剑”？

“四姐！”关小雎不依，上前揪着关吻雪的衣袖，一下一下地晃，“哎呀，反正你现在是含烟谷的谷主嘛，你就救救司泽远嘛！”

关吻雪的眉头轻轻地皱了起来，仿佛大姐姐一般轻声呵斥关小雎：“父亲下落不明，我哪里有心情医治他？且他并不符合我医治的条件，你不必说了。今日天色已晚，你们暂且休息，明日你再来见我！”关吻雪也不等关小雎再纠缠，衣袖一拂，木房子的门就开了，关吻雪快步走了出去。

几人对视无言，司泽远在一旁似是觉得他们的模样可笑，嘻嘻地笑着。一个老态龙钟的婆婆走了进来，声音沙哑地说道：“谷主吩咐老婆子来给各位带路，前去休息一番。”

关小雎是不会叫自己的姐姐因为一个什么谷中规矩而不医治她心爱的男人的。

“姐姐姐姐，你就帮帮忙嘛！”

“哎呀，司泽远可是我的救命恩人！”

“姐姐，你一向那么疼我，你怎么舍得看我的救命恩人没了性命呢？”

关小雎跟在关吻雪身后打转，时不时地就把关吻雪种的草药踩了，要不就是把关吻雪熬好的药汁“不小心”打翻了，要不就是关吻雪看医书的时候，身边总有个人在“咚咚咚”地摔着杯子闹。

“好了！”关四小姐对自家妹子真是无奈，脸上满是憔悴之色，她喝了口茶，清了清嗓子，对关小雎说道，“你坐下！”

关小雎努努嘴，却还是乖乖地坐好。

“我且问你，你知道他是什么人？”

“知道，他是中原司家的大儿子，司泽远。”

“好，那你可知道他因何事变成这样？”

“知道，他是因为救我，被祭白宫的人变成这样的。”

“好，那你知道爹爹为什么会下落不明？为什么只安排了咱们姐妹的事情，却没有提到哥哥和大娘他们？还有，祭白宫究竟有什么用意，竟然敢连连得罪几大武林世家？含烟谷究竟能不能置身事外？关家堡比较严还是含烟谷比较严？”

开始关小雎还能答上来，后来关吻雪的问题接连抛来，关小雎一时语塞。爹爹是因为祭白宫的人失踪的，她却不知道爹爹派人传话安排的用意，更加不知道为什么祭白宫竟然敢连连得罪几大武林世家，当然也不知道她四姐的含烟谷究竟如何。

关吻雪见自己的妹妹不说话，于是正色道：“小雎，往日咱们姐妹最要好，性子也最相似。可是如今，你看看四姐，你再看看你自己。你十七岁了，不能再把自己当成七岁的小孩子使性子了。更何况，如今关家堡被毁，你不仅仅要照顾好你自己，你还更要想着，怎么找到爹爹、救出爹爹，再找到哥哥们，重振关家堡的门庭。”像是一个老人般，关吻雪的眉宇间满是沧桑，也不知道她究竟是经历了什么，却见她讲起关家堡，竟然能够云淡风轻：“关家堡的百年基业，不能到了咱们这一辈毁于一旦。爹爹的安排，就是想叫关家堡有一日能够东山再起，而你，是最好的人选。”

“为什么是我？”关小雎忽然开口，她不明白，哥哥们，姐姐们，哪个不比她好?

“哥哥下落不明，也不知道还能不能回来，若是不能，三位哥哥都没有子嗣，那关家堡一脉，就没有了合适的继承人。”关吻雪的眸色渐深，声音也慢慢地沉了下来，“大姐拜在峨眉门下，二姐习的是华山剑法，三姐根本连武功都不会，你四姐我……”关吻雪笑了笑，关小雎的眼睛慢慢地瞪大了……四姐是含烟谷的谷主……

“我们几个女儿里，只有你，是学了关家堡的武功的。若是哥哥们不在了，爹爹也……那关家堡的门庭，是否只有你可以振兴？”

关小雎脸上的震惊慢慢褪去，她愣愣地待在椅子上，一言不发。关吻雪知道，叫小妹一下子接受这样的情况，实在很难。她笑了笑，站起来，准备离开，让小妹一个人好好想清楚。只是她走之前，还是说了一句话：“小雎，你好好想想吧，你已经不是个小孩子了，关家堡的重担，你要不要挑起来，就由你自己决定了……”

第十七章
药石无灵

关吻雪最终还是答应了为司泽远医治。

“四姐，我知道，关家堡需要我，可是，就像关家堡需要我一样，司家也需要司泽远。四姐，司泽远是为了救我才变成这样的。”

关小雎在关吻雪的小木屋里待了一天一夜之后，终于从里面出来了。她一身的疲惫，满面的憔悴，头发凌乱，衣服也有些不整齐，一双灵动的眼眸此时也黯淡无光。是关吻雪的一番话叫她醒了过来，“关小雎”三个字，此后很可能是代表关家堡的三个字。身为关家堡最后的传人，关小雎再没有了当小孩子的资格。

“姐姐……你就救救他吧！”关小雎央求着她四姐，那瘦小而苍白的脸，满溢泪水的眼，还有紧紧攥着关吻雪衣袖不放而泛白的双手。

罢了，罢了，就帮她这一次吧！帮司泽远就是帮关小雎，也是帮关家堡……关吻雪垂眸，师父和爹爹那样好，一定不会介意她为了关家堡坏一次规矩的吧……

“多谢关四小姐的帮忙！”司泽宇显然有些激动，他拱手道，“关四小姐妙手仁心，见妹妹的救命恩人遭难，出于心善和为姻亲着想救我大哥，我司家上下一定感激不尽！”

司泽宇知道含烟谷的规矩，虽然不知道关小雎答应了关吻雪什么条件，但到底规矩是不好破坏的，他刻意强调了姻亲二字，就是想叫关吻雪不要太内疚自己破了含烟谷的规矩。

“是呢，前谷主的规矩是‘不救江湖人士，不救穷苦人士，不救临死人士’，幸好咱们带来的只是司家即将接掌家业的大公子，不然肯定叫关四小姐为难……”赵仙仙也在一旁笑语盈盈，仿佛司泽远真的只是一个贵家公子，“若是司二公子这样剑法精妙的高手受了伤求到这儿来，想必就是关四小姐再想看在姻亲的分上相救，也不好为了一人破了含烟谷的规矩呢。”

关吻雪闻言，一挑眉。她已经打算好了，为了小妹的救命恩人，破了规矩就破了规矩，不过这红柳山庄的掌剑姑娘的说法，倒是叫她觉得好奇。

“仙仙虽然不才，到底跟着义父学过几天岐黄之术，司家大公子这个人啊，骨质精奇，可惜呀，没用来学武功！”赵仙仙依旧笑着，却是解释了她为什么那样说。

关吻雪上前，将正在和关小雎玩翻绳的司泽远的手抓住，就这么站着给司泽远把脉。司泽远正玩得高兴，见自己的手被人擒住了，颇为不满，一双浓眉拧在了一起，嘟着嘴嚷嚷着：“你放开我！不要抓我！小雎！小雎！”

不知道为什么，司泽远现在很是依赖关小雎，关小雎不在的那一天一夜里，司泽远也是不吃不喝地就守在小木屋外。关小雎一出来，司泽远就一把抱住了她，泪流满面地说道：“小雎，再不要离开我了！”

关小雎哪里想离开他？她恨不得一辈子都和司泽远在一起，可是她能吗？她不能！如果爹爹和哥哥们都丧命了，全家就只有她一个人懂得关家堡的功夫。她虽然是个半吊子，但是到底要为了振兴关家堡而努力……而司泽远则是中原司家的下一代继承人，他身上也有举足轻重的责任，除非司泽远不当司家的继承人，否则关小雎恐怕这辈子都不能和司泽远在一起了。一旦关家堡的男丁尽皆丧命，关小雎身为关家堡最后的传人，未来只有两个选择：要么招婿，要么孤身一人，终老一生……

“好了好了，四姐就是替你看看而已，你不要乱动，你看我玩，我给你编红绳镯子戴！”关小雎哄着司泽远，手上开始笨拙地编着三姐关戴雪从前教她的红绳镯子，眼睛却是盯着关吻雪看，仿佛看漏了一眼，司泽远就没有救了一样。

“如何？”众人见关吻雪放下了司泽远的手腕，都纷纷开口问话。

“仙仙姑娘说得没错……司大公子骨质精奇，可惜了，没学武功。”关吻雪的神情很复杂，虽然是微笑着说话，好像真的是替一个没有武功的人诊治一样，可是她眼底却是一片惊讶。赵仙仙依旧浅浅地笑着，关吻雪对上她的笑容，忽然也笑了，这一次的笑容满是真诚和感激。

因为某些原因，司泽远变成了现在这一副痴痴呆呆的稚子模样，反而叫他把从前的武功也忘得一干二净，一个没有武功的人，谁敢说他是江湖中人呢？

关吻雪笑得越发开心，甚至声音里还有些愉悦，说道："关四虽然不知道是否真的能够救得了司大公子，但是司家的诊金我却是收定了哟！"

也不知道是不是因为跟着含烟谷主在一起的日子太长，贪财这一点关吻雪是学了十足，她的笑容仿佛一只狡猾的小狐狸，老狐狸则是那个不知道去了哪里的前任含烟谷主。

"关四小姐能够出手相助我已经很感激了！"司泽宇很是激动，这意味着他大哥还是有救的。

"好了，你们先出去一下，且让我慢慢地诊断一下司大公子的病情。"关吻雪收起狡黠的笑容，那仿佛小女孩一样的调皮一闪而过，她终究是一谷之主了，要为自己的两个徒弟树立好榜样。

众人依言退去，司泽远不愿意关小睢走，拉着她的手不肯放开，无奈之下，关小睢只好留在了小屋子里。也好，她不亲眼看着司泽远总是不放心。

等四姐医治好了他，他就要走了。关小睢的神色有些复杂，看着司泽远的眼神满是爱怜和不舍。

"你是看上他了呢……"关吻雪关好门窗，慢悠悠地调侃着自己的小妹，"难怪撒泼打滚地要我破了规矩来医治他！"

"四姐！"关小睢嗔怪地瞪了关吻雪一眼。

门再一次打开的时候，已经是半个时辰以后的事情了。

"四姐，你就救救他吧！"关吻雪在门口被关小睢拖住了手，眼泪汪汪地央求着她。

"放手！"关吻雪皱眉，声音严厉而无奈，"他这辈子就只能这样了，我说了多少遍了，你听不懂吗？"

"怎么会？四姐，我知道你一定能救他的！他不过是……他一定还有救的！"关小睢怎么都不肯相信，她以为四姐愿意为司泽远诊治，就代表着四姐一定能够医治好司泽远的。

"如果可以救，难道我会看着你这样求我，看着大家这样着急而不救吗？他已经药石无灵了，能活下来，就是祖宗保佑了，你却还指望他能恢复原来的模样。小睢，别说是我，就是扁鹊重生、华佗再世，这个人也救不了了！"

“怎么回事？”在外面等待的人纷纷上前询问。

两个小童子一个捧了热茶一个捧了毛巾出来，关吻雪擦了手，喝了茶，这才开口道：“我若是能治我怎么会不治，只是司泽远这病，我是无能为力。”说着，关吻雪还瞪了一眼哭得伤心的关小睢，说道，“我还不是那样狠心肠的人！”

“四姐，你就试试吧……”关小睢还不死心，伸手要去抓她四姐的衣袖。

“小睢，你够了！”关吻雪眉头一拧，吩咐两个童子，“去，把你们关姨带下去，我现在不想看见她！”

“是，师父。”黄芪和白芷两个各自站在关小睢的两边，做出了“请”的动作，粉雕玉琢的脸上满是笑容。关小睢不肯走，他们便对视一眼，上前扶住关小睢。也不知道两个童子是按到了关小睢的哪里，关小睢只觉得浑身无力，连叫他们松开手的力气都没有。

等关小睢被人扶下去之后，关吻雪这才严肃地看着司泽宇和赵仙仙。

“我大哥的病……关四小姐不能医治吗？”关吻雪的话语和神情告诉司泽宇，这病真的是无法医治了，可是他仍旧不甘心。

“是！”关吻雪很干脆地说道，“你大哥得的也不算是病，呵，你们当初找的那些大夫是不是说他是高烧烧坏了脑子？”

“是……”司泽宇应了一声，又道，“仙仙姑娘却说未必，还说也许含烟谷会有办法。”

“哦？”关小睢看向了赵仙仙。

“仙仙也曾跟着义父学过几天医术，当时检查了司大公子的伤，又对比了我们红柳山庄的人，觉得病情多有相似，想来并不一定就是高烧烧坏了脑子，也许是有别的缘故。”赵仙仙的语气很平稳，丝毫看不出来她心底的着急和失望。听说司泽远的病没有办法救治的时候，赵仙仙的心沉到了海底，冰凉冰凉的，也就更恨害了红柳山庄一干人等的祭白宫。

“仙仙姑娘说得没错，这病并不是因为高烧引起的。”关吻雪的声音沉了下来，双眸之色略深，“若是我没有诊断错的话，司家大公子是被迷心大法迷了神志，红柳山庄的人恐怕也是中了迷心大法。”

“迷心大法？无药可治吗？”赵仙仙只觉得耳熟，却不知道是个什么东西。

“对，无药可治……”关吻雪的语气颇有无奈，摊开自己的手掌，说道，“这印记，就是当年我偷看迷心大法被师父发现后，师父在我手掌上刻下来的。”关小睢摊开她的手，白皙的手掌上纹路分明，在她的掌心中有一片叶子，叶子是心脏的模样，“这叶子是能医治迷心大法的，可是已经无处可寻了，所以迷心大法无药可治。”

“那迷心大法是什么东西？就没有别的药可以医治吗？”司泽宇不明白，赵仙仙却恍然大悟般点了点头，说道，“我想起来了！迷心大法，是……神女教的吧？”

“没错。师父说这迷心大法由西域的神女教所创，历代教主得以习之，当年……当年神女教称霸中原武林，不知道凭借这迷心大法纳了多少……多少男宠。武林世家不堪受辱，奋起反抗，这才灭得神女教教主。教主一死，神女教树倒猢狲散，从此这迷心大法也就失传了。我师父这里藏着的缺本，因为我的偷看，也被师父给烧了。”

“既然这迷心大法已经失传，那为什么现在又会重出江湖？”司泽宇眉头拧得很紧，心烦意乱地来回踱步，手里握着的酒葫芦也被他丢到了一边。“而且，现在使用这迷心大法的人并不是什么神女教的人，而是祭白宫的人！”司泽宇站定了脚步，面向两个女子，道，“难道是神女教的人回来报复中原武林？可是她为什么不叫神女教？又为什么只对剑客下手？”

“这些我怎么知道？你还是想想怎么把你大哥带回去吧。还有，虽然治不好你大哥，但是诊金你们是要照付的，总不好我含烟谷的规矩因为你们一而再再而三地被破了吧？”关吻雪耸耸肩，拍拍手，依旧慢慢地走着，只是这一次她的脚步格外沉重，却没有人发觉……

“四姐……”夜深了，关小睢幽怨地看着她四姐，关吻雪摇摇头，依旧捧着她的医书看。

“你就再试试别的办法好不好？”当天下午，关小睢一直被软禁在小木屋里，等赵仙仙来给她送饭的时候，她才得知了司泽远的病究竟是因为什么导致的。

“小睢，你就别再怪你四姐了。那迷心大法我也是听说过的，不是你四姐不愿意救，而是真的没有办法救，你就乖乖地吃饭好不好？”赵仙仙哄着关小睢，关小睢却还是没有精神，她想，四姐是世界上医术第二好的人，她要是想救一个人，怎么会没有办法呢？

等到关吻雪亲自来劝关小睢吃饭的时候，关小睢还是那样地执着，四姐救人她才吃饭，若不救人她就饿死。饭菜已经凉了，关小睢饿得肚子咕噜噜地响，可是四姐不答应，她就不吃饭，这是她说好了的。

“小睢！”司泽远在窗外喊着关小睢的名字，关小睢站起来走了过去，关吻雪依旧在灯下看着她的医书。

“你吃，你吃！”司泽远一双明眸美若星辰，亮晶晶地看着关小睢，从他的怀里掏出了两个馒头。

“你哪里来的馒头呀？”关小睢回头偷偷看了四姐一眼，见四姐还是刚才的姿势，又回过头来，压低了声音说道，“你吃过饭了吗？”

“我吃，你吃！”司泽远也不多说，笑嘻嘻地把馒头往关小睢的嘴里塞，往自己的嘴里也塞了一口馒头。

关小睢不防，一口就咬到了馒头，唉……真的好饿啊！灯下，关吻雪的嘴角微微翘起，随即又敛了笑，轻轻地将医书翻了页。

因为关吻雪已经断言司泽远无药可治，司泽宇几番思索，决定还是带着大哥回司家去，并且向司家的大当家汇报所有的事情，比如神女教和迷心大法，以及大哥的病症。

“你不是说，你们家容不下这样的司泽远吗？你现在带着你大哥回去，岂不是教你大哥陷入困境？”关小睢不依，拉着司泽远护在自己身后，司泽宇想去拉大哥的手，却被他大哥闪开了。

“那又有什么办法，总不能叫大哥在外面流浪吧？而且，这件事也未必还能瞒得住。红柳山庄少庄主的事情，不是已经被祭白宫宣扬出去了吗？他们每对一个武林世家下手，得手之后就会四处宣扬，好叫别人害怕他们。既然如此，与其让爷爷和爹在家里干着急，不如我带着大哥回去，也许他们还会看在骨肉情分上好好地照顾我大哥。”

前几日，老管家出了一趟含烟谷，回来的时候神色凝重。他告诉大家，现在外面的人都已经知道了红柳山庄遭到重创的事情，听说红柳山庄的少庄主已经不治身亡了。赵仙仙急忙告辞了众人，赶回红柳山庄，为少庄主披麻戴孝。

而关家堡一日之内被大火所焚，百年基业付之一炬的事情，在江湖上也传得沸沸扬扬。现在外面人心惶惶，祭白宫行事这样狠决张扬，偏偏众人又不知道他的行迹，无法联合起来对付他们，只能眼睁睁地看着祭白宫所到之处，剑客们化为尘土。秋天原是个金灿灿的丰收季节，可是现在到处白幡高挂，一条又一条的人命被祭白宫的人收割了，遍地都是血腥。

“四姐，你快来劝劝，司泽宇要带着司泽远回司家！”关小雎眼尖，看见自家四姐路过，立刻大声嚷道。

正和司泽远玩捉迷藏的司泽宇，回过头去和关吻雪打招呼：“承蒙关四小姐照料，我和我大哥感激不尽，现在准备离开含烟谷了。”

“没什么，也谢谢你和你大哥救了我家小雎。至于你们的谢礼，我希望司二公子回去之后，能够派人把诊金送来。”

“一定，待我回去禀告了祖父和父亲之后，一定亲自将诊金送到含烟谷来。”司泽宇趁机就牵了司泽远的手，提着自己的酒葫芦，向关小雎和关吻雪点了个头就要走。

“不走！小雎！小雎！”司泽远嚷嚷着，一双亮晶晶的眸子盛满了委屈，他才不要和关小雎分开呢。

“四姐，叫你劝劝他，你怎么……提什么诊金呀！”关小雎跺了跺脚，拉着司泽远的手，说道，“你不要走。”又看向司泽宇，“你就让你大哥留在这里吧，兴许我四姐还能想出别的法子来医治他呢？”

“四姐！四姐！四姐！”关小雎又央求地看着关吻雪，可怜巴巴地望着她四姐那云淡风轻的笑。

“小雎，不要任性。司大公子要回家，你有什么理由叫他留在这里？我是真的没有办法医治他。”关吻雪淡淡地回答，转头就要走。

“有！”关小雎跳脚，拉着司泽远到一边，摆出一副要和司泽宇、关吻雪对阵的样子，说道，“四姐，你要是叫他留下来，想办法医治他，那就最好。要是不的话，我就，我就……”

“你就如何？”关吻雪挑眉，说道，“你就杀了我还是杀了司泽宇啊？”

“我就嫁给他！”关小雎与司泽远十指相扣，高高地举起，司泽远见这样好像很好玩，又嘻嘻地笑着，刚才要和关小雎分离的难过一下子就烟消云散了。

“你说什么？”关吻雪立刻把脸拉了下来，沉声道，“关小雎，你别再胡说八道了！”

司泽宇也被惊到了，目瞪口呆地看着自家大哥和关小雎。可是他转念一想，也不错呢，要是大哥娶了关小雎，那么家里不管是出于怜惜或者是看在关家堡的分上——虽然关家堡现在已经没有了，可是关小雎至少还有一个身为含烟谷主的四姐。还有关家堡的大小姐，听说是峨眉派的下一任掌门人，还有关小雎的二姐，那是嫁给了“金刀霸天”大儿子当媳妇的人，有这么几个姐姐为关小雎撑腰，司家定然不会对娶了关小雎的司泽远轻举妄动。几个念头转过，司泽宇反倒隐隐有支持关小雎的意思。

见司泽宇并不反对，关小雎心里更有底气了，冲着自家四姐喊：“四姐，你要是叫司泽远留在这里，治好了他，那我便能嫁个好儿郎。你要是不的话，哼，就算他现在这样，我也嫁了！只是日后，四姐，你怎么对爹爹和娘交代？”

关小雎自以为拿住了关吻雪的短处。她是小妹，是爹爹和娘最疼的人，要是叫爹爹和娘日后知道了四姐竟然不救妹夫，叫小妹嫁给了一个傻子，一定会好好惩罚四姐的。关小雎把算盘打得噼里啪啦地响，关吻雪只觉得自己的肺都要被这个不懂事的小妹给气炸了。

“你嫁谁自有父亲母亲为你选定。你别忘了，你和方小年的事儿父亲还没有发话呢。还有，现在父亲母亲不在，你就算是嫁给了司泽远，最后有谁承认？你别再这样不懂事了好不好？”关吻雪真是恨不得把关小雎的脑袋摘下来，扒开看看里面装的都是什么。

关小雎听到她四姐提起方小年，心里更是不痛快，一咬牙，对司泽宇说道：“我要嫁给你大哥，你承认不承认？”

承认，当然是承认的！司泽宇真是迫不及待地要为大哥找一个可以保住他性命的人，于是折回来，躬身行礼，对关吻雪说道：“还请谷主预备下婚事用品，我大哥和关小姐就借贵宝地来拜堂成亲吧。”

“你！”关吻雪气得眼睛冒火，她本以为司泽宇还会帮着劝一劝，哪里想到司泽宇竟然这样说，“你们俩就做梦吧，我是不会同意这桩亲事的！”

关吻雪觉得大吼一声还不够出气，于是用纤细的手指指着关小雎和司泽远，咬牙切齿地说道：“你嫁，你嫁啊，你敢嫁，我就敢立马把他杀了！反正在这含烟谷里，就算是把司家兄弟都杀了，谁又能传消息出去？司家难道就敢上我含烟谷来报仇？！”

“四姐！”关小雎见四姐说得这样狠，眉头一动，一咬牙根，一下子拔下了头上的簪子，用簪子抵着自己的喉咙，决绝地说道，“四姐，你要是救他，我就嫁一个好夫婿。你要是不救他，我就嫁给他，伺候他一辈子。你要是杀了他，我立刻也不活了，就随了他去！”

“好！好！好！”关吻雪一连说了三个好，气极反笑，指着关小雎说道，“你有出息了，学会拿性命来威胁四姐了！”那语气里，尽是失望和心痛。可是关小雎不能就这样放弃，她知道，四姐为了她，那是什么都做得出来的，要是她放下手中的簪子，说不定四姐真的会杀了司家兄弟俩。关小雎丝毫不怀疑，只要她四姐一挥手，司家兄弟就能死在一种不知名的药粉手里。

“四姐，你就当是小妹求求你了，我真的很喜欢他，真的！”关小雎泪光盈盈地看着关吻雪，说道，“当初我逃婚被人抓了，是司泽远拦在我身前，为我与人搏斗；我被采花大盗抓走了，也是他冒险相救；我受惊失魂，更是他日夜陪伴；最后，我怒极离开，也是他奔波寻找。四姐，他待我有情有义，又是因为我变成这个样子的，我怎么可能放下他不管！”关小雎顿了顿，看了一眼司泽宇，接着说道，“我们家未必会有这样的事情发生，若是哥哥们谁变成司泽远这样了，咱们关家堡最多是好吃好喝地养着，叫他一生无忧无虑地就过去了。可是你看司泽宇如何说的？司家容不下这样的司泽远！要是司泽远现在跟着司泽宇回司家，他就会丢了性命啊！”

“四姐，我说真的，要是司泽远死了，我也不活了！”关小雎说得极认真，痛心之处，自己也忍不住流了泪。关吻雪一直定定地看着关小雎，一言不发，待了许久，关小雎依旧在哭，司泽远则是没了原先的开心，用自己的衣袖为关小雎擦眼泪。仿佛知道了关小雎和关吻雪是因为他的去留争执，并且关小雎还因为这件事哭了，这一次，司泽远没有再闹，而是乖乖地看着关小雎，有些不舍，又看向对面站着的司泽宇，说道：“我走，小雎不哭，小雎不哭。”

司泽远也许是傻了，但是他的细心和敏感却是天生的，大概能够感觉到大家是因为他才为难，既然他不能留下，那他就走吧。

“不要！你不许走！不许走！”关小雎一把拉住司泽远的手，整个人扑到了司泽远的怀里，嘴里一直嚷着，“我不哭，你也不许走，不许你走！”

“小雎……”司泽远轻轻地喊着关小雎的名字，用手一下一下地抚摸着关小雎的头发。

“不许你走！”关小雎紧紧地拽着司泽远，大声地嚷嚷着，“我们成亲，我们在一起。四姐不留你，含烟谷不留你，那我就带着你远走高飞！我们去一个谁也不认识我们的地方，我们好好地过自己的小日子，不碍着谁，也不叫谁伤害你！”

关小睢打定了主意要嫁给司泽远，她想，只要司泽远不回司家，她带着司泽远找个小村子，两人隐姓埋名，就能够好好地过自己的日子。什么关家堡的复兴，什么司家的责任，他们统统不要了。这个世界上，没有了司泽远，关小睢还有什么活下去的意义？大概爱就是这样吧，愿意为对方生，愿意为对方死，愿意为了对方做一切的事情。我爱你，所以你活着我便活着，哪怕我们再不能相见；我爱你，所以你死了我便死了，哪怕十八层地狱我也随你去。关小睢能够接受的，就是司泽远好起来之后，他们再分离。那个时候，哪怕他们不能在一起，她知道司泽远能够好好地活着，那也足矣。可是现在，司泽远面临的是死亡。司泽远回到司家最好的结果就是以一个很合适的缘由死去，最坏的结果就是悄无声息地、忽然什么都没有了，司泽远这个人仿佛没有来到过世界上一样，忽然就死了，没有人去过问。

关小睢爱着司泽远，怎么会忍心叫那样一个光风霁月的人就这样白白地死掉呢？司泽远和关小睢的纠缠，叫司泽宇都动容了。关吻雪毕竟是个女子，心肠更是软。她叹了一口气，摇摇头，有些无奈地说道：“好了小睢。我答应你便是。”

司泽宇扭过头去看了看关吻雪，见她满面的疲惫，想到自己刚才想要利用关小睢保住大哥的性命……关小睢毕竟是关吻雪疼爱的妹妹，见关小睢那样为一个外人而威胁自己，关吻雪心中肯定是很受伤，若是大哥为了一个女子这样和家里作对，他司泽宇心底也会很难过的。

“关四小姐……谢谢！还有，对不起！”谢谢你的答应，还有对不起，利用了你们关家姐妹来保住我大哥。可是司泽宇是真的没有办法，大哥和他是手足至亲，他怎么能够眼睁睁地看着大哥回了司家，接受那黑色的死亡呢？所以只能对不起眼前的两个女子了。

“真……真的吗？”关小睢抬起头来，满脸泪痕地看着自家四姐。

“真的。”关吻雪有些无力地笑，看了看略微有些内疚的司泽宇，说道，“司泽宇，你就自己先回司家吧。第一，先告诉你们司家的人，神女教还有祭白宫之间的联系，看看是不是能够查出什么蛛丝马迹。第二，回禀你们父亲和祖父，到时候记得带上三千两黄金作为诊金送到含烟谷。你大哥，就先留在我这里医治了。”

“关四小姐要医治我大哥？！”司泽宇急急地问，他压抑着心中的惊喜，说道，“不是说大哥已经药石无灵了吗？”

“话是这样说，只是……”关吻雪瞥了一眼那喜极而泣的关小雎，摇摇头道，“到底熬不过我这个妹妹。不过我也不能保证一定能让你大哥恢复原来的样子……只是，叫他的智商回到常人的模样，大约还是可以的……总不能真的叫我妹妹嫁了傻子，或者刚嫁人就当了寡妇吧？”关吻雪想了想，又说道，“没了武功，司泽远到底还是司家的人，你们司家只是容不下一个傻子而已，不至于容不下一个废了武功的人吧？要是真的这样，那就请你向司家家主带句话，就说司泽远叫我关家堡招赘为婿了！”

第十八章 救治得法

司泽宇走了之后，关吻雪便着手对司泽远的医治。

“你这几日先带着他在谷中好好地玩，不要来打搅我，婆婆会给你们做饭，等我出来的时候，我希望你能够说服司泽远接受我的医治。那个时候你不能跟进来，我不想我的医治过程被你的乱嚷嚷打乱了。”

关吻雪对关小雎真的是无奈了，只好再三地叮嘱了之后，领着自己的两个小徒弟进了最后一间小木屋。关小雎几日来都和司泽远在含烟谷里玩着，饿了有人给做吃的，渴了就寻了谷里溪水来喝。玩的时候关小雎还对司泽远说道：“阿远，你过几天要乖乖地听我四姐的话，和她一起到小木屋里去。四姐说什么你都要听，都要做，像听我的话一样好好地听我四姐的话，知道了吗？”

司泽远正躺在草地上，枕着关小雎的大腿睡觉，听见关小雎这样说，他睁开了眼睛，露出一个灿烂的笑容：“嗯！”

“等你好了以后，我们就成亲，嗯……你知道什么是成亲吗？”关小雎甜甜地笑着，用草根替司泽远掏耳朵，问他。

“嗯嗯……”司泽远闭着眼睛，享受着关小雎为他掏耳朵的舒服，摇着头哼了哼。

“成亲呀，就是男人和女人在一起，拜堂、洞房、生娃娃。以后就一直一起生活了……”关小雎说到这里，脸色微红。她想，和司泽远拜堂洞房生娃娃，嗯，日后他们的孩子会像谁呢？像爹吧，像爹多英俊啊，要是女孩儿……那也要像爹，司泽远的眼睛很美呢……

“小雎，成亲！”司泽远忽然蹿了起来，吓得关小雎往后仰去，司泽远则俯下身去，微微压着关小雎，露出一个灿烂的笑容，“小雎，成亲！”

关小雎注意到了自己和司泽远的姿势，还有司泽远那一副纯洁而灿烂的笑容，诚挚地跟她说着要和她成亲。关小雎真是既羞又喜。羞的是她一个姑娘家却想了那么多，喜的是，司泽远也有要和她成亲的意愿。有什么事情能够比得上一个少女忽然发现她爱的男子其实也是爱着她的更叫她欣喜呢？她想嫁的人，其实也是想要娶她的。关小雎只觉得整个含烟谷里的花儿都盛开了，美不胜收。

落叶在小木屋前后堆积了许多，小木屋的门终于打开了。黄芪和白芷两个小孩子满脸倦容，跟在他们身后的关吻雪更是憔悴不堪。

“四姐？”关小雎试探着喊了一声。

“小雎，什么都别问，待我好好休息一下。”关吻雪吩咐了两个童子回去吃饭休息，自己也叫了婆婆烧了热水洗澡，再好好地吃了一顿饭，关了门就呼呼大睡了。这几天，关吻雪带着两个徒弟在小木屋里钻研古书，终于找到了一个能够救治司泽远的办法。

只是关吻雪对这个方法还是不大相信，连连翻了好多藏书，结合了自己的知识和众多的书籍，把古法给改良了一下。没办法，心脏草已经没有了，关吻雪只能另辟蹊径，另寻一种草药和方法来医治迷心大法。其实关吻雪决定救治司泽远，不仅仅是因为关小雎的要挟，更因为她身为一个医者、一个用毒之人的爱。各种奇异的病她想见更想医治，只是当初师父教导她的时候，总是拿了动物植物来给她做示范。含烟谷不让太多外人进来，自然也不会养着试药的人。而上门求医的人……关吻雪睡前扯了扯嘴角，罢了，那些不过就是个小毛病，但是太惜命，就想着用三千两黄金从含烟谷这里买个安心罢了。关吻雪翻了个身，熟睡过去。

直到第二天天黑的时候关吻雪才醒了过来。粉雕玉琢的两个小徒弟已经精神百倍了，恭恭敬敬地站在门外等着关吻雪出来。而关小雎则是更着急，却又不敢打搅她四姐。

黄芪和白芷说了，四姐这几天不眠不休地钻研古书，为的就是救司泽远，关小雎再着急也不能让四姐在那么多天劳累之后，连睡个好觉都不行。司泽远在一旁对着关小雎笑，他这些天来，不说话的时候还是颇有以前司少侠的风范的。只是他一旦说话，就是一个痴痴傻傻的人。关小雎想着，快了，快了，很快那个司泽远就能回来了。想起那一日，他仗剑而来，马车后的关小雎一眼就看见了他……身姿挺拔，风度翩翩："姑娘，可有什么事？"

……

门开了，关吻雪看了看站在门外的人，神情颇为严肃，说道："准备好了吗？"

"是的师父。"两个小童齐声应了。

"阿远，你还记得我那天跟你说的话吗？你现在要跟着我四姐去接受医治，你要听我四姐的话，我四姐说什么你都要照做，不要任性，不要闹，我在外面等你出来……"关小睢絮絮叨叨地对司泽远说，司泽远不住地点头。关小睢还是不放心，看了一眼关吻雪，哀求道，"就不能让我一起进去吗？"

"不能！"关吻雪瞪了她一眼，说道，"你进去了，只会碍手碍脚，就别给我添麻烦了！"

关小睢抿抿唇，好吧，她不能进去，就只能好好地叮嘱司泽远要听四姐的话了："……记住了吗？我在外边等你，等你出来之后……我们就成亲……"最后的一句话关小睢说得很轻，大约是因为这里有外人在。可是司泽远却不知道轻声一点，他眼睛一亮，握住关小睢的手，猛地点头，大声道："等我出来成亲！"

关吻雪和她的两个小徒弟纷纷侧目，关吻雪看了一眼两个小徒弟，二人赶紧垂了脑袋。关吻雪又恨铁不成钢地瞪了一眼自己的小妹，说道："磨蹭完了没有？快点！"缠缠绵绵的两个人松了手，司泽远乖乖地跟着关吻雪和两个小童子进了那最后一间小木屋。关小睢双手合十，向天叩首：求老天可怜可怜我和司泽远，叫他快些好起来吧！

三日后。

小木屋的门再一次被推开，关吻雪抖了抖身上的疲惫走了出来，两个童子半眯着眼，相互搀扶着，跌跌撞撞地走下了台阶。

"怎么样了四姐？"关小睢一直在外面等候，见关吻雪出来了，急忙上前去问。

"自己进去看吧，累死我了，我先回去休息了，这几天不要吵我！"关吻雪不耐烦地丢下一句话，却不告诉关小睢司泽远究竟如何了。

关小睢只好忐忑地走进小木屋，只看到一个犹如松柏般挺拔的背影，哪怕身上是一件洗旧了的长衫，也无法掩盖他身上那从容的气质。那身影转了过来，嘴角含笑，眉宇淡然，一双灿若星辰的眸子炯炯有神，他语气轻快而深情地道：“小雎，好久不见……”

“要谢谢四姐，要不是四姐，你就好不了啦！”关小雎倚在司泽远的身上，两人正坐在大石头上看落日。

“我知道的，是四姐费了心力才把我救治好的。”司泽远的声音温和平稳。他说话的速度不快，却清晰得很，这般温润如玉的感觉，让关小雎只觉得心中欢喜。

“……那三日我是度日如年呀，四姐不出来，白芷和黄芪也不出来，老婆婆又不知道去哪里了，我每天都坐在门外等，趴在门上听，可是里面一点声音都没有，我还怕是四姐怕我嫁给你，直接在里面把你杀了毁尸灭迹了呢。”关小雎嘟嘟囔囔的，像是在和司泽远撒娇一般地说着自己的担心。

“小雎。”司泽远忽然动了动，关小雎的脑袋离开了司泽远的肩膀，看向司泽远，见司泽远也正盯着她看。四目相对，关小雎只觉得脸上羞红了一片。

“我病着的时候，那些话，那些行为，你以后再不要这样了。”司泽远用手扶着关小雎的肩膀，很认真地讲。

“啊？”关小雎有点蒙，她说什么了？并非关小雎忘性大，只是当时她性子一上来，竹筒倒豆子一样地说话，其实说完了自己也不太记得了。她只知道那样要挟四姐，四姐就会答应她的请求。

“就是……”司泽远似乎也有些不好意思，“你在我病中时对你四姐说的话，说你要嫁给我，还用簪子抵着喉咙以命相逼，要挟你四姐为我医治。”

这是什么意思？关小雎不明白，难道司泽远这么说，是觉得当时她那样的说法很不矜持吗？

“你现在是不想娶我了是吗？”关小雎脸色一白，推开了司泽远，自己却一滑，差点摔到地上。

司泽远伸手拉住关小雎，一把将关小雎拉到自己的怀里，用手轻轻地抚摸着关小雎的头发，说道：“不是这样的小雎，只是那样的说法和做法，会叫你四姐伤心。”

关小雎的心意，司泽远怎么会不明白？只是当时司泽远顾虑这个顾虑那个，而如今，他已经看见了关小睢的全部心意——关小睢哪怕连命都不要，也要嫁给当时还是痴痴傻傻的司泽远。就算司泽远是铁石心肠，也该被这万千柔情软化了，更何况他本就是个心善心软的人。

“那你，那你不是不要娶我对不对？”关小睢将头埋在司泽远的怀里，闷声闷气地说道，“我知道四姐心里肯定觉得受伤，可是那样的情况，我不能叫你弟弟把你带回司家去，我不能让你被他们……阿远，如果再重来一遍，我还是会那样做的。”

关小睢说得很肯定，司泽远心头一震，只觉得酸酸的一股子情绪涌了上来，他的满腔感动都是为关小睢而生。得一女子深爱如此，夫复何求！

“小睢……”司泽远将怀中的人抱得紧了一些。罢了，罢了，叫那些世俗的眼光都看一看吧，他有这样一个深深爱他的女子，又何必在乎别人说什么呢？况且……司泽远想到，方小年仿佛也不是很愿意娶关小睢，也许还是有办法解决这个问题的。夕阳的余晖下，两个紧紧相拥的人，享受着天边美丽的彩霞之景。阳光轻柔地给他们镀上一层光芒，像是情人的手在呵护着可爱的人，轻柔而温婉。山涧纷飞，女孩子的笑声清脆，仿若另一条欢快流淌的小溪。

“阿远，阿远，你瞧呀！”关小睢飞快地跑过来，让司泽远看她手上的东西。

“很漂亮的蝴蝶，对不对？”摊开白嫩的手掌，里面是一只白色的蝴蝶，蝴蝶的翅膀上有一层紫色的细毛。关家堡的轻功被关小睢用来抓蝴蝶了。

司泽远停下手中的剑，微笑地走向关小睢，却不是看那只蝴蝶，而是看着满头大汗的关小睢：“瞧你，又跑得浑身是汗。”司泽远含笑地摇摇头，用手帕轻轻地帮关小睢擦去她额头上的汗水。

“这里，这里，这里还没擦呢！”关小睢嬉皮笑脸地仰起头，她就是喜欢司泽远照顾她的感觉。她又不是三岁小孩子了，怎么会不知道要擦汗？只是她喜欢司泽远给她擦汗，这叫她觉得很欢喜。

“真是个傻丫头！”司泽远轻轻地用手指点了点关小睢的鼻尖，宠溺地望着傻笑着的她，说道，“你四姐要是知道你拿关家堡的轻功来抓蝴蝶，会被你气死呢。”

“才不会呢！”关小睢歪着脑袋，眨巴眨巴眼，说道，“我哪里是用轻功来抓蝴蝶嘛，我是用抓蝴蝶来练习我的轻功！”关小睢说得理直气壮的，只是……一碰上她四姐，关小睢就像霜打了的茄子一样蔫了。

“哼，什么时候你把关家剑法用来抓蝴蝶，我就夸你用功了！”关吻雪的声音一响起，关小睢立刻就缩到了司泽远的背后。看着见了自己就像老鼠见了猫似的自家小妹，关吻雪只觉得太阳穴上的青筋又在突突地跳了。

“关小睢，你就不能有点出息吗？”关吻雪颇为无奈，恨铁不成钢啊，她恨不得把关小睢从司泽远身后提出来，叫关小睢狠狠地去练功。

“四姐，你放心吧，我会督促小睢和我一起练功的。”司泽远浅笑，将关小睢护在自己的身后。

“是了是了，我会和阿远一起练功的！”关小睢从司泽远身后冒出个脑袋来，不住地点头。

“哼，最好是这样！”关吻雪就见不得关小睢的这个样子，翻了个白眼，撇撇嘴，看向司泽远，说道，“我说呀，这迷心大法我能解，我也能再下个什么毒，叫司大公子变成个废人……关小睢，我警告你，你要是再敢玩物丧志拖拖拉拉，我动不得你，我还动不得你男人了？”话到最后，已是略有威胁的意味了。

“四姐，你不能动他！”关小睢立刻从司泽远身后跳出来，伸开双臂拦在司泽远身前，一副要保护司泽远的样子。

关吻雪扑哧一笑，啧了一声，说道：“真出息呢！”

“小睢……”司泽远也笑了，用手摸了摸关小睢的脑袋。

“哎呀，人家认真的呢！”关小睢噘着嘴，似乎不满姐姐和爱人待她像小孩子一般。

“好……”司泽远的笑容忽然僵住了，一下子仿佛控制不住自己似的抱住了头，龇牙咧嘴地呻吟着。

关吻雪见了，瞳孔一缩，心中暗道：果然，后遗症还是出现了……

“怎……怎么了，阿远，你怎么了？”关小睢被吓到了，蹲下去轻声而焦急地喊着司泽远的名字。

“没……没事……小睢，没事……”嘴里是这样说着，可是司泽远的眉头却拧成了一个疙瘩，额头上冷汗涔涔，一看就是疼得厉害。

关小睢转过身去，关吻雪已经走了过来，“四姐！你……”

“我我我，我怎么了？你还真以为我对他怎么了啊？”关吻雪没好气地白了关小睢一眼，蹲下身去检查着司泽远的头部。

“看来，这是迷心大法的后遗症。”关吻雪的眉头也皱了起来，顾不得多想，先拿出随身携带的银针，封住了司泽远的几处大穴。

“迷心大法的后遗症？”关小雎问。

“没错，”关吻雪看了一眼昏迷过去的司泽远，他的眉头依旧紧紧地皱着，她的表情严肃起来，“先别说其他的，帮我扶他回去。”

关吻雪叫来黄芪和白芷，吩咐二人去采药，又叫老婆婆烧了热水，把采来的草药放到大木桶里煮，再和关小雎一起把司泽远脱光了塞到木桶里去。

“这样有用吗？”关小雎不懂医术，但是觉得那么热的水，说不定司泽远会被煮熟了呢。

关吻雪横了关小雎一眼，说道：“你要是对你四姐的医术不信任，那就立马带着你的男人给我滚出含烟谷去！”

“四姐……”关小雎立刻上前讨好撒娇般地拉着关吻雪的衣袖，关吻雪却没心思搭理她，叹了一口气说道，“我说了他没法救没法救，非逼着我救他！现在好了，他这个后遗症，我是真的没有办法了。”

司泽远在大木桶里泡了两个时辰，终于慢慢醒了过来。

“阿远，你醒了，还疼吗？”关小雎就在木桶旁边守着，见司泽远醒来了，格外高兴。

“没事了小雎……”司泽远的语气还有些虚弱，露出一个笑容，想要安抚关小雎。

“哼，我都说了，这是后遗症，是正常现象，醒了就什么事儿都不会有了。”关吻雪端了一碗药进来，又见了关小雎那副没出息的样子，真是恨不得把药都浇到关小雎的脑袋上去，让她好好清醒一下。

“谢谢四姐，又叫四姐费心了。”司泽远依旧笑着，喝了药向关吻雪道谢。

“当不起你的谢！”关吻雪撇撇嘴，看了一眼关小雎，“你这好媳妇，先是拿了婚姻大事来逼我，后又拿了性命来逼我。好嘛，你昏倒一次，她还拿我整个含烟谷的草药来逼我，救不了你，人家可是要烧了我的含烟谷！”

“哎呀！四姐！”关小雎咕哝道，“人家就是太着急了嘛！”

“小雎，你又为难四姐了……”司泽远摇摇头，说道，“不是都告诉你了吗，不要逼着四姐，四姐要是能救我，又怎么会不救？”

“对啊，就冲司大公子这么一句四姐，我就是拼了命，也得给我家小妹把她男人给救回来呀！”关吻雪用手指戳了一下关小雎，拿着药碗扬长而去。

小木屋里头，司泽远和关小睢独处一室。司泽远已经从大木桶里面出来了，洗了澡换了干净衣服，见关小睢头低低地坐在桌子边，就笑着走过去，摸了摸她的头发，说道："知道错了？"

"嗯……"关小睢小声地应了。

"哪里错了？"司泽远又问她。

"我不应该又一次威胁我四姐，我说要是四姐没有办法把你救醒，我就烧了她含烟谷里所有的东西，砸了她招牌……"关小睢怕司泽远生气，立刻说道，"我知道错了，我不应该这样说的，这样会让四姐觉得伤心，可是我那个时候就是太着急了呀，你忽然头疼得晕倒，四姐之前又说，我要是不用功就杀了你……我就怕四姐真的那么做嘛！"

"傻丫头，你四姐怎么会那么做呢？"司泽远坐在关小睢身边，"你四姐不过是恨铁不成钢，想用我来激你奋发向上。你想想，你四姐有她师父的命令，不许出含烟谷，你大姐二姐她们又不曾学习过关家堡的武功，也不知道你爹爹和哥哥情况如何，你四姐自然将关家堡的希望都放在了你身上……"

司泽远轻轻地将手搭在关小睢的肩膀上，说道："你想想，你四姐心里多着急呀，外面的情况她都不知道，要是你武功再不练好，她怎么放心放你出谷？可是你要是不出谷，又怎么去找你爹爹和哥哥？整个关家堡要怎么办呢？"

"我知道……是我太懒散任性了，我以后一定不这样了，我肯定好好练功，一定……一定练好武功，找到爹爹和哥哥，重振我们关家堡的威名！"关小睢赶紧向司泽远保证。

"我知道的，我们家小睢是好孩子的，嗯……以后再不许这样了，嗯？"司泽远笑笑，轻轻地用手指弹了弹关小睢的额头。

"嗯！"关小睢笑得开心，因为司泽远说"我们家小睢"……

几天后。

"关小睢，你要记住，你先是关家堡的小小姐，然后才是你男人的媳妇。"关吻雪摆出一副严肃的脸色，她是真的没办法相信这个妹妹，"你先出去，一定要找到爹爹或者哥哥，处理完外面的大事之后，才能考虑你和司泽远的事情。还有，你们俩是没有真的成亲的，在外面不许像在我这里般没个避讳！"

关吻雪又看向司泽远，说道："我把妹妹交给你了，你既然要当我们关家的女婿，就要有些关家的担当，不要白白糟蹋了我妹妹的心意，更不能叫我们关家堡丢了脸面。好好照顾小睢，找到你未来的岳父和大舅哥们，为我们关家堡报仇！”

“是，四姐，你放心吧，我会好好照顾小睢的。”司泽远一一应了，很认真的模样。

“还有，对于你身上的后遗症，我这几天研制出了一些药方，还没有来得及一一给你试过，你且带着，要是路上有了什么状况，立刻把药熬了吃了。这些药丸子是给你应急用的，我赶了几天，也只得了这四瓶，你一路上一定要小心，头疼又来不及熬药的时候，就拿出来吃了。朱砂所写的那个药方，你要照着每天吃一服药，也不知道有没有用，总之吃了也好防备着点你头疼的毛病。照顾小睢的时候也要照顾好你自己，否则你出了什么事，这丫头肯定也没救了。”

关吻雪几番叮嘱，觉得没有什么了，这才开了含烟谷的门，让两个人出了含烟谷。

“记住了，一定要万事小心！”最后一句话说完，含烟谷的大门已经关上了。地动山摇之后，含烟谷的外面依旧烟雾缭绕，一切如同那日关小睢几人前来时的模样。

“我们走吧。”

关小睢和司泽远一路往外面走，不过走了半天，他们就到了一个小村庄。这里虽然是个小村庄，但是热闹得很，晚上还有夜市，人来人往的好不喜庆。

“请问您一下，这里是什么地方呀？”关小睢找了个老太太问，那老太太正眯着眼睛回味着烤肉的味道，听见有人在跟她讲话，睁开眼睛瞧了瞧。

“嗯……你们俩是外地来的？”那老太太没回答关小睢他们的话，而是反问了一句。

“是的，我们兄妹俩刚刚从家里出来，准备去看望崇阳府的伯父。不知道这里是什么地界？”关小睢随口扯了一句，只是想探出他们在哪里而已。

“噢，这里是南山镇地界，咱们这儿叫南头村。”老太太咧嘴一笑，说道，“这儿离你们伯父家，还得走上三四天哩。”

“是吗？谢谢您了婆婆！”关小睢和司泽远要告辞，可是那老太太却很热情。

“就到我们家先住一晚吧！哎，我老婆子自己一个人在家呢，你们就过来住一晚吧，等明天天亮了，路好走了，你们再上伯父家去也不迟呀！”天色渐黑，关小睢也有些饿了，司泽远就笑着答应了老太太，两人扶着老太太慢慢地往她家走去。

“瞧见你们俩呀，我就觉得欢喜，唉，我家的那两个孙子哟，都好久没见着了……”老太太絮絮叨叨地说着话，仿佛是太久没有和人说话了，显得格外兴奋。

到了家之后，老太太又张罗要去给他们做点东西吃，却被关小睢和司泽远给拦了下来。毕竟是老人家，他们怎么忍心让老人家为了他们那么张罗呢?

“……我们带了干粮的，就请婆婆给点水喝就行。您别忙了，我们没事的。”关小睢甜甜地笑，很得老人家的喜爱。老太太转身提了壶水来，还塞给关小睢一个热乎乎的地瓜。

“别嫌弃我老婆子的东西，这是出门前埋在锅底灰里头的，热热的吃了，也好睡个好觉呢！”

司泽远和关小睢谢过了，又扶着老太太回去休息了，这才准备吃他们的晚饭。

“婆婆人倒是挺好的。”关小睢捧着又香又甜的地瓜对司泽远说道，“小村子里的人都很和善吧，哪里像外头，动不动就是阴谋诡计。”蒋礼的事情似乎给关小睢带来很大的阴影，关小睢感慨很深地说道。

“傻丫头，快吃吧，吃完了洗个脸好睡觉呢。”司泽远掰了一块饼递到关小睢的嘴边，关小睢张嘴就吃下了。

“真好吃！”关小睢只觉得那是世界上最好吃的饼。两人你一口我一口地吃着干粮，小油灯下的他们显得很幸福。老太太在窗边笑了笑，扭头走了，却悄悄地擦了擦眼角的泪。

“老头子呀，可惜呢，你不在了……”老太太的声音很轻，就只有她一个人听得见。

第二天，老太太很早就起来了，给关小睢他们准备了两大碗热乎乎的面条，还在里面卧了鸡蛋。

“快吃，吃饱了才有力气赶路呢！”老太太笑眯眯地看着两个人，说道，“你们俩呀，就是太年轻，唉，不过年轻也好呢……”老太太依旧絮叨着，最后一句话差点把关小睢噎住了，“……想当年，我跟我家老头子私奔的时候，也像你们这样年轻呢，他也是舍不得吃一个伯母给的鸡蛋，就偷偷地放到了我的碗里。”

这个时候，关小睢正好把自己碗里的鸡蛋挑到了司泽远的碗里去，正拿着筷子吃香香的面条，一下子就噎在了喉咙里。好嘛，怪不得这老太太待他们那么热情那么好，原来是以为他们跟自己年轻时候一样，也是一对私奔的小鸳鸯呀！

用过了早饭，关小睢和司泽远离开了老太太的家。“也不知道我二姐怎么样了，她现在就在崇阳府呢。”关小睢说道。

“那你要去看看她吗？”司泽远建议道，“四姐叫咱们出来打探你父兄的消息，可是我们一点消息都没有，不如就上你二姐家去看看，她也许会有你爹爹和哥哥们的消息也说不定呢。”两下合计，关小睢和司泽远就决定先到崇阳府走一趟。因为两个人年轻，而且都有武功，脚力比一般人的快，天刚擦黑，他们俩就进了南山镇。

老太太跟他们说了，因为庆祝秋分，南山镇所辖范围都会热闹个三五天。关小睢他们寻了一家客栈住下，准备第二天再到崇阳府去。

“哎，你听说了吗，崇阳府又发生命案了！”

“哦？是崇阳府刘家吗？”

“没错，唉，那场大火呀，烧了一天一夜呢。”

“整个刘家都被烧没了吧？”

“也不算吧，听说刘家烧死了不少人，但是刘家的儿媳妇却没死呢。”

“刘家的儿媳妇？是哪个儿媳妇？”

“还有哪个？听说是关家堡的二小姐，武功很是了得，那场大火，就她一个逃出来了。”

……

关小睢的脚步僵住了，有些慌张地转过身去，向那正在喝酒聊天的人问：“你们说的那个刘家，那个关家堡的二小姐，他们家怎么了？怎么会发生大火？那关二小姐人呢？”

两个喝酒的人并不知道关小睢是谁，只是觉得眼前这个青春美丽的女孩子一脸震惊，叫人很是奇怪。也许是和刘家有什么关系吧。

“我们也不知道，都是听人说的，只是听说那场大火烧了一天一夜呢……”

司泽远担心地上前扶着关小睢，却见关小睢又问：“那关二小姐，你们可听说了她的下落？”

“关二小姐逃了，刘三公子也逃出来了，整个刘府就活了他们夫妻俩。唉，还有关二小姐的大哥也跑了，不过听说她大哥后来掉到山崖下去了！”

另外一桌的人也靠了过来，绘声绘色地说着那天晚上的事情：“我二姨家的三表弟就是在那家打更的，听说那天晚上三更，一群白衣女子忽然出现在刘家门口，哎哟，大声喊着交出关家的人不死，刘家怎么可能让人那么欺负……后来就放了火，关二小姐被刘三公子护着逃了出来，那关二小姐的大哥也逃出来了。后来听说为了引走那群人，那关大少爷就跑到山崖去了，被逼之下，那大少爷就跳崖死了！”

关小雎闻言，连连退了几步，身影晃动，眼前一黑，一下子就软倒在了司泽远的怀里……

因为听到了关小雎哥哥姐姐们的噩耗，关小雎和司泽远再没有多歇片刻，而是连夜赶往了崇阳府。天际泛白的时候，司泽远和关小雎终于看见了崇阳府的城门。

“小雎，你脸色这样不好，我们先找个地方歇一歇，再打听你哥哥姐姐的事情好不好？”司泽远一路上都紧紧地牵着关小雎的手，感觉到她满手都是冷汗，又湿又冰凉。

“不，我要尽快知道大哥和二姐的消息！”关小雎尖声否定了司泽远的建议，她的兄长和二姐正下落不明、生死未卜，她又怎么有心思歇一歇呢？

“那好，那你要答应我，等会儿不管你听到了什么，你都绝对不能反应过激，知道吗？”司泽远颇为担心关小雎，也不知道那群烧了刘家的人还在不在。要是在的话，知道有人对刘家的消息那么关注，说不定就能够猜到关小雎和刘家儿媳妇的关系。司泽远整理了这一路上的讯息，发现出事的都是剑客或者是武林中有名的剑派，但是奇怪的是，刘家的家主明明是用刀的……而且打更的人也说了，听见来人要的人是关家的人，那么就说明，那群人很有可能就是祭白宫的人！祭白宫和剑客究竟有什么大仇？非要将剑派一举歼灭吗？司泽远不由得担心司家，不过想想，二弟已经回家去报信了，祖父和父亲一定会有所防范的。

进了崇阳府，两人直奔刘家而去，可是刘家比起关家堡来，简直就是不堪一击。同是大火烧了一天一夜，关家堡还有残垣断墙，这刘家，却是什么都不剩了。

“二姐！”关小雎想到自家二姐，那天晚上，定然是形势危急，也不知道二姐最后如何了。还有大哥，大哥身兼众长，是关家堡最优秀的子弟，既是少室山上无相大师的关门弟子，又终年研习关家堡精妙的剑法，他本不应该有事的……可是，关长安还是坠崖了，而且生死不明。

“祭白宫，祭白宫，它究竟跟我们关家堡有什么深仇大恨！”关小睢咬牙切齿，忽然，她想到了一件事情。“司泽远，你说，他们是不是因为我爹爹才会对付关家堡的？”关小睢拉着司泽远的衣袖，脸上的泪痕还没有干，她眉头微蹙，说道，“三年前的一个晚上，关家堡也被人袭击过……那个时候，恰好四姨娘在，她为爹爹挡了一剑，剑上有毒，四姨娘就没了。家里一直因为这件事情戒备森严……都是因为我，要不是因为我离家出走，爹爹和关家堡也不会让人有机可乘！”关小睢说到后面，万分悔恨。如果她知道她的离家出走会使她家破人亡，那别说是叫她嫁给方小年了，就算是叫她嫁给一个疯子，她也会嫁的。

“别怪你自己，乖……”司泽远将关小睢搂到自己的怀里，下巴抵着她的头，轻轻地说道，“他们有备而来，就算没有你离家出走的事情，他们还是能够找到机会的。你别怪自己，我们先回去，好好休息，明天去看看你大哥跌落的山崖，也许还能找到你大哥的踪迹呢？”

客栈里面人来人往，关小睢和司泽远两人因为身份特殊，不知道祭白宫的人会不会认出他们，所以格外低调，连说话都是轻声细气的，关小睢则一直低着头窝在司泽远的怀里。

“拙荆偶感风寒，略有不适，烦请小二哥拿了这服药方去抓些药回来，多谢了。”司泽远吩咐了店小二把饭菜送到房里去，再拿了些钱打赏了店小二跑腿抓药，扶着关小睢慢慢地上楼。

“你放开我！”上楼的时候，忽然有个绿衣服的女子从房间里面跑了出来。

“别走嘛……”那女子身后跟着一个男人，关小睢只觉得那男人的声音很熟悉。

是蒋礼！关小睢一下子揪紧司泽远的衣服，司泽远似乎发现了关小睢的不对劲，低声问她怎么了。

“阿远，我刚才好像听见蒋礼的声音了！”关小睢的声音有些发抖，对她而言，蒋礼就是一个噩梦。司泽远好看的眉头皱了起来，四下打量，却不见蒋礼的身影。

“来嘛来嘛，你跑什么，别怕，又不是第一次了，嗯？”这一次，关小睢很确定那就是蒋礼的声音。

“他在前面！”关小睢的手心一片冷汗，司泽远担心地看着低头窝在自己怀里的关小睢，用手一下下地抚摸她的背，轻声地安慰她，“你别怕，我们去看看，这一次绝对不叫他再害人了。”

司泽远和关小睢往声音的来源走去，到那房间的时候，司泽远已经可以听见里面衣料被撕扯的声音了。关小睢脚步一僵，好像想起了什么不好的事情。

“小睢乖，别怕。”司泽远一手将关小睢护在身后，一手挥起长剑，那客栈的门又不是石头做的，一下就被劈裂了。

“是谁？！”蒋礼调笑的声音忽然停了，厉声喝问来人。

“噢……是司兄啊！”蒋礼见来的人是司泽远，脸色一变，但是很快又恢复了一副云淡风轻的样子。“好久不见，原来司大侠还活着呢？”蒋礼今日穿了一件天青色的长袍，袍子的绲边是黑色绣金的，如果不知道他是一个什么样的人，他的这副打扮倒是叫人喜欢，只是关小睢厌恶极了这个人，只觉得恶心。

“你倒是想害死他，却不知道他哪里是那么容易被你害死的！”关小睢一想起司泽远是因为蒋礼的算计而变成之前那样的，就恨不得把他碾成肉泥拿去喂猪喂狗。

“不不不，小睢宝贝，你忘了吗，是你亲手要杀了他的呢……”蒋礼却依旧笑着，他身后是一张大床，床上正有一个女子在呜咽哭泣。

“杀了他，阿远，杀了他！”关小睢若不是自己技不如人，此时就已经上前杀了蒋礼。知道了蒋礼和祭白宫有关系之后，关小睢只恨自己蠢，竟然早早地就被人算计了。

“蒋礼我告诉你，你今天是逃不了了，你要是识相的话，就说出我爹爹的下落，我还能叫阿远饶你一命！”眼见蒋礼步步后退，司泽远占了上风，关小睢忽然改变了主意。既然当初是蒋礼引诱她父亲走的，蒋礼会不会知道她父亲的下落呢？

“关小睢，你想得美！”蒋礼哈哈大笑几声，忽然将床上的女人拽了起来，当成一件东西一样丢给了司泽远。

司泽远不想伤及无辜，只能接下那女子，而蒋礼则是趁机从窗户逃了出去。

“又让他跑了！”关小睢皱着眉头，一脸的恶心。

第十九章
救命恩人

司泽远放下那惊慌恐惧的女子，用被子小心翼翼地把她裹起来。那女子缩在被子里啜泣，司泽远想了想，喊了关小睢过来。

“小睢，你瞧瞧这位姑娘，看看她……我先出去，有什么事情你叫我。”司泽远避到了门外，关小睢想到刚才这女子正要被蒋礼……

“姑娘，姑娘，你没事吧？”关小睢在床边轻声地喊，尽量让自己的声音温柔些，不要吓到她。

关小睢也曾经差一点就被蒋礼夺去了清白，所以这个时候最能感同身受。她慢慢地坐在床边，用手隔着被子拍了拍那女子，说道：“别哭了，没有事了，那恶人已经被打跑了。”

隔着被子，可以听见那女子啜泣的声音越来越小，最后没有了声音。关小睢想，会不会是被被子捂死了？正要掀开被子瞧一瞧，那女子却自己探了头出来。刚刚哭过的眼睛湿漉漉的，像是一只受了惊的小兽一般，怯怯地看着关小睢，红通通的鼻尖下是一双粉嫩的樱唇，此时已经被她自己咬破了皮。还有……修长又白皙的脖子，印着一点点红印，是刚才蒋礼留下的。

“谢谢，谢谢你，姑娘。”那女子怯生生地道了谢，“要不是姑娘，我今日……”

“别说了，都过去了！”关小睢怕那女子又想起不好的事情，连忙拦了下来，“你现在……你先出来吧，我这里还有几件衣服，你看看能不能穿。”刚才那女子的衣衫已经被蒋礼撕碎了，关小睢拿出四姐给她的衣服，递给女子。

那女子道了谢，又躲到被窝里去换衣服，关小睢见了连忙站起来说道：“我背过身去，你别怕，我不会看的。”

当初关小雎身上那些红色的印记，是好几天了才消去的，关小雎想起来只觉得恶心，心下很能体谅这个女孩子，就赶紧地过身去。好一会儿，那女子才小声地说了一句：“姑娘，我穿好了。”

那女子的身量跟关小雎差不多，关小雎的衣服她穿起来正合适：“你别怕，身上没有别的伤了吧？要不要请个大夫看一看？”

“不用了，今日姑娘的大恩，秋末没齿难忘。”那女子盈盈一拜，言语间又带了些委委屈屈的鼻音。

“别，你，你快别这样！”关小雎有些手足无措，赶紧上前扶起了那女子，“救你的也不是我，是我家阿远。嗯……你快别这样了，出门在外，见了不平，能帮的总是要帮的，更何况是蒋礼那样的恶人，总不能叫你毁在他的手里。”

“若不是姑娘和方才那位公子，秋末今日恐怕早已经成了那蒋礼手下的一条冤魂了……”秋末用帕子按了按眼角，低低泣道，“他早发了狠心，要玩弄我之后再把我送到青楼去……秋末原本也是身家清白的姑娘，若是真的到那腌臜的地方去，我还不如一头就撞死算了，也免得辱了我白家的清白名声！”

“你可别！”关小雎赶紧挡在那女子身前，生怕她真的一个想不开就撞死在了这里。

“阿远，阿远，你进来吧！”关小雎又想，她一个人也许拦不住一个想求死的人，于是赶紧叫门外的司泽远进来。

司泽远今日穿的是一件灰色的棉袍，简朴而干净，别人穿了也许会显得平凡甚至老气，可是司泽远穿上却是叫人觉得舒心适意，只觉得他是个简单谦和的公子。那白秋末刚想上前去谢谢司泽远，可是她抬眸间，看见了司泽远的模样，却是惊得手中的帕子都掉了下来。

“怎么了？”关小雎见白秋末的样子不对，立刻开口问，“是不是觉得哪里不舒服？”

“没，没，没有……”白秋末连连否认，可是说话却结结巴巴的，看着关小雎的目光也是躲躲闪闪的，说了几个字，眼角余光却瞟了司泽远好几次。

“阿远，你和这位白姑娘认识吗？”关小雎走过去问司泽远，她觉得这个白姑娘好像是认得司泽远的。

“不曾认识。”司泽远只是看了那白姑娘一眼，就微笑着摇头回答了关小雎。可是不过平平常常的四个字，那白姑娘听了，却连连地退了几步，捂着自己的胸口，仿佛听见了什么不可置信的事情一样。

“白姑娘？”关小雎又喊了她一声。

白秋末泪盈于睫，笑着应了，却让人觉得她的笑容是那么凄美。

“小女子白秋末……多谢姑娘与……这位司公子相救……”白秋末又福了福身子行礼道谢，捡起掉在地上的帕子，擦去自己眼角的泪，笑着说道，“秋末感激不尽……但，秋末家中尚有急事，就此拜别两位恩人……来生必定，必定结草衔环，报答大恩……”

白秋末的一番话，说得叫人惊心。关小雎想到刚才白秋末似是有寻死的意思，现在再听这话，已然觉得白秋末出了这门就会自寻短见。司泽远似乎也明白这一点，他看了一眼关小雎，见关小雎着急地望着自己，思索几下，回答道：“白姑娘，路见不平拔刀相助，乃是江湖中人应做之事。今日我和……未婚妻见到你有难，出手相助，乃是常事，姑娘不必挂怀。只是不知道姑娘家住哪里，现在这里有没有亲人？你孤身一人，想必就是这样才叫那蒋礼盯上的。若是姑娘要回家，不如我和未婚妻为姑娘寻一辆马车，也安全些。”

“未婚妻？她……这位姑娘是你的未婚妻？”白秋末却仿佛只听见了这一句话，好像自问自答般说道，“她是你的未婚妻吗……对啊，你们是这样……这样般配……”白秋末的声音渐渐地低了下去，脸色却慢慢地发白，嘴唇也开始颤抖。

“白姑娘，白姑娘，你怎么了？”关小雎见白秋末捂着自己的肚子，额头上冷汗直流，以为她是哪里有伤，问道，“是不是肚子疼？”

“我去叫小二找大夫！”司泽远立刻出了门去叫小二找大夫来。

关小雎扶着白秋末到床上躺了，白秋末已经快昏迷过去了，只听见她意识不清地呢喃着：“你们……般配啊……般配啊……”

关小雎用手帕不停地帮床上意识不清的白秋末擦汗，白秋末额头上的冷汗不停地往外冒，她捂着肚子的手也渐渐冰凉。

“怎么回事啊？”关小雎焦急地看向门外，大夫怎么还不来！忽然，关小雎目光一扫，映入眼帘的东西，把她吓得脸都白了。

“阿远，阿远，阿远！”关小雎连连喊了几声。司泽远交代了那店小二去找大夫，想起白秋末刚才冷汗直流的样子，想她是不是着凉了，于是又端了盆热水过来。这时听见关小雎喊，赶紧走了进来。

“小雎，怎么了？”司泽远放下手中的热水问。

“你，你快看！这，这白……白姑娘，她，她流血了！”白秋末的身下，一股血腥味扑鼻而来，殷红的血很快就染红了被子。

“这是怎么回事？”司泽远压住心中的不忍，看向白秋末惨白惨白的脸，想来这个姑娘那么虚弱，还流了这么多血，性命保不保得住恐怕都难说了。

“客官，大夫来了！”正不知道怎么办的时候，那店小二终于带着大夫来了。

“大夫，你快看看，这位姑娘不知道为什么，刚才忽然好像肚子疼，然后就昏迷了，现在，现在又流了那么多血……”关小雎着急地把情况告诉了大夫。大夫点点头，表示自己知道了，寻了个凳子坐下，把手搭在了白秋末的手腕上。

过了一会儿，那大夫从药箱里拿出了自己的银针，对关小雎说道：“请姑娘帮我解开这位姑娘的衣裳，好叫老夫替她用针。”

关小雎点头应了，上前有些害怕地看着白秋末身下的那一摊血，快速地将白秋末的衣裳都褪去了。

司泽远好像在想什么，有些走神，就没避开，不过当时谁也顾不上叫他避让。司泽远的目光不经意地落到了一个地方，眉头深深地皱起，又垂了眼眸不言语。

老大夫的手很稳也很快，给白秋末银针刺穴之后，又从药箱里拿出一瓶药丸，让关小雎用水化开喂白秋末服下。

“大夫，这位姑娘是什么病？”关小雎为白秋末换好了干净的衣裳，走出去的时候，见大夫已经在写药方了。

“……气虚体弱，受惊而寒，那姑娘是动了胎气。”大夫轻轻地吹了吹那张纸，将药方递给关小雎，“先服用这个安胎药吧，待我过两天再来为姑娘看诊。”

“什么？大夫，你说，你说那位姑娘，是……怀孕了？”关小雎有些不敢相信，那姑娘怎么就怀孕了呢？

“是啊，姑娘有孕将近三月，受了惊，又受到撞击。若不是救治及时，恐怕孩子就保不住了。”老大夫连连摇头，说道，“这姑娘体质虚寒，本就受胎不易，若是此胎滑了，日后再想怀孕就难了。”

关小雎呆呆地看着手上的安胎药方，不知所措地望向司泽远，却见司泽远皱着眉头，低着头好像是在想什么事情一样。

“阿远，你，你听见了吗，大夫，大夫说……白姑娘是，是怀孕了……”

是夜，白秋末醒了，店小二也将熬好的药送了过来。因为见白秋末是一个人，关小睢就和司泽远商量，叫店小二收拾了一间比较大的房间，再用个屏风挡了起来。司泽远在屏风外面睡，关小睢则是和白秋末在屏风里面休息，方便照顾白秋末。

“白姑娘，你醒了啊。”关小睢打了热水，准备给白秋末再擦洗一下身子，见白秋末已经醒了，就将手帕递了过去。

“谢谢姑娘。姑娘救了我，又这样对我百般照顾……我真是……无以为报……”白秋末的头微微地垂下去，声音渐渐地小了。

“你说的是什么话，你当时的情况，难道我们还能丢下你不管？”关小睢走过来，轻轻地拍了拍白秋末的手，犹豫了一下，神色有些复杂地问，“你……你可知道你的身体……”

白秋末用手慢慢地摸了摸腹部，略有苦涩地说道：“隐约察觉到了……已经有两个月不曾换洗……中间昏迷的时候，也模模糊糊听到了大夫的话……”

关小睢松了一口气，这姑娘知道自己怀孕了就好，也不必她关小睢一个未嫁人的女孩子来开口说这件事了。

“那，这孩子的父亲……”关小睢又想到一个问题，刚见到这姑娘的时候，蒋礼正要对她……难道这孩子是……蒋礼的？

“姑娘！”白秋末忽然打断了关小睢的话，有些惊慌地说道，“姑娘，这孩子的父亲……这孩子的父亲……”

“白姑娘，白姑娘，你先别激动！”关小睢心底里已经知道答案了，有些怜悯地看着白秋末，软了声音劝她，“大夫说了，你不能激动，不然还会动了胎气的。你要好好保重自己……至于别的，白姑娘，你……”

“我知道的……只是……姑娘……”白秋末的眼泪默默地掉着，说道，“姑娘不要提这个孩子的父亲了，就当是，他没有父亲吧……”

听得白秋末这样说，关小睢更觉得她可怜了。有蒋礼这么一个人当父亲，对孩子来说真的不是什么好事。

“困难总能过去的，白姑娘，你要坚强。”关小睢握着白秋末的手，感觉她的手冰凉冰凉的，又帮她拢了拢被子，说道，“我虽然没有成亲，也没有怀孕，但是我母亲叮嘱过我姐姐，说‘女人，为母则强’，你要为孩子多想想，保重你自己。”

“嗯，”白秋末点头，擦去自己的眼泪，笑道，“我记得姑娘的话了。”

“别再姑娘姑娘的叫了，你就叫我小雎吧，我叫你秋末可好？”关小雎不想白秋末再去想那些难堪的问题，故意用活泼的语气来缓和氛围。

“好呀，”白秋末果然真心笑了，喊了一声，“小雎。”

“嗯！秋末！”关小雎高高兴兴地应了，又想起店小二端过来的药，说道，“你先把饭吃了，然后咱们再喝药，好不好？我这里有备好的蜜饯，是我四姐给的，特别甜。”

话音一落，却听见屏风外司泽远的声音。他端了饭菜过来，叫关小雎不要只顾着聊天忘了吃饭，会饿坏肚子的。

白秋末被关小雎握着的手一僵，勉强露出一个笑容，说道：“小雎，你的未婚夫待你真好……”

白秋末的笑容总是很勉强，看着司泽远给关小雎夹菜，叮嘱她好好吃饭不许挑食，一切做得都很自然，显然是长久的习惯了。

“秋末，你也多吃呀。”关小雎察觉到白秋末的不自然，以为她是不好意思，就笑笑说道，“他就是这样的啦，总是怕我照顾不好自己。”虽然像是宽慰解释的话，只是听起来满是炫耀的意味。爱一个人的时候，不自禁地流露出来的甜蜜，哪怕是一句最简单的话，也会沾了甜味。只是这样的话在另外一个人心头里打转，慢慢化成了酸涩。

白秋末低下头，抿抿唇，幽怨地说道：“是啊……所以说他待你好啊……”

吃过了饭，关小雎去后院的小澡堂洗澡，房间里就只剩下了白秋末和司泽远。

“要喝水吗？”司泽远看白秋末想要起来，记得大夫说她应该多躺着休息，不要起来走动。

“嗯……”白秋末小声地应了。

“这水太凉了，我去要些热的来。”司泽远不仅去拿了些热水来，还提了一个小暖炉过来，“……大夫说你体质比较虚弱，怕凉，现在晚上也挺冷的。”

白秋末似乎没有想到他会这样关心自己，愣了一下，挤出一个笑容，说道：“还是留给小睢吧。”

“她没事的，”像是想到了什么，司泽远颇有些无奈的样子，说道，“她只要不踢被子就不会着凉。”

不踢被子就不会着凉吗？白秋末在心里咀嚼着这句话，思考它的含义。能够那么仔细地说出关小睢晚上睡觉的情况，想来两个人已经……很亲密了吧。白秋末的睫毛在她的眼窝投下一片暗影，叫人看不清她眼底的神色，只是她抱着小暖炉的手有些泛白。

关小睢回来的时候，就觉得整个屋子的氛围不对。司泽远像以往一样在打坐练功，而白秋末则是呆呆地望着天花板，不知道在想些什么。关小睢的头发披散下来，湿漉漉的，身上也只穿了一件单衣和一件外衣。

“过来。”司泽远的声音温柔平和，招手叫了关小睢过去。

关小睢看了看白秋末，见她好像闭眼睛睡觉了，就轻手轻脚地走到司泽远身边，听到司泽远略带不悦的声音：“小丫头，头发湿湿的也不擦一下，这天这么凉，受了风寒怎么办？”说着，拿起一旁干净的帕子细细地为关小睢擦着她湿湿的头发。

微黄灯光，心爱的人为女孩擦着头发，是多温馨的画面。关小睢歪着头看司泽远的侧脸，他很认真地用帕子一小撮一小撮地擦干自己的黑发，像是捧着一匹最珍贵的锦缎一样，动作轻柔而仔细。关小睢的整颗心都软了下来。是他啊，是他……幸好是他……关小睢眨眨眼，把快落下的眼泪又憋了回去。

“别这样睡了，嗯？”司泽远说道。关小睢的头枕在他的大腿上，闭着眼睛一副享受的样子。油灯不是很亮，关小睢的脸上一片柔光。她的肌肤很白，洗过澡之后略微带了些粉扑扑的美。司泽远知道这样很不合礼数，但是……司泽远的手轻轻地抚摸上关小睢的脸颊，轻声说道：“乖，这样睡会着凉。”

关小睢的皮肤很滑嫩，司泽远怕他的手太粗糙，磨红了关小睢的脸。谁知道关小睢却依旧闭着眼，还蹭了蹭司泽远的手，翻个身抱住了司泽远的腰，头埋在他的腰间，声音有些闷闷的细细的，还带了几分迷糊和撒娇：“就睡这里了，不想动，不动了。”

司泽远轻声笑了出来，压低了声音说道：“是谁嚷嚷着要和白姑娘住一起，还说要好好照顾人家的，嗯？”

“唔……”关小雎还是不愿意起来，懒懒地赖在司泽远的怀里。

“又是谁说的，白姑娘身体太弱，半夜要是起来喝水摔了怎么办，在她身边帮她倒杯水也是好的，嗯？”司泽远用手慢条斯理地扇着关小雎的头发，寻那些湿湿的头发用帕子慢慢地擦了。

“嗯……”关小雎揪紧司泽远的衣服，用头在司泽远怀里乱拱，弄得司泽远痒痒地笑了出来。

“好了，快起来，等会儿睡着了就着凉了，嗯？”司泽远最后摸了摸关小雎的头发，不舍地松开了手。又拍拍关小雎的背，轻轻地拉开她环在自己腰间的手

“哎呀！”关小雎腾地坐起来，噘着嘴，一双水眸幽怨地望着司泽远，“人家就想躺会儿嘛。”

“乖啊，起来吧。”司泽远笑着把关小雎拉起来，帮她扯了扯衣服，说道，“白姑娘大概已经睡了，你还不快去睡，明天起不来叫人家笑话了。”

屏风外的甜蜜低语听在屏风里的人的耳朵里，像是一把刀子一样狠狠地剜着她的心。床上的人慢慢地把手覆在自己的小腹上，眼角缓缓有泪滑过。

白秋末害喜的情况很严重。一张小脸白得吓人，吃了东西不到一杯茶的工夫又吐了出来，连药都吃不下。大夫来看了几回，只叮嘱了不要下地，要好好吃饭，哪怕是吐了也要继续吃。

司泽远拿着一包梅子回来的时候，关小雎正哄着白秋末喝粥：“……厨娘给她儿媳妇做的，你尝尝吧。”司泽远把那包梅子递给了白秋末。

“谢谢。”白秋末低声道谢，声音小得像是说给蚊子听的一样。

司泽远又拿出一枚木簪子，虽然不是很值钱的玩意，但是胜在新颖和精致，比如雕刻在簪身的鸳鸯戏水图案，还有簪头的并蒂莲。

“路上见了，知道你应该喜欢这些玩意儿，就买了回来。”关小雎接过那枚簪子，笑得很是满足，空气里都能闻到甜味。

白秋末又吐了。昏天黑地的，等白秋末再醒来的时候，大夫已经在和司泽远他们说话了：“……这样虚弱，恐怕孩子也保不住了……虽然是残忍些，可到底大人的身子更重要吧……我也没有十成的把握能保住这个孩子足月……七月已经是老夫最大的能力了……”

隔着屏风，虚弱的白秋末断断续续地听见老大夫的话，她的眼泪一滴滴地渗

进了枕头里。“小雎……”她拼了命去喊，声音却还是很小，幸好关小雎也担心白秋末，正好走了过来。

“怎么了？”关小雎赶紧上前，摸了摸白秋末的额头，果然摸到了一片冷汗。

“求求老大夫，这个孩子一定要保住……”白秋末泪汪汪地看着关小雎，说道，“这孩子，是他父亲留给我最后的念想……”

关小雎听了，直皱眉头，难道白秋末竟然看上了蒋礼？

“不，孩子不是蒋礼的……”白秋末像是知道关小雎的想法，再次昏迷过去之前的最后一句话就是，“孩子的爹，不是蒋礼……”

关小雎目瞪口呆，孩子的爹不是蒋礼，那是谁？

孩子的父亲究竟是谁？因为白秋末昏迷过去了，关小雎和司泽远无从得知。关小雎出去亲手给白秋末煎药，司泽远出去打听了一下关家男丁的消息，不过是一刻钟的工夫，等两人回来的时候，房间里面却已经空空如也。桌子上有张字条，字迹匆匆：多谢小雎相助，秋末感激不尽，就此拜别！

问了店小二，那小二摇摇头说不知道，说是白姑娘要了纸笔，赏了几个钱就打发他走了。掌柜的也忙，没有人注意到白秋末去了哪里。

“她那样虚弱，大夫都说了，最好连床都不要下。她那么任性地走了，就没有考虑过肚子里的孩子吗？！”关小雎显然有些生气了，气白秋末不告而别，也气白秋末不爱护自己的身子。

司泽远却一反常态，没有主张去找人，而是安抚着关小雎：“也许是她有为难之处，不想叫我们知道，所以才自己走了。”

“有什么为难之处是不能说的！”关小雎的眼睛瞪得很大，定定地看着司泽远，说道，“她一个弱女子，拖着那样的身体到处走，就是有为难之处，她也可以跟咱们商量呀！”

“哪里是什么事情都能随便往外说的？她既然要走，就让她走吧。你别忘了，我们也有事。”司泽远摸了摸关小雎的头，说道，“你父亲和兄长，还等着咱们去找呢。”

“阿远！”关小雎却一把拉住司泽远的手，神色很是着急，说道，“爹爹和哥哥们的事情固然重要，可是这几天你也出去查探过了，根本毫无下落，咱们也不知道要上哪儿去找爹爹他们。可是白姑娘……白姑娘却是在咱们眼皮子底下丢的，你想想，她一个弱女子，还是那样的身体，又是孤身一人，万一她再遇上蒋礼呢？又万一她随便遇上哪一个歹人呢？”也不知道关小雎是想到了什么，竟然眼泪汪汪起来，说道，“若是有天，我成了她那个样子，我心里该多难受啊……”

司泽远皱起眉头，不知道关小雎为什么会想到这个：“你在胡思乱想些什么呢？”

“阿远，我们帮帮她吧，她真的好可怜！”关小雎抓住司泽远的衣裳，央求地看着司泽远。

司泽远的神色有些复杂，想说些什么，却又没有开口，末了还是答应了关小雎：“那我们就出去找找，要是找得到她，我们就帮她；找不到，明日我们就去找你爹爹和哥哥他们。”

“嗯！”关小雎松了一口气，立马抓着司泽远的手往外走。天快黑了，要是找不到白秋末，晚上她都不知道该怎么过呢……可是关小雎没有发现，她身后的司泽远一直皱着眉头。

他们是在一家小药店里找到白秋末的。小药店的伙计和客栈店小二相熟，那日见店小二那么久都没有来拿当天的安胎药，就亲自送了过去。在店小二的嘴里知道有人在找一个怀了孕的白衣姑娘，他想到那个忽然倒在店前的女子，立马去给店小二报信。天黑透了的时候，司泽远和关小雎从药店里把白秋末给接了回来。司泽远的眉头一直没有展开过，关小雎却是又哭又笑的。

第二十章
司家骨肉

白秋末醒来的时候发现自己还在客栈里，还以为她的离开只是一场梦，可是见了关小雎那半嗔半喜的眼神，又似乎明白了那并不是一场梦。

“你怀着身孕，身体又这样弱，还到处走。你不为自己想想，也得为肚子里的孩子想想呀！你说这孩子是他爹爹留给你唯一的念想，那你为了这个念想，也得好好保重自己呀！”关小雎一边喂白秋末喝药，一边劝解着她。

“小雎……谢谢你……”白秋末红了眼眶，却依旧要走，“不能再耽误你们了，我看得出来，你们有事要办。”

“现在你的事就是大事！”关小雎一口回绝，“而你最大的事，就是养好自己的身体！”

司泽远在一旁无奈地笑，他第一次知道关小雎其实也是个热心肠的人。只是……司泽远的目光落在正在感激地望着关小雎的白秋末身上。这样的热心肠，真的好吗？

“你别总是板着一张脸嘛！”关小雎回过头，看见司泽远脸色凝重地看着白秋末，撒着娇说道，“一定是你天天板着这张脸，叫秋末以为咱们事情很急，要赶着她走，所以她才走的。哎，你笑笑嘛，你原来不是这样的啊……”

难道他们不是真的有很急的事情吗？司泽远心底叹息，脸上却挂了一丝微笑，道：“白姑娘安心休养，我家小雎……很担心你。”你别辜负了她的一番担心。

白秋末听见司泽远和她说话，猛地抬起头，眼中水光闪烁，半晌才点了点头，却把泪水滴到了被子上。

"……这样爱哭，对宝宝不好的。说不定呀，以后生出来的宝宝就是个娇气的小家伙。你该多笑笑，你笑起来可好看了，宝宝知道你笑，肯定会很开心的。"关小雎还是怕白秋末有心结，不肯留下，故意用话逗她。

白秋末当然明白关小雎的心思，感激地握住了关小雎的手，含泪笑着点头。司泽远的笑容却慢慢地收了起来，垂了眼帘，不知道在想些什么。

关小雎只觉得司泽远最近有点不大对劲，他往日待谁都是一副笑意盈盈的样子，虽然不一定很热情，但是礼貌上是过得去的。而且，他向来助人为乐，关小雎想，从前司泽远若是遇到这样的事情，必定会相帮，可是现在司泽远对白秋末颇为冷淡……难道是迷心大法的后遗症叫司泽远变了心性吗？关小雎为白秋末掖了掖被角，看白秋末睡得熟，悄悄地溜到了司泽远的房间去。

烛火摇曳，关小雎轻轻掩上门之后，床上的人却忽然睁开了眼睛，嘴角扯出一丝冷冷的笑容……

关小雎不能接受那一个消息。

白秋末用帕子掩面，低低啜泣："我不是故意的……当时……当时司大哥好像有些不对劲……我，我挣扎不了……后来眼见司大哥被蒋礼所伤，我就偷偷地把司大哥给藏起来，谁知道还是叫蒋礼发现了，把你引了过去……我，我，我真的不是故意的！小雎，你相信我！"

关小雎一把挥开白秋末的手，不可置信地看着白秋末："你说，你肚子里的孩子，是司泽远的？"

"我早知道我体质寒凉，不易受孕……我真的没有想到，只是两次……就……"白秋末似是无意地说着，却叫关小雎更受打击。

"两次？"关小雎瞪着司泽远，想要听他解释。

司泽远的声音有些涩涩地："第一次……应该是在蒋礼的地宫里……"

关小雎连连退了几步。进入地宫之后发生的事情就是她的噩梦！可是她没有想到，地宫中还发生了叫她现在处于噩梦中的事情！

"在林子里的时候，我认出了司大哥，当时见你要伤司大哥，我还以为你们俩是仇人……后来你们在客栈里面救了我，我……我听司大哥说他是你的未婚夫，我……我又怎么能告诉你，我肚子里的孩子是司大哥的！"白秋末抓住关小雎的手，两人的手都是冰冰凉凉的，可是关小雎的心更凉。她只觉得白秋末的手好像是一条冰凉的蛇缠住了她，叫她又恶心又害怕。关小雎待其如亲姐妹，不，甚至比亲姐妹还要好的人，竟然怀了她爱的男人的骨肉！这叫她怎么接受！

“小雎，小雎……”司泽远深知自己的错，却不知道怎么解释。

关小雎看向司泽远，目光冷冷的，叫人觉得陌生：“你是不是……是不是早就知道了？”关小雎甩开了白秋末的手，三两步走到了司泽远跟前，定定地望着司泽远的眼睛，叫他无从闪避，“因为你早就知道了，所以你对她的态度才会冷冷淡淡的，你是怕我知道对不对？你是怕我知道她怀的是你的孩子，所以你才故意对她那么冷淡。哼……可是你没有想到吧，我还是知道了……司泽远，你太过分了！”关小雎怒气冲脑，顾不得别的，竟然一巴掌打在了司泽远的脸上。这一巴掌，吓到了白秋末，关小雎自己也想不到，只是司泽远的脸上还是一脸的平静。

“我……”关小雎的嘴唇动了动，想要说什么，却听见白秋末哭着跪到了她的脚下，“小雎，千错万错都是我的错。你……你不要打司大哥……都是我，都是我和孩子的错啊！”

关小雎退了几步，看着跪在地上的白秋末，再看看面无表情的司泽远，忽然泪水盈眶：“你们有什么错呢？是我的错！我当初不该招惹蒋礼，这样司泽远就不会进了地宫，你们俩就不会在一起！我不该不听司泽远的话，擅自跑了出去，那就不会遇见蒋礼，司泽远就不会去找我，你们……你们也不会在林子里……”

关小雎哭着哭着又笑了，来回指着白秋末和司泽远，说道，“你们是一家人啊，你们怎么会有错，你们……”

“……我当时想过带着孩子走的，可是没有想到……”白秋末又是低低地啜泣。

关小雎只觉得自己好笑，她掏心掏肺地待那个人，那个人却是她的情敌！

“你起来吧。”司泽远忽然开口，地上那么凉，叫白秋末跪着，肯定会对孩子不好的。烛火忽明忽暗，司泽远是何神情，白秋末看不清楚。

“司大哥，我……我这就走！”白秋末忽然说道，转身要去收拾东西。

“不必了。”司泽远的声音冷冷淡淡的，与从前的他真的有很大的区别。

“说到底，都是司家的骨肉……”司泽远看着关小雎的眼睛，眼底有几分悲哀和央求，“就……留下来吧……”

关小雎心头一震，当时司泽远叫她不要去找白秋末，是她执意不肯，现在白秋末要走，司泽远却不肯了。关小雎忽然笑了，眼泪却在她的眼眶中不停地打转，可是她还是得撑起一个微笑："对啊，到底是司家的骨肉，当然得留下来了。留下来，叫孩子的父亲好好照顾你们母子。"

"没错。"司泽远竟是应了，看向白秋末，说道，"我的孩子，我会负责的……"

白秋末既感激又惊讶，看着关小雎和司泽远，喜极而泣。

"你……"关小雎想说什么，可是发现自己其实并没有说什么的权利。她和司泽远，甚至比不上司泽远和白秋末。白秋末好歹是司泽远孩子的母亲，而她呢，她是什么？关小雎的目光在白秋末和司泽远身上来回打转，最后目光落在了白秋末的肚子上。那目光却叫白秋末一惊，捂着肚子退了一步。

"是怕吗？是怕我吗？"关小雎呵呵地笑，说道，"怕我会对你不利？"关小雎转过身去，问司泽远，说道，"你呢？你也怕我吗？"

"不！"司泽远立即回答，"小雎，你先冷静一下。"

"冷静？你叫我怎么冷静？我的好姐妹和我爱的未婚夫竟然有了孩子！而我还不知道，我还傻傻地去开导她，叫她不要难过，叫她为了孩子保重身体。要她不难过，要她保重身体，那有多难，把你推到她的怀里去哄她就好了啊！你去啊！你去啊！你去啊！"关小雎上前狠狠一推司泽远的肩膀，将司泽远推到了白秋末身边。

"呵呵呵……这样多好啊……你们是一家人！白姑娘，司少夫人，你别怕，你身边有那么一个好丈夫在，我哪里敢对你和你的孩子怎么样！"关小雎再也说不出话来，扭身捂着嘴哭着跑了出去。司泽远呆呆的，忽然反应过来，追了出去。

"司大哥！……"

白秋末站在门外，脸上悲戚的神色褪去，慢慢地擦去自己脸上的泪水，勾起一抹狠决的笑容："关小雎，怪就怪你，非要跟本宫抢男人！"她不过是趁着关小雎不在的时候，假装做了噩梦，大声地喊"司大哥你快跑，不要管我和孩子"而已，关小雎就巴巴地从隔壁跑了过来。司泽远避讳她，躲到了隔壁的房间去。隔壁的房间？呵呵，声音大一点就什么都听见了。她在这厢听着他们那边的甜言蜜语，又怎么甘心呢？白秋末轻轻地抚摸上着自己的小腹，这里是一个小生命……

“宝宝乖，娘一定为你把你爹夺回来！”白秋末的眼中闪过一丝杀意，声音也冷得叫人发寒。

司泽远劝了好久，终于才劝了关小雎回来。

第二天，司泽远他们就收到了赵仙仙的信，是管家送来的：“……信送到了那里，听说你们走了，四小姐叫我赶紧找来，想来你们是到了崇阳府，所以我就来了。”

还好之前关小雎他们没有走，否则就错过这封信了。信上说，红柳山庄已经找到了祭白宫的人，请司泽远和关小雎去一趟。

因为白秋末跟着，所以他们只能坐马车。白秋末很是不好意思，总是缩在角落里，可怜兮兮地看着司泽远，那模样，活像是司泽远抛弃了她跟关小雎在一起了。关小雎受不了她那幽怨的眼神。从前只觉得白秋末的眼睛好看，像是会说话一样，现在关小雎只觉得那双眼睛叫她厌恶。

“小雎，来，吃点东西。”司泽远递了干粮给关小雎，关小雎觉得恶心，就没有吃。

管家看在眼里，知道小小姐是使性子，摇摇头，道：“小小姐，从这儿去红柳山庄还要很久呢，不如您先睡会儿？”

关小雎也没有答应，而是坐到了外面管家的身边，说道：“管家伯伯，我陪您驾车！”车里面那幽怨的眼神，叫关小雎实在无法接受。

“我知道……是我的错……叫小雎和司大哥变成了这样……”白秋末楚楚可怜的样子，叫人再不忍心责怪她。

“没事，小雎只是脾气不好，她的心地还是很善良的。”司泽远把水递给了白秋末，说道，“你先喝口水吧……今天感觉还好吗？坐车觉得想吐吗？”

白秋末接过水，腼腆一笑，用手轻轻地覆在肚子上，轻声说道：“很好……宝宝今天很乖……知道和爹爹在一起了吧，所以也乖乖地没有闹。他长大了以后，一定是个很听爹爹话的孩子……”她有些可怜巴巴地望着司泽远，司泽远却神色复杂地打量了一下白秋末还没有显怀的肚子，又什么都没有说，慢慢地闭上了眼睛。那一刻，白秋末眼中杀意尽显。

关小雎！紧紧握住的双拳缓缓松开，白秋末吸吸鼻涕，又成了一个娇弱的小白花似的女人。

“司大哥这样厌恶我，连多看我一眼都不愿意吗？”白秋末的声音忽然大了点，说道，“……想来宝宝是希望爹爹多看他几眼的……”

外面坐着的关小雎听了，只觉得一阵恶心和愤怒。什么意思呢？这是在炫耀吗？炫耀她怀了司泽远的孩子吗？关小雎掰断了手上的一根手指粗的木棍。

“小小姐，”管家摇摇头，说道，“年少时，有些风流事是难免的，四小姐已经让司家二公子回去传话了……堡主要是有个万一，能为小小姐做主的，也就是几位小姐了。小小姐放心，四小姐那么疼你，一定不会叫您受委屈的。”管家说得很肯定，显然不像是单纯地安慰关小雎那么简单。他是真的有把握。就冲四小姐含烟谷主这样一个身份，她的妹妹，就一定是天下人求娶的对象。更何况……管家可没有忘记，当初关小雎是逃婚离开的，方家和关家交情甚好，管家相信，就算关家堡没有了，方家也不会嫌弃关小雎，一定还是会好好照顾关小雎的。所以，哪怕司泽远负了她，关小雎也不必担心她的终身大事。可是年迈的管家怎么知道，有些人，哪怕给不了什么名分，却能叫人心甘情愿地跟着他。司泽远之于关小雎正是这样一个人。到了要住客栈的时候，关小雎首先进了客栈，问掌柜有没有房间。

“……只有两间房了，您……”

关小雎自然不想再和白秋末住一起，可是只有两间房，不住一起还能住哪里？无奈，关小雎只好气呼呼地进了房间。

“小雎，我真的不是故意叫你知道的。小雎，对不起，对不起！我当时真的是想要走的！”一进门，白秋末泪如雨下。

“你够了！好烦！”关小雎皱起眉头捂着耳朵不愿意听到她的声音，说道，“你能不能不要在我面前说话？我恶心！”

白秋末见关小雎气鼓鼓地坐在一边，眼珠子一转，又委委屈屈地上前，说道，“小雎，你就原谅我吧！”

关小雎很是不耐，可是白秋末一直扯着她的衣袖不放，叫她很不舒服，一把将白秋末推开。可是哪里想到，就是那么一推，白秋末就坐在了地上。

“哎呀……好痛……”白秋末咝咝地吸气，不停地呻吟着。

门一下就被推开了，司泽远着急地走进来，一把将白秋末抱了起来：“小雎，她还怀着孩子，你就不能轻点！”

关小睢乍见司泽远进来，已经很是吃惊，又见他只顾着白秋末，却完全忘了自己，恨不得上前把白秋末从司泽远怀里扒拉出来。

“好，好，好！”关小睢脸涨得红红的，“司泽远，你好啊！”

“小睢……我知道你心里恨我……可我肚子里的孩子，到底是阿远的……你就算不顾及我，你也顾及一下阿远的感受啊……这孩子是无辜的，你再讨厌我，也不要这样对我的孩子……我只剩这个孩子了……求求你放过他吧……”白秋末断断续续地说着，话里话外都在暗示关小睢想要害她的孩子。

司泽远的眉头拧在了一起，抱着白秋末就要走，临了丢下一句话：“孩子到底是无辜的！”

关小睢在床上坐着，眼泪啪嗒啪嗒地掉了下来，自言自语道：“司泽远，在你心里，我就是那么狠心肠的人吗？”

关小睢趴在床上呜呜地哭，哭完了之后，心中一阵发凉，苦笑道：“反正他现在有美娇娘，美娇娘还怀了孕，我还跟着他做什么？不如自己走了吧，免得他看见了烦！”

白秋末被司泽远抱回了司泽远的房间。她轻轻地靠在司泽远的怀里，抽抽搭搭地说着：“是我不好，总叫你和小睢生气。”

“小睢脾气性子如此罢了。”司泽远眉头微皱。

“阿远！”白秋末被放在司泽远的床上，见司泽远转身要走，便喊住了他，“你去哪里？”

“管家伯伯在马车里睡，我今晚去陪他，你在这里好好休息。”司泽远毫不犹豫地离开了。

白秋末坐在床上，慢慢地握紧了双拳：“好你个关小睢！”

当夜，司泽远和管家都听见了喧闹声，两人警惕地起来，发现有一队人举着火把在追什么人，竟然进了客栈大肆搜查。

“不知道诸位深夜光临有什么事情？”司泽远他们的马车也要被搜查，司泽远眉头微皱，却依旧笑着发问。

“红柳山庄搜查邪道祭白宫的人，还请大哥行个方便！”带头的人见司泽远一派气度，到底谨慎了一番，说话也没有那么不客气。

“诸位是红柳山庄的人？”司泽远拱手道，“不知道是探剑还是学剑？”

“探剑处奉命办事！”对方回答。

“在下中原司家司泽远，得山庄赵掌剑相邀前往红柳山庄，这是书信证明。”司泽远指着马车说道，“我与管家在此过夜，并没有什么祭白宫的人过来，与我等同行的还有赵掌剑的好姐妹，马车上有她的私密物品，不好叫人翻查。”

那带头的人捧着书信看了一番，恭恭敬敬地还了回去，道：“如此，我等便到别处去了。打扰司大侠了！”

“等等！”司泽远喊住他们，“可是山庄发生了什么事情？”

“……我家庄主，忽然遭到了黑衣人的刺杀！”那人与身后几人交换了眼色，还是告诉了司泽远。毕竟掌剑在信中说得很清楚，请司泽远一同对付祭白宫。

“这里离山庄还有多远？”司泽远想了想，便问。

“骑马的话，不过四个时辰！”对方回答。

司泽远思索一番，交代管家好好照顾关小雎和白秋末，然后对红柳山庄的人说道：“庄主有事，我受邀而来，这就随你们一起去看看！”

司泽远赶到红柳山庄的时候，天已经亮了。赵仙仙没有想到司泽远会来得这样快，亲自出了山庄大门来迎接。

“庄主如何了？”司泽远一下马见了赵仙仙便问。

“庄主左臂被刺伤，现在还好。”见只有司泽远一个人，又问他，“小雎呢？没有和你一起来吗？”

“小雎她……在后面，我先来了，她过来也帮不上什么忙，慢一些也没事。”司泽远有些犹豫，一语带过。

赵仙仙一笑，只当是关小雎又和他闹了小别扭，说道：“那司公子就跟我来吧！”

红柳山庄所名红柳，山庄之内种植最多的就是红柳。赵仙仙一边引路，一边说道：“少庄主去了……庄主正是悲痛的时候，防备松弛，在少庄主墓前……被人刺杀。”

司泽远神色一凝，低声问：“山庄众人如何？”

当初赵仙仙就是因为红柳山庄大多数优秀弟子变成痴呆，才到含烟谷里去求救，可是后来赵仙仙受急令回庄，也不知道现在红柳山庄当初那些人如何了。

“谷主曾派人送了药来……已好了几个，剩下的那些……”赵仙仙叹了一口气，“庄主吩咐，好好养着，厚待。”就是说，大部分还是救不回来了。说话间，已经到了红柳山庄的主宅前。

“庄主，中原司家的大公子司泽远来求见。”赵仙仙亲自进去通报，一会儿就出来了，“庄主让你进去。”

内室有些药味，司泽远走进去，一眼就看见脸色苍白的红柳山庄庄主，正半坐在床上。

“司泽远拜见庄主！”款款行礼，红柳山庄的庄主见了他这派气度，忽地想起自己的儿子，若不是祭白宫，他儿子也是这样光风霁月的优秀人物。

庄主眼眶有些红，声音沙哑地说道：“仙仙跟我说过你的事情，果然一表人才。司公子请坐吧。”

“赵掌剑在信中说到已经查探到了祭白宫所在，邀我前来，不知道在下可以帮些什么忙？”司泽远一开口就是正事，庄主心中暗叹，这少年颇有担当。

几番对话下来，司泽远就被留在了红柳山庄。现在的红柳山庄不如从前，只怕祭白宫若是再来一次，就会叫红柳山庄也被付之一炬。

第二日凌晨，祭白宫的人果然来了！众人拼死而战，却依旧不敌，整个红柳山庄都被人包围起来了。

蒋礼笑盈盈地看着司泽远，说道：“司兄，好久不见了！”

司泽远哪里和他多说，面无表情地仗剑而上。忽然，一阵笛音响起，司泽远的头痛病竟然在此时发作了！

赵仙仙眼看不对劲，立刻将司泽远救了出来。

“怎么回事？”赵仙仙急忙问。

“迷心大法后遗症！”司泽远赶紧服了关吻雪给他的药丸，将疼痛压了下去。

庄主见山庄众人落败，眉头紧锁，领了几个人，杀向了后山。

后山的山洞前。

“……山庄有难，你就出来吧！”庄主的声音万分悲痛。

那山洞内传来一个苍老的声音，回答他：“我乃山庄罪人……又有什么脸面出去？我被禁足，违命而出，岂不是要被逐出山庄？”

“如今山庄大难，如果连山庄都保不住了，你在这里面壁思过，又有什么用！”庄主几乎是在央求他，“七年，你自行幽禁七年，还不够吗？！”

里面没有声音，庄主只得弃了周围几个亲信，用轻功飞过断崖，进了山洞。忽然听见山洞中一声长啸，一个一身灰衣的男人如鹰般飞了出来。这灰衣人不知道是谁，竟然能够以一己之力，抵挡祭白宫数十人！

司泽远大为叹服，祭白宫的人却是大骇，蒋礼心下盘算，这人莫不就是宫主一直在找的人？否则又怎么会这么多年来都找不到？

祭白宫的人撤退了，却不等红柳山庄的人稍作喘息，竟然在黄昏之时又发起了攻击。此次来的人，似乎更加厉害，颇有一种不要命也要杀进红柳山庄的气势。而且，来人大多攻击那忽然临场的灰衣人和司泽远，司泽远剑法精妙，不少人倒在了他的剑下，却无一死亡，只是失去了行动能力。但是那灰衣人却不同，他的剑法气势磅礴，不出则已，一出必定带回几条甚至十几条人命。

忽然，蒋礼高声喊着司泽远的名字，司泽远闻声望去，竟然看见白秋末被一个黑衣人挟持住，脖子上架了一把剑。“司泽远，放弃抵抗！否则，我就杀了她！”蒋礼笑得得意，原先是想拿了关小雎来威胁司泽远的，却不想关小雎不知道什么时候竟然不见了。还好，他们得知这人与司泽远情分不浅，似乎还怀了司泽远的孩子，这样一个人，可比关小雎更能威胁司泽远吧？司泽远手上的剑一颤，一不防备，竟然叫人划伤了手臂。

“阿远！”白秋末大声地喊，说道，“不要管我！”

“司兄真是好福气，小白貌美如花，如今又身怀有孕，你真是娘子儿子全都有着落了啊。可惜了，我孤家寡人一个……司兄，你放心吧，你若是死在了这里，我一定替你好好对待小白和你们的孩子……”蒋礼笑着说话，好像在和一个好朋友谈心一样，“你说，到时候我要怎么办呢？不如等你死了以后，把白姑娘送到醉人阁去当个头牌……至于你们的孩子嘛……倒是可以送进宫去，伺候各位娘娘！”言下之意，是要送了白秋末去青楼，还要将他们的孩子送进宫去当太监！蒋礼好毒的心肠！

“贱人！”关小雎却不知道什么时候出现在了这里，长鞭一挥，打向蒋礼。

“哦？又是一位佳人啊，司兄好福气，享受着齐人之福，叫人很是羡慕啊！”蒋礼轻轻巧巧地躲开了关小雎的来势，心中盘算着，要是再拿下关小雎，不怕司泽远不束手就擒。

“小小姐！”管家在一旁护着关小雎，“您不是他的对手！”

祭白宫的人忽然将攻势放在了关小雎这里，关小雎本就武功平平，一下子又被多位高手围攻，眼看就要撑不住了。管家拼死保护着，想把关小睢送到司泽远身边，可是到底难以杀出重围。

这个时候，灰衣人忽然杀了过来。长剑如虹，气势骇人。

祭白宫避其锋芒，不由得放弃了关小睢。那灰衣人看了关小睢一眼，只一眼，仿佛看见了另外一个人。秋波河边，那人面若桃花，笑得活泼张扬，却美若天仙。

十七年，十七年！灰衣人压制着自己的冲动，却是拼死般护着关小睢。

蒋礼见拿不下关小睢，就夺过白秋末身边的人的剑，亲自押了白秋末站在高处，对司泽远说道："好！你不要儿子，不要媳妇，那我就帮你，好叫你跟关小睢无忧无虑地在一起！"

"哪个稀罕！"关小睢见白秋末眼泪汪汪的样子，不由得恨极了她。

原来，当时管家发现有人来偷袭抓人的时候，准备带了白秋末走，可是白秋末却不肯走，关小睢又早早地离开了。管家心急如焚，不知道关小睢去了哪里，又想到司泽远的托付，想着先安顿好了白秋末再去找关小睢。可是白秋末就是不走，还非要等司泽远回来。祭白宫的人趁机伤了管家，带走了白秋末。在关小睢看来，白秋末这样简直就是自作自受。

"白添乱的家伙！"关小睢恨恨地看着白秋末，白秋末却是深情地看着司泽远。

长鞭陡然攻来，蒋礼气急，重重一拍白秋末，白秋末应声从高处摔落，只听得蒋礼恶狠狠地道："那就成全了关姑娘吧！"

祭白宫的人走了，白秋末重伤了，关小睢挨骂了。

"……她一个弱女子，那样的情况下，你就不能顾虑一下她？"司泽远低声跟关小睢说，却见关小睢红了眼眶，"好好好，她是你的心肝宝贝，别人拿她来威胁你，若是你出了什么事，叫我怎么办！"

"你还有姐姐，还有爹爹和哥哥，什么叫作我有了事你怎么办？！你想想，那么高的地方，她摔下来，还受了蒋礼一掌，她……"司泽远继续数落关小睢。

"她她她，什么都是她，她这样的好，好啊，祝你们幸福！"关小睢跺跺脚，扭头就跑。

赵仙仙想要拦，却拦不住那任性又伤心的身影。赵仙仙只好叹了一口气，说道，"她还只是个孩子罢了……"说到底，还是太在乎司泽远。

关小雎出去以后，没过两天，外面竟然传出关小雎要抛绣球招亲的消息！

“胡闹！简直就是胡闹！”司泽远摔了手里的杯子，气急败坏要出去找她。

“我已经叫人去看着了，她不会有事的。”赵仙仙安慰他，然后道，“你也好好想想，你和小雎究竟要怎么办。”

是啊，白秋末肚子里怀的是司家的骨肉，可是关小雎很明显不能接受她。而司家也不会叫他们的孩子流落在外面……白秋末当夫人是不大可能了，做个小妾却不是不行的……只是关小雎能够接受司泽远纳妾吗？赵仙仙摇摇头，准备亲自去劝劝关小雎。

有人抢到了绣球。关小雎既吃惊又害怕，因为那人竟然是蒋礼！

蒋礼掳走了关小雎。可是这一次，蒋礼却没有对关小雎做什么，只是苦苦一笑，说道：“小雎……当初之事，对不起你……”

“你，你吃错药了啊？”关小雎狐疑地看着蒋礼。

“我当初入祭白宫是无奈，成为采花大盗也是无奈……小雎，请你原谅我吧！”蒋礼竟然跪在了关小雎面前！

这蒋礼，葫芦里到底卖的是什么药？！

赵仙仙听说关小雎被蒋礼抓走了，很是担心，可是还没等她派人出去找，关小雎却被送了回来。

“那蒋礼狡猾得很，他说的话，你怎么能信？小雎，你听我一句话，不要和司泽远赌气了，嗯？到底是你的终身幸福，你……”赵仙仙苦口婆心地劝着，关小雎却很不耐烦。

“除非他送走白秋末，否则我就走！”关小雎一口回绝。

“好，那就请赵掌剑寻几个可靠的人，将管家和小雎送回含烟谷吧。”司泽远听见了关小雎的话，决定把她送走。

“好，好，你赶我走是不是？好，那我就走，不在这里碍你的眼！”司泽远的一番话，叫关小雎伤透了心。也不要谁送了，关小雎喊了管家，两人驾了来时的马车，急匆匆地离开了红柳山庄。

“你这又是何必呢？”赵仙仙叹了一口气，看向司泽远。

“含烟谷，到底安全些……”

关小雎哭了一路，老管家不知道要怎么安慰关小雎，只不住地说道：“小小姐放心吧，日后定然要他们司家来求您。”

要司家来求有什么用？司泽远现在恐怕已经厌极了她了。

马车忽然停了下来。

“奸人快来受死！”关小雎听见管家的厉喝声，掀开车帘一看，来人竟然是蒋礼。

“小雎，小雎，我真的没有恶意！”蒋礼不还手，反而躲避着，还大声地向关小雎解释，“我当时真是受制于祭白宫……小雎，我可以带你去找你爹爹和娘亲。”

“管家伯伯住手！”关小雎大声喊着，叫管家停了手。

“你说的是真的？你可以带我去见我爹爹和娘亲？”关小雎很是警惕怀疑地看着蒋礼。

蒋礼急急上前，说道：“我当初是受祭白宫胁迫，所以才会做下那么多的错事。小雎，你相信我，我若是要对你如何，昨日就不会放你回来了。”

关小雎一想也是。虽然不知道蒋礼为什么会忽然转了性子，可是他若是真的要对自己不利，昨天就不会放自己回来了。

“小小姐，这个人不可以相信啊！”管家伯伯在一旁劝着，可是关小雎却是一句不听。

“管家伯伯，你回去告诉司泽远，就说我关小雎就算是死了也跟他没有关系！”关小雎上了蒋礼的马，两人扬长而去。任性之人，到了连命都不想要的时候，就会拿命去任性。

“小雎，来，吃些东西。”蒋礼笑笑，递给关小雎一只烤兔子腿。

“你为什么忽然会转了性子来帮我？”关小雎觉得现在自己什么都不怕了，蒋礼要是真的对她怎么样，大不了就一死。

“我说过的，我当初是受了祭白宫的胁迫，所以只能助纣为虐。”蒋礼慢条斯理地吃着兔子肉，比起关小雎的狼吞虎咽，他反而更像一个斯斯文文的小姑娘。

“那如今呢？呵呵，你们不过是被红柳山庄打退了一次，你就不用受他们胁迫了？”关小雎也不是傻子。

“他们……”蒋礼笑了笑，说道，“你知道为什么这两天红柳山庄能休养生息吗？”

“为什么？”关小雎很配合地问道。

“因为……从红柳山庄回去的人，本就剩得不多……当夜……我在饭菜里下了迷药。”蒋礼说得云淡风轻，“然后把他们全部都杀了。”趁着众人被迷药迷倒，他用软剑将那些人，一个一个地割了喉咙。

关小雎沉默了许久，问他：“我爹娘呢？”

“你爹娘……被关在了祭白宫里。”蒋礼说道，“可是，你真的认为那是你亲生爹娘吗？”

“你是什么意思？”关小雎问他。

“十七年前，关家的大夫人根本就没有怀孕。既然没有怀孕，又怎么会忽然多了一个女儿？”蒋礼把查到的事情告诉关小雎，“关家的小小姐——也就是你——满月的时候，关家堡放了一批人出去。说是为了庆祝小小姐满月，叫大家也能家人团圆，可是那些人不是被卖得更远，就是死了，或者是消失得无影无踪了。而又是那么巧，一年之内，知道你从外面被抱回来的人，统统都消失在了关家堡。”

“这些事情，你是怎么知道的？”关小雎心中大惊，可是她不相信。

“祭白宫当初要攻打关家堡，自然是把关家堡的事情查得清清楚楚的。”蒋礼吞下最后一口兔子肉，“你根本就不是关家大夫人的孩子！”

“那我是谁？我是谁的孩子？我娘是谁？”关小雎抓着蒋礼的衣袖，着急地问。

“我不知道。”蒋礼摇摇头，这件事情实在是太隐秘，“只知道你并非大夫人亲生。”

“可是……娘待我很好……”关小雎又摇摇头，恶狠狠地盯着蒋礼，说道，“你究竟有什么阴谋诡计，想要挑拨我们家？”

祭白宫内。

“究竟说不说？十七年前，二月二十七，你究竟在哪里！”

关倪君和他的几位妻妾都被关在这里。可是现在，这里只剩下了关倪君和关大夫人，其余几人已经丧了命。

关倪君哼了一声，却不回答。

那红衣女子揪着关大夫人凌乱的头发，拍了拍关大夫人满是伤痕的脸，说道：“这可是你最后一个女人……再不说……哼。”

关大夫人却笑了，她的眼睛被人剜了去，看不见了，可是她还能听见。这样的威胁，对关倪君来说根本就没什么用。

“好！关堡主好骨气！”那红衣女子拍拍手，道，“既然女人没有用，那就把他的女儿带上来！”

关倪君心头一震，睁眼一看，声嘶力竭道：“眉儿！”

关大夫人也是浑身抖了一下，慌慌张张地说道：“眉儿？真的是眉儿？”

“当然！”那红衣女子笑得很狰狞，想来是没有什么耐心了，“为了你们这个大小姐，我们可是毁了在峨眉派十几年的内线！”

那女子捏起关惋眉的下巴，说道：“关大小姐，希望你能够叫你爹开口，说一个配得起我们用你师叔换了一个你的代价的秘密！”

关惋眉只是冷笑，说道：“关家堡上下，宁死不屈！”

“眉儿……眉儿！”关大夫人却是大声地喊着，“你们放了眉儿！她不是关家堡的人，你们何必苦苦为难她！”

关小雎一直跟着蒋礼赶路，可是这一天，当他们快到祭白宫的时候，竟然遇上了一路黑衣人。

“好蒋礼，胆敢背叛宫主！”来人不多言，杀了上来。

蒋礼又要护着关小雎，又要护着自己，竟然不敌，关小雎差一点就丢了性命。

“拿了她，不怕关老头不说话！”

蒋礼自然知道他们说的是什么意思，一咬牙，将怀中的震天雷丢了出去。

“走！”蒋礼用身体护着关小雎上了马，一路奔驰。

蒋礼的背满是鲜血，关小雎用清水给他擦洗，蒋礼却没有一声呻吟。

“疼就叫出来吧！”关小雎不忍心看下去。

“呵，不疼。”蒋礼闭上眼睛，说道，“当初被鞭打之后，宫主会叫人在我们的身上撒盐，又或者是蜂蜜，还有人被撒了辣椒粉……这些比起当年，根本就不算什么。”

蒋礼说得云淡风气，关小雎听得惊心：“你们宫主……怎么这般恶毒……”

“否则，又怎么叫那么多人惧怕她，为她卖命？否则……我又怎么会心心念念地要逃开她？！”蒋礼忽然一把抓住关小雎的手，“小雎，我真的知道错了，我求求你，以后帮我求求你四姐，解了我身上的毒吧！宫主为了控制人为她办事，每一个祭白宫的人都会服下毒药。一个月领一次解药，若是不吃解药，就会浑身上下像是被什么撕咬一般……我亲眼见过的，有一个人竟活生生地把自己抓死了！”

蒋礼的眼中罕见地浮起了恐惧的神色，说道：“我已经过够了在祭白宫担惊受怕的日子了，就算是死，我也要离开祭白宫！求你让你四姐为我解毒吧！或者……给我一个痛快的死法，那也好啊……”

蒋礼怕自己照顾不了关小雎，想了许久，还是决定把关小雎送回红柳山庄。谁知道回了红柳山庄之后才知道，司泽远因为担心关小雎，在与黑衣人抵抗的时候中了暗算，如今昏迷不醒。

关小雎撇下蒋礼，跑到司泽远的床前，眼泪啪嗒啪嗒地掉：“是我错了……阿远……你快醒来……都是我的错……”

也不知道是听见了关小雎的声音，还是红柳山庄的药有了效，关小雎回来的第二天下午，司泽远就醒了。

“以后，切不可再如此任性了！”司泽远没有责怪她，只是像在含烟谷时那样，用手轻轻地摸着关小雎的头发。室内只有他们两个人，一时间，温馨充满了整个房间。

没过几天，司泽远接到消息，他的祖父竟然亲自来了红柳山庄。司家的老太爷今年七十多岁了，但是身体很硬朗，精神矍铄，见了司泽远就是劈头盖脸的一通骂：“要不是外面都传得沸沸扬扬的，我都不知道你竟然要当爹了！”

不知道是怎么传出去的消息，大家都知道白秋末肚子里怀了司泽远的孩子，而且现在还传到外面去了。

司老太爷好一番打量白秋末，却不说什么，最后推出一个女子，说道：“既然如此，咱们就借了红柳山庄的宝地，先给你们三个人成亲吧！”一句话，像是在平静的水里丢下了一颗震天雷，炸得众人魂飞魄散。首当其冲的便是关小雎。

“您，您说什么？要，要让司泽远，成亲？”关小雎不可置信地看着老太爷，却见老太爷点了点头。

“柳丫头的婚事，是他老子早就定下来的，本想着这次叫他回去成亲。可是现在却被祭白宫给搅和了！”老太爷很是慈爱地看着那个女子，说道，“柳丫头，委屈你了，等回了司家，咱们再办一个盛大的婚礼。”老太爷在司家当家多年，说一不二，说了要成亲，就是要让他们成亲。

“柳丫头说来还是关丫头的表姐，这样也好，要是柳丫头成亲，娘家人一个都不在，倒显得冷清。”老太爷还在滔滔不绝地说着，怎么办婚事，怎么行礼，又怎么安排住处。

红柳山庄与司家原是有深交的，听了老太爷的话，红柳山庄的庄主自然不会反对，对庄主来说，这个老太爷其实跟他爹差不多。

柳昕薇听着老太爷在一旁说着，脸早已经红得不成样子，抬眸看了一眼司泽远，却见司泽远一直盯着关小雎。

“关表妹……”柳昕薇在路上见到了关小雎，轻轻柔柔地喊了一声，说道，“我做了些糕点，给关表妹送过来……”

“不吃！”关小雎看见她就觉得心烦，还有那个白秋末。司泽远……司泽远好大的福气！

“小姐，这关小姐怎么这般没礼貌？”跟在柳昕薇身后的丫鬟嘟囔着，她在柳家待了六七年，从四岁就进了柳家，现在虽然是小姐身边的丫鬟，可是小姐待她甚好，柳夫人也因为她照顾柳昕薇照顾得好，还许了诺，等到她要嫁人的时候，认了她当干女儿，再风风光光地把她嫁出去当少奶奶。所以，这个丫鬟跟着柳昕薇一起，学了不少东西，比起外边那些小门小户的小姐来，这个丫鬟甚至更有几分小姐的意味。

第二十一章 司家来人

柳家家教甚严，这一次还是老太爷亲自带着柳昕薇上门，这是柳昕薇十三岁之后第一次出远门，此前她去过最远的地方是她的外祖家，而且只去过三次。不知道外面世界如何的柳昕薇并着丫鬟，见到这样直接无礼的人，柳昕薇到底是正经小姐，不会在背后说人什么，可是她贴身的丫鬟却为她不平了："小姐好心送了点心来，关小姐不要就罢了，还这样恶声恶气的……"

几天后，丫鬟偷偷告诉柳昕薇："听说关家小小姐和司大公子之间……小姐呀，好歹您才是司家堂堂正正定下来的媳妇，这样叫人知道了，岂不是以为我们柳家好欺负吗？！"丫鬟指的是关小睢私下多次和司泽远会面，而且言语、举止之间，完全就是情侣吵闹的模样。

柳昕薇却只是默然，低下头去绣花，说道："以后别再去打听这样的事情了，安安心心的。你若真的是为了咱们柳家的颜面，就不该为这种小事吵嚷起来……成亲的日子，也没有几天了……"说到底，柳昕薇还会是司泽远明媒正娶的夫人。丫鬟咬咬牙，决定暂时忍下来，却想着，回到了柳家，一定告诉夫人才好。小姐性子那么绵软……那个白姑娘，是要被纳为妾室的，看起来却完全不像是个好相与的。

柳昕薇不知道自己的丫鬟心里那么多的想法，只绣着花。天黑了，她觉得有些闷，只是她又刚刚打发了丫鬟下去，也不愿意再把她叫起来，于是披了一件衣裳，自己走了出去。今夜的月光很好，月亮如银盘一样挂在天上，月明星稀，地上的路也看得清楚。

柳昕薇吹着风，慢慢地走着。她从小到大受到的教育，就是三从四德，不管她未来嫁给谁，她都要听从夫家的话。丫鬟说的意思她明白，可是她想，只要司泽远愿意，不管纳多少小妾都是无所谓的。柳昕薇无所谓，反正……只是嫁人而已，从一个家，嫁到了另一个家……

更何况，她嫁到司家是为了报恩，报司家老爷对她爹爹的救命之恩。既然如此，她又怎么好叫司泽远不开心呢？司泽远愿意纳多少小妾，都随他吧。柳昕薇叹了一口气，站在石榴树下，呆呆地望着天上的月亮，心底想：从前她也想过要嫁给一个什么样的人，可是四年前，爹爹忽然告诉她，她要嫁的人是司家的大公子。此后，她就再没有了想法。只是小丫头们会告诉她，司公子是如何如何的人，可是那又怎么样……到底，不是她自己选的夫君……又怎么能够自己选夫君呢？柳昕薇垂下头，修长光洁的脖子在月光下显得格外柔美。

“你是柳姑娘？”蒋礼忽然站在石榴树下，微笑着轻声问。

柳昕薇慌慌张张地抬头，见是一个陌生男子。他身穿牙色刻丝锦袍，玉冠竖起长发，在月光下恍若天神。

“是……”柳昕薇抿唇，腼腆一笑，说道，“见过……蒋公子。”似乎那日听别人喊他蒋礼。

“柳姑娘多礼了。”蒋礼点头笑笑，说道，“柳姑娘怎么自己在这里？”

“绣花有些闷，就出来走走，这就回去了。”柳昕薇的声音很轻柔，叫人听了只觉得心里软软的。

“天色已晚，绣花伤神，姑娘早些休息吧。”蒋礼关切地说，柳昕薇点点头，就此别过。可是，这一夜，两人都没有睡好，闭上眼，就是对方在石榴树下的模样……

“你说什么？”关小雎坐在椅子上，听着蒋礼带来的消息，忽然哭了出来。

蒋礼怜悯地看着关小雎，说道：“也不知道是不是真的，只是听说当年关家的大小姐是怀了身孕回去的……后来撞柱而死，却没有人看见她的尸体。再者，关堡主若是在外面有了别的女人，大可以把那个女人接回关家堡……按当时的时间算，想来你应该是当年关家大小姐关倪月的女儿。”

关小雎一直想知道自己的亲生父母是谁，她只以为她是外面的女人生的孩子，爹爹疼爱她，把她抱回来收养在大夫人名下。可是没有想到，她竟然是当年关家大小姐的女儿！“那我，那我亲生爹爹呢？又是谁？”

蒋礼摇摇头，说道："我仔细查了，却不知道。当年关家对这件事下了封口令，而且也没有听说当年关大小姐提起过那个孩子的父亲，只记得当年关家堡主逼问的时候，关大小姐一头撞在了祠堂的柱子上……后来，现在的关堡主连夜抱走了妹妹，从此关倪月再没有消息。关堡主说她死了，匆匆地下葬，后来又打发走了一大批奴仆，事情就这么被掩盖起来了。"

"所以，你的意思是，我有很大可能，其实是……我姑姑的女儿？"关小雎又说道，"而且，还不知道我的亲生父亲是谁？"

"没错……"蒋礼说道，"当年爱慕大小姐的人太多了……不过听说，好像司家现在的二老爷，也就是司泽远的二叔，好像和关大小姐传过一段佳话。当初，司家为了这件事，差点把司二老爷赶出去。"

"什么事情？"关小雎急急地问。

"当年关家大小姐回来的时候身怀有孕，大家都很惊讶，只有司二老爷，竟然想叫如今的司老太爷去给他提亲，要把关大小姐娶回家。司老太爷不同意，打了他一顿，后来给撵到乡下去关了起来，几年之后才接回来娶妻生子的。"

关小雎更是震惊，这样的话……她也许就是她姑姑的女儿，更可能是司泽远的……妹妹！她实在是接受不了！

关小雎匆忙地跑了出去，蒋礼赶紧跟上。

喝得酩酊大醉的关小雎闯进了司泽远的房间。司泽远在关小雎闯进来的时候就醒了，亮了灯，扶着关小雎，眉头皱起，轻轻地斥责："怎么喝了那么多酒？"

"酒……喝酒好啊，呵呵呵……"司泽远给关小雎倒了杯水，却被关小雎弄洒了，她一把抓住司泽远胸前的衣服，说道，"你知不知道……蒋礼说了，呃，咳，我，我是我姑姑的女儿，我是……我是我姑姑的女儿，我不是，不是我爹爹和娘的女儿……我爹，我亲爹是谁，我都不知道……噢，对了，也许我爹就是你二叔，呵呵……要是这样的话，我就真的一辈子不能和你在一起了……司泽远，你说，我要是你妹妹，我该怎么办？！我该怎么办哪？！"

司泽远皱着眉头，听关小雎结结巴巴地说话，眸中闪过一丝寒光。蒋礼，又是蒋礼！自从这一次蒋礼送关小雎回来之后，关小雎嘴里总是蒋礼蒋礼地说个不停，而且还没有了以前那种厌恶和恐惧。这个蒋礼，究竟给关小雎吃了什么迷魂药！

“……你知不知道我有多喜欢你啊！啊？你知不知道？你为什么不说话……你说话啊……”关小雎见司泽远并不言语，以为他不喜欢自己，哇的一声就哭了出来，“你不喜欢我，那你为什么对我那么好！为什么……我那么喜欢你，可是，我是你的妹妹……你却要娶别人了……司泽远，这就是命，啊，这就，这就是命啊！”

关小雎一把推开司泽远，踩着软绵绵的脚步，腾空一跃，从窗户飞了出去。

“小雎！”司泽远急着去找关小雎，可是白秋末却来了，一把拉住司泽远，说道，“阿远，我肚子好像有点疼……”

蒋礼抱着软绵绵的关小雎，心中暗道：别怪我，要怪只能怪你们家得罪了宫主！不想，却是让柳昕薇看见了。她虽然疑惑，却也知道关小雎心里的人是司泽远。可是现在关小雎这个模样，若是别人看见了，恐怕对她而言并不是好事。

柳昕薇并着丫鬟上前，笑着跟蒋礼见了礼，说道：“关表妹就让我送回去吧，我会好好照顾她的，谢谢蒋公子了。”

丫鬟根本不想扶着关小雎，可是没办法，小姐发了话，她只得听从。

蒋礼也不知道是为什么，见了柳昕薇，他满肚子的花花肠子都用不出来，于是点点头，答应柳昕薇带走关小雎。许久之后，蒋礼才知道，那一种见到她心就会怦怦跳、她说什么都愿意答应的感觉，叫爱。

柳昕薇亲自为关小雎擦脸，听她呢喃着的话，只觉得怜惜她。

“今天晚上的事，不许出去乱说道。”柳昕薇看着关小雎睡过去了之后，这才吩咐了自己的丫鬟。收拾好东西，主仆二人就走了。

第二天起来的时候，白秋末发现蒋礼和关小雎躺在一张床上，于是大叫起来，引来了好多人。

蒋礼无奈地笑，宫主的话，他怎么敢不从？

出了这样的事，最好的办法就是叫关小雎嫁给蒋礼，甚至红柳山庄都要叫人来给关小雎量身材了。就在这时候，却发现关小雎竟然不见了！司泽远在一旁苦笑，蒋礼也笑，他们都知道，关小雎是逃婚逃出了门道。

逃出去的关小雎，浑浑噩噩地撞上了人，对方很嚣张，关小雎心情也不好，三言两语间，竟然大打出手。关小雎本就功夫平平，对方又有帮手，她脑袋昏昏沉沉的，竟然叫别人得手了，胸口中了一剑，匆匆忙忙地就运起轻功跑了。

红柳山庄是再不能回去了，那还能去哪里呢？关小雎在山脚下发现了一处破庙，就躲到破庙里养伤。这一天晚上，关小雎正在半睡半醒之间，听见了有人的声音。

“想来那个红柳山庄的无情剑客就是我们要找的人了，宫主，是今天晚上行动吗？”一个清亮的女声响起，“红柳山庄”几个字，让关小雎一下子就醒了。

“不。”祭白宫的宫主依旧着一件翠绿的衣裳，用面纱蒙着脸，说道，“等亲事办完之后，再动手。”

“宫主……您真的要嫁给那个司泽远？”那个清亮的女声似乎不敢相信。

“他……到底是我孩子的父亲……”

孩子的父亲！关小雎的眼睛瞪得很大，司泽远的孩子，现在只有白秋末肚子里的那个……也就是说……

“谁？是谁在里面？！”那个清亮的女声赫然严厉起来，关小雎这才发现，刚才她太过于惊讶，不小心踢到了一块碎石头。

一双墨绿色的鞋面出现在了关小雎的面前：“是你……”

关小雎想不到，她竟然还能再见到她的父亲，不，或者说，是她的大舅。

“爹爹！”关小雎一把抱住关倪君。关倪君奄奄一息地抬起头，看见了女儿满是泪水的模样，眼前一亮，却又瞬间垂下了头。

“怎么样，看见你的宝贝女儿了吧？”白秋末再没有蒙着面纱，而是直接走了进来，居高临下地看着关倪君，说道，“告诉我，十七年前，二月二十七，你究竟在哪里？！”

关大夫人已经没了气息，关惋眉昏倒在一旁，关小雎呜呜地抱着关倪君大哭。

“我，我不会告诉你的！”关倪君爱怜地看着关小雎，说道，“小雎，别哭，不要害怕……我们关家的女儿，宁死不屈！”

“好，好一个宁死不屈！”白秋末勾起一抹冷笑，“我不会叫她去死的。折磨人的办法有上千种，你的那些女人我都便宜了她们，叫她们一个个地死了。可是我告诉你，你的女儿，就没有这么好命了。”

白秋末捏起关小雎的下巴，说道：“我会叫她，生不如死！”

“贱人！”关小雎挣扎着，却被白秋末一耳光扇倒在地上。

“你看看吧……你的女儿们，都如花似玉的……呵，想来你心底早就为她们找好夫婿了吧？大小姐冷清，倒是可以送去当头牌，小小姐美貌……呵呵，花魁非她莫属了。我想想，找什么人让她伺候呢……”白秋末沉吟了一下，好像真的在认真地思考这个问题，“就找些又有钱又老又变态的人吧……好好调教一下咱们不听话的小小姐……”

“你，你住口！”关倪君不许任何人侮辱他的女儿。

“要我住口倒也不难，你开口就行了。”白秋末一把拽起关小雎的头发，提着关小雎叫关倪君看，“这么如花似玉的脸，这么美丽的双眼，我要是先把她的眼睛挖了，舌头割了，再挑断她的手脚筋，喂她吃些强力的春药……关堡主，你觉得好不好？”

关倪君被气得直咳嗽，关小雎的眼中满是恐惧。她想不到，看起来文文弱弱的白秋末，心肠竟然这样狠毒。

“两个女儿都在这里，关堡主，你觉得谁先试试比较好呢？”

关惋眉还在昏迷。她亲手杀了关大夫人，因为关大夫人已经撑不下去了。至于关惋眉自己，当她知道了自己并非关家的女儿，而是当年周家大小姐和小厮有了她，所以才慌忙嫁入关家的时候，昏迷了过去。

现在，一桶冷水把关惋眉给泼醒了。

“大小姐，你想试试被千人枕万人骑的滋味吗？”白秋末语调婉转，没有了平日里和属下说话的冷清，“或者是，叫你的小妹妹先示范给你看呢？”

白秋末低低地笑，慢慢地转身走了出去：“关堡主，我只给你一个时辰，想清楚了，要送哪个女儿出来，让我的属下尝尝鲜……”

“大姐！”关小雎一把抱住关惋眉，哭得很是厉害。

“哭什么！”关惋眉浑身上下软绵绵的，杀关大夫人，已经是她最后的力气了，现在药性全部引发，她连说话都已经没有力气了。

“小雎，关家的女儿，都是宁死不屈的……小雎，你杀了我，杀了我！”关惋眉不忍心叫父亲去做决定，虽然这并不是她的亲生父亲……

“眉儿……”关倪君低声地喊了她一句。这是最大的折磨。眼睁睁地看着亲人一个个地死去，就在自己的眼前，甚至是他最爱的妻子和他的大女儿，一个求着一个哭着……关惋眉落着泪杀了关大夫人，关倪君当时只觉得天昏地暗了。可是没有想到，他最疼爱的小女儿，竟然也被抓了进来！现在是再一次做决定的时候了！

“爹爹，让我去吧！”关惋眉只觉得一生中的眼泪都在今天流光了，“小雎她……我总归不是关家的女儿，说出去也只会说我是随了母亲的不堪，爹爹，我不会叫关家堡的名声受辱的！”

“大姐！”关惋眉的话叫关小雎一惊，她说道，“你，你不是，你……”

“住口！”关倪君怎么忍心叫女儿说这样的话，“你生在关家堡，长在关家堡，名字是我取的，小时候也是我疼着哄着的，你就是我的大女儿，就是关家堡的大小姐，我不会叫你们有事的！”

“愿意说了吗？”白秋末走了进来，眉毛一挑，说道，“你若是早些说，也不至于家破人亡……”

“十七年前，二月二十七，你在哪里？！”白秋末厉声问，关小雎抱着软绵绵的关惋眉跪在关倪君的脚边。

“二月二十七，我在微水江。”关倪君的声音很低、很虚弱，却因为室内寂静，叫人听得很清楚，“我妹妹关倪月，要生产了，我去找她。二月二十六，我在微水江落脚；二十七，我妹妹难产；二十八……我妹妹走了。你要知道这些，究竟是为什么？！”

二十七,二十七是她的生日！关小雎瞪大了眼睛，看着自己的爹爹，难道，难道她真的是姑姑的女儿？关惋眉虽然无力，听觉却很清楚，心中也不由得震动，勉力睁眼看了一眼关小雎。原来……她们都不是关堡主的女儿……关惋眉的眼泪悄悄地滑落。

“那‘中山忘忧剑’呢，二月二十七，他又在做什么？！”白秋末紧接着逼问道。

“忘忧，忘忧二十七的时候，咳咳，重病……是我求了含烟谷主去为他医治的，我自己却赶着去见了妹妹……”

白秋末捏紧了拳头，又问：“那‘长江五剑客’呢？你二月初三的时候召集了那么多剑手，究竟是为什么？”

“武林……武林剑道……一致觉得……需要一个优秀的，优秀的剑客带领大家……他们集中到我家来商量……决定……推举白……白平兰做我们的首领……咳咳，定了五月初五端午节，要召开武林大会的……只是，没想到，白先生，白先生消失得没有踪影了……”

竟然是，竟然是为了推举白平兰做剑客之首吗？白秋末不敢相信，她咬牙切齿地道：“若是叫我知道你有一丝一毫的欺骗，我定要你的几个女儿生不如死！”

白秋末有些步履错乱地出了石室，关小睢心中暗惊，看向关倪君，说道：“爹爹，我……”

“小睢……你只要记得，你跟你大姐，永远都是我们关家的女儿……”

白秋末定定地坐在后山，山上有座坟，没有墓碑，只有一把剑。

“爹爹，爹爹，你告诉我，你究竟是怎么死的？”白秋末忽地哭了出来。这么多年来，她一直以为爹爹被人用剑杀死了，定然是因为爹爹太厉害被人嫉妒，所以他们剑客联合起来要杀了她爹爹。可是听关倪君那么一说，原来并不是这样吗……

祭白宫，祭白宫，祭奠死去的剑客白平兰。白秋末那么多年的隐忍和痛苦，原来竟是错的吗……

关小睢没有想到会在这里见到蒋礼。

“你快跟我走吧！”

蒋礼偷偷地溜了进来，却只能带走关小睢。关倪君已经伤痕累累，要走根本就是很难的事情。关惋眉被下了药，身上根本没有一点力气。

“不！我不走！我要和爹爹在一起！”关小睢抱着关倪君不肯松手。

“傻孩子，你要是能走，就快走吧……”关倪君抬起头，“爹爹只盼着你能好好的，不要，不要辜负爹爹的期望……关家堡，也许，就，就只能靠你了……”

蒋礼跪在地上，道：“关堡主，原先是我对不起你们关家堡，请您放心，现在把小睢交给我，我一定安全把她送出去……”蒋礼深深地磕了一个头。世界上再恶的人，也会有想要变好的一天。关家堡是那个人的表亲，也许不会有人相信，有一天，蒋礼会愿意为了一个女人而变成一个好人。

“好，你去吧……”事到如今，还有什么更糟糕的呢。关倪君点点头，让关小睢靠过来，交代了关小睢一些事情，是关家堡资财和剑法的所在之处。

如果……关小睢落泪，如果爹爹和哥哥都没有了，她就要一肩挑起复兴关家堡的重担了。

“你不要担心，司泽远不会有事的。”蒋礼安慰着关小睢。

“不是你，你当然不会担心了！”关小雎瞪了他一眼，两人偷偷摸摸地往外走。

白秋末那样心狠手辣的人，叫关小雎怎么能够放心司泽远？说不定哪一天，司泽远就傻乎乎地叫人家杀了，还以为是自己倒霉呢！也不知道是什么样的人家，才能养出这样恶毒心肠的女儿。

祭白宫内，却是一阵嘈杂。有人发现关小雎不见了。怎么会不见了呢？

白秋末冷冷地看着自己的属下，不过是几日不在，竟然有人敢生了背叛的心思！

“红莲，本宫只要结果！”一句话，却叫太多的人被打入炼狱。红莲手下，从来没有完整的人。

“是，是蒋礼！”终于有人撑不住了。而一旦有一个人开口了，别的人再强撑就没有意义了。近一半的人都指认了蒋礼。

白秋末眼眸中的光彩凝结成冰，好啊，好一个蒋礼！好手段！

“封山！”

关小雎和蒋礼此刻东躲西藏，蒋礼想，这个时候应该已经被发现了。最危险的地方，就是最安全的地方！

“走，我带你去禁地！”蒋礼说的禁地，就是祭白宫的后山。

祭白宫的后山从来只有两个人能进，一个是抚养白秋末长大的嬷嬷，一个就是白秋末。也是蒋礼的运气好，此刻所有的人都出去搜寻他们两个，蒋礼就趁着这个机会带着关小雎溜进了后山。

祭白宫所有的地方都被找遍了，还是找不到关小雎和蒋礼，白秋末的脸色越来越难看。这个时候，一个苍老的声音响起了：“去后山吧……”

后山！白秋末勾了勾嘴角。蒋礼蜗居祭白宫当一个小小的手下，果然是太委屈了他！

“去后山！”

一行人浩浩荡荡去了后山，火把和机关都被开启了。蒋礼带着关小雎在后山摸着黑走着，一不小心就滑到了一个小坑里面去。

“后山我从来没有来过。”蒋礼心中也很忐忑，祭白宫四处都是陷阱，只是他生活多年，终于摸清楚了祭白宫的一部分。但是这后山，从来没有别人能够进出，蒋礼对后山的环境毫不熟悉。

“蒋礼，速速出来受死！”忽然，一道严厉的女声在空中响起，关小睢感觉到蒋礼浑身一抖。

“怎么了？”关小睢问他。

“是宫主来了！”

没错，白秋末亲自带了人进了后山。白秋末的功力很深，声音通过内力传得很远，叫整个后山都回荡着她的声音。

“啪”的一声，关小睢好像踩到了什么。

“啊——”关小睢和蒋礼双双在夜色中滑落到了山下。

红柳山庄内。

“你确定那个蒋礼说的话能信？”红柳山庄的庄主问司泽远。

“我们可以信。”司泽远点点头，说道，“蒋礼给了我祭白宫的地图，我问他为什么，他只说他是中了剧毒，想早日脱离祭白宫。”

赵仙仙也点点头，说道：“我为蒋礼检查过了，那个毒，很霸道……他只求速死。”

“什么毒？”庄主问。

“……是，欲仙欲死。”赵仙仙有些不好意思地说。

但是，一听到这个名字，在场上了些年纪的人都变了颜色：“祭白宫，果然是神女教余孽吗？”

祭白宫后山。

关小睢和蒋礼相互搀扶着向前走，却发现有一条小路，通往一个什么地方。

“是谁！”一个沙哑的女声响起，一根枯枝飞了出来。

“啪”的一声，那枯枝竟然有半根没入了石壁上！

好深厚的功力！关小睢和蒋礼都是一惊。

“晚辈蒋礼和关小睢，误入此地，打搅了前辈，还请前辈恕罪！”

那女声“哦”了一声，似乎是在想什么，又道：“姓关……是关家堡的人？”

“是，晚辈关家堡关小睢。”关小睢壮着胆子应了。

“哼……”那苍老沙哑的声音冷哼了一声，说道，“进来吧！”一大块树丛应声裂开，露出了一个洞府。

关小雎和蒋礼走进去，发现那人躺在一块大石头上，披头散发，浑身泥泞不堪，还有蚊虫在身边飞来飞去。

“晚辈蒋礼携关小雎，见过前辈。”因为这人功力深厚，蒋礼不敢怠慢。

“关丫头抬头叫我看看。”那女人说道。

关小雎只能抬起头。

“你姓关？”那女人问，却又不等关小雎回答，说道，“长得倒像关倪月！你姑姑可还好？”

“姑姑？”关小雎愣了一下，反应过来对方问的是关倪月，情绪有些低落，说道，“姑姑十七年前就去世了。”

“什么？！”那人似乎很震惊，抬起头来，一双黑色的瞳孔十分骇人，“关倪月死了！”

“是，姑姑，姑姑是难产……”

那女人又是震惊：“她，到底还是生了那个孩子？！”

“前辈认识我姑姑？”关小雎试探性地问。

“认识，何止是认识！”那女人忽然哈哈大笑起来，“白平兰，你觊觎关倪月那么久，却不知道，人家早就芳心他许，还为生一个孩子丢了性命！白平兰，你这就是报应！”

白秋末看着来势汹汹的武林人，笑了。“司泽远，你当真要我的命？”她问。

司泽远也笑，说道：“我从不杀人。”

“他们却不会放过我！”白秋末闭上眼睛，再睁开眼睛的时候，一双黑色的瞳孔，骇人得很。

“没有用的。”司泽远忽然笑了，“神女教的迷心大法，没有那迷药，又如何能够对付得了我们？”

司泽远指指自己的鼻子，说道：“白秋末，放弃抵抗吧！”

关小雎想不到，他们竟然会在祭白宫的后山遇见白秋末的娘。当蒋礼和关小雎背着白秋末的娘出来的时候，他们竟然发现武林人已经将祭白宫控制了起来。

蒋礼背上的人，一眼就看见了白秋末。“秋儿！”那女人惊呼一声，见有人要伤白秋末，摘叶运劲，竟然将那人的剑锋折断了。

“是摘花飞叶！”一旁一向淡定冷静的老嬷嬷忽然惊呼出声，说道，“可是神女？！”

“是我！”蒋礼放下白秋末的娘，只听得她说道，“摘花飞叶术，一笑断人肠。呵，想不到，我莫如音还有重见天日的一天！”

莫如音！

“娘！”白秋末震惊，不可置信地看着眼前这个披头散发的女人，“你，你是我娘吗？”

“秋儿，我的儿！”莫如音再强，见了自己的女儿，也是泪如雨下，“这十七年来，娘想你想得好苦啊！”

“娘，你怎么会变成这样的？！娘，这些年来，你都去了哪里？！”白秋末奔到莫如音跟前，一连串地发问。她以为爹爹死在了武林剑客的合击之下，结果不是；她以为娘亲死了多年，结果娘亲也还活着！

“你修炼了迷心大法？”白秋末一碰到莫如音，莫如音就发现了，她的眸子瞪得很大，闪烁着凶光，手上的力度也很重，几乎要把白秋末的骨头给捏碎了。

“是……姑姑说，修炼迷心大法，就可以为爹爹报仇……”

“为爹爹报仇？”莫如音忽然打断了白秋末的话，说道，“那你可知道杀你爹的仇人是谁？”

那一日，武林人永远忘不了。没有人想到，白秋末的爹，竟然是被白秋末的娘杀死的。

“他仗着一手好剑法，四处拈花惹草，呵呵，我要了他的命，难道有错？”

“昆仑，崆峒，峨眉，华山……最后他竟然迷上了苗疆的苗女！我背弃了整个神女教，背弃了我的祖宗家训和他在一起，他就是这样用负心薄情来报答我的！呵呵呵……他永远不会想到，他这一辈子最想得到的女人，最后竟然为别人生了一个孩子，哈哈，还因为那个孩子而难产死了！”莫如音整个人就像是疯了一般。

武林中略上年纪的人都沉默了。当年，白平兰虽然是一代优秀的剑客，可是他的风流账也不少。只是，没有人想到，白平兰竟然娶了“神女教”的教主为妻。

“我为了他，放弃了我修炼多年的迷心大法；为了嫁给他，我遣散了整个神女教。他就是这样报答我的，就是这样，报答……我的……”莫如音的声音渐渐地低了下去，忽然，她又疾言厉色道，“云溪，你可知错？”

那个老嬷嬷双目含泪，跪在地上，却道：“奴婢，奴婢不知……”

“你不知？”莫如音眯起眼睛，那模样与白秋末发怒的时候一模一样，只听得她道，“迷心大法，伤人伤己，你竟然敢私自撺掇秋儿修炼！”

“神女！”那叫作云溪的老嬷嬷跪在地上直叩头，口中道，“当年，老爷死得蹊跷，神女又消失了，奴婢带着小主子……四处流浪。后来回到了神女教，教众都被欺负得很厉害，奴婢就想，若是您见到了他们那样也一定不忍心叫神女教败落得这样厉害……”

“住口！”莫如音声嘶力竭道，轻轻一挥手，就掀起了一片掌风，掐在了那云溪的脸上，怒道，“你带着我的女儿回到神女教，无非就是想起了神女教的那一批宝藏！莫云溪，我自认待你不薄，你与白平兰暗中勾搭，我也忍了，念及你跟随我多年，想留你一条命。你却胆敢利用我女儿的年少无知，夺去神女教宝藏，骗我女儿修炼迷心大法。你好，你好啊！”

“神女饶命！奴婢这样做是有苦衷的！”云溪泣不成声，说道，“小主子修炼迷心大法，才能继承神女教，才有办法帮……帮老爷寻找到杀身仇人……奴婢当时不知道神女的下落……只有这么一个办法了，求神女恕罪！”

到底是抚养白秋末长大的老人，看着那老嬷嬷的头磕出了一片血，白秋末心下不忍，想劝劝自己的母亲：“娘，嬷嬷毕竟抚育了我那么多年……”

“你住口！”莫如音指着云溪说道，“她早就与你那个不要脸的爹勾搭在一起了！她养育你，骗你修炼迷心大法，不过是因为这个贱人和你爹有了首尾，想利用你来报仇！好，要报仇是不是，白平兰就是我杀的，怎么样，莫云溪，你要指使我的女儿来杀了我吗？”

“云溪姑姑……”白秋末低声喊了一声，只见莫云溪脸部扭曲，恶狠狠地说道，“是又如何！你明明知道我喜欢白先生，却不肯叫我和白先生光明正大地在一起。你的女儿固然是你的，到底也是先生的骨肉。我教她修炼迷心大法，是为了她有更好的能力活下去。”

“活下去？”莫如音冷哼一声，说道，“修炼迷心大法，最多活不过三十岁。你是为了她更好地活着，还是为了她能够更好地为你所用？你若真的想叫她好好地活着，就应该带着她安安稳稳地过日子，而不是一股脑地把仇恨加注在她心里，叫她变成今天这副模样！”一个真正爱孩子的母亲，就体现在这里了。她永远只希望自己的孩子健健康康、快快乐乐地长大，而不是为了复仇而活着。

在场的武林正道都动容了，这一番话，他们懂得，却未必能够做到。可是莫如音，一个魔教妖女，竟然敢对着女儿说这一番话！

“娘……”白秋末也泣不成声，说道，“女儿都是甘愿的……”

“甘愿，甘愿！你却不想想，你修炼迷心大法，又怀上这个孩子，你日后该当如何？”莫如音心疼地看着自己的女儿，只恨自己当年只想着杀了白平兰，不防自己竟然落入山谷，跌断了双足和一只手，再不能呵护女儿成长。

第二十二章
再嫁方家

“娘，你放心吧，女儿自然有路可走……”白秋末擦去了眼泪，站了起来，指着关小睢说道，“你可想知道你爹爹和姐姐在哪里？”关倪君和关惋眉被白秋末给带走了，没有人知道他们被带去了哪里。

“你过来，我就告诉你。”白秋末说道。

“过来吧……”莫如音也道，“呵呵，白平兰那么多年来都肖想关家堡的关倪月，却不承想，关倪月不仅没有理会他，还告诉了我这件事。那么多女人里，只有关倪月一个，是真正的善良……你过来，我不会对你如何的。”

关小睢看了一眼司泽远，见他点了点头，这才走了过去。

“司泽远，叫他们放我和我娘出去，否则，我就杀了关小睢！”白秋末却是用剑横在了关小睢的脖子上，威胁着司泽远。

“秋儿！”莫如音没有想不到，自己的女儿会这样做。

“娘，只要他们放了我们，我就不会伤了关小睢。”白秋末那一双黑色的瞳孔盯着司泽远，道，“让路！”

司泽远点头，众人便让开了。到底是不想伤了这一对可怜的母子……至于别人的性命，他们恐怕要用整个祭白宫来陪葬了！

五日后。

因为关家堡的大夫人新丧，所以关小睢要出嫁，也只能够在百日内成亲。这一次再嫁方小年，关小睢的婚礼就有些狼狈了。

那日，关小睢被挟持出了祭白宫，白秋末果然告诉了她关倪君和关惋眉的所在，最后也没伤她就带着莫如音离开了。

可是谁知，关小雎和司泽远找到了关倪君之后，关倪君却大怒。原来，白秋末告诉关倪君，他最宠爱的女儿和别的男人有了不干净的关系，而这个男人，竟然就是关家大夫人的外甥女的未婚夫——司泽远！

柳昕薇当时已经住进了司家，关小雎若是想要和司泽远在一起，只能给司家当小妾。他关倪君的女儿怎么可能去当小妾？可是，柳家却也不是什么好欺负的人家，又怎么可能让柳昕薇让出主母之位？再者，司家也不会任由自己的家族叫人搓圆捏扁，把媳妇交给外人来挑挑选选。所以，关倪君为了不叫关柳两家生隙，也不叫关方两家名声扫地，还是一意孤行要把关小雎嫁到方家去。不过，关小雎这一次嫁给方家，却是很仓促了，看起来甚至很简陋。

先不说关家堡被祭白宫一把火给烧成了灰烬，因为关家堡的这一次重创，各地的生意以及势力都有分裂，嫁了关小雎还要保证关家堡能够重新恢复元气，所以这一次关小雎的嫁妆并没有多少。但是关倪君和他的好亲家、好朋友方正明商量过了，关小雎只要嫁过去，嫁妆一事暂且不提。反正关倪君许诺了，日后定会给关小雎补嫁妆的。

所以，关小雎的婚礼就在敲敲打打中进行了。因为害怕关小雎又一次逃婚，关倪君甚至决定，这一次他要亲自将关小雎送进方家的大门。而方正明也担心自己的儿子会像上次一样叫自己丢脸，连夜喊了儿子过来，匆匆地谈妥了条件。

“你知道的，你关伯伯与我感情甚笃，你和小雎的婚事也是早年间就定了下来的。你先是和女子厮混，私定终身，又不从父命，不与小雎成亲。方小年啊方小年，你是非要把我气死吗？”

“爹，我并没有要把您气死的意思。您只要同意我不娶关小雎，让萍儿进门，我会和萍儿孝顺您老人家的。还有涤儿，爹，您想想，涤儿那么小，又那么懂事，您忍心叫他在外面流浪吗？”

方正明来回地踱步，想到那个聪明伶俐的小孩子，又想到关小雎那双灵动的眼睛……

“小年，你和小雎的婚事是已经定了的。那么多人都知道我们两家有婚约，悔婚的事情，我们方家做不出来！”

方小年的眉宇间少了几分稚嫩，多了几分沧桑。这一年多来，他四处奔波，寻找萍儿母子，他真的下定决心，这辈子只爱萍儿一人。

“爹……可是我真的不想娶关小雎，而且关小雎也并不想嫁给我，不是吗？”方小年站了起来，看着窗外的那一轮明月，略有些伤感地说道，“何必要将我们两个人绑在一起，让我们成为一对怨偶呢？爹，您疼关小雎，我相信您也疼我，既然如此，您就不应该叫我们俩不幸福啊！”

方正明神色一动，觉得儿子说的话还是有些道理的。可是想到老友那个倔强的性子，他又叹了一口气：“你关伯伯的性子，我是最了解的了。现在小雎和你司大哥的事情已经惹怒了你关伯伯，否则他们俩倒是很好的一对……还有那柳家的姑娘，唉，你们年轻人啊！”方正明语气颇为无奈，“总不能叫你关伯伯把小雎给送去当尼姑吧？”

“那萍儿母子怎么办？”方小年有些烦躁了，他和关小雎各自不想嫁给对方，偏偏又定下了这么个烦人的婚事。

“先迎娶小雎过门，到时候，再纳了萍儿，你总要为小雎想想，嗯？”方正明拍拍儿子的肩膀，说道，“只要你好好待小雎，爹也不会不认那个孙子的……”

方正明大手一挥，眉头一皱，已经做了决定：“这件事就这么定了，小年，你迎娶小雎，我就同意萍儿母子进门。”

方小年握紧了拳头，又慢慢松开。只是要娶她进门而已吗？那娶回来之后，怎么对待她，就是我的事了！方小年决然地离开。看着儿子离去的背影，方正明只觉得一阵疲累。小雎啊，方伯伯只能帮你到这里了……

蒋礼潜入了司泽远的书房，见司泽远正在练字，不由得嗤笑一声。

“谁？”司泽远抬头，看见正跷着二郎腿在窗口坐着的蒋礼。

“司大公子，你的心上人都要嫁给别人当媳妇了，你怎么还有心思在这里练字啊？”蒋礼跳了进来，啪的一声打开了自己的折扇，慢悠悠地扇着风。

司泽远瞥了他一眼，却不答话，只低头细细地看着自己写的字。

“两情若是久长时，又岂在朝朝暮暮。”蒋礼念了出来，不由得又嗤笑一声，“这些个诗词，不过是骗人玩儿罢了。情长能长到哪儿？没有朝朝暮暮相对，最后能情长多久？你就不要自欺欺人了。”

“小雎与小年的婚事，是两家长辈早就定下来的，关系着两大家族的名声，哪里是他们两个小辈说散就散的？方小年和关小雎没有办法解除他们的婚约，更何况我一个外人？”司泽远从蒋礼手中抽出自己的字，把那张纸放到书桌上晾着。

“那你就眼睁睁地看着关小雎嫁给方小年？你也不想想，那方小年都是当爹的人了，而且和那孩子的娘情投意合、恩爱非常。关小雎是什么性子？嫁一个她不爱的人就算了，还要她去给别人的孩子当母亲？你这是想看着方家和关家都被闹得鸡犬不宁吧？”蒋礼站着说话不腰疼，就想撺掇司泽远去管这桩事。

“方伯伯不是那种不分是非的人，他不会让小雎受委屈的。”司泽远嘴上这么说，心里却想，以关小雎的性子，肯定会自己给自己委屈受。她嫁到方家，纵然有公公的袒护，可是和她过一辈子的人是方小年。方小年要是不待见她，她的一辈子就难熬了。

“是是是，可是关小雎嫁的不是那方伯伯！”蒋礼当然知道司泽远的心思，接着说道，“那方伯伯能管方小年一辈子吗？再者，方小年那可是方家的独苗，呵，方伯伯是有多大仁大义，要一辈子为了一个别人家的女儿和自己的儿子赌气？再看方小年那个儿子，那么可爱，有那么大个孙子天天在跟前，你方伯伯能不心软？到时候关小雎在方家被人欺负了，那也是叫天天不应、叫地地不灵的哟。”像是想为司泽远下一剂重药一般，蒋礼不等司泽远说话，又接着道，“往年我做的事情虽然叫你们这群武林正道不齿，但是我深入内宅……呵呵，妇人之间的事情我看得可是比你还清楚。关小雎那副性子，被关在方家，最后只有两个下场：第一，等死；第二，等疯。”

不管哪个下场，都不是司泽远想看见的。可是他又有什么办法呢？

“你过来，我告诉你一个好办法！”蒋礼轻轻地勾起嘴角，司泽远犹豫了一下，还是把耳朵凑了过去……

距离婚礼还有两天，关小雎急得整天整夜地睡不着。她被爹爹关在了房间里面，除了爹爹谁也见不到。关倪君这一次是学聪明了，他的三个儿子为了这个小妹妹，是不会顾及什么关家名声的，否则当初就不会想着帮关小雎逃婚了。所以，这一次，关倪君索性不让三个儿子来帮忙，直接叫了老管家打点婚礼所用的物品，甚至关家的其他几个女儿也没有到场，只冷冷清清地有几个下人，并着敲锣打鼓的人，上演着冷清的热闹。

“爹啊，我求求你了，你就不要逼我嫁给方小年好不好？你也亲眼看见了的，方小年根本就不想娶我，他还和别的女人有了孩子，爹爹，你这样叫女儿嫁过去，女儿怎么会幸福啊？”关小雎央求着关倪君，可是关倪君根本不为所动。

“小雎，只要你方伯伯在一天，你就不必担心方家有人给你委屈受。小年毕竟还年轻，哪个男儿少年不风流？至于那个孩子……小雎，你想想，这么多年来，你娘对你们兄妹几个，可有过什么区别对待？没有！既然你要嫁了方家为妇，那么方小年的孩子，就是你的孩子。爹爹看过了，那个女人想来也不是什么厉害的人，那个孩子到头来还是得喊你一声大娘。你只要好好地孝顺你方伯伯，日后就不用担心有苦头吃。”

“可是我不想嫁给方小年！”关小雎噘着嘴，愤愤地坐到椅子上，说道，“方小年和我根本就是一对冤家，我们俩成亲了，不过是世界上多了一对怨偶。爹爹，你忍心看女儿一辈子都生活在水深火热之中吗？”

“胡说！”关倪君眼睛一瞪，说道，“小年不是那样不懂事的人。你进了方家的门，就是他方家的媳妇，他要是敢不好好对你，看我关家怎么收拾他！”

“怎么收拾他？怎么收拾他？爹爹，他是方伯伯的儿子，你要是收拾他，你又把方伯伯放到哪里去了？再说了……”关小雎却不往下说了。

“再说了，再说了什么？你说！”关倪君问她。

关小雎嘀嘀咕咕的，声音很小，关倪君听不清楚：“大点声！”

“爹，我说，您又不能管着我跟方小年一辈子。要是哪天您不在了，方伯伯也不在了，整个方家还不是方小年做主？那我还不是要任人糟蹋？”

……

不管关小雎和三位哥哥怎么劝，关倪君就是一根筋地认为自己的女儿就要嫁给方小年，所以，当吉日选定的时候，关倪君瞪着一双布满血丝的大眼亲自看着关小雎上了花轿。

方正明也像关倪君一样怕出什么事，但是既然有了关倪君在，他就安心地在府上等着招待亲戚好友了。方小年骑着高头大马蔫蔫地来迎娶关小雎，可是，他心底没有半分成为新郎的愉快。他只觉得他是在受罪，但是为了他心爱的女人和儿子，这份罪他又必须得受。

方府内，后院。

“……涤儿，记住了吗？你爹爹娶回来的那个女人，你要叫她母亲，你要乖，不能叫你爹爹为难。”萍儿穿了一件湖水绿的衣衫，搂着儿子亲亲热热地喂他吃早饭。

“可是我已经有母亲了呀，娘就是我的母亲呀。”涤儿还小，不懂得那么多，但是在他心里，娘亲就是母亲，爹爹就是父亲，怎么爹爹还要娶一个别的女人，而他又要叫那个别的女人为母亲呢?

萍儿嘴角的笑有些苦涩，可是为了儿子和丈夫不被公公讨厌，她只能不厌其烦地告诉儿子：“娘亲是娘亲，母亲是母亲，你长大以后就会懂的。你要是不想喊她母亲，也得喊她大娘，知道了吗？”

涤儿不明白，可是他看见娘亲满是泪水的眼，以及里面那满满的希冀，他也只能乖乖地点头：“娘亲，您放心吧，我会乖乖听话的。”

“嗯……我们涤儿是世界上最乖的孩子……”萍儿用衣袖悄悄地揩去眼角的泪，依旧亲热地搂着儿子喂他吃饭，可是她的心却仿佛吃了黄连一般苦。

迎关小雎的花轿到了关家堡，司泽远一行人早已经躲在路上的大树上，看着关家堡热热闹闹地把新娘送了出来。

“放心吧，绝对不会出什么问题的。”蒋礼看着一袭黑衣的司泽远，心道：武林中人恐怕都想不到，他们现在最崇敬的司家大少爷，竟然也会干出抢婚的勾当……他又想到了那个笑容羞涩、目光软软的女子，不知道她现在在做什么。

笑容羞涩、目光软软的女子，现在正在绣花，是石榴花，准备绣在被面上的。那个人，好像很喜欢石榴花呢……

“哎呀！”柳昕薇一走神，绣花针就扎到了她白嫩的手指上，殷红的一滴血落到了花面上，更显得艳丽了。小丫鬟赶紧拿了药来为柳昕薇抹上：“姑娘也太不小心了……刚才夫人还让人传了话过来，说请姑娘去看戏，姑娘就不要总是闷在屋子里了。”

虽说司老太爷很中意这个孙儿媳妇，可是司泽远却坚持不肯行礼，柳昕薇住在司家，享受大少奶奶的待遇，府里的人却依旧喊她姑娘。

“不了，不了，我眼睛有些累，想歇一会儿。”柳昕薇也不愿多见司家的人，不知道为什么，她有一种奇怪的感觉，总觉得自己不会是司家的人。

关家堡的热闹没有停，关倪君还在招待客人，花轿却已经走到了半路。

司泽远和蒋礼对视一眼，时候到了。两道黑影蹿进了红色的喜庆队伍里，拦了花轿，也不多说话，掀了轿帘子，把关小雎从里面拉出来。关小雎正在头昏脑涨地烦着呢，忽然被拉到一个人的怀里，熟悉的味道，还有那一双灿若星辰的眸子。关小雎低呼一声，却灿烂地笑了。有了新娘子的配合，加上已经和新郎打过招呼，史上最容易的抢婚大戏就出现了。

新郎在马上冷眼瞧着，倒是那一群送嫁的和迎嫁的，得了两家家主的千叮咛万嘱咐，拼死要把新娘子抢回来。可是他们哪里是蒋礼和司泽远的对手，两人三两下解决了迎上来的人，还有时间对新郎说一句：“多谢了！”

“我也多谢你了！”新郎在马上大笑，鞭子一扬，拍马而去。

是夜，方家依旧娶了新娘子，方老爷喝了茶，给了红包，却在大家闹洞房的时候，被气得昏倒了……

新娘子竟然不是关小雎，而是萍儿！

关方两家的婚事到底闹出了笑话。新娘子半路上被人劫走了，新郎袖手旁观，末了还和一个早就生了方家骨肉的孤女拜堂成亲了。

得到消息的关倪君气得连话都说不出来，脸涨成了紫色，指着地板上跪着的三个儿子，忽地摔了手边的茶碗：“你们，你们……她怎么敢？”

关倪君以为是自己的三个儿子串通了关小雎逃婚，想到关小雎那性子，竟然敢再一次逃婚，叫他……

当年关倪月出嫁，因为婚事是家中父母定的，关倪月也曾不满意过，还跟关倪君商量想要逃婚，只是后来关倪月见了一次她未来的丈夫，倒是一表人才，也就同意了。关倪君想，是不是因为他当年没有帮妹妹逃婚，所以妹妹逃婚的一劫竟然应在了关小雎的身上？关家女儿的婚事，怎么就那么艰难！

从关倪月开始，大婚当天失踪，三月后归来却身怀有孕，叫众人目瞪口呆，到这一代关大小姐因为母亲的事情而立志终身不嫁、侍奉峨眉；再到二小姐关小柔，出嫁当天丈夫在外面的女人找上门来，差点搅和了拜堂的事情；三小姐四小姐不必说，连亲家在哪里都不知道。只是小小姐关小雎，嫁了一次逃婚了，嫁了第二次是要去当人家的小妾，如今第三次，好嘛，竟然又叫人给劫走了！关倪君只觉得脑袋发涨，恨不得把关小雎抓回来痛打一顿。

跪在地上的三个关家男儿，互相看了对方一眼，老大站了起来，给关倪君顺气；老二也站了起来，给关倪君捏腿；老三也站了起来，麻溜地给关倪君再倒了一杯茶。

“爹爹，上次我们是存了私心，不想叫小雎嫁给方小年，毕竟她当年还小，不过是孩子气说的话，爹爹却当真要把她嫁到方家去。我们兄弟三人怕她日后过得不幸福，才会帮了她一把，叫她逃婚。可是这一次，爹爹您怕咱们故技重施，连护送小睢的事情都只派了家丁而不叫我们兄弟几个了，我们一直都陪着您在应酬客人，就是想帮小睢，我们也抽不出身来呀！”话说的倒是没错。关倪君怕三个儿子再生事，故意叫三个儿子跟在身边帮忙应酬客人，人来人往的那么多人都看见了，三个儿子几乎没有离开过他超过十步。

“那是谁？就算不是你们三个人亲自动手的，你们也是知情的！”关倪君指着三个儿子大骂，“你们好啊！你们疼妹妹，我难道就不疼我女儿？方家哪里不好？你们方伯伯对小睢像是对亲生女儿一样地疼，你们却想着法儿要把她的好婚事给搅和了。”

老大关长安一边给关倪君顺气，一边声音沉稳地说道：“以小睢的性子，方家的婚事不适合她。况且他方小年心里也有别人了，小睢还没嫁过去，就有一个那么大的儿子，听说那女子也在方家住着呢……小睢嫁过去了，只有受委屈的份！”

“是呀爹爹，方伯伯再好，那也只是个公公，小睢嫁的人，可是方小年呀！”老三关长欢赶紧接过话，“总不能叫公公管着相公一辈子吧？哪个公公能够管儿媳妇房里的事情？关上门来，方小年指不定给咱们家小睢什么委屈受呢。毕竟是咱们关家堡的掌上明珠，上上下下疼爱了那么多年的，爹爹，您就忍心看别人作践她？”

其实按照关小睢的性子，谁敢给她委屈受，她就能闹得谁天翻地覆，只是现在三兄弟为了帮关小睢摆脱那桩关小睢讨厌的婚事，一个劲地把关小睢往委屈里说：“他们说得没错，爹爹，你看咱们家小睢，为了这婚事，瘦得都不成人形了。在家有咱们照看着她都成了这样，她自己嫁到方家去，孤苦伶仃，没有依靠，外边有个不贴心的相公，内里有个硌硬人的小妾和便宜儿子……爹爹，您就为咱们家小睢想想吧！”

关倪君有些动容了，不仅仅是关小睢认为这桩婚事不好，连三个儿子都这样说……

“这件事究竟是怎么回事？”要说三个儿子毫不知情，关倪君是坚决不会相信的！

三个为妹妹争取幸福的哥哥又是一番眼神交流，最后决定由最得宠的小儿子开口："是司泽远跟我们三个人商量了，说要是我们三个送嫁，就叫我们行个方便，后来知道我们被爹爹拘在身边，他就……找了方小年……"

"啪"的一声，又碎了一个茶碗。

司家大院内。

"你说什么？大少爷带着蒋公子去把关小姐的婚事给搅和了，把新娘子抢走了？"柳昕薇腾地站起来，不可置信地看着自己的丫鬟。

"是……是啊……外面都传得沸沸扬扬的，小姐，咱们，咱们还是快回柳家吧！"小丫鬟听得这个消息之后，第一反应就是，她们家小姐该如何自处啊？柳昕薇却是愣在了一旁，呆呆的，不知道在想什么。

当天晚上，柳昕薇就病了，司家的夫人过来看望，当着柳昕薇的面狠狠数落了司泽远一顿，又向柳昕薇保证，只有她柳昕薇才是司家认定的儿媳妇。可是柳昕薇还是拖着病体赶回了柳家。司家，她实在是没有脸再待下去了。未婚夫抢了别人的新娘私奔了，而那个新娘，却是她姨妈的女儿，说来还是她的表妹！

柳家的夫人也气，好好的女儿被司家接走了，原就委屈了女儿没名没分地住在司家。虽然司家老太爷说了，一定还一个盛大的婚礼，可是到底只是一句话。现在司家大公子都跟人私奔了，这婚礼还办给谁？

"退婚！"柳夫人很果断，女儿的名声已经毁了，但是柳家不能叫别人看轻了，又不是嫁不出去，非得赖着他们司家不成吗？

"娘……退婚，爹爹……"柳昕薇拉着她娘的手，很是无助地落泪。

"你爹那里有我！"柳夫人腾地站起来，目光坚定，语气决然，"他要是敢像关倪君一样，拿什么君子之言来限制我女儿的婚姻幸福，我就跟他拼了我这条老命！"

"女儿又不是嫁不出去了，为什么要巴巴地送上门？现在好了，人家司大公子带着美娇娘跑了，叫我们薇儿怎么办？这婚事，必须得退！"柳夫人在房间里抹着眼泪，向丈夫哭诉着，"他们司家有多好？救了你一命，就要搭上咱们的心肝宝贝？你巴巴地送了女儿去报恩，可是人家稀罕了吗？说了要办个盛大的婚礼，可是你瞧着那司大公子是愿意娶咱们薇儿的吗？现在司大公子跟着关小雎跑了，叫薇儿怎么当他们司家的媳妇？好嘛，还有个二公子对不对？你想叫女儿任人宰割？这个不行就换了那个来？凭什么？他司家对你再好，这么些年来，咱们对司家也不差，有什么恩情不是早就报答完了！我告诉你，我的薇儿，那是我身上掉下来的一块肉，你不疼，我疼！我不会叫我女儿嫁到那样的人家去，叫别人作践她！”

柳老爷在房间里面来回踱步，消息传来的时候，连他都是脑袋一蒙。后来听说司家还是想结这门亲事的，只是大约新郎要换成二儿子。他也不是没有想过退亲的事情，只是到底当年答应了把女儿许给司家做儿媳妇，却没有指明是哪个儿子……

司家的大儿子二儿子都一样好，而且听说大儿子是要当家主的，当他的媳妇没有些手腕恐怕是不行……女儿自小被妻子捧着爱着，手段没有，温柔倒是一等一的……若是配了二儿子，听说那二公子很得司老爷的宠爱，日后不用当家，为人也很是豪爽……做这样的人的媳妇，恐怕会轻松些。他只是还在考虑，妻子却已经哭天抢地地来要他退婚了。

“可是当年，我和司大哥说好了，要把女儿嫁到他们家去给他当儿媳妇……现在，现在他们也没有说要退亲，而且他们家的二郎也是个好男儿，薇儿要是嫁过去，先是咱们占了理儿，日后薇儿要是有什么事，他们也不会太……”

“怎么？合着天下的好男儿就剩了俩？一个是他们司家的大公子，一个是他们司家的二公子？我女儿就是根草，随随便便地这个不要了就丢给了那个？我告诉你，这婚事必须得退！我家薇儿那么好，不是非得可怜巴巴地求他们司家来娶！我告诉你，要是退了亲，没有人上门来求娶薇儿，我宁愿一辈子养着她！”

柳夫人当年在娘家就是很厉害的，嫁到了柳家之后，收敛了些性子，可是女子为母则强，况且她从来都不是软性子。这些年为了丈夫她忍了不少，要把女儿嫁给一个从来没有了解过的家族就算了，现在摆明了是人家不要了，还巴巴地要送了女儿去给别人作践，这口气她咽不下去。

“唉……”柳老爷叹了口气，揽了爱妻的肩膀，低声地劝，“司大哥于我有恩……这……君子一言，驷马难追，叫我怎么开口去跟司大哥退婚？”

“老爷，你想想，那司大哥对你再有恩，这么多年，咱们也报答不少了。女儿我们也不是没许，是他家公子没要。既然如此，何必再委屈了咱们的女儿？那司家二公子说不定也不想娶薇儿，又何必逼得世界上再多一对怨偶？”柳夫人打定主意，这门亲事退定了，“万一成亲的时候，那司二郎也逃婚，那你还叫不叫女儿活了？”

又怕这样还是劝不了丈夫，柳夫人索性拿了关小雎的事情来讲：“你看看小雎，她为什么和司泽远跑了？还不就是她爹爹逼着她嫁给方小年，她不愿意吗？小雎和司泽远那是两情相悦，咱们是她姨母姨爹，也盼着小雎好呀。既然小雎和司大公子两情相悦，咱们何不叫他们顺了心，又不必委屈了女儿？你想想，要是咱们薇儿再嫁了二公子，日后天天看着大公子和小雎恩恩爱爱的，她心里多难受？老爷，你就为了咱们家薇儿想想吧。”

话都说到了这个份上，柳老爷也不好不为爱妻和女儿想想。第二天，柳老爷就到司家门去说了这件事。司家不占理，柳老爷说什么他们也不好反驳，就这样，司家和柳家的婚事终于退了。柳昕薇听到她娘传来的消息，竟然莫名地松了一口气。因为怕女儿想不开，柳夫人特地为女儿选了花园里的花坊居住，还添了好几个丫鬟来伺候，叫人一步不许离开柳昕薇，生怕柳昕薇出了什么事。花坊其实是个小院子，院子周围是一大片花海，院子被包围在中间，柳昕薇推了窗就能够看见漂亮的花海，还有远一些地方的碧绿的池水。进了花坊里住着，柳昕薇虽然依旧寡言少语，但是深深蹙眉的样子却没有了。

是夜，柳昕薇打发了丫鬟们下去，一个人坐在窗前看着月光，想起那一日，也是温柔的月光下，那个人在石榴树下轻吟浅笑的模样。

“是在想我吗？”柳昕薇几乎以为自己听错了，又或者是她太思念那个人，所以才会听见了他的声音。

“石榴花是送给我的吗？”蒋礼拿起一旁的帕子，上面绣着他爱的石榴花。

“你，你，你怎么会在这里？”柳昕薇看见蒋礼，吃了一惊，脸上瞬间红了起来。

见柳昕薇红了脸，蒋礼只觉得更有趣：“石榴多子又富贵，嗯……确实适合我们……”

“你在说什么？！”柳昕薇劈手夺过那条帕子，用手绞了一会儿，跺跺脚，又轻咬了唇，问，“你怎么会在这里？”

“我想你了，所以我就来了。”蒋礼爱极了柳昕薇的这个模样，走上前去，在她耳边低低地说道，“知道你也想我，所以我马不停蹄地赶来了。”其实他是怕柳昕薇知道了消息之后会想不开，所以就着急地跑了过来，谁知道没有再看见她哭的模样，反而看见了她望月发呆的可爱样子。

“你……你不要脸！”柳昕薇听见他说想自己，其实心底是欢喜的，只是她还是要骂，“哪个想你了！你这样不要脸，你，你，你无耻，你下流！”

“是了，我不要脸，我无耻，我下流。”蒋礼却不怒，还涎着脸笑，“谁都知道我是采花大盗，我要是要脸不无耻不下流，那怎么当采花大盗呢？”

第二十三章
两处之情

柳家为了司泽远和柳昕薇的婚事闹了许久，方家和关家也各自头疼，可是劫走新娘的司泽远和被劫走的新娘关小雎，却丝毫没有感觉到。

那日，蒋礼并着司泽远把关小雎劫走了，随后，蒋礼又送了两人一程，把他们安顿在以前自己的一个院子里。院子不大，但是很干净，想是蒋礼早就为抢婚的事情做了安排，生活用品一应俱全。关小雎到厨房看了看，米面什么的大约可以吃上一年；院子里种了好些蔬菜，还养了些鸡，甚至连腊肉都存好了。看来蒋礼是生了心思，想让两人在这里躲一段时间了。关小雎这一辈子大约只有这个时候念了蒋礼的好。

“你怎么那么大的胆子，敢跑去抢亲？”入夜了，关小雎靠在司泽远的膝盖边上半坐着，两人仰着头看着天上的星星月亮聊天。

“我若是不去，岂不是叫我媳妇嫁了别的人？”司泽远搂着关小雎，想到自己这辈子做的最离经叛道的事情，全是为了关小雎，不由得笑了出来。

“你笑什么？”关小雎不满地撇撇嘴，说道，“我都想好了，要是真的让我嫁给方小年，我就先把他给阉了，然后再把他的小妾儿子给卖了！哼，叫他们要娶我，我非把他们家闹得鸡犬不宁不可！”

司泽远轻轻地拍打着关小雎的背，低声地笑了，过了一会儿说道：“你不会的，你心地善良，就算有些任性，也不会那样待无辜的人。”不管方家如何，方小年的儿子却是无辜的，关小雎从来都不是恶毒的人，哪怕她嫁进方家会吵吵闹闹，但是绝对不会出现虐待小妾和庶子的事情。

“喂，什么叫作有些任性啊？”关小雎鼓起脸来，掐了一把司泽远，说道，

“我脾气已经改掉好多了！”

“是是是，我说错了好吗？我家小雎又善良又温柔，又懂事又大方，所以我才不能叫方家把你给娶走了！”司泽远哄着关小雎，把她抱得紧紧的，关小雎心里很是欢喜。

“你还没有告诉我，你怎么会想到去抢亲的？那么冒险，要是我爹爹跟着送亲，那你岂不是完蛋了？”关倪君虽然没有亲自送亲，但是却安排了最信任的家丁，哪里想到新郎不保护新娘、新娘却配合抢亲的人，三两下关小雎就被带走了。

司泽远又是笑，用手指点了点关小雎的额头，说道：“你见过哪家女儿出嫁，父亲去送嫁的？”

关小雎眼珠子转了一圈，又说道：“那万一爹爹派了三个哥哥去送我呢？”

“那咱们走得只怕更快！”司泽远抱着关小雎笑，“我和蒋礼先去找你的哥哥们，可是他们都说没有被安排送嫁。想来是上次他们帮你逃婚，已经叫你爹爹忌惮了，所以安排了他们招待客人，在你爹爹身边。后来我们又去找了小年，小年正愁着不知道怎么办，听我们一说，立马就答应了。”司泽远笑得灿烂，眼睛里的柔光好像快把关小雎淹没了，“我们替他准备了另外一套嫁衣，他出发之后立刻叫他的心上人穿了在方家的庄子里等着，你被我们带走之后，他就把人从庄子里接上了花轿，然后大大方方地拜堂去了。”

关小雎听司泽远说着怎么去抢亲的，只觉得心中满满的都是幸福。她爱的人正好也爱她，世界上没有比这个更叫人觉得开心的事情了。

“主意怕是蒋礼出的吧？”关小雎问。

“为什么你不觉得是我自己想的主意呢？”司泽远反问她。

关小雎想了一下，很认真地说道：“你是正人君子，夺人妻女的勾当，那是蒋礼的老本行。”

司泽远搂着关小雎，大声地笑了。而另一边，正在逗着柳昕薇玩的蒋礼，忽然就打了一个喷嚏。

“你是着凉了吗？”柳昕薇看着躺在自己床上不肯起来的蒋礼，有些担忧地问。

“娘子放心，你相公身体好着呢……阿嚏！阿嚏！”话没说完，又连打了两个喷嚏。

“暮春初夏，天还是凉的，想必是你晚上在地上睡的时候着凉了。”柳昕薇皱了眉头，说道，“你还是走吧。”

“我走了，你怎么办？”蒋礼却是笑嘻嘻地回答，“我不能走啊，我还得和娘子恩恩爱爱地过日子呢。”

“你住口！”柳昕薇忽然怒了，有些不管不顾地要他走，“你快点走，我不要看见你！”说着竟然还上前去拉扯着蒋礼，“再不要见你了，你不要来了！”

“怎么了？”蒋礼有些不明白，好好的怎么就突然变了呢，这几天他们俩感情也不错了，正应该是甜甜蜜蜜的时候，怎么突然那么认真地要赶他走了？

谁想柳昕薇忽然趴在桌子上哭了出来，哭得肩膀一耸一耸的：“……司家退了婚，谁不知道我是被未婚夫抛弃的？按说我这样的人，就该一死了之，或者是剪了头发去当尼姑，也好保全我们柳家的名声……可是我却和你在这里……终日厮混……”说到底，还是因为太爱他，生怕他玩弄了自己，腻味了就走。那时候她一定会更加痛苦，倒不如现在就叫他走了，日后想忘记他，也不会那么难。

“是司家对不起你在先，你又何必为了一个虚名而赔了性命幸福？”

“我的性命是爹娘给的，我不能为他们争气，还让他们丢脸，这性命赔给了柳家名声，倒也没有什么。”柳昕薇说着，眼泪却是不断。“还有你，我……我与你这般……虽然没有真的如何，可是叫人知道了，也会说我们是无媒苟合。你在我这里这么多日……我……若是叫人发现了，我也只有一死了之！”

竟然说得这般严重！蒋礼知道眼前这个委屈的人儿是极固执的，她是真正的大家闺秀，被教养得很好，不是他当年逗弄过的那些女子，哪怕他走了也只是骂几声或者是咬了牙恨他，却还能好好地过日子。柳昕薇，柳昕薇……想必是真的会结束了自己性命的。念及此，蒋礼不由得收了嬉皮笑脸，认认真真地把柳昕薇的头捧起来，认认真真地看着她的眼睛，一字一句地说道：“不，不是无媒苟合！以花为媒，以月为证，我蒋礼，必定是要娶你为妻的！”说到这里，蒋礼忽然腾地站了起来，说道，“我这就去向你爹提亲！”

“不！”柳昕薇慌忙地拉住蒋礼的衣袖，她的脸上还挂着泪珠，眼里却满是惊慌，“你不能去！”

“我为什么不能去？”蒋礼说道，“我是真的想要和你在一起——”

“哼！”一个女人的冷哼声响起，柳昕薇与蒋礼一同看去，竟然是柳夫人！

“丫鬟说你这几日有些不对劲，好啊，原来是屋里藏了这么个人！”柳夫人眉毛一挑，指着蒋礼大声说道，“来人，把这个毛贼给我拿下！”

“娘！”柳昕薇松了蒋礼的衣袖去抓柳夫人的手，央求道，“娘啊，他不是毛贼，您不要……”

“不是毛贼？鬼鬼祟祟地出现在我们柳家，鬼鬼祟祟地跑到我女儿房间里来，来人，把他给我乱棍打死！”柳夫人声色俱厉，将女儿护在自己身后。

“夫人容在下解释！”蒋礼惊呼一声，却见柳昕薇已经跪在了地上。

柳昕薇泪流不止，拉着柳夫人的手，跪在柳夫人的脚边，说道：“娘，娘，你若是打死了他，女儿，女儿也不要活了！”

蒋礼也跟着跪在地上，很是诚挚地说道：“夫人，我是真心喜欢薇儿的，求夫人把薇儿许配给我！”

柳夫人一挑眉，怒极反笑：“好啊，我周安彤真是生了个好女儿！”

“你们都退下。”柳夫人冷冷地吩咐下人离开，待人都走了，柳夫人一巴掌拍在了一旁的桌子上，震得桌上的东西抖了抖，说道，“娘这么多年来如何教你的？你竟然敢和男子私相授受、暧昧不清！女孩子家的清白和脸面，要不要了？！”

柳夫人是周家庶出的女儿，周家嫡出的大小姐的事情一直都是周家人的隐痛。因为周家大小姐与小厮苟合，叫周家人脸面都丢尽了。柳夫人嫁到了柳家之后，就格外注意对女儿的教养。可是没想到，她含辛茹苦养大的女儿，竟然偷偷摸摸地藏了一个男人在屋子里，这和她在周家嫡出的大姐有什么两样！

“娘，都是女儿的错。女儿只求您放了蒋礼，女儿愿意削发为尼，长伴青灯古佛，终老一生。”柳昕薇说得很是决然，双眼通红，重重地给柳夫人磕了一个头，“求娘放了他！”

柳夫人瞥了一眼蒋礼，见蒋礼也磕了头，说道：“柳夫人，此事全是因我太过孟浪，才叫薇儿名声有损。我愿意娶她为妻，用一生真情相待，用真心照顾她一辈子！”

蒋礼的头磕得砰砰作响，柳夫人却一直不说话，反而慢条斯理地给自己倒了杯茶喝。

“娘……”眼看着蒋礼的额头青了一片，柳昕薇不忍地开口，却见自己娘亲一个冷冷的眼神过来。柳昕薇不敢言语了，却也垂了头陪蒋礼磕着。

柳夫人虽然一直不说话，但是目光一直停在蒋礼身上：“起来吧。”声音淡淡的，听不出什么怒意。

蒋礼停下磕头，却还是不敢站起来。柳昕薇却不敢停，一直叩首，嘴里啜泣道："是女儿的错，求娘放过他！"

"够了！"柳夫人眉毛一竖，看着蒋礼，"还不把薇儿扶起来！"

蒋礼早就心疼柳昕薇了，只是他知道，在柳夫人面前不可无礼，只能忍下了。如今听得柳夫人一句话，连忙将柳昕薇扶起。只是柳昕薇心中有愧，不肯起来，蒋礼半拉半抱才把她扶了起来。

柳夫人冷眼瞧着，见那蒋礼颇有几分真意，心中的怒气消了些，脸上却还是不显，冷冷地问："你姓甚名谁？哪里人氏？家中还有何人？几时与我儿相识？有何居心？"

关小雎与司泽远在蒋礼安排的院子里住了几天之后，司泽远忽然开始收拾东西。

"我们要去哪里啊？"关小雎抱着司泽远的胳膊，笑嘻嘻地问。

"之前你不是一直很好奇自己的身世吗？"司泽远把东西收拾好了，抱着关小雎在椅子上坐下，说道，"蒋礼和我仔细地查了查当年的事，找到了一个可能是你亲生父亲的人。"

关小雎浑身一震，过了许久，她才慢慢开口，声音有些涩涩的："你是说，你们……你们找到我亲生父亲了？"

"只是可能而已。"司泽远低下头去用手为关小雎理了理她的鬓角，说道，"当年你娘是江南的第一美人，是关家堡唯一的小姐，是整个关家堡的掌上明珠，她能看上并且爱上的人一定不凡。而且，你娘还心甘情愿舍弃自己的性命来隐瞒那人的姓名，就证明此人一定气度不凡、风华绝代。当初也不是没有怀疑过白秋末的爹白平兰的，白平兰生性风流，又一表人才，确实也许会是你娘爱上的人。只是蒋礼查过，你娘出嫁的那一年，白平兰正在苗疆和一个苗女痴缠，所以根本不可能出现在江南。"

关小雎静静地听着，忍不住问："那你最后找到了谁？"

"红柳山庄的无情剑客！"司泽远回答。

红柳山庄内。

“你们来了。”红柳山庄的庄主倒是不奇怪他们会来，还笑着泡了茶，请二人就座，“仙仙没有空，你们先陪我这个老头子坐会儿吧。”

“晚辈来，并非是找赵姑娘的。”司泽远却没有和关小雎落座，而是立在桌边，微笑着说道，“晚辈前来，特为求见‘无情剑’。”

庄主的手一抖，差点把茶给倒出来。他笑了，笑容有些勉强：“是来寻无情的吗？我接到的消息却不是这样……还以为你们是私奔到了我这里，求我帮你们打打掩护，不叫关老头找过来呢。”

“这也是要求庄主帮忙的。”司泽远依旧在笑，说道，“关伯伯要是追了过来，看在您和‘无情剑’的面子上，总还不会严惩我和小雎。”司泽远刻意地着重了‘无情剑’三个字。

庄主闭了眼，许久，关小雎以为庄主是睡着了，才听得一声叹息：“你们知道了……”

那一年，江南春风吹绿了两岸，像是情人的手抚摸过你的脸庞。那个时候，无情剑还不叫无情剑，甚至他还是一个多情的剑客。多情总被无情恼。无情剑客遇上了要嫁为人妻的关倪月，关倪月自认要嫁为人妇，对多情剑冷冷淡淡，哪里想到竟然激起了他的兴趣。关倪月大婚当日，多情剑竟然劫走了关倪月……

多日的相处，日夜的温语相待，无情终于变得有情，多情却因为山庄的急令必须离开。

“是我对不起她……”在红柳山庄的后山，关小雎终于见到了自己的亲生父亲。

“我后来才知道，她竟然身怀有孕。我提出要娶她为妻，父亲却把我锁在这里。”一锁就是十年，十年之后，关倪月的尸身都早已经不知所终。

“十多年来，多情剑客终于变成无情剑客……呵呵……”无情剑用手摩挲着剑柄，剑柄上有一块手帕，像是多年来多次被抚摸，那手帕都变了颜色。

“你且回去吧……”无情剑一直背对着关小雎和司泽远，只听得他说道，“回去吧，莫和你母亲与……与我一样，叫整个关家堡都蒙羞……”

关小雎瞳孔一缩，握着司泽远的手一紧，声音颤颤地，说道：“你，你，你说什么？”

“回去吧……”无情剑的声音显得很悠长，像是隔了一个山谷传过来的一样。

“我回去？”关小睢上前几步，眼眶里的眼泪不停地打转，“叫我回去嫁给一个我不爱他、他也不爱我的人吗？”

“小睢……”司泽远上前拉住关小睢的手，示意她不要那么激动。

“你自己龟缩在这个山洞里，反而叫我回去？”关小睢冷笑一声，说道，“当年你怎么没有顾忌关家堡的名声，你怎么就轻易地掳走了我娘？现在你反而来跟我说关家堡的名声！”

对方不答话，更叫关小睢有了底气，“我娘究竟是怎么死的，你难道一点都不知道？你难道一点都不想知道？呵，我和我爱的人逃到这里来找你，你却叫我为了关家堡的名声回去？”

关小睢满腔的怨愤，她心心念念的亲生父亲，竟然为了关家堡的名声要叫她置自己的幸福于不顾。既然他那么在乎关家堡的名声，当年就不该将关倪月在大婚之日掳走，更加不应该与关倪月……日久生情，还叫关倪月有了她。是他叫整个关家堡蒙羞，叫关倪月在世上没有立足之地的！

“小睢……你还年轻……”无情剑的声音慢慢地响起，似乎是在怀念什么，似乎很甜蜜，又似乎很痛苦，“年轻的时候……什么都不知道……不是有了爱，一切就可以的……不是为了爱……就什么都可以不顾忌的……”

“是，我是年轻，我是什么都不知道，我是觉得一切有了爱就可以了，我是觉得为了爱什么都可以不顾忌的。”关小睢狠狠地擦去自己的眼泪，理直气壮地冲着那个苍老的背影喊，“可是我就是爱他，我就是爱！我就是爱他！什么名声，什么指责，什么怒骂！为了他我都可以承受！为什么？因为我爱他，就是爱他！我爱他爱到为他死了我也愿意！”

关小睢有些声嘶力竭，眼中竟然带了怨恨：“我像我娘一样，爱一个人，宁愿为了他死！不过我比我娘好多了，我爱对了，那个人也像我爱他一样爱我。而我娘，我娘却爱错了，她爱了一个不该爱的人，还爱到了死！”

那个背影好像在颤抖，整个山洞好像有人在哭泣，似乎有谁在喊着谁的名字：“月儿……月儿……”无情剑抱住了他的剑，抱住了那块绑在剑柄上的手帕。

“我娘一定从来不会后悔，她爱上了一个人，深爱，并且没有愧疚。”关小睢握紧了司泽远的手，说道，“我也爱上了一个我不会后悔去爱的人，深爱，并且会因为爱不够而愧疚！”

无情剑的哭声更大了，声声的道歉，全是为了十多年来辜负的深情的道歉。其实，无情剑未必是无情，也未必是不爱，也或许是太爱了。

司泽远想，“道是无情却有情”，无情剑这么多年来，因为红柳山庄对他的幽禁，又或者是因为他自己对自己的幽禁，叫他把那一份年轻时候的深情深深地埋在了心底。他不能对人说起，他无处说起，他无人说起。年复一年，只有那块旧帕子和那柄剑陪着他，度过那些被思念噬咬的日子。谁说无情剑无情无爱？恐怕那才是最深沉的爱！

无情剑用幽禁和自我幽禁隔绝了与外界的联系，全身心地将爱都沉浸在了剑术上，否则又怎么会有这么登峰造极的剑法？而且……

司泽远轻轻地搂住关小睢，让关小睢靠在他的胸前，泪水打湿了他胸前的衣料。

在当年，无情剑确实不能出来。

红柳山庄不会容忍自己的子弟做出那样令人发指的事情——夺人妻女，这是为人所不齿的。红柳山庄为了它百年的声名，决不会允许自己的子孙后代出现这样的污点。所以，无情剑被幽禁，反而是给了他活命的机会。当然，不能见关倪月，也是给他最大的惩罚。无情剑又怎么会不明白？

无情剑甘愿自我幽禁十七年，怕的无非就是红柳山庄伤害关倪月，可是他没有想到，关倪月早就死了。若不是祭白宫一事，无情剑恐怕此生都不会知道，他心爱的人，早就在为他生下一个女儿后而香消玉殒了。

“此番出行，一定要注意安全。”红柳山庄的庄主仔细地叮咛着自己的弟弟，“老关头……脾气倔强，像茅坑里的石头一样，又臭又硬，偏偏又最疼爱他那个妹妹……你去了以后，多忍一忍。”

无情剑沉默地点头，他已经习惯了不说话的生活。也许是十年幽禁太苦，明明比庄主还小三岁的无情剑，竟然已经两鬓斑白，眼角眉梢间都是沧桑的皱纹。

庄主叹了口气，拍拍无情剑的肩膀，说道：“去吧！”

一行三人回到关家堡的时候，正碰上关家堡广发武林帖。到底是担心关小睢，关倪君竟然又一次为了关小睢发了武林帖。见关小睢回来了，关家堡上下高兴得不得了。

“你还有脸回来！”一声怒喝，吓得关小睢躲到了司泽远身后。

无情剑看见了司泽远护着关小雎的动作，眉眼微动。

“见过关堡主。”无情剑向关倪君行礼，关倪君赶紧还礼，说道，“小女不懂事，叨扰红柳山庄了，请剑客下榻堡内，容在下略表感激之意！”

“爹！”关小雎开口喊了一声，无情剑的眉眼又是一动，却见关小雎灰溜溜地走到了关倪君身边，扯着他的衣袖不停地撒娇，“爹爹呀，人家回来了，你就不要生气了嘛！”

从始至终，关倪君都没有看过司泽远一眼，司泽远也不气恼，一直陪在一旁微微笑着。

“关堡主，在下有事要和您说。”无情剑的声音冷冷的，叫人不由得严肃起来。

“胡闹什么！还不快回去梳洗一下，什么样子！”关倪君低声说了关小雎一句，笑着引了无情剑往书房去。

“爹！”关小雎又喊了一声。

前面两个人的背影都停了下来。

“无论如何，身体为重，不要动怒……”这既是对无情剑说的，又是对关倪君说的。

“知道了！”关倪君的语气里带了浓浓的笑意。无情剑却只是微不可见地点了点头。

当日，不知道无情剑和关倪君说了什么，却听得书房里面竟然传出了打斗声！可是没有关堡主的命令，无一人敢入内。最后，天黑的时候，关倪君黑着一张脸出来了，而且竟然答应了关小雎和司泽远的婚事！

“无情就此拜别。”无情剑告别，关倪君却连哼都不哼一声，随便一挥手就当是送客了。

关小雎很是担忧，却见无情剑一笑，说道：“我要去陪你娘了，你的婚事就不能见证了……红柳山庄，会为你办嫁妆的……”

“我关家堡还不至于到要红柳山庄接济！”关倪君甩出这句话之后，又丢了一句话，“你且去陪着月儿，三朝回门，会让他们小夫妻去见你的！”说完，关倪君拂袖而去。

无情剑微微地笑着，司泽远也微微地笑着，关小雎目瞪口呆半晌，也笑了，像个得了糖吃的小孩子。

无情剑轻轻摸了摸关小睢的头发，说道："孩子，要幸福……"

大红的嫁衣又一次披在了关小睢的身上，这已经是……关小睢自己都不想去数这是她第几次出嫁了。

不过，前面几次她都嫁不出去，这一次应该能嫁出去了吧？

第二十四章
成功出嫁

这一年的夏天，又是关家堡的荷花打了花骨朵的时候，关小雎要出嫁了。这一次嫁的人，是中原司家的下一任家主，如今在武林中名声响当当的少侠司泽远。

关家堡内。

“哎，你们手脚麻利点，小姐的嫁妆都在这儿了吗？”

“嬷嬷，这是方家大少奶奶送来给小姐添妆的……这是柳家小姐送来给我们小姐的……”

“大小姐回来了！嬷嬷，现在请大小姐进去吗？”

……

院子里乱成了一锅粥。要是当初关小雎嫁给方小年的时候，关家堡也是这样乱糟糟的，那关小雎就不用担心自己逃不出去了。

“小雎。”关家堡的大小姐关惋眉回来了，进了院子，见众人乱糟糟的，问了嬷嬷关小雎在哪里，就自己进来了。

“是大姐！”关小雎高兴地从床上起来，又想到这样的自己是不是太不稳重了，讪讪地笑着又坐了回去。

因为关家堡的几位夫人都没有办法来给关小雎梳妆了，关惋眉就请示了峨眉派的掌门人，自告奋勇地身代母职为关小雎梳妆。

“都要嫁人了，还这样鲁莽。”关惋眉平日里鲜少和家里的姐妹们亲近，忽然用这样亲昵的语气，叫关小雎有些不适应。

关惋眉似乎也察觉到了，却不觉得尴尬，只是淡淡一笑，说道：“母亲要是能够看见小雎真的嫁人了，不知道多开心。”关小雎听见关惋眉的话，很是惊讶。大姐竟然叫母亲了！

“爹爹把当年的事情都告诉我了，原来不是关家堡欠了我们母女的，反而是关家堡收留了我们母女。”关惋眉垂眸，仿佛觉得自己所说的话很是可笑，“那么多年来，我一直都觉得自己不是关家堡的人，可是那不过是我自己的想法。现在真相大白，原来我真的不是关家堡的人……小的时候，总是羡慕你，你和四妹妹感情特别好，又和长欢玩得来，家里上上下下的，从爹爹到姨娘，从管家伯伯到洒扫庭院的小丫头，谁不喜欢你？可是我呢？哼……我一出生，就被送到峨眉派去……说得好听些，是替我娘回峨眉苦练受罚；说得难听些，不过是因为我娘差点害了二妹妹母女，怕我留在关家堡，二姨娘会心中有刺……我回来的时候，总是看见他们亲亲热热地喊你小小姐，却恭恭敬敬、诚惶诚恐地喊我大小姐。你知道吗，峨眉山上，岁月清苦……师父因为娘的事情不肯释怀，待我也是冷冷淡淡，可是我心底……我心底不知道多想像你一样……”

听着关惋眉说着心里话，关小雎只觉得心中一酸，握着关惋眉的手说道：“大姐，你永远是我们的大姐啊。二姨娘那么多年来一定也不曾怪你的……母亲总是叹气，说二姨娘为你不知道做了多少小衣裳，却怕你心中有结，都压在了箱子底下……她们泉下有知，知道大姐放下了心结，一定会高兴的。”

“小雎！”关惋眉忽地抱住了关小雎，趴在她身上呜咽着。

关小雎像关大夫人小时候安抚自己一样，轻轻地拍着关惋眉的背，说道：“大姐哭出来就好了，乖……”那一刻，关家堡最后一块冰真正消融了。

二小姐和二姑爷回来了，两人欢欢喜喜地，一进门就见到了正在哭的大小姐和正在安抚大小姐的小小姐。

“二姐，你回来了。”关小雎喊了一声，关惋眉的呜咽声停了下来。

“小雎，大姐。”关小柔敛了笑，放下手中的东西，说道，“我回来还没有见过父亲，我先去见父亲吧。”

“二妹！”关惋眉擦去了脸上的泪痕，露出一个和善的笑容，说道，“我也没有见过父亲，我们一起去吧！”

“大，大姐……”关小柔很吃惊。

“哎呀，你们俩都走了，我自己留在这儿干什么？我陪你们一起去吧！”

……

第五天，鞭炮声在关家堡门前响个不停，敲锣打鼓的声音震响了一条街。

“哎，听说这是关家堡的小小姐出嫁啊？”

“对啊，不过她三年前不是嫁过一次了吗？”

“是是是啊，我，我我我，我还记得，记得……”

“记得什么啊？哎呀，你说话能不能不要结巴了！”

“能，能能能能啊！我，我还记得，当初关小姐出嫁的时候，好大的排场！”

“哟嗬，真是不结巴了啊？不过呀，我觉得这一次可没有当年的好瞧咯！当年小小姐那是嫁给阳城的方家，而且关家堡那个时候还不是现在这个样子呢……”

“那也说不准啊。哎，这一次，人家嫁的可是中原的司家！呵，好家伙，送聘礼的时候啊，听说从早上送到了晚上都没送完呢。再说了，关家堡现在怎么了？瘦死的骆驼比马大嘛！而且我还听说啊，这小小姐呀，其实不是关堡主的亲生女儿，是那个红柳山庄庄主的弟弟和当年的关大小姐的女儿！”

“是吗？听说那红柳山庄庄主特别喜欢闺女，可惜自己生了个儿子……不过那个儿子听说也没有了，这样想，那关小小姐是不是就成了红柳山庄的大小姐了？那这嫁妆……哎哟！还敢说人家排场不大呢，说不定呀，红柳山庄庄主一高兴，就把山庄当成嫁妆送了出去呢……”

外头人的议论，关小雎他们自然是听不见了，只是听见“吉时已到”的声音，鞭炮声响起，众人笑着送了关小雎出门。一出门，就看见了那骑在马上、身穿红色喜服的男子。俊眉若峰，眸若星辰，面如温玉，唇如娇花。好一个俊新郎！

关小雎隔着凤冠上垂下来的玉帘子瞧了瞧司泽远，为他的英俊而高兴和害羞。

要嫁与他为妻了……

关小雎忽然想到，那一天，司泽远也是骑在一匹骏马上奔驰而来。只是那个时候，她不知道，那就是她将要爱一辈子、斯守一生的人……